夏物语

Kawakami
Mieko

〔日〕川上未映子——著

高一君——译

上海译文出版社

目　录

第一部
二〇〇八年夏

1 你是穷人吗?

想知道一个人有多贫穷,就问他从小长大的家里一共有几扇窗户,这是最省事的办法。平日里吃的东西和穿的衣服都说不准。想知道他贫穷的程度,只能通过窗户的数量。没错,贫穷就看窗户的数量。没有窗户或者窗户越少,多半可以判断那个人到底有多穷。

以前,对不知是谁说起这个理论时,曾经被反驳说这并不绝对。她的主张是这样的:"即使只有一扇窗户的话,也有可能是那种面朝庭院的巨大窗户,拥有像样的大窗的家不能说是贫穷吧。"

不过,要我说的话,这已经是跟贫穷无关的人类的想法了。面朝庭院的窗户。大窗户。话说庭院是什么? 像样的窗户是什么样的?

对生活在贫困世界里的居民来说,大窗户和像样的窗户这样的想法本身就是不存在的。对他们来说,窗户就是在摆得满满当当的衣橱和彩色收纳盒后面却从来没见打开过的发黑的玻璃板,或是被油黏糊糊地固定住,从未见它运转过的厨房换气扇旁边的那个肮脏的四角框。

所以,想要讨论贫穷,并且真正能聊这个话题的果然只有穷人。现在进行时的穷人,或者过去曾经贫穷过的人。而我,两者皆是。我从出生时起就很穷,现在也依然是个穷人。

我之所以突然想起这件事情,可能要归咎于坐在眼前的女孩。暑假的山手线没有想象中那么拥挤,人们刷手机、看书,都安静地坐在座位上。

看不出是八岁还是十岁的女孩,两侧坐着一位脚边放着运动包的年轻男子和一个头戴黑色大蝴蝶结发箍的女孩，坐在他俩中间的她好像是独自一人。

她皮肤黝黑，身材纤瘦。由于日晒的关系，脸上浅色的圆斑反倒更惹人注意。灰色的短裙裤里伸出的两条腿就跟从浅蓝色的针织背心里伸出来的胳膊差不多粗细。女孩双唇紧闭，耸着肩，我看着神情紧张的她，不由得想起了孩提时代的自己，贫穷这个词就从脑海浮现了出来。

我盯着她领口松垮的浅蓝色针织背心，和原本可能是白色的，但满是污渍已经看不出是什么颜色的运动鞋。我心想，如果女孩现在突然张开嘴露出牙齿，里面全是蛀牙的话怎么办？说起来，她没有带任何行李。没有双肩包，没有手提包，也没有挎包。车票和钱都放在口袋里了吧。虽然我不知道这个年纪的女孩坐电车外出的时候是什么打扮，但是她什么都没带的样子让我有些不安。

看着看着，我从座位上站起来，走到那个女孩面前，心想无论说什么都好，一定要跟她搭个话。就像在记事本的角落里画下只有自己才懂的记号，我产生了必须和她交流的想法。说什么好呢？或许可以从她看上去粗硬的头发上找到话题。即使风吹也不会飘动呢。长大了斑就会消失的，不用在意。要不还是聊聊窗户？我家没有能看见外面的窗户，你家有窗户吗？

我看了看手表，正好正午十二点。电车向前驶去，仿佛在没有一丝凉风的最炎热的酷暑中穿行，广播里传来"下一站神田"的含混声音。到站后，车门伴随着泄气似的声音打开，明明刚到中午，却有个喝醉的老人跟跄地上了车。好几名乘客条件反射般一下子让开了，老人发出了低吟。散开的钢丝球似的灰色胡须纠缠着一直垂落到穿旧的工作服的胸口处。他一只手捏着皱巴巴的便利店塑料袋，另一只手想要拉住扶手，因而失去了平衡，跟跟跄跄的。我在电车发车前看了一眼，发现刚才那个女孩不见了。

到达东京站走出检票口后，令人难以置信的人潮让我不由得停下了脚步。这些人不知道从哪里来，也不知道往哪儿去，与其说这是单纯的人潮，不如说简直像是在观看一场竞技比赛。我心中没底了，像是有人在对我说："不知道规则的只有你一个人。"我紧紧握住手提包的提手，大大地叹了口气。

第一次来东京站是在十年前的夏天。我那时刚满二十岁，也像今天这样，是个汗水无论怎么擦都不断涌出来的夏天。

我把十几本书装进一个无比结实且巨大的帆布背包里，包是高中时代在二手商店犹豫了很久后买的（这个包现在依然是我的伙伴），而这十几本书我片刻都不想离身。一般人通常会把这些放进搬家的行李里托运，而我却把它们当作护身符之类的东西，背着它们来了东京。十年过去了，现在是二〇〇八年。三十岁的我完全不是我二十岁时所想象的样子。我的文章至今仍然没有任何人读（在似乎没有人可以触及的网络角落，偶尔发布文章的博客点击量一天至多也就几个人），更别说它根本还没能出版。我几乎没有任何朋友。公寓屋顶的倾斜状况，剥落的墙壁，过于强烈的夕阳，靠每月全勤打工赚来的十几万日元维持的生活，写着写着我就连目标究竟在哪里都不知道了。所有东西都一成不变。生活就如同依旧插着父母那一代采购的书籍的旧书店书架，在这整整十年里，唯一改变的就只有身体疲惫不堪这件事而已。

我看了看钟，十二点十五分。结果，我比约好见面的时间早了十五分钟到，只好靠在冷冰冰的粗壮圆柱上，凝视着人们来来往往。在嘈杂的人声和无数声响形成的喧闹中，抱着许多行李的大家庭吵吵嚷嚷地从我的右边跑到了左边。又来了一对母子，小男孩紧紧握着妈妈的手，屁股边上晃荡着一个过大的水壶。不知从哪里传来婴儿的哭喊，一对双双化了妆的年轻情侣大笑着快速走过。

我从包里拿出手机，确认了一下没有来自卷子的信息和电话。如果不出意外，卷子她们按照预定时间从大阪坐上新干线，那么还有五分钟应该就到东京站了。约好碰头的地方就在出了丸之内北出口的此处附近。虽然我提前给她们发了地图进行说明，但总觉得有些不安，于是确认了一下今天的日期。八月二十日。完全没错。约好的就是今天，八月二十日十二点，在东京站丸之内北出口。

○ 要说"卵子"这个词里为什么带有一个"子"字，那是因为"精子"里有一个"子"字，"卵子"只是为了配合它罢了。这是我今天最大的发现。我去了好几个图书室，但是借书的手续太复杂了，大部分图书室的藏书都很少，又狭窄又阴暗，还会有人偷看我在看什么书，我会迅速地把书藏起来。最近我去了像样的图书馆。在那儿还能用电脑，而且学校也让我累得够呛。就跟傻子似的。很多事情都是如此。像这样把"就跟傻子似的"写下来是很傻，不过学校的事情好歹总会过去，所以也没什么，但是家里的事不会随随便便就过去，因此这两件事没法混为一谈。写字只要有纸和笔就能进行，也不花钱，什么都能写。这是绝佳的方法。"讨厌"对应的文字有"厌"和"嫌"①，"厌"这个字真的有讨厌的感觉，所以我就练习写"厌"字。厌，厌。

绿子

今天从大阪过来的卷子是我的姐姐，比我大九岁，今年三十九岁。她有一个马上十二岁的女儿叫绿子。卷子独自抚养着自己二十七岁时生下的绿子。

从十八岁左右开始，我有几年曾经和卷子以及刚出生的绿子三个人一起生活在大阪市内的公寓里。之所以如此，虽然也有卷子在生下绿子前就和丈夫离了婚的因素，但主要还是出于照顾孩子和经济方面的原因，我频繁在彼此的住处间往返不如三个人一起生活来得便捷。因此，绿子没有见过自己的父亲，后来我也没听说她和父亲见过面。绿子就这样对自己的父亲一无所知地长大了。

我至今都不是很清楚卷子和前夫离婚的原因。我记得当时和卷子聊过

---

① 日语中"厌"和"嫌"都可以读作"いや"，表示讨厌的意思。

很多关于离婚和前夫的事，也记得自己觉得那样不行，可是想不起来具体是觉得哪里不行。卷子的前夫生在东京长在东京，因为工作搬去大阪的时候遇见了卷子，很快就意外有了绿子。我依稀记得他用当时在大阪很少听见的标准语，称卷子为"你"。

我们姐妹原本和父母一起住，四个人住在一栋小房子的三楼。

我们住的是一间六叠的房间和一间四叠的房间相连的屋子。一楼开了一家居酒屋。走几分钟就是能看见海的港口街区。我总是注视着像铅一样的黑色波浪发出激烈的声响，成团地拍在灰色的码头上，然后四溅开来。无论走到哪里都能感受到海潮的湿气和浪涛的狂野，到了晚上街道上就满是喝醉后吵吵嚷嚷的男人。我经常看见有人蹲在路边和建筑物投下的阴影里。咆哮和斗殴也是家常便饭，还发生过飞过来的自行车砸在眼前的事情。那一带有流浪狗生了很多小狗，这些小狗长大后又到处生下流浪狗。不过我在那里只住了几年，升小学的时候，父亲不知去向，之后我们三人就寄居在祖母当时住的府营住宅区一起生活。

虽然与父亲只相处不到七年，但我从小就知道父亲是个身躯就跟小学生似的矮小男子。

父亲不工作，不分白天黑夜地睡觉过日子，可米外婆——我母亲的母亲憎恨净让自己女儿吃苦的父亲，背地里叫他"鼹鼠"。父亲穿着发黄的运动背心和长裤，随意地躺在房间里头一直不整理的床上，从早到晚都在看电视。枕边堆积着充当烟灰缸的空罐子和杂志，房间里总是充斥着烟味。父亲懒得更换睡姿，嫌麻烦到了要看向我们这一侧的时候就使用手持镜的程度。他心情好的话也会开开玩笑，但基本上很少说话，我完全不记得他有跟我一起玩或是带我去过哪里。睡觉的时候、看电视的时候，甚至是什么事都没有的情况下，父亲也会心情不好，突然发出怒吼，有时喝了酒发起脾气来还会打母亲。一旦动手，他还会找理由殴打卷子和我，因此我们所有人都从心底惧怕这个身材矮小的父亲。

有一天，我放学回家，父亲不在家。

要洗的衣物堆积如山，明明还是那间和往常没有任何区别的狭小阴暗的房间，仅仅因为父亲不在，看上去就变得完全不同了。我吸了一口气，向房间的正中央移动。接着我试图发出声音。一开始发出的是像在确认喉咙声调的微小声音，然后我下决心从腹部底部吐出了意味不明的语句。没有任何人在家，于是我就肆意地活动起了身体。越是什么都不用思考地尽情活动手脚，身体就越是轻快起来，而且感觉就像力量从体内某处往上涌。电视上积满了灰尘，水斗里放着脏的碗筷。碗橱的门上贴着贴纸，柱子的木纹上刻着身高线。那些平时目之所及的东西宛如被撒上了魔法的粉末，看上去闪闪发亮。

不过，我立马就忧郁了起来。因为我清楚地知道，这些只存在于一瞬间，接着又要开始毫无差别的一天。父亲只是罕见地有什么事情出去了，很快就会回来。我放下书包，像往常一样坐到房间的角落里，叹了一口气。

可是父亲没有回来。到了第二天、第三天，父亲都没有回来。过了一阵子，有几个男人上门来了，每次都被母亲赶了出去。还有一次我们佯装不在家，第二天玄关外到处都是烟蒂。这种事情发生了好几次，就在父亲离开整一个月的那一天——母亲把父亲摊着的被褥拖出了房间，竭尽全力塞进了因为热水器坏了而一次都没用过的浴室。在那个满是霉味的狭小空间里，父亲那浸染了汗水、油脂和烟味的被褥看上去黄得令人咋舌。母亲盯着被褥看了一会儿，然后飞起一脚使劲地踢了上去。又过了一个月，在某个深夜里，母亲叫着"起来起来"把我和卷子摇醒，她的脸上充满了在黑暗中都能看出来的走投无路的表情。她带我们坐上出租车，就这样从家里逃了出来。

为什么不得不逃跑？在这样的深夜里到底要去往哪里？我不明白，也不知道理由。很长一段时间后，我也曾委婉地想套母亲的话，可是谈论父亲似乎变成了禁忌，最终我也没能从母亲口中得到答案。我感觉那一夜整晚都在不明所以地到处奔逃，结果到达的却是市内我最喜欢的可米外婆家，只是在城市另一端，坐电车不到一小时距离。

我在出租车上恶心晕车了，最后吐在了母亲的空化妆包里。没从胃里吐出什么东西来，我用手擦去伴随着酸味滴落下来的口水，母亲摩挲着我后背的时候，我一直在想书包的事。书包里有按照周二的课程表放好的书、笔记本、贴纸，放在最底下的空白本子里夹着画了好几天终于在昨天晚上画完的城池的画。书包侧面插着口琴，另一边挂着饭盒袋。崭新的笔盒里装着我喜欢的铅笔、水彩笔、香珠和橡皮，还有交织着金银线的帽子。我喜欢书包，晚上睡觉时我把它放在枕边，走路时紧紧握着肩带，无论什么时候都很珍惜它。我把书包当成是能背在身上的只属于自己的房间。

可是，我却把书包落下了。把视若珍宝的运动服、娃娃、书本和碗统统都落在了家里，就这样在黑夜中跑了出来。我想我们大概是不会再回那个家了吧。我再也不能背我的书包了；也不能把笔盒准确无误地放在被炉桌的一角，然后摊开笔记本写字了；再也不会那样削铅笔、靠在那面粗糙的墙壁上看书。一想到这些，我就觉得十分不可思议。大脑的一部分像被缓缓麻痹了似的呆住了，手脚都使不上力气。现在这个我是真正的我吗？我稀里糊涂地想着。因为，刚才那个我还想着一到早上就和往常一样睁开眼睛去学校，然后度过和平常一样的一天。刚才闭上眼睛睡觉的我，根本无法想象自己在几小时后竟然会抛下一切，和母亲还有卷子坐上出租车在深夜里奔逃，再也回不了家了。

我凝视着窗外倒退的夜色，总觉得直到刚才还一无所知的自己似乎还在被窝里睡觉。天亮后，发现"我"不在的我究竟会怎么办呢？这么一想，突然心里没了底。我把肩膀紧紧地靠在卷子的胳膊上，睡意渐渐来袭。我从垂下的眼帘的缝隙间看见了发光的绿色数字。随着渐渐远离的我们的家，那个数字也无声地持续增长。

趁夜逃跑似的寄居到可米外婆家后，我们四个人开始一起生活，但是这样的日子并没有维持很久。我十五岁的时候，可米外婆去世了，母亲则在此两年前，也就是我十三岁的时候去世了。

突然变成两个人相依为命的我和卷子把在佛坛角落找到的可米外婆的八万日元当成护身符，从那以后就拼命打工生活到了今天。从母亲查出患有乳腺癌的初中时期到可米外婆随后因肺腺癌去世的高中时代，我几乎没有这段时期的记忆，因为打工实在太忙了。

记得起来的，就只有在初中春、夏、冬的长假谎报年龄去打工的那个工厂的样子。从顶棚上垂下来的电烙铁的电线以及火花的声音，堆积如山的纸板箱，还有无论怎样都忘不掉的从小学那时起就出入的小酒馆。那是母亲的朋友开的一家小店，母亲白天兼职打好几份工，晚上就在那家店里上班。还是高中生的卷子稍早一点开始在那里洗碗打工，接着我也进了厨房，一边看着喝醉的顾客和招呼他们的母亲，一边调酒、做下酒菜。卷子除了洗碗的零工外，同时又在烤肉店打工，她展现出了异于常人的努力，那家店的时薪大概是六百日元吧，她一个月最高拿到过十二万日元的收入（这成了店里的一个小小传说），高中毕业几年后她就晋升为了正式员工，接着就一直工作到那家店倒闭。在那之后，卷子怀孕了，生下绿子以后，她辗转打过好几份零工，现在三十九岁了，依然每周在小酒馆上五天班。也就是说，卷子的人生几乎和身为单亲妈妈，拼命工作然后得病死去的我们母亲的人生如出一辙。

约定的时间已经过去将近十分钟了，卷子和绿子还是没来我们约好碰头的地方。我打了电话卷子也没接，也没有发来信息。是迷路了吗？正当我打算过五分钟再打个电话看看的时候，短信音"叮铃铃"响了。

"我不知道要从哪里出来，所以就待在下车的站台了。"

我在电子告示牌上确认了应该是卷子她们乘坐的新干线车次号，并在售票机上买了入场票，走进了检票口。乘坐扶梯来到地面上，宛如蒸桑拿般的八月的暑气扑面而来，汗水哗的一下就冒了出来。我避让开等待下一班列车到站的人和在商店里买东西的乘客往前走，看见了坐在三号车厢附近的长椅上的两个人的身影。

"啊——好久不见。"

卷子发现我后开心地笑了，我也跟着笑了。第一眼看见坐在旁边的绿子的时候，我觉得她似乎长大了一倍，我不禁叫出了声。

"喂，绿子，怎么回事啊你那腿。"

绿子把头发高高地扎成马尾辫，穿着没有花纹的藏青色圆领T恤和短裤。从裤筒里伸出的腿——可能也是因为她只坐在了椅子的边沿——看上去长得有些异样，我轻轻拍了拍她的膝盖。绿子条件反射似的带着羞涩和困惑的表情看着我，却在卷子插话说"诶，厉害吧，长这么大了"的时候，突然面露不快地移开了目光，拉过放在旁边的双肩包抱在胸前，靠在上面。卷子看着我，做出一副吃惊的表情，微微摇了摇头，耸耸肩说了句"你看吧"。

绿子已经有半年不和卷子说话了。

我不知道原因。好像某天卷子和她搭话的时候，她突然就不回答了。一开始还担心会不会是因为什么心理性疾病之类的，但是绿子除了不说话外，不但食欲很旺盛，也正常地去小学上学，跟朋友、老师也和以前一样交谈，就跟之前并无二致似的毫无问题地生活着。也就是说，绿子只是拒绝在家里和卷子说话，这是有意识的举动。无论卷子如何委婉地用这样那样的方式询问原因，绿子都倔强地不回答。

"我们最近在笔谈，就是用笔写，用笔写。"

绿子刚开始保持沉默那会儿，卷子在电话里叹着气向我说明。

"笔是什么意思？"

"笔就是写字的笔，笔谈。不说话。啊不，我是说话的。我说话，绿子用笔写。她不说话。一直不说话。已经快一个月了吧。"卷子说。

"一个月，很久了啊。"

"嗯，挺久的。"

"挺久的。"

"一开始我还问东问西的，可她一直都是同一个样子。也许是有什么导火索，可不管我怎么问她都不回答，就是不说话。我发火她也不说话，虽然很烦恼，但是她跟除了我以外的人好像都能好好说话……我觉得是到了那种时期吧，可能她对父母有很多想法。不过，这种情况不会持续太长时间啦，能搞定，没问题的。"

电话那头卷子露出了明媚的笑容，可这已经过去半年了。紧接着，两人的关系仿佛发展成了平行线。

○ 班上的同学基本上都有了初潮，今天的保健课就说了相关话题。比如肚子里的什么部位变成了什么样子就出血了，卫生巾是什么样的，还给大家看了每个人体内都有的子宫的放大图。最近大家一起在厕所的时候，就经常看见生理期的孩子们聚在一起，聊些这样那样似乎只有她们才懂的事情。她们在小布袋里放了卫生巾，问她们那是什么，就摆出神秘的样子。就是那种她们在悄悄说着只有"月经组"才明白的话，却故意让我们也能听得清清楚楚的感觉。当然也有还没来月经的孩子，不过在和我关系要好的小团体里，没来月经的大概就只有我了。

第一次来月经是种什么感觉？据说肚子会痛，最重要的是月经要持续来几十年，这算怎么回事嘛。这种事能习惯得了吗？我知道小纯来月经是她自己告诉我的，但是仔细想想，"月经组"的孩子知道我没来月经的事着实奇怪。因为就算来月经了也不会到处去说"我来月经了"，大家也不会昭告天下似的带着小布袋去厕所。为什么这种事情不知不觉就会被人知道呢？

于是我就有些在意，查了一下"初潮"这个词。我知道初潮的"初"是最初的意思，不过不太明白后面那个"潮"字的意思。查了一下，发现"潮"字有很多意思，比如可以指由于月亮和太阳的引力关系，海水上涨、被牵引和运动。其他还写着有类似好时期之类的意思。只有一个意思我不明白，那就是爱娇。于是我查了一下"爱娇"这个词，写着是在生意上招揽客人、让对方产生好感之类的意思。我完全搞不懂为什么把这个写得好像跟两腿之间初次出血的初潮有关系，真令人生气。

绿子

和我并肩走着的绿子稍微比我矮一点，不过腿比我的长得多，上身比较短。"这就是平成年代出生的人吗？"即使我这样跟绿子搭话，她也是一脸不耐烦地点点头，故意放慢脚步走到我和卷子的后面。相对于卷子纤细的胳膊，她拎着的茶色旧波士顿包显得过于沉重了，我好几次伸出手说："小卷我来替你拿行李吧。"卷子却客气地说"不用不用"，固执地没有把包递给我。

　　据我所知，这大概是卷子第三次来东京。她一边东张西望，一边满脸兴奋地不停说着"人果然很多啊""车站好大啊""东京人的脸都好小"之类的话，快要撞到迎面走过来的人时，她就会大声道歉说"对不起"。我一边注意绿子有没有紧跟着我们，一边附和着卷子说的话，随意地回答几句。其实令我惴惴不安的是卷子容貌上的变化。

　　卷子老了。

　　当然了，随着年岁增加，人会老去是自然的，可是今年四十岁的卷子即使说"我今年五十三岁"，听到的人也只会说"是嘛"，然后不假思索地接受，她衰老得很厉害。

　　卷子原本身材就不丰腴，不过现在这胳膊、腿和腰身都比我印象中的她要瘦削许多。或者可能是卷子穿的衣服让她看起来更消瘦吧。她穿着二十多岁的女孩子也会穿的带花纹的T恤衫和年轻人才会穿的带水洗纹的紧身牛仔裤，脚上穿着一双鞋跟可能有五厘米高的粉色凉拖。只从背后看她的身形会觉得她很年轻，但只要回头就会让你大吃一惊，最近常常能见到这类人。

　　不过姑且不论和穿着之间的反差，她的身材和脸确实小了一圈，脸色似乎也不太亮堂。发黄的大假牙凸出来，金属的牙根让牙龈看上去发黑。烫的头发已经开始不卷了，染的颜色也完全褪了，她的发量变少，能清楚地看见因汗水而发亮的头顶处的头皮。涂得很厚的粉底跟皮肤不贴合，浮粉使得皱纹越发明显。她每次笑的时候，脖子处青筋凸起得仿佛能用手捏住，眼睑也深深地凹陷下去。

　　不知为何，这让我想起了某个时期的母亲。我不知道这只是因为女儿上了年纪自然就会像母亲，还是因为曾经发生在母亲身上的事发生在了卷子身上，所以她们看上去才会那么相像。我好几次想问卷子"有没有哪里不舒服，要不要去做个检查"，可转念一想说不定她本人也很在意这些，所以就没有提这件事。不过卷子对我的这些担心满不在乎，她很有精神。看上去她也习惯了和保持沉默的绿子之间的这种关系，不管如何被无视，她都能开朗地跟绿子搭话，兴高采烈地跟我们东拉西扯些无关紧要的小事。

"阿卷，你休息到什么时候去上班？"

"算上今天，一共休三天。"

"那很快了。"

"今天住一晚，明天住一晚，后天回去，晚上就上班。"

"最近很忙吗？过得怎么样？"

"很闲啊。"卷子从齿缝间发出轻响，露出了类似"不行啊"的表情，"附近有很多店倒闭了。"

卷子的职业是女招待，虽然都叫女招待，但也分很多种。虽然说三教九流这个词不好听，但一语道尽了这个圈子。只要知道大阪多如牛毛的那些酒吧街的所在地，就能大概推测出客人、女招待和店的档次等。

卷子上班的小酒馆在大阪一个叫笑桥的地方。我们母女三人连夜逃到可米外婆家后，就一直在这片街区上班。这里跟高级的东西完全无缘，酒吧街整体就是这种老旧的茶色还东倒西歪的样子，是一片酒吧杂多的密集地带。

这里有便宜的大众酒吧、站着吃的荞麦店、站着吃的快餐店、咖啡店，还有与其说是情人酒店不如叫情人旅馆的如同废墟般的独栋房屋；有造得像电车一样细长的烤肉店和被大量烟雾包裹着的内脏烧烤店，还有招牌上写着巨大的"痔疮"和"寒症"字样的药店。店和店之间没有一丝间隔，比如烤鳗店隔壁就是电话俱乐部[①]，房产中介隔壁就是风俗店和灯带

_____

① 男性付费进入房间后，会接到陌生女性打来的电话。

闪烁、旗帜翻飞的弹珠游戏房。从来没见过店主在店里的图章店，隔壁是无论几点都十分昏暗，不管从哪个角度看都令人感觉恐怖、氛围不祥的游戏中心。这些店铺都紧凑地挤在了一起。

进出这些店的除了纯粹的过路人，还有蹲在公共电话亭前不动的人，有看上去六十好几岁、花两千日元就能让她跳舞的正在揽客的成熟女性，有流浪汉，当然也有喝得烂醉的人，实在是五花八门。这里往好了说是充满人情味和活力，但就眼前看到的，只能说是没品位的街区。其中，有一栋喇叭的回声从傍晚嗡嗡地响到深夜的杂居楼，卷子在三楼的小酒馆里从晚上七点工作到十二点左右。

这家店里有几个吧台座位和几个围起来的被称为雅座的区域，进来十五个人就坐满了，一个人一晚上能消费一万日元就了不得了。为了提高消费额，女招待们也得点各种各样的东西，这是默认的规矩。便宜的酒一起喝也赚不到多少钱，所以便鼓励客人点怎么喝都不会醉的乌龙茶，小小的一罐就要三百日元。当然是把用热水煮好后冷却的茶水装进回收的罐子里，她们还要带着一脸"刚刚拉开拉环"的表情，镇定地把罐子放到桌上。肚子喝饱了水之后，接下来是吃的。烤香肠、鸡蛋卷、油煎沙丁鱼、炸鸡块等，比起下酒菜倒更像是便当里的配菜，女招待们会说肚子饿了，拜托客人点单。之后就是卡拉OK。每首歌一百日元，多点几首也能积少成多，所以无论老少，无论是喜欢唱歌的还是五音不全得令人崩溃的女招待，总之只要是会唱的歌就唱。可就算她们唱哑了嗓子，身体因为摄入的盐分和水分太多而持续浮肿，客人们大致上也只会消费不到五千日元就回去了。

卷子店里的老板娘是个身材浑圆、身高不高、十分开朗的女性，年龄在五十五岁左右。我也见过她一次，她的黄发不知道是染的还是褪了色的，在后脑勺的高处盘成发髻，肉乎乎的短手指夹着HOPE牌的短烟，她对初次见面前来面试的卷子这样说道：

"你，知道香奈儿吗？"

"知道，是服装品牌吧。"卷子回答。

"没错。"老板娘从鼻子里喷着烟说，"不错吧，那个。"

老板娘用下巴示意墙壁上挂着的两条香奈儿丝巾，用塑料装饰框裱起来，像海报一样装饰在那里。略带黄调的聚光灯照在丝巾上。

"我……"老板娘眯起眼睛说，"很喜欢香奈儿。"

"所以，这儿的店名叫'香奈儿'啊。"卷子看着墙上的丝巾说道。

"没错。"老板娘说，"香奈儿是女人的梦想。虽然很贵，但能让人心情愉悦。你看，香奈儿的耳饰。"老板娘侧过圆圆的下巴，让卷子看了一眼她的耳朵。即使是在小酒馆的灯光下，也看得出来有些年份的暗金色圆形耳饰上，雕刻着卷子也见过的香奈儿的标志。

从挂在洗手池边的毛巾、纸质的厚杯垫、店内电话亭的玻璃门上到处贴着的贴纸，到名片、地毯、马克杯，店内随处可见带有香奈儿标志的东西，老板娘说这些是被称作"高仿货"的假货，是她花大量时间从鹤桥和南部商业街一个个收集来的。尽管即使是对香奈儿一无所知的卷子也能一眼看出这些东西是假货，可老板娘对此仍有着超乎寻常的执念，不断增加着自己的藏品。只有老板娘每天戴着的发夹和耳饰是为数不多的真品，好像是店刚开张时为了讨彩头，咬咬牙买下的。与其说老板娘是喜欢香奈儿，不如说她似乎只是醉心于香奈儿这个词发出的声响和那个标志带来的冲击，被店里的年轻女孩子问"老板娘，香奈儿是哪国人"的时候，卷子听到老板娘回答说"美国人"，看来老板娘似乎是觉得白人都是美国人。

"老板娘还好吗？"

"挺好的。不过店里倒是发生了很多事。"

到达离公寓最近的三之轮站是刚过下午两点的时候。途中我们在每人两百十日元的站着吃的荞麦面店里吃了面，接着，在带着要填满一切似的劲头的蝉鸣声中连续走了十分钟左右的路。

"你是从家里出发的吗？"

"不是，今天有点事，是从其他地方出发的。过了这个坡直走。"

"走路也不错啊。能好好运动运动。"

一开始还有闲情逸致笑着聊天的卷子和我，渐渐也因为这酷热而不说话了。接连不断的蝉鸣声充斥着耳朵，太阳的热量火辣辣地炙烤着皮肤。屋顶的瓦片、街边大树的叶子和窨井盖等吸收了夏日的白色光线，总觉得这些东西越耀眼，眼底就变得越黑暗。我们流的汗湿透了全身，好不容易终于到了公寓。

"到了。"

卷子呼出一大口气，绿子蹲在入口旁的花盆边，把脸凑近那盆不知名的植物。接着，她从系在腰上的腰包里拿出了小本子，在上面写道：这是谁的？绿子的字出乎意料地笔锋厚实，笔势也很强劲，有种像是在看写在墙上的大字的感觉。接着，我又想到了绿子还是个婴儿的时候——那个只是躺在那儿呼吸、小得不真实的婴儿，不知从什么时候开始已经能自己上厕所、吃东西以及写字了，真是令人难以置信。

"我也不知道，可能是谁种的吧。我家在二楼，就是那扇窗。从这儿上楼梯，左边那扇门。"

我们排成一列，依次走上锈迹斑斑的铁楼梯。

"我家很小，请进。"

"房间真不错啊。"卷子脱掉凉拖，弯下身子朝里面张望，一边用明快的声音说，"就是那种充满'独居生活'感觉的房间！真好啊。我进来啦。"

绿子也沉默地跟在后面，走进了最里面的房间。我从来东京起就一直住在这间四叠大的厨房和六叠大的房间相连的公寓里，今年是第十个年头了。

"你铺了绒毯啊。原来是什么样的？不会是地板吧？"

"不是，是榻榻米。我搬进来的时候已经旧了，所以在上面铺了东西。"

我一边用手背抹去不停涌出的汗水，一边打开空调，把温度设定在二十二度。我拿出靠立在墙边的折叠式矮脚桌，又把为了今天在附近杂货店买的三个成套的玻璃杯并排放在桌上。杯子上装饰有淡紫色的小葡萄。我从冰箱里拿来冰镇的大麦茶倒满了玻璃杯，卷子和绿子"咕嘟咕嘟"一口气喝了下去。

卷子边说了声"活过来了啊"边大幅度地向后仰倒，我把房间角落里的懒人沙发推给她。绿子把背着的双肩包放到房间的角落后站了起来，像看什么稀罕物似的在房间里四下张望。这是一间只有生活必需家具的朴素房间，不过绿子似乎对书架很感兴趣。

"书好多啊。"卷子插话道。

"不多吧。"

"你看，这面墙基本上都是书，这有多少本啊?"

"我没数过，不过说不上特别多，也就一般吧。"

可能对于完全没有读书习惯的卷子来说，这里算是有大量的书了，实际上并没有那么多。

"是嘛。"

"是啊。"

"我们是亲姐妹没错吧。我就对读书完全没兴趣，对了，绿子也喜欢书，还很喜欢语文，对吧，绿子?"

绿子没有回应卷子的搭话，而是把脸凑近书架，一本本仔细地看着书脊。

"不好意思啊，刚到你家就说这个，我能用一下浴室吗?"卷子用指尖拂去贴在脸颊上的头发说道。

"你用吧，在进门左手边。和厕所是分开的。"

在卷子去冲澡的这段时间里，绿子一直盯着书架看。她背上被大量的汗水湿透了，藏青色的T恤几乎变成了黑色。我问她要不要去换件衣服，她点了点头，像是在说过会儿再去也没关系。

我就这样望着绿子的背影，漫不经心地听着浴室里传来的冲澡声，感觉这间房里的氛围和往常稍有不同。这种违和感就像很久以前就一直在身边的相框里面的照片不知何时被换掉了，而自己却始终没有发现。我喝着大麦茶，思考了一会儿这种违和感，可依然不明白这种感觉是从哪儿冒出来的。

卷子身穿领口松垮的 T 恤衫和宽松的运动裤，说着"借你的毛巾用一下"回到了房间里。她一边说"热水出水好猛啊"，一边用毛巾使劲搓着把头发擦干，脸上的妆完全脱落了，我看着这一幕，心情稍微明朗了一些。因为我总觉得，今天初见卷子的时候对她容貌的一些感觉也许只是错觉。卷子变得清清爽爽，虽然刚才看上去还那样瘦小，但也许并没有那么严重。她的脸明显也只是因为粉底的颜色和用量太奇怪了，所以之前看上去才会那样，也许实际上并没有什么改变。我会大吃一惊可能也仅仅是因为太久没有看见卷子的脸，所以反应过度了。或者也是因为看习惯了，我开始觉得卷子的脸只是随着岁月添了老态——这种感觉让我稍微松了口气。

"这个，能让我在阳台上晾一下吗？"

"这房子没有阳台啊。"

"没有阳台？"卷子吃惊地反问我，那话音使得绿子也回过头来。"没有阳台算什么房子嘛。"

"就是这样的房子呀。"我笑道，"打开窗户就是栅栏，可别掉下去啊。"

"洗好的衣服怎么办？"

"屋顶上有平台，去那儿晾。等会儿去看看吗？等再凉快点。"

卷子发出了一些惊叹的声音应和我，又伸手拿来遥控器打开了电视，随意地切换着频道。切过美食节目和购物节目后换到了综艺节目，整个屏幕上透露出一种让人一看就知道发生了大事的不安感，手握话筒的女记者表情严肃地对着镜头热情地不停说着话。她的身后是住宅区，镜头里拍到了紧急车辆、警察和塑料薄膜等。

"出什么事了吗？"卷子问。

"不知道。"

今天早上，杉并区某女大学生在自家附近遭男子刺伤脸部、颈部、胸和腹部——全身各处都有刺伤，记者报道说现在女大学生被收进了医院，但处于心肺停止的危重状态。她还说明了在案件发生一小时后，来到离案发地最近的警察局自首的一名二十多岁男子作为案件的知情者正在接受调查。在这则报道中，屏幕的左上方播放出了被刺伤的女大学生的照片和真名。"那里，还留着新鲜的血迹。"记者频频回头，神色紧张地报道着。镜头中可以看见写着"禁止进入"的黄色带子，还不时拍到围观的人拿手机镜头对着现场的样子。"哎呀，是个可爱的孩子呢。"卷子小声自语。

"之前也出过什么事吧。"

"没错。"我回答道。

确实，上上周发生了在新宿御苑的垃圾箱里找到了部分疑似女性肢体的案件。过了一阵子，得知受害人是一位几个月前就下落不明的七十岁女性，不久后就逮捕了一名住在附近的十九岁无业男子。这位女性是长期独居在东京都内旧公寓的没有亲人的老人，媒体对这两人的交集和作案动机议论纷纷。

"就是那个，杀了老婆婆那个。还分尸了。"

"对，扔在了新宿御苑的垃圾箱里。"我说。

"御苑是个什么样的地方？"

"算是个很大很大的公园吧。"

"诶，犯人是个年轻男子对吧。"卷子满脸嫌恶地说，"被杀的人七十岁对吧？不对吗？还要再老一点？"卷子似乎思考了片刻后说道，"等会儿等会儿，说起来七十岁和可米外婆死的时候同岁嘛。"

卷子像是再次被自己说的话惊到了似的大叫出声，眼睛睁得老大。

"话说确实没有被强奸什么的吗？"

"应该有。"

"太可怕了。不敢相信，对可米外婆啊。怎么会有这种事啊。"卷子从喉咙深处发出低沉的自语。

和可米外婆同岁——也许只要过一个小时，我就会像忘记其他案件一样把这次的案件也忘记，可是卷子的这句"和可米外婆同岁"却好一阵子无法离开我的脑海。可米外婆。可米外婆去世的时候，无论从何种角度如何观察，她都已经是一个老人了。得知患癌住院后当然如此，就连她还健康的时候，可米外婆也完完全全是个老人了。存在于我记忆中的可米外婆从头到尾都是作为一个老婆婆存在的。当然了，从她身上感受不到一丝性的要素，也不存在任何多余的空间容纳那种要素。她是个老人，显而易见的老婆婆。当然我也不知道被杀害的七十岁的受害者是个什么样的人，可能有时候年龄和个人倾向这种东西没关系吧。尽管我明白被杀的受害人和可米外婆不一样，可在我心里受害人七十岁这一点和可米外婆连结在了一起，这样一来可米外婆就不可避免地跟强奸这件事扯上了关系，我的心情说不出的复杂。

活到了七十岁，最后被跟自己孙子年纪差不多的男性强奸，还被这样杀害了——她在至今为止的人生里从来没想过会发生这种事情吧，甚至在被袭击的瞬间，她也无法很好地理解发生在自己身上的事情吧。主持人保持着悲痛的表情说了结尾语，节目结束了，播放了几个广告后，开始重播电视剧。

小纯激动地说，她发现原来自己一直是把卫生巾反着用的。我说骗人的吧，也没有特别激动，倒是有些不解之处。卫生巾有一面是有胶带的，小纯好像一直是拿这面接触自己的身体。她自己似乎不知道，还觉得吸收不好、没有弹性，一直很困扰。把有胶带的那一面从那个地方撕下来的时候很痛吧。这一看就知道是用错了，不是什么难明白的事情吧。

我说我没见过卫生巾，小纯说她家里有一大堆，可以给我看看，于是今天回来的路上去了小纯家玩。和尿不湿差不多大小的卫生巾真的一团团地塞在厕所的架子上。我们家就没有。虽然不情愿，但我就当是预习，坐到马桶上一看，那里有各式各样的卫生巾，贴了很多特价的贴纸。我和小纯聊到来月经是因为卵子没有受精，所以实则是为接纳并培育受了精的卵子而准备的类似垫子的东西和血一起流了出来。然后，小纯竟然认为没有受精的无精卵在血里面，上个月把自己的卫生巾稍微剪开了一点来看。难以置信。我十分吃惊，以厌恶的情绪问她里面是什么样的，可小纯毫不介意。她说卫生巾里只不过是塞满了很小的颗粒，它们因为血而变红，一个个膨胀开来了而已。我问无精卵大概有多大，她说是那些颗粒的极度微缩版。因此好像无论怎么仔细看，都看不清到底有没有无精卵。

绿子

我去厨房用铜锅烧水来泡新的麦茶，绿子来到我旁边，把笔记本给我看。

　　我去探险。

"什么是探险？"

　　散步。

"没问题，但是不问一下阿卷不好吧。"
绿子对我耸了耸肩，用鼻子小声哼了一下。
"阿卷，绿子说她要去散会儿步。行吗？"
"行啊，不过这里是陌生的地方，不会迷路吗？"卷子从房间里回答道。

　　我只在周围走走。

"天这么热，你要走去做什么？"

　　探险。

"好吧，那以防万一，把我的手机带上。对了，刚才路过的超市旁边有家书店。书店隔壁是装饰用品商店，已经不叫装饰用品商店了吧，杂货店？有家放着文具之类的很多东西的店，你去看看吧。这种天在外面待太久会变得跟铁板烧一样。另外，重拨键在这里，按一下就会打给阿卷。"绿子听完我的说明，点了点头。

"有奇怪的人跟你搭话你就跑哦，然后，马上打电话。尽量早点回来啊。"

门"咣当"一声关上了，绿子离开以后——尽管绿子没有发出一点声音，可总觉得房间里比刚才还要安静。绿子走下铁制楼梯的"咣咣"声响了起来。那声音渐渐远去，终于完全消失——卷子简直就像在等着这一刻似的，轻快地起身坐直，关掉了电视。

"就跟我在电话里讲的一样吧？绿子一直就是那个样子。"

"她真是憋得住啊。"我佩服地说，"半年了，在学校能正常交流吧？"

"嗯。暑假前，学期结束的时候我问了班主任老师，说是在学校里和老师也好朋友也好，交流完全没有问题。老师问我要不要由他来跟绿子谈谈，不过我觉得绿子讨厌那样，就回答说再看看接下来的情况。"

"是啊。"

"这是像谁啊，她好像有很顽固的地方。"

"我觉得阿卷你没那么顽固。"

"是嘛。不过我以为她会跟你讲话，没想到还是用纸啊。"

卷子用力把自己的波士顿包拖过来，拉开拉链把手伸进去，从包的底部拿出了 A4 大小的信封。

"好了，先不说这个了。"卷子轻轻咳嗽了一声说道，"小夏，就是这个。我在电话里跟你说过的东西。"

卷子边说边从颇有些厚度、相当结实的信封里小心翼翼地拿出了一大叠宣传册，轻轻地放在小矮桌上。接着，她一直盯着我的脸看。和她四目相对的瞬间，我这才条件反射地想起了这次卷子来东京的目的。卷子摆出双手捧着宣传册的姿势后，小矮桌发出了声响。

2　追求更好的美

"我打算去做丰胸手术。"

卷子打来这通既像宣言又像报告的电话是三个月前的事情。

最初，卷子的基本态度是"这件事，你觉得怎么样"，可是自从她每周三次定期在工作结束后的深夜一点多打电话来之后，情况就渐渐发生了变化。对话变成了丝毫没有要听我的感想和意见的节奏，总之卷子就是没完没了地一股脑说着关于丰胸手术的事。

"做了手术，胸就能变大"和"自己究竟能不能做那样的事"——这两个似乎是卷子关于丰胸手术的两大话题。

我来了东京以后的这十年里，卷子很少深夜打来电话，更何况还是定期打来长时间的电话，突然听见她说"我打算去做丰胸手术"之类的话我很慌张，不假思索地就回答了"好啊"。

可是卷子也没有太在意那句"好啊"，接着就对着只是随声附和的我滔滔不绝地说着现在的丰胸手术的方法、费用、有没有疼痛、术后恢复期等等。有时她还在话里交织着"我觉得能行，应该可以。我打算去做"之类的表达强烈的决心以鼓励自己，此外，还在每天结束的时候自己整理新收集到的信息，她就保持着这种状态，总之就是不停地说话。

我听着卷子那听起来很明快的声音点了点头，一边努力想起卷子的胸部到底长什么样。但是想不起来。我连此刻就长在自己身上的胸部都想不起来，不过嘛这也是理所当然的吧。因此，卷子再怎么热情地对丰胸手术进行说明，不停地说自己的想法，她和胸部还有丰胸手术这些东西还是无法密切地联系起来，越是听卷子说的话就越会产生"我现在到底在和谁谈论谁的胸部，以及到底是为了什么在谈论这些"这种既说不上是不安又说不上是无聊的心情。

她和绿子相处得不好——这件事我是在几个月前听说的，因此话题进入丰胸的无限循环的时候，我也会提起"话说绿子怎么样了"的话头。

不过这样一来，卷子的音调就会低落一点，只是说"嗯，这个嘛，没事"，明显就感觉她是在逃避这个话题。在我看来，比起卷子在电话里说的丰胸手术，今年就要四十岁的卷子今后的生活、钱，当然还有绿子的问题，她应该考虑的事情多得数不胜数，那些才应该是要优先解决的事。

不过我们并不是由谁在关照谁，我明白独自在东京只是为了自己而活着的我没有立场自以为是地说这些，所以从来没有说过强硬的话。关于绿子的生活，卷子自己肯定是最上心的。

如果有钱就好了。如果卷子有一份有最低保障的白天的稳定工作就好了。卷子也不是出于喜欢才半夜出门去酒吧上班，把还是小学生的绿子留在公寓里一个人打发时间。虽说是为了钱，但她也不愿意让女儿看见自己偶尔喝醉的样子。有什么事或有紧急情况的时候，附近有个随时都能跑去的朋友的家让她心里有底，卷子也是没办法才过着现在这样的生活。

但是，再怎么不得已，我终究无法不担心从今往后卷子和绿子要怎么生活下去。比如说晚上，如果今后绿子还是得一个人度过夜晚的时光，这毫无疑问是不好的。没有一点好处。这种状况应该尽快改善。那么为了改善这个状况，要怎么做才好呢？

没有能赖以为生的工作的卷子。靠打零工为生的妹妹我。之后需要用钱且还是个孩子的绿子。没有任何保障的生活。能当庇护者的亲戚也一概没有。靠嫁个富豪一举逆转的可能性为零。兴许还会起反作用。彩票。生活保障——

我刚来东京的时候，曾经跟卷子说过一次关于生活保障的事情。卷子不明原因地头晕昏倒了，那段时间她担心会不会是有什么重大疾病，每天都很不安。去医院做检查期间卷子的身体没有好转，就连店里也不能去了，所以完全没了收入，我们不得不商量眼下的生活和今后的日子。

那时我不过是作为一种可能性，提出"不如试试生活保障这种方法怎么样"，可卷子却固执地不肯接受。别说接受了，就连我推荐这个都遭到了卷子的指责，最后还演变成了十分激烈的争论。在卷子的心中，似乎有种"接受生活保障"就跟接受耻辱一样的感觉，如果接受了，就如同要承认自己是给国家和他人添麻烦才能活得下去——卷子她好像把这件事看成是对一个人应有的状态和尊严的伤害。

这种想法是错的，所谓生活保障只是金钱而已，跟羞耻、麻烦、尊严这些都没有关系，国家和他人就是为了守护个人的生活而存在的，因此有困难的时候堂堂正正地提出申请就好了，这是我们的权利。无论我如何对卷子解释这些，她就是听不进去。卷子哭着说，如果去申请这个，那这些年的苦就白吃了。我们没给任何人添麻烦，不分白天黑夜地拼命工作，一直这么过到了现在。我放弃了说服她。所幸检查结果是卷子的身体没什么异常，她拜托店里预支了钱当生活费，好歹恢复了往常的生活状态。当然，并没有从根本上解决任何问题。

"我打算去，这里。"卷子从包里拿出来的宣传册有厚厚的一沓，她边给我看最上面那张边说，"在大阪我也去了各种地方咨询，收集了这么多资料，最想去的还是这里。"

各种开本的宣传册加起来不知有多少册。看着这有二三十册甚至更多册数的厚度，想象一下没有电脑的卷子是如何收集到这些的，我的心情又变得灰暗起来，所以我没有问她收集的方法。撇开卷子推荐的那一册，我先拿起其他的宣传册看了一遍。基本都是充满美感的裸体特写照片，大多起用金发的白人模特，她们被柔和的粉色蝴蝶结和花朵等设计物包裹着。

"明天啊有咨询。这是我今年夏天的一大活动。所以我想把宣传册全都带来给你看看。家里还有剩下的，我把看起来漂亮的先拿过来了。"

我盯着宣传册看。即使照片这么小，身穿白大褂的医生依然露出了那白得异常的牙齿，笑容灿烂地看着我。他们的脑袋上方写着巨大的"经验就是一切"。见我一直盯着看，卷子拿起她推荐的那本宣传册靠了过来，劝说我别看那本了，看看这本。

"这个，感觉像不像美容？"

卷子选中的那本是黑色的、整本泛着光泽的式样，纸张也很厚，具有其他宣传册不具备的说好听点是高级感，说坦率点是威严感。文字也是用金色印刷的，全无以女性为目标的美容业惯有的可爱、幸福和美丽之类的完美印象，怎么说呢，呈现出让人想到"内行、情色"这种硬派且充满了夜间工作所有悲喜的感觉。丰胸手术对身体来说是件精致的大事，疼痛啊各种各样的担心啊应该很多，如此一来，哪怕一点点也好、骗人的也好，明明更希望有一点轻飘飘的、温柔治愈的感觉，卷子却想把自己交给这家宣传册像在介绍店里的男招待的诊所，她是出于什么理由呢？我思考着这个问题，卷子却无视了我的沉默，继续说着。

"关于丰胸手术我在电话里说了那么多了，就像我之前说的，种类多得不得了，大体来说有三种选择。你记得吗？"

我忍住了几乎脱口而出的"不记得"，只是暧昧地点点头。卷子又对我说道："第一种是硅胶。第二种是玻尿酸。第三种方法是用从我自己身上抽取的脂肪填充。植入硅胶确实是人气最高、做的人最多、最有实绩的，不过这也是最贵的。硅胶啊，这个，就像这个。"

卷子用手指"咚咚"敲击着泛着光泽的黑色宣传册上排成一列的肤色硅胶的照片。

"这个填充假体也有很多种呢。我想给你看看这个。有好多种类，每家医院说的也稍微有点不一样，真是很难选啊。最主流的是这个。硅凝胶，接下来是……不是咖啡，是硅凝胶假体①哦，为了不从内部泄露，它比硅凝胶要硬一点，万一发生什么情况破裂了也还是安全的，不过有时候看起来会有点怪，因为硬嘛，好像也有评价说不自然。然后，还有生理盐水。它的优点是后面再注入盐水让胸部膨胀，所以把袋子放进去的时候身体上的切口很小。但是硅胶啊，还是现在的主流。硅胶推出来以后，已

---

① 日语中咖啡（コーヒー）和硅凝胶（コヒーシブ）部分发音相似。

经没人用生理盐水了。所以，真的是考虑了很多之后的结论，我打算用硅胶。我想去做的那家医院费用是一百五十万日元。两侧胸部都做。然后，其他还有麻醉之类的，全身麻醉的话还要再加十万。"

说完后，卷子露出了类似"你觉得怎么样"的表情，并凝视着我的脸。一开始我心想为什么一直盯着我看啊，觉得不可思议，就也盯着卷子的脸看。意识到是这样啊，卷子是在等着我的感想后，我笑说："啊，真厉害啊。"尽管如此，她还是盯着我看，所以我又追加感叹道："不过啊，一百五十万日元，好贵啊。"虽然这就是我率直的感想，但是之后我的脑海里立马掠过了自己是不是说了多余的话的想法。

不过实话实说，一百五十万日元太贵了。与其说是太贵，不如说是不合理，对我和卷子来说是一个无论如何都扯不上关系的金额，一笔完全没有现实感的钱款。虽然我心里想的是，一百五十万，卷子在说些什么莫名其妙的话啊，但是刚才那个说法，卷子该不会理解为对卷子的胸部来说一百五十万太贵了——也就是说"为卷子或者卷子的胸部花一百五十万没有价值"了吧？当然，某种意义上来说，确实如此，不过——我装作不在意的样子继续说下去。

"不是——不过怎么说呢……一百五十万不是笔小钱，但这是花在身体上的嘛，保险也用不了吧。这是很重要的事情啊——嗯，也许不贵！"

"你懂我。"卷子眯起眼睛，静静地点点头，又不经意地用温柔的声音继续说道，"没错……比如啊，小夏，看这儿，宣传册上写着什么促销价格四十五万日元之类的。但是啊，实际去店里问的话根本没有那么便宜。就是先把人吸引过来的战术，加上这这那那的，价钱就几乎和原来的没什么区别。还有，促销价的话不能指定医生来做的，大多会转手给新手，综合来看有很多因素要考虑……丰胸的路途，离成功还很遥远啊。"

卷子感慨道，然后闭了一会儿眼睛，接着又突然睁开了。

"所以，查了又查的结果就是，这里是最好的！丰胸手术有很多失败案例。像在乡下，因为选择少，大多就在乡下的医院做，可是病患的人数还是有差异，经验很重要，经验就是一切。而且，手术失败的人来重做的时候一致都说，如果一开始就知道这家的话，真的无论如何都绝对会来这里做。"

"原来如此……但是阿卷，这里的这个是什么？这本宣传册上写着'注射透支'——不对，是'透明质酸'吧。还写着对身体来说非常自然。注射的话不用切开、缝上吧，这种不行吗？"

"啊，透明质酸也用不了的。"卷子扬起嘴角噘成了三角形，"那种东西马上就会被吸收掉，最后消失不见。这样还要八十万，不选不选。你也不会选吧？就像夏子说的，这种方式不会留下伤口也没有疼痛，要是能让胸部永远那么大的话肯定是最大的幸福。这种是模特啊艺人啊在拍泳装前之类的关键时刻用的。透明质酸可是高级别的呢。"

卷子好像已经熟读过我展示的宣传册了，她没有丝毫停顿，流畅地向我解释道。

"那里写着的'注入脂肪'，用的是原来就在自己体内的脂肪，所以很安全，但是必须在身上打好几个洞，还得把很粗的针或者说是针筒一样的东西放进去，会对身体造成很大的负担。手术很花时间，麻醉也很深度，还有，这个手术可不简单。有那种砸碎道路的机器对吧，人的身体就像那样变成了施工现场的感觉。可怕的事故也很多，偶尔还有人死亡。另外，我……"卷子露出了些许悲伤的表情，接着又露出了笑容，"托大家的福，一点多余的肉都没有。"

通过这几个月的电话，我应该已经熟悉了气氛，可是侃侃而谈丰胸手术的卷子实际在我眼前时，不知道怎么说，我感受到了一种类似失望的东西。那是一种，怎么说呢，就好像在车站、医院或者路边，观望稍远处那些即使没有听众也不停地说着话的人时体会到的感情，看着唾沫四溅还不停说着话的卷子，我总觉得自己的情绪变得寂寞而灰暗。我并非对卷子和她说的话没有兴趣，也绝不是没有设身处地为她着想，可我察觉到自己是在用与这些都不同的宛如同情般的心情看待卷子，对此我感到内疚。我无意识地用指甲剥起了嘴唇上的皮，舔到了一丝血腥味。

"对了对了，还有这个很重要，植入硅胶的地方有两处，肌肉和胸部的脂肪下面都可以，不过植入到肌肉下面的话，不容易一眼就看出来，假体是在下面的，所以是叫垫高吧。那么还有一种呢在更浅层的部分，是植入到乳腺下面的，和植入到肌肉下面相比，手术本身更节省体力和时间，但是很多时候不适合我这种瘦削的人，你看，不是有那种胸前像被马桶塞吸出来似的人嘛。你没见过吗？见过吗？没见过？见过？身上完全没有肉，只有那个地方凸了两坨的感觉。那种就有点……一眼看上去就觉得不行。所以我还是下定决心选肌肉下植入，现阶段我是这么想的。"

○ 如果，我来月经了的话，接下来直到绝经的几十年里，每个月都要从两腿之间流出血来，这也太恐怖了。我无法阻止它，家里也没有卫生巾，一想到这个心情就很低落。

如果来月经了，我也不打算和妈妈说，一定要瞒着她。我读了一本女主角迎接（说什么"迎接"，不过是擅自来的罢了）初潮的书，我读了，书里有"接下来我也将在某天成为母亲"的感动，或是"感谢妈妈生下我""感谢生命接续到我手上"之类的场景，我很是吃惊，又重读了一遍。

书里大家都因为月经来潮而感到高兴，喜笑颜开地和妈妈商量，妈妈也高兴地说些"你也成为一个女人了，祝贺你"之类的话。

实际上我也听说过，班里也有向全家报告这个消息，还做了红豆饭来吃的人，但这也太夸张了。我总觉得书上大多都把月经写得太好了，有一种想让读了这些的人、还对月经一无所知的人认为月经就是这么一回事的感觉。

之前我在学校里走着的时候，还听见不知道是谁说，因为是作为一个女人出生的，所以将来肯定会想生孩子。仅仅是从那里流出血来就"成为女人"了？就产生身为女人要孕育生命的伟大想法了？而且，为什么就这么耿直地认为这是件好事呢？我不这么认为，我觉得这可能就是我产生厌恶之情的原因。让我读这样的书，不就是想让我也有这样的想法吗？

我擅自感到饥饿、擅自来了月经的身体为什么存在于此？我似乎被困在这样的身体里了。因为被生下来之后，不得不活着，不得不不停吃饭、赚钱，不得不活下去，太辛苦了。我看着妈妈每天不停地工作，每天都很辛苦，心里就在想这是为什么。单是一个人就已经那么难了，为什么还要从这具身体里再生出另外一具身体呢？我甚至都无法想象那样的事情，大家是真的觉得那样很好吗？自己认真思考过后真的这么认为吗？一个人的时候，一想到这些我就会心情低落。所以我想，对我来说这些真的不是好事。

　　来了月经就意味着可以受精了，也就是怀孕。怀孕就意味着，像我们这样吃饭、思考的人类会增加。一想到此，我就生出夸张的绝望情绪。我绝对不要生孩子。

绿子

3 乳房是谁的

回过神来的时候已经过了将近一个小时，就连卷子关于丰胸手术的信息和热情也差不多都说尽了吧——她把摊在矮桌上的宣传册收集起来，对齐书角后放进波士顿包里，又大大地呼出一口气。

时针指向了四点，我看了看窗外，依然很强烈的阳光肆无忌惮地洒在一整面玻璃上。

窗外的所有东西都散发着白光。停在隔壁停车场里的鲜红色汽车的前挡风玻璃水灵灵地泛着光，仿佛有水要从那儿涌出来。光像要溢出来似的流泻着。这就是所谓的熠熠生辉吧。我就这样想着这些词句，远远地望了一会儿那流光溢彩。然后，我看见娇小的绿子低着头从笔直延伸的道路的远处朝这边走来。距离逐渐缩短，她的脸似乎朝向了我这里，于是我大幅度地挥了挥手。绿子的脚步停滞了一瞬间，好像是注意到了我，她微微抬起手，接着又低下头走路，她的身影越来越大。

这次卷子来东京的目的，是为了明天的诊所咨询，并没有考虑其他特别的安排。明天，卷子上午就要出门，所以下午只有我和绿子两个人一起过。前一阵子，有个来推销报纸的阿姨是个好人，她只说如果有兴趣的话请考虑一下，还留下了附有无限次乘坐券的游乐园门票。这已经是很久以前的事了，门票就放在抽屉里，不过小学六年级的女生大概不会想和亲戚一起去游乐园吧。从刚才卷子的话里我知道了绿子喜欢书，但我根本不知道连话都不说的绿子会不会说想跟我两个人一起出去。说起来，那个阿姨眉开眼笑地告诉我："我们的工作不是推销员，而是'报纸扩张员'。"她笑着说，做这份工作的女性很少，所以反而更能签到合同，一样要打零工的话，不如做这个更能赚到钱。

不过那是明天，明天的事情明天再想就行了，眼下应该考虑的，是所剩不多的今天。我打算带她们去附近的中餐馆吃晚饭，可是离晚饭时间还有三小时左右，意外地漫长。卷子拿懒人沙发当枕头，一只脚搁在波士顿包上看着电视，从外面回来的绿子坐在角落里，在笔记本上不停地写着什么。听卷子说，绿子似乎从不说话之后就不离身地带着两本笔记本，平时的对话就用刚才用的那本较小的笔记本，而另一本厚的笔记本好像是用来写日记之类的吧。

倒也说不上拘谨，不过总觉得哪里不自然，我不知道在这种令人担忧的气氛里应该做点什么，于是先擦了矮桌，刚才把大麦茶拿出来的时候才往制冰机里加了水，明明不可能那么快结冰，可我还是去检查了一下，接着又捏起了掉在绒毯上的红色线头。卷子一副像在自己家里的样子，躺倒在地上笑着看电视。绿子好像也在集中精神写着什么，两人各自都很放松。也许晚饭前没有必要特地做些什么，这样就很好。不用在意他人，不必大家步调一致，各做各的事情消磨时间，这种打发时间的方式本来就很平常。不，比起平常，应该说是舒适。于是，我也想着要不读读刚开始看的小说吧，坐到了椅子上翻开书，然而可能是因为有旁人的气息，让我无法平静下来，虽然读完一行再读下一行，又翻到了下一页，但眼睛几乎只是扫过印在那儿的文字，并没有在脑中与故事联系起来。我放弃了，把书放回书架，问道："阿卷，很久没去澡堂了，去吗？"

"这附近有吗？"

"有啊，有啊。"我说，"大家一起洗得清清爽爽的再去吃饭吧。"

这时，刚才一直歪着脖子认真写着什么的绿子突然抬起头看着我，迅速换上了小笔记本，毫不犹豫地写下了"我不去"。卷子斜着眼看见绿子的动作，对此她什么都没回答，而是对着我说好啊，去吧去吧。

我把一套洗浴用品放进脸盆，又在上面放了两条毛巾，然后把这些塞进了塑料背包。

"绿子，你在家等我们吗？真的不去吗？"

我知道她是不可能去的，但以防万一还是问了她一下，结果绿子抿紧了嘴唇，带着不满的眼神厌恶地用力点了一下头。

伴随着残留的暑气，夜幕即将降临，在这缓慢下沉的夏日夕阳里，很多东西看得如此真切，可也有很多东西暧昧不清。雾气中充满着怀念、温柔之类的无法重拾的事物，步行其间，仿佛有人在追问我："你是要就这么继续前行，还是要往回走？"当然，这个世界是不会对我有丝毫关心的，因此这不过是我的自我陶醉罢了。无论是看什么或不看什么，我都会写成感伤的故事，不知道这对于我希望靠写作为生的想法来说是拖了后腿呢，还是有所助益呢？现在我还不太明白。究竟什么时候才会明白呢？这一点我也还不明白。

步行到澡堂要十分钟。以前我们经常这样两人肩并着肩，一起步行到澡堂来洗澡，大多是在晚上，偶尔会在星期天的早上洗个晨澡。与其说是来洗澡，倒更像是来玩的。要是遇到邻居家的孩子，就会在浴池里玩过家家之类的，待上几个小时也是常有的事。不光是洗澡，我们总是待在一起，卷子让我坐在自行车的后座上，载着我骑去各个地方。我们俩差了很多岁，因此这对卷子来说应该是很无聊的事，可她却从来没有因为年纪而**不情不愿地照顾我这个妹妹**。

说起来，我还见到过身穿制服的卷子一个人孤零零地坐在傍晚的公园里。虽然我没问过她，不过也许比起和同级生，和比自己小的孩子在一起更让卷子自在吧。我一边想着这些，一边讶异于自己今天为什么喜欢这样回顾往事，接连不断地想起些没完没了的事情，不过道理上也说得通吧，或者说会这样是理所当然的。因为虽然卷子活在当下，她还活着，是和现在的我仍有关联的个体，可她和我的联结大部分都是建立在共同拥有的过去的体验和记忆上的。像这样和卷子一起度过的时间，和与此同时想起的那些时光几乎是相同的。明明没有任何人问我，我却一边在脑中想着借口，一边向前走去。

"和刚才来的路不一样啊。"

"是啊，和车站方向相反。"

一路上，和我们擦肩而过的只有一个提着塑料购物袋的阿姨和两个走得非常缓慢的老人，路上很安静。我们要去的澡堂在住宅区里，而且入口还位于比较靠里的地方，因此住到这儿来之后，好一阵子我都没发现有澡堂。因为心中有"澡堂是关西的文化"这种不知是真是假的先入为主的观念，而且至今为止实际去过的东京的澡堂都不太大，所以我没抱什么期待就去了，结果这家倒挺像模像样的。有四个室内浴池、一个露天浴池，还有齐备的桑拿和淋浴，令我大吃一惊。不过，澡堂周围全都是住宅，大家家里都有浴缸，想泡大浴池的时候可以去大型浴场，所以，我很好奇在这种地方开澡堂生意如何。然而，偶尔来看看竟总是很热闹，这让我意识到这街区里居然住了那么多人。正好澡堂在两年前进行了大规模的改装工程，在那之后就更受欢迎了，从隔壁街区还有离此地稍远的街区，以及很远的街区都有各种各样的澡堂爱好者来到这里。宽敞的等候室里展示着不知道是当地人还是小有名气的创作者创作的照片、工艺品、玩偶等作品，成为了附近这一带的热门景点。

我以为夏天的傍晚到晚饭前的这段时间总该是空闲的吧，可是澡堂的规则似乎和刚才路上的冷清毫无关系，这里熙熙攘攘，被许多客人挤得满满**当当**。

"挤得不得了啊。"

"是啊，很受欢迎嘛。"

"是新造的吧。好干净。"

婴儿仰躺在婴儿床上，边被擦拭着身体边哭泣，幼儿到处奔来跑去。崭新的液晶电视机里播放着新闻，其间还夹杂着吹风机的声音。收银台的阿姨明快的迎客声，弯着腰的老妪的笑声，头上卷着毛巾，就这么裸着身子坐在藤椅上聊天的女人们——更衣室里充满了女人们的活力。我们占了两个挨着的储物柜后脱掉了衣服。

我对卷子的裸体毫无兴趣，丝毫没有。不过和有没有兴趣无关，我的脑海中浮现出了"即便如此，也多少得了解一下她吧"这样的想法。因为这几个月以来，我们话题的中心就是丰胸手术，而这个主题的中心是卷子的胸部。非要说的话，这算是接近于责任和义务的关心吧。丰胸手术和卷子的胸部。事到如今，我还是很难把这两样东西联系起来，使得卷子如此想做丰胸手术的那个根源——卷子的胸部，现在是什么样的？虽然我们一起生活的时候也一起去过几次澡堂，但是对于卷子的胸部是什么样的，我连记忆模糊都说不上，而是根本毫无印象。

我偷偷看了看有些慌乱地脱掉衣服并团起来放进储物柜的卷子，她看上去比穿着衣服的时候瘦了两圈——这种冲击一瞬间把胸部的事吹得无影无踪。

即使是从背后看，卷子两条大腿本该贴合的部分也明显分离了，躬起背的话，脊柱和与之对应的肋骨，还有屁股上方的盆骨都隐约浮现出来。她的肩膀瘦削，脖子很细，衬得头看上去很大。她无意识地舔了舔半开的嘴唇后又闭上，我低下了头。

"进去吧。"用毛巾遮挡着身体前侧的卷子说道。我们走进了沐浴区。

成团的白色蒸汽扑面而来，我们的身体一下子就变得湿漉漉的。浴池里也非常拥挤，充斥着一种只能说是热水的气味。屋顶很高，偶尔会回响起澡堂独特的"咚"的声音，每次听到，我的脑海里都会出现巨大的竹简敲石，而且总是会想象削尖的竹子前端掉在秃头上的场景。背对着我们低头洗发的人、边聊天边泡澡的人、提醒孩子不要奔跑的母亲。到处都是濡湿的泛着潮红的身体在走来走去。

我们占了镜子前带椅子和洗脸池的座位，用热水淋过大腿和腋下后，泡进了红色电子屏幕显示着四十度的最大的浴池里。虽然澡堂有不能把毛巾浸到浴池里的基本规矩，可卷子还是毫不在意地用毛巾遮挡着身体前侧，就这么扑通一下泡进了浴池里。

"好热啊。"卷子看着我说，"喂喂，东京的泡澡水都这样吗？"

"不，这可能是这家澡堂独有的。"

"不过好温暖啊，这么下去能泡到死。"

卷子泡在浴池里的时候，毫无顾忌地从上到下像舔舐般观察着在淋浴区走来走去的和浴池里进进出出的女人们。这种凝视已经到了就连在旁边的我都有些介意的程度，我不禁小声提醒她："喂，阿卷，看过头了。"不过，忐忑地担心被对方斥责了该怎么办的只有我，卷子只是"啊啊""嗯嗯"敷衍地回答着，一副不在意的样子。我没办法，只得和卷子一样沉默地注视着女人们的身体。

　　"那个，飞机啊……"

　　我想把卷子的注意力从女人们的身体上引开，就说起了和泡澡无关的话题。关于在有限的移动手段中，飞机有多安全——举个例子，是即使一个人从呱呱坠地后的九十年里人生全是在飞机上度过，从未离开飞机也不会坠落的程度。不过在这样的概率下，也的确存在坠落的飞机。我们人类要如何接受这个事实呢？我尝试聊聊这样的话题，但卷子似乎对此毫无兴趣，话题到此就结束了。但是现在聊绿子的事又有点沉重吧，正这样想着的时候，我看见从入口处走进来了一个老妪，行动迟缓得简直让人觉得她和我们是受到不同的重力和物理法则支配的。老妪深深躬着肉乎乎的背，像年迈的犀牛般花了一段时间从我们面前缓缓横穿过去，又花了很长时间慢慢地朝里面走去。她似乎是往露天浴池去的。

　　"你看见了吗？刚刚那个粉红色的乳头。"

　　卷子眯起眼睛，紧盯着老妪的背影说道。

　　"诶，没看见，怎么了？"

　　"真不错啊。"卷子叹息着说道，"天生的，在黄种人里有那种颜色是奇迹呢。"

　　"这样啊。"

　　"乳晕和乳头没有界线也很棒啊。"

　　"嗯，可能吧。"我适当地附和一下。

　　"最近呢，也有用药去除色素来把乳头变成粉红色的。"卷子说，"但是这没有意义啊。"

　　"什么药？"

"涂一种叫维生素Ａ酸的药，先让皮肤剥落，再涂一种叫对苯二酚的漂白剂。"

"漂白剂？"我惊讶地反问道，"让皮肤剥落？"

"不是一下子就剥落，是渐渐地碎成粉末状再脱落下来，用维生素Ａ酸。也就是接近把死皮扯下来的感觉。"

"所以是在把皮扯下来之后，再把漂白剂涂在乳头上？"

"没错。"

"这样就会变成粉红色？"

"哎呀，短时间里是会的。"卷子看着远处的某个地方说道，"基本上颜色黑是因为色素的关系对吧？这是遗传的。不管对苯二酚怎么破坏色素，人体都会新陈代谢的。"

"细胞新老交替的时效啊。"

"对对，现在出现在表面的能看见的黑色素，茶色的那些，被漂白后颜色可能会变淡，但是新的色素总还会再长出来的。从下层。因为有原始的色素啊。这是不会改变的。所以想要保持浅色，就要一直不停地涂维生素Ａ酸和漂白剂，那可能吗？不可能的嘛。"

"阿卷，你涂过吗？"我看了看卷子。

"涂过啊。"卷子在浴池里把毛巾紧紧贴在胸前说，"超痛。"

"超痛？啊，是很痛的意思？乳头很痛？"

"没错。哺乳也是啊，痛得要死。乳头被咬啊吸啊就会出血出脓，变得硬邦邦、黏糊糊的，在这种状态下要持续吸二十四小时。那简直痛得无话可说。"

"啊……"

"涂药这种像是乳头要烧起来了。"

"烧起来？"

"洗完澡后涂上维生素Ａ酸，啊——乳头痛得像要烧起来了，又像干裂，超级痛，这种感觉会持续一个小时。这种感觉过去后又必须涂漂白剂了，这下又变成了难以忍受的痒。就这样反反复复。"

"那颜色呢？"

"这个嘛，稍微变淡了一些。"卷子说，"在涂了三个礼拜左右的时候。太让人感动了。"

"取代了疼痛。"我佩服地说。

"嗯，明显变淡了，我看着自己的乳头入了迷。去服装店里也不买衣服，就走进试衣间里看一眼。那可真让人高兴。但是……"

"但是什么？"

"那样的状态没法持续啊。"卷子露出像吃了难吃的东西似的表情，摇了摇头，"维生素 A 酸和漂白剂都又贵又痛，简直可以说是拷问。还必须把它们仔细地保存在冰箱里，有人说已经习惯了，不过也有人说习惯了就是产生耐药性了，能习惯的话颜色也就不会变淡了。总之我是做不到的。三个月就是极限了。看着稍微变淡了的乳头，我做着'或许世界上只有我是什么都不做就能保持这种浅色的特别的人'的美梦，但是很快它就变回原来的样子了。"

原来缠绕着卷子的关于胸部的烦恼、问题或者说是探究心，不仅是大小而已，颜色也是重要的因素。虽然不知道卷子是何时做的尝试，但我试着想象了一下洗完澡后从冰箱里用指尖取出两种药涂在乳头上，并坚持忍受着剧痛和奇痒的卷子的样子。现在是连高中生都会做整容手术的时代，因此我也知道有人会觉得乳头烧起来算不上什么，可那是卷子啊。为什么事到如今卷子非要做那样的事情不可呢？

当然了，我对于自己的胸部也不是没有烦恼或者说是想法。不，正确来说是不可能没想过。

我清楚地记得自己的胸部开始鼓胀起来的时候，不知何时就变成了疙瘩似的东西，稍微撞到点什么东西就异常疼痛。小时候，和附近的孩子一起开着玩笑偷看杂志上的女性裸体，或是电视上放的成年女人的裸体时，我也曾模模糊糊地想过，什么时候自己的身体也会这儿凸那儿翘地变成那样的身材。

但是，我没有变成那样。孩提时代的我拥有的对成年女人裸体的模糊且唯一的印象，和实际上发生了变化的自己的身体完全不一样，根本不是一回事。总觉得我的身体没有变成我想象中的女人的身体。

我想象中的身体是什么样的？那是写真杂志上刊登的女人的身体，毫不避讳地说就是通常被认为是"淫荡"的身体，能勾起性幻想的身体，让人充满欲望的身体。或许也可以说成是具有某种价值的身体。我原以为所有女人在成年后都会变成那种体态。可我的身体，没有变成那种类型。

人喜欢美丽的事物。大家都想触摸和观赏美丽的事物，有机会的话自己也想变美。美丽的事物有其价值。不过，总有人一辈子与美丽无缘。

我也有年轻的时候。但是，我却从没有美丽过。从一开始就不属于我的东西，我要如何去寻找、去探求呢？美丽的容貌，光洁的皮肤，令大家羡慕的形状姣好的诱人胸部。这些从来就跟我无关。我可能就是因此而立刻停止了对自己身体的思考。

卷子如何呢？她想做丰胸手术让胸部变大，还想让乳头的颜色变浅，到底是为了什么呢？我试着思考，但找不到确切的理由，因为人追求美是不需要什么理由的。

美，即是好。好，就是和幸福相连。虽然幸福有各种各样的定义，但活着的人无论是有意识或无意识，都在追求某种对于自己而言的幸福。就连走投无路而打算一死了之的人，也在追求名为死亡的幸福，一种想要了结自己这个生命体的幸福。我想幸福是无法再细分下去思考的东西，是人类抱着最小亦是最大的动机给出的答案，所以"想要变得幸福"这种心情本身就是理由。但是我不知道，或许存在于卷子心中的并不是幸福这种模糊的东西，而是某种更加具体的理由。

我们各自在浴池里发着呆，我看了看挂在墙壁高处的钟，从刚才开始已经泡了十五分钟了。但就像卷子说的那样，是很舒心的温度，又没有热气积压在身体里的感觉，这种温感让人觉得就这么再泡一两个小时也没问题。

我偷看了一眼卷子的侧脸，想看看她是不是还在观察女人们的身体，却发现她皱着眉一直凝视着同一个地方。

"水还是有点温吞啊。阿卷你觉得怎么样，先出去冲洗一下身体吧？"

"不……"卷子低声呢喃道，有一小会儿她沉默地保持着一动不动。

"阿卷？"

接下来的一瞬间——随着"哗啦啦"的声响，卷子突然站了起来。接着她扯下毛巾，把自己袒露出来的胸部朝着我的方向，用空手道社团或是柔道社团里常听见的那种充满威严的低音说："怎么样？"

"怎、怎么样？"

"颜色啊，形状啊。"

稍微有点黑，但是很大。这样的词句浮现在我的脑海里，可我没有说出口。其他客人是如何看待两个人中的一个手叉腰、腿叉开地站立着，气势汹汹地俯视另一个人的这幅构图的呢？我的犹豫也包含了对此的担心，一时间只能点头。

"大小可以，我知道。"卷子说，"颜色怎么样？颜色。你觉得黑吗？黑的话是有多黑？说实话。"

"不，不黑。"

卷子对着不由自主地说出假话的我继续追问。

"那……这属于正常范围？"

"不是，要说正常，一般都是什么样的？"

"就按你认为的正常就行。"

"诶，我认为的正常？"

"对，你认为的正常。"

"可就算是按我认为的正常说了，也不算好好回答了阿卷想要知道的问题吧。"

"你这说得拐弯抹角的，算了。"

我没办法，只好回答了用平板的语调催促我的卷子。

"嗯……说不上是粉色的吧。"

"不是粉色的，这我还是知道的。"

"啊，是嘛。"

"是啊。"

接着卷子缓慢地重新泡入浴池里，我们又和刚才一样没有焦点地注视着前方，可是卷子的胸部就像烙印，在我的心头挥之不去。卷子的胸部和乳头"哗啦啦"的从泡澡水里突然出现的样子，不知为何给人一种尼斯湖水怪啊大舰队啊之类的巨大形体从水底浮上来的印象，再配上慢镜头，回放了好几遍。

粘在鼓起得像被蚊子咬过一般的胸上，看上去像什么操纵部件似的，立体的、横看竖看都很完美的乳头。像横倒过来的轮胎，或者说像用最浓的铅笔——最浓的是 10B 吧——一圈圈使劲涂满的直径约三厘米的圆。总之，颜色很深。我觉得这比我想象的还要深的颜色——和漂亮、美丽、幸福这些说法都无关，也许稍微浅一点也好。

"很黑啊。我的又黑又巨大。我知道，我的胸部不好看。"

"不，感觉是因人而异的，再说又不是白种人。颜色深也是理所当然的啊。"

乳头啊颜色啊都无所谓，本来我就对这些没兴趣，我想用这种氛围说出来，可卷子像要完全抹去我的顾虑似的叹了口气。

"我也是啊，生孩子之前也没有到现在这个地步。"卷子说，"可能也没什么大的变化，以前也不怎么好看，但说实话，以前没到现在这个程度。你看这个，这样是没有的。还被人说是不是奥利奥啊，就是一种点心，一种饼干。不过，奥利奥都比我这个好点吧。这已经跟那个一样了吧，美国车厘子那种很浓的颜色，不单单是黑色，是混着红色的浓黑色，不过要是车厘子色还好一点，实际上是屏幕的颜色，液晶电视切断电源以后屏幕的那个颜色。之前在电器店看见的时候，我就觉得认识这个颜色，在哪里见过。是我的乳头。

"不过大小也是，怎么说呢，只有乳头松弛得像塑料瓶的瓶口，医生都认真地说过我'这能放进婴儿的嘴巴里吗'，这种话可是至今为止见过几万个乳头的专家对我说的啊。我的胸部又扁又平，就像捞金鱼时用到的那种水装到半满的塑料袋，软趴趴的感觉，你懂吗？我的胸部现在就是那种感觉。有生完孩子也没有变化的人，也有顺利恢复了原样的人，各种各样的都有。但是，反正我是变成了这个样子。"

我们俩都沉默了一会儿。我的脑海里盘旋着卷子说的话，也想着泡澡水的水温。这水温没有四十度吧，那个温度计的显示哪里有问题吧，等等。接着，我想到了卷子的乳头。刚才强烈的视觉画面里浮现出了各种印象，但如果要用一个词表现卷子的乳头的话是什么呢？果然还是"健壮"吧。"阿卷的乳头，很健壮啊"是一种赞美吗？不算是吧。可是为什么乳头不能健壮，不能很黑呢？漂亮啊，可爱啊，对乳头用这些词也很恶心吧。在乳头的世界里，健壮黢黑的巨大乳头难道不能掌握霸权吗？这种时代会来临吗？会吧。

我模模糊糊地想着这些事情的时候，入口处的帘子被拉开了，蒸汽涌动，两个结伴来的女人走了进来——我原以为是这样，但看了一眼，不知为何直觉地感到哪里有些奇怪。其中一人是拥有普通的"女性的身体"的二十多岁年轻女性，但是另一位则无论怎么看都像是位男性。

卸了妆的脸、脖颈的粗细、胸部、腰部周围、长及背部的金发，这些特征一眼看上去就能知道这是位女性，而另一个人——剃短的头发、从脖子铺到肩膀的隆起的肌肉、粗壮的手腕，而且胸部虽然膨出但真的很平，两腿间遮着毛巾，她的同伴紧紧挽着她的胳膊走了进来。

我不知道这两个人是第一次来还是偶尔会来的客人，至少我没见过她们。但是，浴场里的客人们一瞬间完全僵住了，一种近似语塞的感觉在空气中流动。可两个当事人仿佛毫不在意这些，金发那个紧紧靠在剃短头发的那个身上，用撒娇的声音说着"把头发剃短真好啊"之类的话，剃短头发的那个上半身略微倾斜，安稳地坐在浴池边，像在说"哦哦"似的点着头。

两个人好像是在交往，但我也不知道具体情况。不过从她们的神态来推测，似乎金发那个就是所谓的"女性"，也就是"女朋友"，然后剃短发的那个是"男性"，也就是"男朋友"。

我不经意地瞥了一眼剃短发那个人的两腿间的部分，由于用毛巾严严实实地遮着，又把手放在上面，所以看不出来有没有长男性器官。她们俩身体紧挨着坐在浴池边，享受着足浴。尽管知道很失礼，可我很在意剃短发的那个人，所以不时地伸长脖子，假装是在伸展脖颈，趁机偷偷瞄她。

剃短发那个当然是女人，因为这里是女浴室。但是，外表看起来还是像男人。和健硕的肩周稍微有些反差的粉色乳头啦，皮下脂肪的感觉啦，都还能找出女性身体残留的影子，但至少看上去，剃短发的那个人完全是在扮演男性的身体和动作。

我们工作过的笑桥也有各种各样的酒吧，所谓的"男装酒吧"里就有被称作是"女扮男装"的服务员们在工作。

她们生理上来说是女性，但自我认知是男性，因此打扮得就像男性，并且作为男性服务员接客。如果是异性恋者，也是作为男性和女性谈恋爱。比如就算同样是在大阪，我听说如果是在价位和女招待的水准都相当高的北新地之类的高端酒吧，有做手术去除胸部，持续摄入男性激素使声音变低、胡子变浓，甚至连性器官这样的特征都改变了的人。不过，笑桥的男装酒吧里，可能是出于金钱的原因吧，没有人做到那么正式的变性。虽然也有人说什么时候能那样做就好了啊，但基本上是用束胸带和专用的松紧式绷带"啪嗒"把胸部压瘪，穿上西装，束好头发，剩下的就是动作男性化或者是模仿男人，几乎所有人都是这样。看着这样偶尔带客人来小酒馆的女扮男装的人，我意外地感受到了从老板娘和其他的女招待那里感觉不到的类似女人味的东西，是骨骼还是肉感呢，不知道这东西是从哪里来的，但比起普通的女人，反而总是更能从她们的某些地方感受到只能被称作是女人味的东西。我立马偷偷去看就在眼前的剃了短发的那个人的身体，虽然当下无法用语言很好地表达，但确实是感受到了——我感觉在自己的身体以及卷子、母亲和朋友的身体上都不曾意识到的女人味，果然慢慢地浮现了出来。

所以，对于这样的人我也不是一无所知，但是像这样在彼此赤身露体的状态下一起泡澡是第一次。回过神来的时候，原先周围那么多的客人大部分已经走了，泡在浴池里的只有我和卷子了。

我开始焦虑起来。我知道剃了短发的那个人真的是女的，她有进入女浴室的资格。但我觉得这种状况不自然，因为现在我的心情十分别扭嘛。还是说有这种感觉的我很奇怪呢？说起来，对剃了短发的那个人来说，进入女浴场不会不自在吗？内心是男性的自己可以这样进入全是女性的女浴场吗？。不对，不是这样的。正因为剃了短发的那个人自身没有任何问题，所以才能这么堂堂正正地待在女浴场里，我应该抱持疑问的是："我们，在剃了短发的那个人面前展露裸体，真的没关系吗？"

　　既然她的自我意识里是男性，也就是说如果剃短发的那个人是异性恋者的话，即便她本人完全没有兴趣，我们的身体对她来说也是异性的身体。这跟通常意义上的普通男性进入女浴场到底有什么不同呢？我在浴池里直泡到下巴的位置，眯起眼睛一直盯着剃短发的那个人看。一开始的焦虑现在已经变成了明确的恼怒。但是作为异性恋情侣，就这么堂而皇之地走进并非是混浴的女浴场，还是很奇怪的吧。

　　我思考了一会儿，这些话应不应该对眼前剃了短发的人说。不管怎么说这是个敏感的问题，无论怎样发展这无疑都是件麻烦事儿。自己主动招惹是非，通常想来都太傻了。但是，我以前就多少有些这样，会觉得一件事莫名其妙，"为什么会变成这样"，从而耿耿于怀，以至无法沉默不语。当然这并非频繁发生，而且我对于人际关系也几乎不太在意。也许我在某些事物上有些偏执吧。小学的时候，我和参加完活动回来的新兴宗教的信众团体同乘一辆电车，我跟笑着对我宣扬真理和神的存在的他们发生了激烈的争论（当然最后我遭到了伴着微笑的同情），高中的时候，还发生过我在广场从头到尾听了右翼团体的演说后纠缠不休地就矛盾点提问，结果被他们看中，企图招揽我的事情。如果现在，和剃短发的那个人说话会是什么感觉。我把鼻子下端也浸到水里，在脑海里模拟这个场景。

　　——冒昧打扰，那个，从刚才开始我就很在意，你是男性对吧？

　　——哈？白痴，我杀了你哦。

　　不不不。这里又不是大阪，不是所有体格强健、目光锐利的男性都会这样回应。这是我先入为主的观念和偏见。而且，我觉得自己破冰的方式似乎也不太好。那要怎么和那个剃短发的人搭话才既不失礼，又能传达我的疑问，还能适当地追问我想知道的东西呢？我就像钻木取火的人一样，将意识集中到额叶的一个点上高速摩擦着，等待着那里能升起淡淡的烟。总之，我特意把剃短发那人设定成好脾气的好青年角色，我这样问她，她这样回答，我吐槽这个回答，她的应答是这样的，我试着在脑海中展开这样的虚构对话时，注意到剃短发那人时不时会瞥一眼我。

明明应该是我比较在意，为什么对方……该不会是我目不转睛地盯着她看让她恼火了，之后会不会被打啊，我一边如此思索，一边也偷偷地朝剃短发那人看去，某种区别于她视线的东西潜藏在她的体内，我产生了一种仿佛被这种东西凝视着的奇妙感觉。就好像是和不安、焦虑都无关的东西在直勾勾地盯着我。金发女子对着剃短发那人开了什么玩笑，看见剃短发那人听后露出了笑容的侧脸时，我的脑海中出现了"难不成这个人是小山"的声音。

小山。山口……名字是什么来着，对了，是千佳，山口千佳。小山。小山是我小学同年级的同学。有段时间我们关系非常要好。她一向是团队里的二号人物。小山。她妈妈在运河那座桥前面开了一家小小的蛋糕店，大家一起去玩的时候，偶尔会请我们吃点心。一打开门，香甜的气味一下子就弥漫开来。我们还瞄准了大人不在的空当，偷偷去厨房玩。那里堆放着银色的打蛋器、各式各样的蛋糕模型和刮刀，大大的碗里总是荡漾着白色和浅黄色的黏稠物体。有一次，只剩下我们两个人，小山眯起眼睛，像是在分享秘密似的，用食指从碗里捞了一坨让我舔。小山一直留着短发，六年级的时候在掰手腕比赛上赢了所有学生，成了第一名。我眼前浮现出她的浓眉、深邃的轮廓和笑起来时鼻子与上唇几乎贴到一起的模样。

"你在这种地方做什么？"我笑道。小山肩部的肌肉隆起，像是在说好久不见。见到她肤色的瞬间卡仕达酱的气味弥漫开来，我们俩窥视着碗里。小山的手指缓慢地沉入那个光看是不会明白它有多么柔软、是何种触

46

感的形状的内里，那个时候弥漫在我整条舌头上、被反复品味的那个味道席卷而来。小山沉默地注视着我。"喂，你变成男人了吗？我们完全不知道啊。"我试着这么说，她也没有回答，只是手上用力使肌肉鼓起一个包。接着那块膨出的地方像被揪下来搓圆的面团似的，从手上掉落下来，然后变成一个个小人，人数不断增加，他们在水面上奔跑，在瓷砖上滑行，把人们的裸体当作玩具，大声欢腾起来。要问关键人物小山在做什么，她把体操服的下摆卷在铁杆上，不停地做着永远没有完结的后翻。

我拎住一个在浴池里玩耍的小人儿的脖子，边挠边警告说这里不是你们的地方。可小人儿们愉快地放声大笑，扭动着身体反复唱着《我们不需要女人》，并不在意。然后，不知何时四散在各处的小人儿们集中到我的身边围成一个圈，其中一个小人手指指向天花板。我们一齐抬头看去，林间学校的夜空在那里铺展开来。我头一次看到那么美的夜空，面对无数挤在一起闪烁的星星，我瞪大眼睛，大声喊叫。一个小人在用手中的铲子挖土，因为住在学校里的小黑死了，所以要挖个洞。被平放到洞底的小黑，毛和身体都变得硬邦邦的，随着泥土一点点覆盖在它身上，它仿佛慢慢离去，被带到遥远的某处。我们不停地哭泣，止不住的打嗝让眼泪不断涌出。不知道是谁在反射着太阳光的舞池里开玩笑。模仿，回忆，我们用尽浑身力气大声笑着。刚摘下来的名牌，快消失的黑板上的文字。"重要的是，"小人儿们中的一个对我说，"没有男人，没有女人，也没有其他东西。"仔细看小人儿们的脸，净是不知在哪儿见过的令人怀念的面孔，但是因为光线的缘故，从我这儿看不清楚。我想要再定睛细看时，突然听到有人在叫我的名字，抬起头来，只见卷子正带着一脸不可思议的表情看着我。剃短发那人和金发姑娘不知何时已经不见了。刚才还稀稀拉拉的客人增多了，她们各自在浴池和淋浴区移动，我看见了无数的裸体。

○ 今天，我受妈妈之托去了水野屋。想着要回去的时候却走进了地下街。以前妈妈经常带我去的地方还原封不动地保留着，令人怀

47

念。小露宝①，它还在啊，以前小露宝明明很大的，但时隔很久见到时我却惊讶地觉得它很小。

很久以前我钻进去驾驶过小露宝，投币后小露宝就嘣地动了起来，它眼睛的位置是个小窗，我就从小窗看着妈妈，从她那儿看过来的话眼睛的位置是黑的，看不见我的脸。那是多么不可思议的事情啊。现在，妈妈只看得见小露宝吧。从她那里看是小露宝对吧。但其实是我在里面。我记得那一整天我都觉得不可思议。

我的手在动。脚，也在动。明明不知道活动方式，却觉得各种各样的地方能动很不可思议。我不知在何时，在不知不觉间存在于我的身体内，我居于其中的这具身体，在我不知道的情况下渐渐发生了变化，我听之任之。逐渐发生变化。很暗。那些阴暗逐渐堆积在眼中，我不想睁开眼睛。从不想睁开，变成睁不开，这令人害怕。眼睛很痛苦。

绿子

---

① 日本动画片《加油啊！小露宝》的主人公，是个机器人。

4　来中餐馆的人们

"话说，这里的菜单上品种好多呀。"

惊讶的卷子把眼睛睁得有平时的两倍大，然后开心地笑着说："有很多没吃过的菜，诶，但是厨房里只有那个大叔一个人吧，上菜的也只有他一个人吧。"

说着，她示意了一下穿着介于厨师服和餐厅制服之间的白色服装在店里来回走动的大妈。

"没错，不过上菜非常快。"

"偶尔也有这种店，明明菜单上的菜品多得离谱，但还是能对客人各式各样的要求应付自如。"卷子敬佩地说，"有时候电视上也会介绍能够同时推出炖牛肉、大阪烧和手握寿司的餐厅。真不明白他们是怎么做到精益求精的。"

我一口气读完了贴在墙壁上的一排菜单，接着又仔细地注视着放在桌上的菜单，我和卷子点了生啤、几道乌贼料理、鸡汤面还有厚皮煎饺，然后又点了绿子指的包子、豆腐做的拉面等，打算大家分着吃。

这家中餐馆从公寓步行过来大概十分钟，位于建成时间早已超过三十年的建筑物的一楼，完全可以用破旧来形容。因为超级便宜而颇有人气，除了我们以外，店里还有带着婴儿和一个四五岁男孩的欢闹的一家人，看上去连对话都提不起什么劲的中年男女，以及几个穿着工作服大声吃着拉面的男人。一进门的地方就有一个过时的收银台，还有一个华丽的红金色屏风，墙上装饰着画框，里面是一眼就能看出是影印的水墨画，还附了中文诗。它旁边是整体呈浅蓝色的褪色啤酒海报。留着以前流行的发型的泳装模特穿着泳衣，拿着啤酒杯，带着笑容躺在白色的沙滩上。地板油腻得黏糊糊的。

大妈领着我们到桌边就坐后，绿子从腰包里取出小笔记本，困惑片刻后又把它放进了包里，一口气喝掉了倒在塑料杯子里的水。吃着拉面的男人的上方，因油污和岁月而变得黝黑的架子上，一台老旧的黑色小电视正在播出无论何时何地都能在电视上看到的那种综艺节目。绿子保持着沉默，略微抬起视线，带着并不怎么高兴的表情看着人们的笑脸。随着玻璃碰撞发出的声响，啤酒被摆到了桌上，我和卷子干了杯。我问绿子真的不喝饮料吗，她的目光始终对着电视画面，只是轻轻地点了点头。

越过吧台可以看见厨房的情况。穿着到处沾满了污渍的白色厨师服的店主，一如既往地忙碌着。烧热的中式炒锅里升腾起白烟，被放进去的食材发出爆裂开的声音。煎饺子的铁板上传来大量水分一下子蒸发的激烈声音。嵌在灶台墙壁上的电源开关黏附了凝固油污。从我们座位看不到老板娘的脚，但脚边用来装青菜的蔬菜捞篓又黑又脏还破了，不断以涓细的水流冲着圆筒形深底锅的水龙头已经完全变色了。是在什么时候呢，我回想起我和打工的地方比我小三岁的男生来过这里。无意间我跟他说好了一起吃晚饭，我说有个常去的餐厅，他就说想去吃吃看。在桌边坐下后没多久，我就察觉到他的样子有些奇怪。我点的菜他最终也没吃。事后我问他理由，他苦着脸说卫生方面有些接受不了。擦中式炒锅的那块布，其实那是抹布啊。用那块布擦了以后，就直接拿锅炒面了啊。是嘛，我记得我只说了这么一句，之后就陷入了沉默。

"对了，阿九死了。"

"阿九？"我看着卷子的脸。我俩面面相觑的时候，大妈来了，把装着饺子的盘子"咚"的放到了桌上。

"阿九是谁？"

"阿九呀。"卷子一口气喝完啤酒说道，"碰瓷的，驻场的那个。"

"啊。"我情不自禁地大叫出声，自己都被吓了一跳。"刚才你说阿九

50

死了？话说回来，我都不知道他还活着呢。"

"对对，他年纪很大了，前阵子终于死了。"

阿九是笑桥一带小有名气的人，只要是那一带的餐饮业者肯定都知道这么一位大叔。

他基本上就在小酒馆和夜店等地方转悠，靠给喜欢演歌的客人现场弹吉他伴奏，代替卡拉 OK，赚取小费。不过阿九还有另一个角色，就是当碰瓷的。

笑桥那些喝酒的店被国道二号线分割成南北两片，以车站为中心延展的是南侧，我们曾经工作过而且卷子现在在上班的店也在这一侧。北侧有窗户带铁栅栏的旧精神病院，因此街区的氛围或者说格调上南北有很大不同，客人们也是在南侧玩的人就一直在南侧，在北侧玩的人就一直在北侧，店铺之间的交往也不太热络。

但是，阿九却背着吉他来往于两片区域间，对着熟客和初次见面的客人弹响我当时不懂、现在也不懂弹得是好是坏的吉他来赚点小钱。此外，偶尔想赚点额外收入或者做个副业时，他会不时瞄准平时交通繁忙的这条道路冷清下来的时间，等待着非本地并且偏乡村号码的车开过来，然后用瘦小的身体撞上去。阿九总是能精确地选中那种"咣当"撞了人就脸色苍白，手忙脚乱，不叫警察也不干别的，而是立刻叫他去医院，跪倒在地一个劲地哭着说会倾尽余生来赔偿的善人。我至今没有听说过他因为保险公司啊警察啊介入后引发问题。当然他是用了不会真的受伤的承受姿势，撞得轻但是翻滚得厉害，当场获得一些称之为"和解费"的绵薄慰问金。阿九就干着这种称得上是教科书般的碰瓷的活儿。

阿九是个能让人联想到花生壳的小个子男人，凹凸不平的光头跟土豆似的，眼睛像杂鱼一样小，牙齿间有很多缝隙。我觉得他的口音大概是九州某个地方的，除了有口音外他还口吃，也许是出于这个原因吧，我对他的印象是一直在不停地附和别人。他和客人交谈也只会说单词和形容词，保持着战战兢兢的说话方式，我从来没有听他好好地说过一个句子。

虽然我跟他没有过像样的对话，但即使是面对我们这些在吧台里洗盘子、做下酒菜的女招待，他也总是笑眯眯的，完全没有平时在其他地方那种战战兢兢的成年人的感觉，这一点总让我觉得很亲切。阿九登场当然不会有什么提前告知，大概十点或是十一点左右，他会肩背着吉他从自动门外精神抖擞地飞身进来。店里热闹的时候，他就会顺势融入其中，让心情上佳的醉酒客人唱首歌，并把钱放进吉他的音孔里。店里空荡荡的很清闲而且气氛沉重的时候，他会突然露出不愉快的表情，垂头丧气的，大概也包含了"我出去一下再来"的意思，念念有词地低下头后退，离店而去。还有老板娘心情好的时候会请他喝杯啤酒，他喝得很美味。

不知道是哪天，应该是没客人上门的某天，阿九突然来了。那时，老板娘和母亲都出去了，我猜恐怕是给相交甚好的店里打了电话，要把那里的客人拉过来吧。也没有其他的女招待在，卷子那时候开始专注在烤肉店打工，也不在店里，一段时间里就只有我和阿九两个人独处。那还是知道母亲的病情之前的事情，我还在念小学六年级吧，应该是那样没错。

"老、老板娘不在。"我以为阿九这么说了之后应该会马上回去，所以我应和了他，并打开啤酒瓶栓，把酒倒进玻璃杯里，放到吧台上。阿九结结巴巴地说着谢谢，一口气喝干了啤酒，我又给他倒了一杯。阿九又一边说着"谢、谢谢"，一边有些迷惑地坐在了靠在箱子边的女招待用的圆椅子上，带着往常那种介于微笑和傻笑之间的笑容，两手郑重其事地包住小小的玻璃杯。没有人的店里安静得令人别扭，墙壁啦沙发啦靠垫啦像海绵一样吸收了由于我们不说话而产生的沉默，它们给人一种逐渐膨胀开来并向我们压迫过来的感觉。电话也不响。

过了一会儿，阿九说了声"多、多谢款待"，把吉他重新又背到肩上，打算离开，可又突然在门前站住了，稍过一会儿后他缓慢地回过头来。接着他露出仿佛是想到了什么非常棒的事情的表情，直直地盯着我看。然后他对着我说："唱、唱、唱歌吗？唱、唱首歌吧。"

阿九小眼窝深处的小小黑眼珠忽然放出光来，面对吃惊地反问他"诶，唱歌？谁唱？"的我，他应着声伸出下巴示意是我。接着他开心地露出满是缝隙的牙齿笑了，一边说着"唱歌唱歌"，一边抓住吉他颈举得高过自己的肩膀，然后轻轻拨动琴弦。他又迅速从起皱的网球衫的前胸口袋里拿出一支小笛子"哔——"地吹响，接着快速调节琴弦的音调，说了句"去宗右卫门，去吧，宗右卫门街"后，就紧紧闭上眼睛，带着叹息和颤音弹起了前奏。

由于害羞，以及事情发生得太突然，在吧台里的我手足无措，阿九对我点着头好像在说"来啊来啊"，一边加快了速度。他弹着前奏笑着对我说："没问题，可以的。"怎么可能突然唱歌嘛，而且还是吉他伴奏，我在脑子里毫不犹豫地否决了，可不知道为什么，却战战兢兢地发出了声音。之前听客人唱都快听厌了，自己却一次都没唱过的《宗右卫门街蓝调》的歌词，没来由地从我嘴巴里结结巴巴地被唱了出来。

阿九困惑、迷糊地把我好不容易成调的声音用琴弦弹出的声响一个个包住，他大咧着嘴，带着笑容看着我的脸，配合着呼吸，仿佛在说就是这个调子。到我不知道调子和歌词打算停下来时，阿九就在和音中弹起旋律引导我，他点了好几次头，就像在说"就是这样，就是这样"。我摇了摇头，像是在对自己说"歌词卡住了也不要紧"，只是看着全身心弹着吉他的阿九，努力地发出不走调的声音。

就这样，也不知道算不算在唱歌，我和阿九把整首《宗右卫门街蓝调》唱完了。唱完"让我看看你明朗的笑容"这一小节后，阿九一下子睁开了他的小眼睛，大弹了一段吉他后高兴地笑了。接着，他对着我拍了好长时间的手。我自己都十分清楚自己不好意思得满脸通红，就用两只手使劲按脸颊。阿九一直在拍手。我笑着掩饰说不太清楚是害羞、不好意思抑或是高兴的情绪，往阿九的杯子里又倒了一杯啤酒。

"阿九死了？生病吗？"

"不是，是因为碰瓷。"卷子用鼻子哼了一声，"大家多少都知道他最近这几年身体不好，已经哪家店都不去了。我最后看见他是在什么时候来着，对了，在有玫瑰的那家，车站旁边的咖啡店，我还想是谁站在门口，仔细一看是阿九，他瘦小了很多，吓了我一跳。阿九本来就很瘦小，那时变得更瘦小了，畏畏缩缩的，他很久没来了，我本想搭个话问他过得好不好，可他走路摇摇晃晃的，我就没上去搭话。"

"他带着吉他吗？"

"没带吧。"卷子一口喝掉啤酒后说，"几个月前吧……对对，是在五月底，晚上十二点左右，路上哪个地方出了事故。对了，就在宝龙前面。中式餐厅宝龙。我们也常去的。阿九就死在宝龙门口。后来说起阿九的事情，有个客人正好在那天晚上，大概是事故发生前两小时左右，在宝龙看见了很久没露面的阿九。我们问他阿九当时状态如何，说是跟往常一样和和气气、笑眯眯的，喝了啤酒，吃了很多东西。就是在那之后啊。这次没干好。"

电视里传来巨大的笑声，我用筷子夹住稍微有些发硬了的饺子送进嘴里。

"他好像也生病了，不过最后，阿九吃下了超级多东西。"卷子说。

绿子好像对我们的话漠不关心，就这么微抬着下巴，保持着和刚才一样的姿势看着电视。阿九的脸突然浮现出来，又消失了。然后他坑坑洼洼的肉色脑袋又一次浮现出来，他双手紧握啤酒杯，并拢瘦弱的膝盖坐在角落里的身影浮在眼前。绿子点的包子端上来了。我看着端上来的包子没有任何意义的白色、温吞的热度以及模糊的膨胀感，眼眶四周变得温热。我用鼻子深深地吸了一口气，挺起背脊坐直了。

"好棒，包子上来了，吃吧。"

我夹了一个滚烫的包子到绿子的盘子里，仿佛在说"吃吧吃吧"似的看了看她的脸。绿子微微点头，喝了一口水后把目光投向放在盘子上的包子。卷子也把手伸向蒸屉拿了一个。接着绿子在包子白色的尖尖儿上小小地咬了一口，这就像是一个信号——我感觉气氛突然缓和了，然后，抱着证明这不是错觉的心态，我一口气喝光了啤酒杯里的啤酒，又点了第二杯。没过多久后端上来的豆腐拉面、鸡汤面和炒乌贼等把桌面挤得满满当当，电视的杂音、三个人咀嚼的声音、喝水的声音、敲打餐具的声音混杂在一起，产生了一种热闹的感觉。

卷子跟上菜的大妈搭话，说自己是从大阪来的，大妈也应和着说大阪有什么什么对吧，一来一回地相谈甚欢，绿子也夹了一个刚才没吃的饺子，大口咀嚼着。我和卷子互相说着这个好吃，那个也不错之类的，卷子也又点了一杯啤酒。对于我开的玩笑，绿子只是稍微笑了笑，我试着跟她搭话，问她平时阿卷去上班的时候她都在做什么，绿子从包里拿出一本小笔记本，写下了作业，看电视，睡醒了天就亮了。是嘛，不过阿卷离开家是晚上六点多，回来是凌晨一点左右，就一会儿的工夫呢，我继续这么说道，绿子点点头，把分成了块的包子的一小块送进了嘴里。

卷子和大妈志趣相投，她兴高采烈地说"这里真棒啊我很喜欢"之后就大声地咳嗽，看向了我们这边。"我啊，每次回到家后有件首先要做的事。"她莫名地带着得意的样子说道，"最先做的事情。你觉得是什么？"

"不是脱鞋子吗？"

"不对。"卷子发呆似的摇摇头，接着奇怪地用开朗的语调说，"那就是，看看这个孩子睡着的脸。"

绿子条件反射地露出讶异的表情，快速看了一眼卷子的脸。然后她又拿起了一个新的包子，双手大拇指放在白色膨出部位的正中央附近掰开，盯着里面的馅儿看了一会儿。绿子给馅儿的边缘处蘸上酱油，然后把它对半分开，放一会儿后又再分成两半，也蘸上酱油，然后一直盯着变黑的地方看。

绿子就这样反复拿包子蘸酱油，所以酱油不断渗透进去，包子变得漆黑，我也一直盯着看包子到底能吸收多少酱油后变得漆黑。

像是要把我的视线从包子上剥离下来似的，卷子发出了"喂"的一声。尽管卷子的脸刚才在澡堂里彻底清洗过了，可现在早已因为油脂而油光锃亮的了，日光灯下，皮肤肌理的粗细、毛孔的凹凸都投下了坑坑洼洼的阴影。接着卷子带着大大的笑容说："喂喂，听我说，我啊，觉得睡着的绿子好可爱啊，有时候会亲亲她。"她一边挥动着筷尖儿，一边带着类似没说出来真的很抱歉，但这是我发自内心的巨大惊喜感笑着说。不不不，我一边在心里否定卷子的话，一边看向绿子，她眼睛瞪得老大，正面盯着卷子。

卷子模棱两可地笑着，绿子一直盯着这样的卷子。那双眼睛仿佛在绿子的脸上渐渐变得强烈，眼看着越变越大。尴尬这个词由于自身的力量不足而变得尴尬，经过一段令人想要逃跑的极度糟糕的沉默之后，卷子把手上拿着的啤酒杯"咚"地一下放到桌子上，简短地说了句"什么意思嘛"。那个眼神是什么意思？卷子用平静的语气对绿子说："你，到底是怎么回事？"说完后，又喝起了啤酒。

绿子移开目光不看卷子，而是一直注视着挂在墙上的中文诗。接着她打开小笔记本，清晰地写下了恶心。然后她把本子摊在桌上让我们看，那句恶心下面用笔画了无数次线。太用力了，结果笔尖把纸弄破了。接下来绿子拿起"吧嗒"一下掉到酱油碟子里后就一直那么放着的包子，掰碎后放到嘴里，她毫不在意包子吸饱了酱油已经变得漆黑，一块接一块地吞了下去。卷子目不转睛看了好几次画着的线和线上的文字，此后就陷入了沉默。

过了一会儿，我问绿子，酱油不涩口吗？绿子对此没有作任何回答。厨房里依然充斥着烹饪的声音，随着客人的进出，也能听到"多谢款待、多谢惠顾"的声音。在电视里无休无止地传出的热情高涨的熙熙攘攘声中，我们三个人沉默着吃光了剩下的所有菜。

○ 我和母亲因为钱的事情争吵过，我清楚地记得在之前激烈争吵的时候，我在气头上说过为什么要生下我这样的话。我知道这话很糟糕，但就是顺势脱口而出了。母亲很生气，可她只是沉默不语，我回想起来很不是滋味。

我打算一段时间内不跟母亲说话，一说话就吵起来，我又会说出糟糕的话，光顾着工作的母亲如此劳累有一半，不，全部都是因为我，这么一想我就不知该怎么办了。我想快点长大，拼命挣钱，交给母亲。可我现在还做不到这些，所以想温柔地对待母亲。但是，没做好。我还为此流过泪。

毕业以后，中学还有整整三年。不过我想读完中学后能去哪里打个工吧。但是，我不认为这样走上工作岗位就能好好维持体面的生活。必须掌握一门手艺。母亲没有手艺。手艺。图书馆里有许多适合我们思考一生的工作的书，我要学习一下。啊，最近母亲叫我去澡堂我也没去。因为钱而吵架，说起上次的吵架我想起来了，是因为母亲的工作才会变成那样的。母亲穿上了工作的衣服，还是那件很花哨的、紫色带金色饰边的，母亲穿着它骑自行车被一个男人看见了，他就开始在大家面前说母亲滑稽可笑。那个时候，如果我说"你是白痴吗，我揍你哦"就好了，可我却在大家面前笑着糊弄过去了。模棱两可地，笑了。后来，变成了跟母亲的争吵，最后母亲很生气，用快哭出来的表情大声说了句"没办法，得吃饭啊"，我忍不住说"谁叫你生下我，那是你的责任啊"。

可是在这之后我发现了，母亲生下我，并不是她的责任。

我下定决心，就算长大以后，也绝对绝对不生什么孩子。但是，我好几次想要道歉，可是，母亲到了时间就去上班了。

绿子

5 夜晚的姐妹长谈

　　回到房间后，卷子的举止就像什么都没发生似的，我也配合着夸张地大笑、应答。我向绿子的方向瞟去，她把腿折叠成三角形，坐在自己的书包旁边，弯曲的膝盖上放着和用来对话的小笔记本不同的大一圈的笔记本，笔尖一点点挪动着。

　　"好久没跟夏子一起喝酒了啊。"卷子边说边从冰箱里拿出几瓶顺道在回来路上的便利店里买来的啤酒，并排放在矮桌上。喝呀喝呀，我也边说边把柿种花生和萨拉米棒的包装拆开，倒在盘子里，快速洗了一下白天装了大麦茶的玻璃杯，正要把啤酒倒进去的时候，门铃响起了没太听惯的"叮咚"声。

　　"这是，我们家在响？"我们一下子面面相觑。

　　"诶，不知道，刚刚门铃响了对吧？"我说。

　　"响了。"

　　正在这时，又响起了"叮咚"的声音，这好像确实是这间屋子里发出的声音。我看了看时钟，已经晚上八点多了。都这个时间了，再说也几乎没人来我家拜访。明明只是待在自己的房间里什么亏心事也没做，可我条件反射地屏住了呼吸，尽量不发出脚步声，赶紧走出厨房，憋着气透过猫眼看走廊。虽然透镜因为发霉而变成了淡绿色，看不太清楚那个人的身影，但在外面的似乎是个女人。一瞬间我也考虑过是不是要假装不在家，但是隔着这么薄的一扇门，电视的声音和我们的声音肯定已经泄露出去了。我放弃了，小声地应答了一声。

"这么晚打扰您，不好意思。"

我把门打开一条细缝向外张望，看见了女人的脸。比起普通的烫发，她的发型更像是小波浪的感觉，额头完全露了出来。是位五六十岁的大妈，用茶色的眉笔描出的眉线与实际的眉毛有几厘米的偏差。她身穿就算是很暗也能看出来褪了色的露膝盖短裙，脚上穿着一双沙滩凉鞋。然而 T 恤衫却雪白得像是崭新的一样，上面印着巨大的抛媚眼送出飞吻的史努比。对话泡泡里用英文写着"我不完美，但和你一起就完美了"。在我问她有什么事之前，大妈就开口说这么晚打扰您，不好意思。

"是房租的事情……"

"啊!"我发出了短促的声音。然后我迅速看向房间里，小声说了句"我出去一下"后来到走廊上，反手把玄关的门关上了。

"来了，来了，来了。"

"啊，家里有客人吗?"大妈很在意屋内情况似的说道。

"亲戚来借住几天。"

"这个时候来真不好意思，我打过电话了，看，你没接。"

"抱歉，没接到电话，正好不方便。"我一边道歉，一边想起来这几天收到了好几通陌生来电。

"那么，这个月再不交的话就是三个月了，拖欠的房租。"

"对。"

"现在，能交一个月的就行。"

"这个有点……实在是有点困难，不过这个月月底预计肯定能汇款。"我赶紧回答，"所以，不好意思，那个，您是房东的……"

"我? 对对。"

公寓一楼对面的右侧靠里处、我斜对面的楼下是房东的房间。房东是位男性，给人少言、稳重的印象，我住在这里以来的十年里，没有和他当面锣对面鼓地说过话。过去我也有过几次拖欠房租的情况，可他没有来催过，我心中经常暗自感到庆幸。他的年龄大概在六十五岁到七十岁吧。背挺得笔直地骑自行车的样子让人印象深刻，就像戴了什么矫正工具似的。

我从来没见过房东的房间有除他以外的人进出，没什么特别的理由，但我总觉得，他是不是一直过着单身的生活。

"之前一直很通融吧，都是用询问的语气跟你说的。"大妈大声咳嗽了两声后说道，"我们家最近也不太好过，所以才来拜托你，这次不要迟交了。"

"对不起。"

"那，到月底就没问题了吧？"

"对，没问题。"

"那么我们这就算是见过了。这就说好了啊，拜托了。"

我低下头，等到大妈走下铁制楼梯的脚步声听不见之后，我回到了屋里。"我给你倒啤酒，没事吧？"卷子边说边用眼神问我那个人是谁。

"房东。"

"啊——"卷子边往杯子里倒啤酒边笑道，"收房租啊。"

"对对。"我故意用奇怪的表情暧昧地笑笑，一边说着干杯，喝了口啤酒。

"欠了几个月？"

"呃……大概两个月吧。"

"哈？催得很紧嘛。"一口喝掉半杯的卷子边把啤酒满上边说。

"没有，这样还是第一次。我时常会晚交，但这样到家里来要还是第一次，我也吃了一惊。平常都是大叔，很老实的一个人，那个大妈到底是谁啊？"

"你说是个大妈？"

"烫着小波浪卷，眉毛错位的。"

"是离家又回来了吧。"卷子说，"我们店里最近也发生了这种事。一个客人，大概六十岁吧。有一个孩子，是个儿子，但是这孩子刚上小学那会儿，他妈妈也就是那个大叔客人的老婆就跟别的男人走了，他们一直是分开生活的，将近二十年。好像还有联络，不过说是分居，但心里还是喜欢的吧。然后儿子也成人了，他老婆不知道是年纪大了还是什么原因，也一个人了。大叔和自己的父母一起生活，同住的老头老太也痴呆了，不知道怎么回事，他老婆又回家来一起住了。离家二十年左右的老婆哎。"

"是嘛。"

"大叔有房子的嘛，所以也不需要房租，父母的退休金不多，但每个月也有几万日元进账，他是做水道工程的，工作好像也很稳定。所以，对无家可归并且表现出强烈的想要回来的意思的老婆，大叔提出了'家里的事就不必说了，我父母你也能照顾到去世的话那就回来吧'的条件，要她'既要收拾吃喝拉撒，又要照顾痴呆，什么都得管'。"

"大妈干了吗？"

"干了。"卷子嘴里发出"啧啧"的声响说道，"大叔和他儿子就好了。因为自己变轻松了嘛。没花钱就得到了一个住家保姆和护理人员啊。"

"但是孩子也有小时候就被抛弃了的复杂情绪吧。这种是轻易就能过去的事情吗？话说回来，他老婆没有工作吗？"

"没有。要是挣得到钱的话谁会回去啊。"

"可是离家又再回来的母亲生了病，什么都干不了了，这种可能性也常有吧。"

"没错。"

"那到时候怎么办？又不能叫她出去。"

"他们没考虑到那一层吧。他们认为女人能精力充沛地工作到死，觉得伺候吃喝拉撒是女人擅长的吧。说起来……"卷子喝了口啤酒说道，"这里的房租多少？"

"四万三千日元。包括水费。"

"得要这么多啊，一个人也要啊，到底是东京啊。"

"从车站过来十分钟多一点，就得要这个价啊。要是能再便宜点就好了。"

"我们家那个房子，要五万日元整。"卷子张大了鼻孔说，"好不容易最近都没有迟交房租了，不过也有困难的时候。明年绿子就升中学了，也得要一笔费用。"

我看了看绿子，她靠在房间角落里的懒人沙发上，和刚才一样拿着笔，支起膝盖打开了笔记本。我在手掌上放了几根萨拉米棒，伸到她眼前意思是问她吃不吃，她略微犹豫了一会儿后摇了摇头。我没有打开电视，而是拿起桌子旁边堆着的CD的最上面那张《巴格达咖啡馆》的电影原声带，装进去后按下了播放键。在"砰砰砰砰"的前奏过后，我确认传来的是杰维塔·斯蒂尔的声音，便调节了音量，重新回到了矮桌旁。

"是我开始在烤肉店工作那会儿吧。"卷子一边用指尖捏起柿种"啪嗒啪嗒"地送进嘴里，一边说道，"我感觉老妈死前那几年是最困难的，钱很紧巴。"

"还在家具上贴过红色的东西对吧。"

"什么？什么红色的东西？"

"抵押的封条。来了几个男人，物色了空调啊冰箱啊之类能换钱的东西，贴上了类似贴纸的东西。来过家里的。"

"还有这种事？我不知道。"卷子表情略带吃惊地说。

"因为阿卷白天在上高中，晚上在烤肉店打工。老妈和可米外婆都不在家。"

"白天来的吗？"

"没错。我在家。"

"不过，这要说起来就没完没了了，老妈一个女人真是不容易啊。"卷子好像有些佩服地说道。我刚想说所以死得那么早，但没有开口。

○ 学校的休息时间里，大家都会聊将来要干什么这样的话题。好像没有人能完全决定说"我要做这个"，我也什么都确定不了。聊着聊着，就变成了大家说你超可爱的，去当偶像就好了，我说"诶——"这样的对话。

回家路上，我问小纯将来想干什么为生，她说，继承寺院。小纯家是寺院，我经常看见她爷爷和叔叔一副和尚打扮骑着摩托车，袈裟飘扬着飞驰而去的样子。之前我问她和尚的工作是干什么的，她回答说是在葬礼和法事上念经的。我还从来没去过谁的葬礼或是法事。我又问她怎么样才能当和尚，她说高中毕业后去参加那种类似合宿的活动，进行闭关修行。我问女人也可以吗，她说可以。

据小纯说，寺院属于佛教，可佛教里面也有各种各样复杂的分类，起先是由释迦牟尼证悟开始，然后弟子们也接连去修行，一直持续到了现在。关于"证悟"一词，把小纯的说明和我的思考结合起来，好像就是修行到最后，"咣"地一下，就连全部归一、一为全部的想法本身也消失了，变成了一种全部皆为我，我即是无的状态。然后还有"成佛"一说，我至今不明白这和证悟有什么区别，总之，能够成佛就是佛教的目标。和尚在葬礼上念经似乎就是为了让死去的人能够好好被超度、成为佛。

让我吃惊的是，其实好像女人死后也是无法成佛的。简单来说，原因就是女人这种生物是不洁的。从前的上位者们无数次洋洋洒洒地写下了为什么女人是不洁的、为什么无法成佛，流传了下来。然后，如果无论如何都想成佛的话，那就必须要转世投胎成男的。什么嘛这都是。我十分震惊，想问问那要怎么样才能变成男的。小纯说她也不太清楚。我对小纯说亏你能相信这些白痴一样的东西，真厉害啊之后，气氛就变差了。

绿子

绿子把背埋在懒人沙发里，扭动上半身看着塞在书架最下面一排的书的书脊。

书架的下方藏着我大概再也不会去读的旧文库本。赫尔曼·黑塞、拉迪盖、梦野久作的文字因日晒而变淡了。《蝇王》《傲慢与偏见》，陀思妥耶夫斯基，还有《赌博》《地下室手记》《卡拉马佐夫兄弟》，契诃夫、加缪、斯坦贝克，以及《奥德赛》和《智利地震》。每一册不消说都是重量级的作品，可是目光再次掠过这些聚集到一起的书名时，我感觉这仅仅是羞耻之外更添可怜的入门者的集邮，除此以外什么也谈不上。即便如此，看着变了色的封面和书脊，那种像是被什么东西追赶着、试探着似的阅读时的心情还是略微复苏了。让我鲜明地记起因为在水泥楼梯上久坐而变得又冷又硬的屁股，以及腿部微弱的麻痹感。这样一想，我又产生了什么时候把所有书都重读一遍的念头，这些书真是不可思议的东西。

那些文库本大多是我在大阪的时候从旧书店里一本本买回来收藏的，不过威廉·福克纳的《八月之光》，还有托马斯·曼的《魔山》和《布登勃洛克一家》，这些是来店里的一位年轻男性送给我的。母亲和可米外婆去世后——那是在我刚升高中那会儿发生的事。脸就不必说了，就连名字我也想不起一个字来的那位客人，看看放在马路上的我们店的电子招牌，一个人走了进来。

既不唱卡拉OK也不开玩笑，也不跟女招待一起坐在卡座里，而是坐在吧台兑水小口喝着三千日元畅饮的白马威士忌的这位客人，有时会小声问在厨房旁边看书的我在看什么书。那个时候的我并不是特别喜欢阅读，但每次去店里上班总是带着在学校图书室借的小说去，在洗好碗和没有客人的时候读。

在店里，我声称已经满十八岁了。老板娘告诉我，不要把我和二十五岁的姐姐两个人一起生活的事告诉不相熟的客人。也有非问不可的客人啊，老板娘说着会把我和偶尔来店里打工的卷子叫到一起作说明。要是被问哪一年出生的，我就把年龄说大两岁，立马回答是昭和五十一年，母亲因乳腺癌几年前去世了（这是真的），并撒谎说父亲在做出租车司机。

那时候我正好在为不明原因的残尿感而烦恼。去了医院也没发现异常，不知什么时候开始的这个症状自那以后持续了几年。这么说起来，正好是在同一个时期，成了烤肉店员工、从早工作到晚的卷子有了不停往嘴里放冰块咀嚼的癖好。她一边说好冷好想睡，一边却停不下来，不断地嚼冰。

残尿感的痛苦相当强烈，明明在坐便器上坐了很久，尿液排出得一滴也不剩了，但是穿上内裤走出厕所后，又会产生不得不再去厕所的感觉。这种感觉类似尿意却有所不同，总之，一种只能称之为不快的感觉笼罩在尿道周围。我是实在忍不住。带着晦暗的心情回到厕所，坐到坐便器上几分钟后，"啪嗒啪嗒"地挤出尿液，之后袭来的简直就是——仿佛把大阪全域的厌恶感和怠惰、焦躁和郁闷之类的这些东西全部一起熬煮出了液体，再"滴嗒滴嗒"渗透进纸尿裤，然后一直穿着它的那种厌烦的不快感。不断重复这样的事情期间，带书进厕所，或者说在任何地方翻开书的情况就变多了。一读小说，顺畅的话，也有过从残尿感中解放出来的情况。

没有一个客人或是女招待因为书来跟我搭过话，所以那位年轻的男性客人问我在读什么书的时候，我很吃惊，不由自主地把书藏了起来。脸色很差、身体纤细得令人吃惊的这个男人偶尔来店里，即便是女招待跟他搭话，他也只是有些战战兢兢地轻笑而已。他跟待在吧台里的我几乎也没说过话，也不知他到底在想什么，总之那个男人之后也时不时会来，悄悄地坐在固定的位子上，沉稳地喝着畅饮的威士忌，待一个小时左右就回去了。

有一次，我问他是做什么工作的。男人对此终究没有回答，他用仿佛是在风中颤抖般的沙哑声音说，几年前自己曾在位于冲绳另一侧的一个叫波照间岛的地方做过体力劳动。岛上电灯很少，夜晚，大海、天空、地面、人，所有的东西都看不见了，只剩下声音，男人小声地缓缓说道。他说岛上会有装载着各种东西的船只定期前来，可无论有没有在黑暗大海的彼岸发现船的亮光，男人们都会大声叫喊着，踏着浪飞身跃入大海中。我问他，某某先生（我说的时候肯定叫了名字的），您也飞身跳进去了吗？他回答说大海很恐怖，他总是没能行动。他说虽然只在那里工作了一段时间，但是因为有些小事慢慢累积起来，他就被其他工人伙伴疏远了，最后被迫离开了岛。

下次来的时候，男人抱着一个塞满了旧文库本，到处都膨胀得凹凸不平的雪白单肩包。那具似乎就连卡拉OK的音量都能让它趔趔趄趄的纤细身体，背着满满当当地塞满了文库本的崭新的单肩包，看上去宛如从灵堂回来的遗者家属抱着骨灰盒。然后，他用意料之中的几乎微不可闻的声音说："不介意的话你收下吧。"放下包他就回去了。有几本书上有小字做的笔记，也有画了线的。全都是不凝神注视就无法判别的淡淡字迹。我能听见的唯有波涛的声音。几乎没有光亮的漆黑的夜里。我的脑海中浮现出男人把脸凑近书，用铅笔在不想忘记的文章下画线的样子。

不管怎么说，一下子拥有大量的书还是让我很高兴的。我买了马克杯作为回礼，等着那个男人下次来的时候给他，可自那以后他就再也没来过店里。没有拆开包装的马克杯在店里的橱里放了很长一段时间，那个杯子现在到哪里去了呢？

"不过都发黄了，因为那里的书是以前的，现在的书在上面的地方。啊，都是灰尘。"

我来到一直盯着文库本书脊看的绿子身边，她手上正拿着萨特的《床笫秘事》在翻阅。我想不起来故事的脉络了，但里面应该有围绕枪杀的支线短故事，我的脑海里浮现出男人们懒散地靠立在空无一物的旷野上的场景。不，这只是我从枪杀的印象里擅自想象出来的，实际上可能并没有这样的场景。后来怎么样了呢？我不知道。只记得谁最后的台词是笑啊笑啊捧腹大笑，我哗啦啦地翻书一确认，这些文字毫无变化地印刷在已经十多年没有打开过的书页的一角。稍微看了一会儿后，我又把书放回原来的位置，接着我想起了卷子说绿子喜欢看书，就对绿子说有想看的书就拿回去吧。绿子的背和后脑勺靠在靠垫上，巧妙地用脚和腰转动身体，把脸凑近另一边的架子。

"绿子，小夏在写小说哦。"

卷子边把空罐捏扁边说道。这下绿子立马把脸转向我这边，明显是充满了兴趣，吃惊地睁大了眼睛。我心想，卷子又说些多余的话，与此同时说着"没有没有没有"把她的话掩盖过去。

"没有写，没有写。"

"干什么嘛，你明明在写啊。"

"不是，虽然是在写小说但现在没写，或者说是写不出来吧。"

"为什么啊，你不是很努力吗？"卷子噘起嘴，带着有些自豪的表情看向绿子说，"绿子，小夏很厉害的哦。"

"不，不厉害。"我带着些许厌烦说，"不可能很厉害啊。写作只是，怎么说呢，兴趣吧。"

是这么回事吗？卷子歪着头露出了笑容。对卷子来说，这是没有任何问题的普通对话，我回答的方式可能稍微强硬了些。与此同时，我对自己使用的"兴趣"一词产生了糟糕的余味。甚至可以说有点受伤。

确实，我对自己写的东西是否能被称为小说感到怀疑。这是真的。可同时，我又有自己确实是在写小说的感觉。那是一种强烈的感觉。这在旁人看来也许是毫无意义的事情，是也许无论做到什么时候都不会给任何人带来意义的行为。但是，难道不是唯独只有我不应该对自己正在做的事情使用那样的字眼吗？我产生了一种将无法收回的话宣之于口了的感觉。

写小说很快乐。不，这跟快乐不同，我不是为了快乐而写，我认为这是自己一生的事业。我深深觉得自己只能干这一行，即便自己没有写作的才能，即便谁都不想看我写的东西，我都无论如何没办法放弃写作。

我明白，运气、努力和才能有时是分辨不出来的。我也明白，这个什么都不是的渺小的我只不过是活着继而死去罢了，写不写小说，能不能被认可，实际上不是什么大不了的事情。在这个存在着无数书籍的世界里，就算没能交出署着自己名字的书——仅仅是一本，仅仅是一本——也不是什么值得悲伤、后悔的事情。我本是知道这些的。

可是，我总会想起卷子和绿子的脸，想起乱七八糟地堆积着要洗的衣物的公寓房间里，不知什么时候卷子背过还是绿子背过或者是我背过的褪了色的合成皮革的红色书包上的无数褶皱。昏暗的玄关里饱吸了湿气而变得稀烂的运动鞋，可米外婆的脸，一起背乘法口诀的情景，没有米时我和可米外婆、卷子还有母亲四人把小麦粉和水混合起来做团子，并用水"咕咚咕咚"煮熟的情景——不知道有什么高兴的事情，大家大笑着吃丸子时的情景浮现在我的脑海里。散落了西瓜籽的报纸被汁水渗透了。我想起跟着可米外婆去打扫大楼的夏日：大家一起打零工拿来的装在小塑料袋里的洗发水试用装的香气；凉爽的蓝色阴影的温度；担心总是不回家的母亲的心情；还有母亲穿着工厂的制服带着笑容回家的时刻。我回忆起了那些时候的心情。

我不知道这一幕幕的回想和我想要写小说的意志有什么关系。我想要写的小说和我的这些感伤本应该是相距甚远的，可这些回忆总是在我觉得快要不行了、再也写不出文章了的时候，在我的脑海中浮现出来。也许，正是因为我总想着这些事，所以总写不出来。我搞不明白。不过，比起这些不明不白的事，一想到可米外婆去世了，母亲也去世了，丢下卷子和绿子两个人只身来了东京的我，努力了十年也没写出什么结果，丝毫没有让她们俩的生活轻松一些，我的胸口就疼得无以复加。这样的我可耻又可悲，说实话，我很恐惧，不知该如何是好。

卷子不断地对着没有回复的绿子说话。夏子从小时候开始就读了很多书，也知道很多很难的词，可聪明了。我对小说什么的是一窍不通，夏子那么厉害，之后肯定会出道当作家的。

我假装打了个大大的哈欠，用食指指腹拂去眼角渗出的少许眼泪，擦在了脸颊上。接着，我又对着她们打了个夸张的大哈欠，说不知道是不是因为啤酒的关系，好困啊，想要改变当下这个话题。"真的吗？我还一点都不困。"卷子说着又拉开了新的一罐啤酒的拉环。

"啊——我也喝。"

说完这句，我就像逃跑似的喃喃自语着"啤酒啤酒"走向厨房，打开了冰箱的门。

不知冷气是否充足的冰箱里，除臭剂、味噌、沙拉酱就像被主人遗忘的失物一样，静静地排列着。门内侧塞满了鸡蛋，最下面那层的包装盒里还有原原本本没动过的十个鸡蛋。

因为上个礼拜我完全忘记了之前买的鸡蛋还没吃完，又重新买了。也许两批都已经发臭了。我看了一下写着日期的纸片，装在冰箱蛋架里的蛋保质期到明天为止，包装盒里的则是到昨天为止。今明两天要吃掉这么多鸡蛋是不可能的。没办法了，我想要找个装厨余垃圾的袋子，但在积攒的超市塑料袋里找遍了，也没找到大小合适的袋子。即使如此，扔鸡蛋的时候把壳敲碎后，是先扔蛋液还是就这么扔进袋子里？或者不敲碎，整个放进袋子里？这些我总是搞不清楚。扔鸡蛋的正确方法。有这种东西吗？我把盒装鸡蛋放到水斗边的时候，听见卷子在"喂喂"叫我的声音。

"夏子，太棒了。我包里有奶酪。一整包没拆过的。"

"棒极了。"

"但是我肚子有点饿了。做点快炒的菜吧，做点什么吧？"卷子伸长了脖子想要张望厨房里的情况。

"不好意思阿卷，家里什么都没有。"我说，"只有鸡蛋。"

"真的吗？"卷子"嗯——"地伸了个大懒腰，夹杂着哈欠声说道，"只有鸡蛋也没用啊。"

矮桌上排列着卷子和我喝下来的啤酒罐，数量不少。在自己家里这么喝酒有些不可思议的感觉。平时我和打工店里的朋友极少——不知道有没有到几个月一次的频率——会去喝喝酒，我一个人在家的时候从来没喝过酒，而且我本来也不是很能喝。我一喝红酒和日本酒就会头痛，从来就没觉得好喝。勉勉强强能喝啤酒，也是喝两罐五百毫升的就会觉得手脚沉重，疲软无力。但是今天不知为何，明明已经超过那个量了，却一点也没有不舒服的感觉。当然醉是已经醉了，感觉也并不是很舒服，但好像还混杂着平时的自己没怎么感受过的未知的感觉，觉得自己还能喝。我问卷子，她也说还能喝，我就去便利店买了七罐瓶酒、超辣薯片、鱿鱼干，我已经很迷糊了，却很兴奋，又买了一包六块的卡蒙贝尔奶酪。

我打开玄关的门，脱掉鞋子，卷子却朝着我做了个"嘘——"的动作，用下巴示意绿子的方向。绿子蜷缩在懒人沙发上，紧紧抓着笔记本，团着身体，好像睡着了。我从壁橱里拿出经常在用的褥子，在房间的一角铺开，把从大阪带来后一直放着没扔的褥子铺在它旁边。

"绿子睡最旁边，那我睡中间。"我说，"阿卷和绿子睡一起的话不太好吧，早上起来发现阿卷在身边的话绿子可能会发狂的。"

我从绿子手里拿过笔记本放回到书包里，绿子的肩膀轻轻晃了一下。她狠狠皱起了眉头，闭着眼睛无声地沿着被子的方向移动，就这么"咣"

地一下睡着了。

"这么亮也睡得着啊。"我佩服地说。

"因为年轻啊。"卷子笑道,"不过我们家里基本上也是开着灯睡的。"

"说起来还真是啊。总是开着灯。到妈妈回家之前都亮着灯。然后在被子上吃饭。有时候闻着煎香肠的香气醒来。"

"对对,有时候妈妈喝醉了,还把我们叫起来一起吃鸡肉拉面。"卷子笑着说。

"没错没错。半夜里吃过香肠啊方便面之类的。所以那段时间我很胖。"

"哪有很胖,你那个时候说起来还是个孩子吧。我可是过了二十岁了啊。"卷子摇着头说,"那段时间,老妈也很胖。"

"很胖。"我说,"老妈,本来很瘦的,那段时间胖了很多。就是肉色紧身裤那件事吧。说后面的拉链耷拉下来了,笑死了。"

"老妈,那个时候几岁啊?"

"刚过四十岁吧。"

"死的时候四十六岁,就是在那之后……"

"对,对。"

"一下子瘦了很多。我还想,人能瘦到那个地步啊。"

对话到这儿就自然中断了,我们俩在同一时间喝了口啤酒。喉咙里发出"咕咚咕咚"的声音,然后又陷入了一阵沉默。

"这是什么曲子?"卷子微张着嘴抬起头,"很好听。"

"这是巴赫的。"

"巴赫,诶——"

不知道放了几遍《巴格达咖啡馆》电影原声带,现在播放到了其中的《巴赫平均律钢琴曲集第一卷之前奏曲》。电影讲述了在美国西部热得冒烟的沙漠里,有一家与世无争的咖啡馆。某天,来了一位肥胖的白人女性,大家因而稍微变得幸福了一点的故事。结尾处一个黑人男孩弹了这首曲子。沉默寡言的男孩似乎总是背对着观众吧,不太确定。卷子闭着眼睛,和着旋律小幅度地左右摇晃脑袋。卷子的眼睛下面与其说有黑眼圈，倒更像是凹陷下去了，脖子上青筋凸起，法令纹清晰地呈八字形，脸颊骨看上去比想象中的要突出得厉害。临死前几个月，反复多次住院、出院，眼看着在医院和家里的被窝里萎缩下去的母亲的脸浮现在眼前，我条件反射地把目光从卷子身上挪开了。

○ 我不太跟妈妈说话。或者说，是完全不说话。

小纯也有些冷淡。小纯可能是以为我在否定她，其实不是这样的，我只是觉得奇怪而已。但是，现在这个气氛也不好解释。妈妈好像最近每天都在查丰胸手术的事，虽然我假装没看见，但据说是把让胸膨胀起来的东西放进去，让胸部变大。难以置信。这到底是为了什么呢？我无法理解，觉得很恶心，难以置信。恶心恶心恶心恶心恶心恶心，我在电视上看到过，在照片上也看到过，在学校的电脑上也看到过，是要切开身体的手术。要用力切开来的。从切开的地方塞进去。很疼的。妈妈什么都不懂。什么都不懂。傻瓜啊，太傻了，太傻了，为什么不用视频或电话沟通呢？前不久我听说，可以免费用视频沟通，不用在杂志或电脑上找信息。那个其实也很傻。妈妈是个傻瓜，傻瓜傻瓜傻瓜，傻瓜，为什么啊？星期二开始眼睛里面就特别疼。睁不开。

绿子

"啊，结束了。"卷子眯起眼睛看着我，"好曲子总是结束得这么快啊。"

接下来变成了节奏明快的器乐曲，卷子站起来去了厕所。我对着卡蒙贝尔奶酪的包装袋咬下了一个三角形的角。宛如小典礼般的曲子不到一分钟就结束了，变成了鲍勃·泰尔森唱的《呼唤你》。

"店里啊……"从厕所回来的卷子说道。我把叠在一起的两枚奶酪仙贝掰开，吃着没有奶酪的那一边随声附和。

"最近问题不断。"

"老板娘还好吧？香奈儿的老板娘。"

"老板娘啊……"卷子说，"不太好，店里净是让人头痛的事情。我们店在大楼下面放了招牌对吧，很粗壮的那种。"

"粗壮。"

"很粗壮对吧。用片假名写着'香奈儿'，边缘用黄色灯泡框起来。那个啊，都是第一个上班的女孩子在临开店前拿到楼下，接上电源通电。下面大楼的墙上有个电源的插座嘛，就在旁边而已。所以，就很平常地插在那儿了。结果隔壁楼一楼的香烟店说，这是他们家的电源。"

"哦？"

"说要我们付到现在为止自作主张用掉的电费。"

"那个电源是装在隔壁楼的墙壁上的吗？"

"对啊对啊。"

"露在外面的电源啊。"

"对对，有电源一般就插了嘛。电源是谁的，电是谁的，这种事会去考虑吗？电一般是属于大家的东西吧？"卷子一边"嘎吱嘎吱"地撕着萨拉米棒的包装一边说，"老板娘大发雷霆，事情闹得很大。两边为了知不知道电源属于谁争执不下，然后又吵到付不付的金额问题。"

"电费要多少钱啊？"

"我们店嘛，香奈儿本身在那里已经开了十五年左右了。所以，是一天开几个小时，开十五年下来的电费。"

"这样啊。"

"最后说要我们付二十万现金。"

"诶，等等。"我半弯着腰转动身体，从书桌抽屉里取出了计算器。"二十万除以十五……每年要一万三千三百多，再除以十二，每个月要一千一百左右……但是一下子要现金支付二十万那真是要哭了。"

"是啊，因为只有那里有电源。要是闹得不让我们用那个了，也很麻烦的。虽说最好不要把事情闹大，可是老板娘不知道要去哪里找这二十万，所以大为光火。还有店里的女孩们之间也有争执，实际上三个月左右前，一直在店里做的一个女孩子辞职了……哎，看会儿电视吧。能打开吗？"

我把 CD 停下来，把电视遥控递给卷子。一打开电源，电视机发出了"嗡"的微弱响声，画面亮了，播放起了综艺节目。电视是我来这里的时候，在二手商店里花四千日元买的。

"之前我在电器店第一次见到了液晶电视。说起来也挺不好意思的，好薄啊。你猜要多少钱？一百万日元。谁会花一百万去买电视啊。有钱人会买的吧，刚才我在澡堂里也说了，屏幕超级黑。"卷子一个个地按着频道按钮，一边看着我，意思是问我刚刚说到哪儿了。

"说到辞职的人。"我嚼着萨拉米棒说，"名字叫什么来着？那人干了很久了吧，比阿卷你还要久。"

"没错，叫铃夏。在店里大概五年了吧。是个韩国人。店里的事情她什么都知道，实际上在管店的就是铃夏。她干了很久了哎。"

"所以，干了很久的铃夏为什么不干了呢？"

"铃夏辞职前两个月左右吧，店里新来了个打工的。那个女孩子是中国人，说是来留学的，但不知道是哪个学校的，反正就是来这里的大学读书的，看见招聘广告就来了，说是需要钱。"

"打工信息杂志上的夜间工作信息页吧，只有那几页是深色的。"

"对对，那个女孩子叫静里，挺普通的，黑头发，皮肤挺白的，没化什么妆，就是个大学生。老板娘可喜欢她了。"

"嗯，笑桥没有这种类型的嘛。"

"是吧。韩国人那里倒是有，中国人就很少见了。可是她什么也不会干，基本上就只是坐着。日语也只会说只言片语，但是客人好像觉得很稀奇，特别捧静里的场。那样本来也没什么不好，但不时会有那种借着兴头对铃夏说大妈走开啊、酒变难喝了啊之类夸奖静里，贬低铃夏的话的客人。不过铃夏也做了很久了，很多次她都没计较，只不过她原本就对只是坐着的静里没有好感。察觉到这种气氛的老板娘呢，因为两个人都能不知不觉间挣到钱，所以她就对铃夏说没有你照拂不行啊，铃夏就觉得也确实是这么回事，总之就这么维持着。"

"铃夏几岁?"我问道。

"三十岁出头吧。"卷子说,"比我要年轻多了,但说实话也没那么年轻了。再加上她之前就一直干接客的活,很辛苦,也确实看得出年纪。一开始见到她的时候,我还以为跟我同岁呢。然后是什么时候啊,店里一个客人都没有,就我们三个人在。老板娘也还没来,就只有我们。闲着没事,我们说聊点什么吧,就问静里中国的事情。聊了些'静里的汉字怎么写''写作安静的故里'之类的。"

卷子模仿着静里说日语的音调说道。

"中国真的很贫困吗?中国没钱吗?你们真的还穿着青年装一起骑自行车吗?以前在电视上看到很流行用雀巢速溶咖啡的空瓶装乌龙茶喝,觉得好丢人啊,现在还这样吗?我们问了她诸如此类的问题,然后静里就说没错没错,之前四川地震的时候学校塌了,死了好多孩子,厕所里没有门,我出生的村子里,道路啦房子啦牛啦人啦都是一个样子,大家都憧憬着能变成像日本一样清洁、富裕的国家之类的。总之说着说着就聊到了静里的家,她家里非常贫困。

"她说自己有三个弟弟,最小的那个好像有点智力缺陷,还有叔叔婶婶,一家子都很穷,所以要出人头地就只能靠读书,只能靠脑子了。但是静里是女的嘛,叔叔说了些女孩子没必要读书,要花钱就花在男孩子身上之类的话,静里跟他大吵一架,可是只有静里有一朝翻身的可能性,只有她脑子好使。她想,学会了日语就能在日本挣钱,就一个人开始学习日语,稍微学会了一点。因为她用的是陈旧的教材而且只靠书自学,所以在店里有时候对客人说'好厉害',有时又一本正经地说'令人景仰呢',这也没什么不好的。'在那么乡下的农村,一个念书的人都没有,爸爸和妈妈跑遍了村子,被人欺负,被人辱骂,筹来了钱。'静里眼泪汪汪地说。后来她的想法就变成了要学点本领,出人头地,要好好孝顺父母,学费要花一大笔钱,她想把在店里打工的钱尽可能存下来,要努力,因为是她自作主张想来日本的。就说了类似这些话题。

"什么嘛,你也很不容易嘛,铃夏好像说了这么一句话后也一下子来劲了。她眼泪汪汪地说，好，我知道了，静里，你就把我当成在大阪的姐姐，什么都可以跟我说。于是三个人一起干杯，搭着肩唱了松任谷由实的《仲夏夜之梦》。客人也没来。静里倒是出人意料地转动手腕，正儿八经地把手摇铃在大腿上'啪啪'地敲出声响，弄得跟竞赛似的，不知道为什么在这个过程中她一直带着爽朗的笑容盯着我的眼睛，绝不移开视线，我总是分不清那是可怕还是有趣……接下来说了什么来着，对了对了，我们就这么尽情疯狂了一番之后，就聊起了时薪。铃夏问静里，老实说你赚多少。其实这是不合规矩的。薪水是不能讨论的。但是铃夏却拍着胸脯说，你有不得不拼命的原因，被人抓住了痛脚所以少给你钱了吧，我帮你去谈判，我是站在老板娘左右手的立场上说的之类的。于是静里就说'我时薪两千日元。'"

"诶？"

"嗯，不得了对不对？"卷子说，"听到这个金额的时候，铃夏的声音啊……是那种快死掉的鸡发出来的声音。可能想死的心都有吧。我也是那个时候第一次听说铃夏的时薪，一千四百日元。"

"比静里还低六百日元。"

"那还是一年前扯皮了好久商量要加工资，才勉强加到一千四百日元的。"

"好惨。"

"惨吧。"

那阿卷你的是……我一下子掐断了这个问题，而是问道："所以就辞职了？"

"对啊对啊。听到两千日元的时候，铃夏的脸变得跟折纸的背面一样白。接着又变成了红色，白一阵红一阵。什么都没察觉到的静里眼中带泪说着：'姐姐，我们再唱歌吧！'放起了《生存之舞》，晃荡晃荡地摇着茫然地坐在圆椅子上的铃夏的肩膀，《生存之舞》的日语歌词乱七八糟的对吧，静里唱歌又真的很糟糕，听得都快神经错乱了。然后第二天，铃夏在那儿堵住了老板娘，好像小吵了一架，接着铃夏就这么不来了。

"老板娘说'那孩子从中国来的，语言又不通，是来读书的，为了家人在努力'。于是铃夏也哭着回嘴说'我也是从韩国来的，为了家人在努力'。然后老板娘说'静里还年轻。再怎么差也是个女大学生。她有价值，这也是没办法的'。这么努力地管店，到现在为止拼命喝酒、被灌酒的自己太悲惨了，铃夏哭了。"

我试着想象在《生存之舞》的"嗡嗡"轰鸣中，精神处于濒死状态的铃夏被静里搭着肩"咣当咣当"晃动身体的情景，我本来就不认识她俩，所以有点无从判断这个想象是不是贴切。

"后来警察也来了。"过了一会儿，卷子说道。

"铃夏在店里洒了灯油?"

"不是。"卷子叹息道，"那段小争吵之后，两个女孩子来面试了。铃夏辞职了，静里也不是每天都来，平时在店里的就只剩我、老板娘和五十多岁的徹子。店里不知道要冷清多少呢。后来就来了一对在专科学校上学的朋友，说要打工。因为她们说每天都能来上班，所以就先面试一下，结果都录用了。她俩的名字叫小希和杏，上班就用本名。两人很爽朗，很有精神，各有各的可爱之处，也经常笑。但是头发啊，是那种上下颜色分层的毛躁金发，上专科学校是骗人的吧。一看就知道。杏门牙旁的牙齿少了一颗，笑起来的时候里面的牙齿也全是漆黑的蛀牙，小希的头发总是打结的，奇怪的是，有时候还有异味。从她们的坐姿啊吃东西时的感觉看得出来，她们是那种典型的没人关心、听天由命长大的孩子。虽说是有正儿八经的父母，但是两个人不知道在哪里晃荡，感觉是在朋友啊男朋友家里还是不知道什么地方过着日子。有时候包里还放着要洗的脏衣服呢。不过我们店里也缺人，所以也没太在意这些，反正就让她们来了。她俩很能喝酒，还说什么'老板娘，我们会努力做营业额的'。两人很快就习惯了工作，很有亲和力，好像连老板娘也说'你们俩真可爱啊'。其实是很好的两个孩子。

"大概是两个月左右之后吧，有一天两个人都没来。没有联系。无故旷工的情况之前一次也没有发生过，所以大家都觉得很奇怪。然后第二天、第三天她们都没有来，也联系不上。她们在店里干得挺好的，和大家的关系也不错，下班以后大家还一起去吃烤串呢，也一起打过保龄球。那个时候，虽然没有质问她们，但隐约感觉得出她们确实不是专科学校学生。她们说将来想开咖啡店啦，对当美容师有兴趣啦，还是想结婚生子过幸福的生活之类的。是好孩子啊，很努力的。正因为如此，要辞职的话她们应该会说清楚的，所以我们也很担心。后来警察来了。简而言之，小希和杏被男人要求卖春。她们一直照着男人说的在接客。小希在笑桥肮脏的酒店里被客人打得遍体鳞伤。"

我看了看卷子的脸。

"那真的是太惨了。"卷子盯着被揉成一团的萨拉米棒的包装纸看了一会儿后抬起了头，"酒店的工作人员叫了救护车，事情闹得很大。事情大概发生在警察来我们店里之前的一周左右吧，我们从医院那一边听说酒店里发生了案件，但没想到会是小希。"

卷子叹息道。

"真的是，全身都坑坑洼洼的。脸上特别严重，下巴都骨折了，还有其他塌陷下去的地方，人昏过去了。犯人是抓住了，但好像是嗑了药之类的。是那一带无法无天的小混混。真是死有余辜。"

我摇了摇头。

"之后警察介入了，调查期间就知道了她在我们店里打工。"卷子突然用力抿着嘴说道。

"其实，她只有十四岁。"

"十四岁？"我看向卷子。

"杏十三岁。实际上才初一。警察是来问我们是不是明知道她们的年龄还让她们来上班的。再进一步就是问我们这里是不是也在招客。"

"那……"

"当然没那种事了，我们也没想到她们竟然是初中生。"卷子摇摇头说，"长得也很高大，年纪我们是真的不知道。杏就这么不见了踪影。完全不知道她在什么地方。"

"小希呢？"

"我一个人去医院看过她一回。"卷子拿起啤酒罐，像稍微想起了什么似的放到了矮桌上，"小希在单人病房里，脸和肩膀上都缠着绷带，用木板之类的东西夹着固定住，下巴的骨头都碎了，什么都吃不了，鼻子下面嵌着一个类似铁口罩的东西，把管子从那东西的缝隙间插进去，然后靠这个输入营养。

"从我走进房间开始，她虽然不能动但好像知道我来了，眼睛周围也还是青紫色的，肿得很厉害，即使这样她也闭着嘴发出'啊——啊——'的声音想要坐起来，我让她什么都不用做，就那么待着。我就那么坐着，对她说虽然早就知道了，但你真是伤得不轻啊。我想好了要让气氛轻快些，所以露出了笑容，说你那是《铁甲面传说》吗，还是真人版《不良刑警》啊，尽管小希不知道《不良刑警》。另外还说了最近老板娘的失败啦、很熟悉的客人中了彩票啦之类的，小希说不了话，用仿佛在说'我在听着'的眼神看着我。我待了一个小时不到，净说了些傻事给她听。

"我说我还会再来的，有什么想要的就告诉我，下次来的时候我把大悠悠球拿来，说着我又笑了。我问她妈妈会来吗？小希的脸上表情微动。据老板娘说，小希的母亲好像在九州，问了年龄，好像说是三十岁。小希是她十六岁左右的时候生下的孩子。好像因为还有同母异父的年幼的弟弟妹妹，所以她母亲没办法立刻过来，但来是会来的，我说那就好。我说我也会再来的，正要走的时候，小希用手指示意我把放在那边的笔和记事本拿给她，我递给了她。然后，她就慢慢地用歪歪扭扭的字写道，对不起，对不起店里。我说你说什么呢，不用道歉。我说你很疼吧，很疼吧，她就用力地磨蹭一下脚。没关系的啊没关系的，没关系，没关系，很快会好起来的，小希，我们怎么会这样就认输呢？我想笑一笑，但眼泪却止不住地流，小希也哭了，眼泪把绷带都浸湿了，她的脚，一直磨蹭着。"

○ 最近一看东西就头疼。最近一直疼个不停。是因为有很多东西从眼睛里进来吗？从眼睛里进来的东西从哪里出去呢？怎么出去呢？变成语言，变成眼泪吗？但是，如果有个人不会哭也不会说话，无法排除囤积在眼睛里的东西，那他身上和眼睛相连的所有地方都会鼓胀起来，满满当当的，连呼吸也变得很痛苦，然后越来越胀，连眼睛都睁不开了吧。

绿子

　　不知不觉间我把放在嘴边的手垂了下来，然后看了看熟睡的绿子。接着，两个人都沉默地喝起了啤酒。碟子里的柿种都被吃光了，只剩下花生。任其开着的电视机里播放着北京奥运会的情况。单调如电子音的笛声响起后，游泳选手们一齐飞身跃出的瞬间，几名身穿竞赛泳装的女性选手的一大块光滑的背部正动作标准地跃升出水面，再沉下去，从左到右，再从右到左，仿佛用全身在剖开水面似的前进着。

　　卷子拿起遥控器换了频道。没听过名字的国内乐队弹奏着吉他，喊叫着"最爱的人啊，在我的怀里幸福下去吧"。我们心不在焉地看着演出，过了一会儿又换了频道，下一个频道是新闻报道，围绕着内阁改造而上升的支持率和秋季总选举的可能性，评论家们七嘴八舌地说着。然后另一个节目搞了个关于上个月发售的苹果手机的使用指南的特辑。我们沉默地注视着画面，卷子又换了频道，电视机里播放起了一个看上去没花什么经费的本地节目，画面右上角挂着"考试趁现在"的花哨字幕。镜头拍摄了在很难考的私立学校录取榜上找到了自己的号码的孩子，以及紧紧搂住了他的肩靠着的喜极而泣的母亲。两个人真的是以泣血般的意志走到了今天，母亲一边呜咽着用颤抖的声音说道，一边用手帕擤鼻子，没错，我相信这个孩子的才能，现在我希望他去该去的地方，诶？当然是东大，她语气强烈地结束了采访。怎么看这也是过去的视频，好像是几年后的现在，要再去访问这对母子的节目企划。画面换成了烧酒广告，又变成了新上市的杯面、痔疮药、滋养强身饮料，我们沉默地注视着一个接一个跳出来又跳转过去的广告。

　　"喝了不少了吧。"卷子说。矮桌上、绒毯上都有七倒八歪的啤酒罐，还有扔进了厨房垃圾袋里的那部分。虽然没心思去数一共喝了几罐，但一定超过了平常难以想象的量。即便如此，我也不觉得自己醉了，也没有困意。一看时钟已经十一点了。

今天早上起得早，睡吧，卷子说着从波士顿包里拿出睡觉穿的 T 恤和运动裤换上，我站起来去刷牙。换好衣服后，卷子也刷了牙，我在绿子的左边躺了下来。卷子伸手关掉灯，翻身睡到了我的左边。卷子的头发飘来淡淡的护发素的香味。

躺下来后在黑暗中闭上眼睛，脑袋里持续着"扑通扑通"有规律的被折叠起来的感觉，睡不着。睡不着的时间里，我觉得身体渐渐热了起来，在绿子和卷子之间小幅度地翻了好几次身。脚底下渗出热意，我渐渐地感到燥热难当。头脑很清醒，但确实是喝醉了，我在睡不着的躯体内扭动身子，叹了口气。

颜色和模样在紧闭的眼睑内浮现出来，混杂到一起后又消失了。这样反复了好几次。消毒液的气味均匀地飘散开来，飘进了没有人的走廊。我轻轻推开病房的门向里张望，小希仰躺在病床上。因为缠着绷带，所以不知道她长什么样。十四岁。十四岁那年，是我第一次写简历的年纪。随便写了个附近的公立高中的名字，涂上药妆店里用完后就剩下个洞的样品口红，去工厂从早到晚检查小型电池的漏电情况。紫色的液体沾到指尖就会深入渗透进去，指尖无论什么时候都是碧蓝的。盥洗室的水槽里总是堆满了怎么洗也不掉色的烟灰缸。香烟的烟雾，总是在脑海里回响的麦克风的音波，妈妈把啤酒箱拿到外面，伸手把上面的锁锁上，又蹲下来把下面的锁锁上。步行回家的夜路上，在电线杆的阴影下、自动贩卖机的背后，暧昧地笑着对我说些猥琐话语的男人们嘴边黑乎乎的，裤脚脏污，摇摇晃晃地伸出了手。我加快步子走上了公寓的楼梯。

渐渐的，我分不清什么时候是否与别人说过话，在梦里见到的景色和记忆被缓慢地编织到一起，分不清哪些才是真实的了。包裹着无数裸体的薄雾里是不是真的有声音？高墙，把男浴池和女浴池分隔开的高墙，澡堂的鹿威发出了"咣啷"的声响。浸泡在浴池里的众多女人们的裸体看向了我。许多乳头一齐看向了我。蒸汽弥漫，我揉着脚底。脚后跟的皮总是很毛糙，怎么剥都剥不干净。母亲的脚上总是擦着粉，雪白雪白的，脚指甲变成了茶色。可米外婆用沾了肥皂泡的手给我清洗脚指缝。烧水的时候，控制杆微小的角度很重要，需要诀窍的，咔哧咔哧，接下来是"砰"的点燃煤气的声音，我数着飞散在可米外婆赤裸身体上的血泡。这是什么？血泡。这个弄破了会怎么样？血就会全部从这里喷出来，可米外婆的血会全部流出来，可米外婆会死吗？那个时候可米外婆是怎么回答我的来着？哎呀，可米外婆，不加倍守护血泡不行哦，不要让它们破掉，不要让血喷出来，哎呀，可米外婆死了我可怎么办呀，哎呀，可米外婆，别死，别死。可米外婆，永远永远待在我身边。别说那些了，一起吃这个吧，肚子饿什么都做不成，卷子经常带回来的烤肉便当里，都是好吃的肉和沾了酱汁的茶色米饭。阿卷，刚刚有个像流浪汉的人吧，不光是刚刚，很多地方都有这样的人，没有家庭、无家可归的人，没有任何归处的人。我总是害怕那个人会不会是老爸。阿卷，在那边的那个人，蹲在那边的那个衣衫褴褛的人如果是老爸的话，阿卷你会怎么做，会把他带回家让他洗个澡吗？果然会这么做吗？带他回家，给他吃点东西，接下来说点什么好呢？阿卷，阿九对着我哭了呢，在老妈的葬礼上他哭丧着脸，阿九带着两千日元来的，在炎热的夏日里，阿九哭着眼泪扑簌簌地往下掉。还记得可米外婆在高架下大叫吗？拉着我的手，拉着阿卷的手，趁着电车"嘎——"地开过去的聒噪时刻，可米外婆大叫，电车，到了明天带绿子去坐电车，摇摇晃晃的，阿卷回来之前去个什么地方呢，机会难得，要把绿子的头发好好扎起来，电车座位上有很多头发呢，手指越来越深入，宛如森林，宛如我，为什么你没有带包，刚才坐在旁边的不是爸爸妈妈，啊，你是以前在电车上见过的孩子吧，为什么笑成那样，不是以前……啊对了……这是今天早上的事情……是啊，是今天早上的事情……诶，好像是很久以前了……报纸的广告单上……房子的广告、平面图上面画了很多窗户，小小的、四角的我喜欢的窗户……老妈的窗户、阿卷的窗户、可米外婆的窗户，大家每个人都有一扇能打开喜欢的时光的窗户，画吧，一画光就进来了，风就进来了，我就这样睡着了。

6 世界上最安全的地方

尽管如此，我还是用仿佛塞满了旧棉絮的脑袋思考着。今天是几号。尾椎骨周围有种温热的感觉，可以的话我就想这么睡着，一动也不要动，但是没办法，我起身去了厕所。脑海里浮现出了日历，我试图想起上次的生理日，画着圈的地方。那个时间左右。按照预定时间的话，是不是早了十天左右啊。

想起来上个月也是，再上个月也是，最近这段时间来月经的日子好像在一点点往前提。去掉最初来月经的那几年，约有十五年以上，我的生理期简直就像定规地、精确地画线似的，以二十八天为周期规律地来着。近两年生理期不准是有什么原因吧。

我一边想着这些，一边等着长时间的排尿结束，这段时间长得连睡蒙了的脑子都惊讶地觉得怎么还没完，我迷迷糊糊地看着内裤接触大腿的部位沾上的血。不知怎么的它看上去有点像日本地图，大阪在这一带，然后四国在这附近吧，接着找我没去过的青森在哪里的时候，我恍惚地想，不光是青森，我几乎是哪里都没去过啊，也没有护照。

从外面天光的亮度看来，应该还不到七点钟。夏天还没有醒过来，空气冷飕飕的。我用力皱皱眉，传来轻微的疼痛感。宿醉。但是没有不舒服的感觉，好像没那么严重。我从纸袋里取出卫生巾，撕掉包装，贴在大腿间的部位。穿上内裤，冲掉马桶后，我回到房间里。卫生巾松松软软的，就像大腿间的被子一样，我一边想着一边再次将身体包裹进了被子里。

在再次睡着和睡不着的半梦半醒间，我朦朦胧胧地想，还要来多少次月经呢。我的身体，还要承受多少次月经？我至今经历了多少次月经？这时，"这个月也没有受精啊"之类的句子或者说是谁的台词，就像漫画里的对话框似的出现在眼前，我一直凝视着它。没有受精啊。是的，受精。嗯，没有哦。这个月就不用多说了，就连下个月、下下个月乃至再下个月，都没有受精的计划。我对着那个对话框淡淡地解释道。没把握的声音在身体内响起，又渐行渐远，察觉过来的时候我发现我又睡着了。

我真正醒来的时候，卷子已经不在了，她去哪儿了？一瞬间我有些不知所措，啊对了，我想起昨晚卷子喝着啤酒说过的话。"我要去见这里的朋友，然后直接去银座，去那家我精挑细选出来的诊所接受咨询。人很多，可能会到七点前左右，晚饭再定吧。"

我看了看时钟，中午十一点半。绿子已经起来了，在被窝里看书。我平时是不吃早饭的，所以漫不经心的，但是绿子还是小孩子，必须吃早饭，我道歉说绿子对不起，我有点宿醉，所以又睡过去了，你肚子饿了吧，对不起对不起，绿子直直地盯着我，然后指了指厨房的方向，她做了个类似"吃了面包"的动作。太好了，家里什么都没有，你随便拿来吃吧，我笑道，绿子点点头，又回去继续看书了。

夏天的早晨，窗户透出柔和的光线。我大大地伸了个懒腰，身体的某些地方发出了关节咔咔作响的声音。起床叠好被子后，我看见被套上沾了圆圆的一摊经血。啊，已经有几年没出现这种失败了？这几年虽说生理周期不规律，但是忘了从什么时候开始就没这么痛过了。我在心里叹了口气，拉开侧边的拉链，把被子拖出来，再把被套团成一团，往浴室走去。

我用热水洗经血，血渍顽固得洗不掉，所以必须用水洗——这是谁教我的？不是学校，不是妈妈，也不是可米外婆。我一边思考着这些，一边揪起宽大的被套上沾了血渍的部位，往洗脸盆里倒入洗衣液，再把沾血的部位浸泡进去，感觉要等血渍溶解了再洗，回头发现绿子站在那里。

我就蹲着扭动脖子抬头看绿子，试着跟她搭话，我说，今天去游乐园吧。接着又继续说道，昨天疏忽了，正在清洗。绿子没有回答，保持着沉默，好像在看我的手和被套的动作。浴室里只有搓被套的那种痒嗖嗖的声音和洗脸盆里的水轻溅的声音回响着。血不用水是洗不掉的。我确认着泡沫里的血渍洗掉了没有，过了一会儿回头和绿子四目相对。绿子动了动脖子，仿佛在说"嗯"，又回房间里去了。

○ 我接下来要写写卵子。是我今天刚知道的事情。好像卵子和精子结合后会变成受精卵，没有结合的话就叫无精卵。这是我之前就知道的。受精好像不是在子宫里进行的，而是两者在叫作输卵管的像管子一样的部件里结合，变成受精卵后到达子宫进行着床。

但是有一点我不明白。无论读哪本书、看哪幅画，我都不明白卵子从卵巢里蹦出来时，是如何进入到形状像手一样的输卵管里去的。虽然写着卵子从卵巢里"砰"的出来了，但它是怎么出来的呢？卵巢和输卵管之间的空间要怎么过去呢？为什么不会溢出到别的地方去这也是个谜。

还有一点我不知道该怎么想才好。首先，受完精，在决定这颗受精卵会发育成女人的时候，在还没有出生的女婴的卵巢里（那个时候就已经有卵巢了，真是可怕），有七百万个类似原始卵泡之类的东西，这个时候好像是最多的。接下来原始卵泡就会逐渐减少，出生的时候变成一百万个左右，不会再增加新的了。之后也会一直一直减少，到了像我们这个年龄，开始来月经的时候变成三十万个左右，然后这里面真的只有极少数能好好成长，随着成长就会变成能够受精、能够受孕的卵子。这是很可怕的事情，是很恐怖的事情，也就是说，在出生之前，我的体内就已经有生育人的源头了，庞大的源头。被生出来之前就有生育的能力。而且，这不仅仅是写在书上的东西，而是在我这个人、这个肚子里实际上真实发生的事情。未出生的生命，存在于未出生的生命体里。我想挠它，我恼火地想要打破它。什么啊这都是。

绿子

也有放暑假的原因，游乐园人很多，很热闹，但也没有混乱到拥挤不堪的程度，昨天东京站的人口密度比这里要高多了。擦肩而过的人之间能保持适当的距离，大家都很高兴地笑着。

一家人，脸上似乎还稚气未脱的学生情侣，还有发出与叫声几乎没什么区别的兴奋笑声的多人团体。牵着手欢跳的女孩子们。背着看上去重得像能直接这样去登山的书包，表情认真地边确认地图边走的男性。推着挂了很多行李的婴儿车，不断地大声喊着眼中闪烁着好奇的光芒，急着先跑到前面的孩子们的名字的年轻妈妈们。还有几个坐在长椅上舔着冰激凌的老人。人们在路上各自移动、吃东西、等待，各种各样的音乐和欢呼声交织在一起，偶尔响起在头顶上飞驰而过的过山车的轰鸣声。

我没法预计绿子要乘坐多少游乐设施，不过我带了免费的无限乘坐券。在问讯处兑换好免费入场券，我说把这个戴上，绿子沉默地向我伸出了被太阳晒黑了的细胳膊。我把特殊的带子圈在绿子的手腕上，为了保证松紧正好，我小心地测量后固定好。绿子为了确认佩戴情况似的活动了一下手腕，接着又像是为了躲避阳光而眯起了眼睛。"这都不止是日晒了吧，要烤焦了啊。"我说，"就算忍一忍，也应该穿黑色的长袖。"

虽然没查今天的最高气温是几度，但这热意让人不免心想是不是早就超过了三十五度。太阳当空高挂着，没有任何能遮挡它放出的热量的东西。惨白的日光毫不留情地照射在小卖部的屋檐、喷着涓涓细水的幼儿游乐场、售票处的招牌、人们的皮肤和巨大的游乐设施的铁皮表面上。小卖部旁边的长椅上坐着两个身穿一样的碎花挂脖连衣裙的女性，她们高兴地笑着，互相在对方的背上涂抹防晒霜。

"我一旦被晒黑，就会三年都是这个肤色。"我看着她俩的方向对绿子说，"看，挂脖连衣裙，真好看啊。"

绿子似乎对挂脖、防晒霜和连衣裙都没有兴趣，她边看地图边抬头确认游乐设施的位置，有时还回过头来像是在对我示意"这里这里"。梳不起来的刘海碎发因为汗水而贴在了绿子圆圆的额头上，她的脸颊上泛着淡淡的潮红。

"坐这个吗？"

绿子最先选的是一个叫"单车"的模仿巨大船只的项目，我看了看通知要等二十分钟。虽然它会逐渐加速，但基本上就是前后大幅度摇晃，我心想这看上去没什么刺激的，但我彻底错了。忘了是什么时候我曾经坐过一次，以为把它当成是巨大版的秋千可能就没事了，结果非常后悔。被甩到上面再落下来的时候，胸口的感觉就像被捶打然后扩散开来，那种无以名之，只能说是道尽尖叫精髓的玩意儿，应该有个说法吧。那种压迫上来的感觉到底是从身体的哪里产生的？那究竟是什么？每次一想到这个，我就会想象从高楼上纵身跳下来的人。坠落到地面上真的只有数秒，那是他们最后品味到的感觉吗？在人们"哇"的短促叫声之后，过山车立马响起了地动山摇般的轰鸣声，飞驰而过。

我在小卖部买了水和橙汁，在一棵不知名的树的树荫下的长椅上等待，过了一会儿，绿子回来了。神情和去时候没有两样，所以我问她："诶，放弃了吗？"绿子摇摇头，我问她："坐完了回来的吗？"她并不觉得有趣地点了点头。"怎么样，很一般？"她没有特意回答，而是迅速迈开了步子，像是在表达"下一个，那边"，我慌忙追着她过去。

　　○ 我来写写胸部。我的身上多了本来没有的东西，膨胀了起来，这两个隆起非我所愿。为什么会变成这样呢？为什么？它是从什么地方来的？为什么不能就这么平坦下去呢？女生当中，有人会互相展示，跳跃着比较胸部的摇晃，也有对胸部变大引以为豪的人，她们很是高兴，男人们也以此为乐，大家都变成了这个样子，这到底有什么好高兴的？是我有问题吗？我觉得很讨厌，胸部鼓胀起来很讨厌，非常讨厌，讨厌得要死，可妈妈却想让胸部变大，在电话里说着手术的事。我想听她跟医院的人说话，就偷偷靠近过去听。她们说的通常都是"生了孩子之后""喂了母乳所以才"怎样怎样。每天都在打电话。傻不傻啊。想要回到生孩子之前的身体算怎么回事，那样的话妈妈不生孩子人生才会更好吧，没生下我就好了吧，大家似乎都觉得不生孩子的话就什么问题都没有。没有人被生出来的话，开心也好、悲伤也好，所有的一切从根本上就不会有了。不复存在了。虽然拥有卵子和精子不是人的错，但是，我觉得人类还是放弃让卵子和精子结合比较好吧。

绿子

"好了，绿子，去吃点东西吧。"

我们在地图上找了园内的好几个饮食店和小卖部，选了一个看上去最大的，打算去那里。

也是因为午饭的高峰时间早就已经过去了，店里有几个空位，我们由店员带着坐到了桌边。绿子从腰包里拿出小笔记本放在右手边，用店员送水时拿来的湿巾用力擦了擦脸。我们各自把脸凑近菜单仔细端详，最后我点了炸什锦盖浇饭，绿子点了咖喱饭。

"绿子，你真厉害啊。"我佩服地说道。

结果，绿子在抵达游乐场之后的两个半小时里，一次都没有休息，接连不断地在坐各种游乐设施。为了能在尽可能短的时间里乘坐多种设施，绿子快速地确认了各种设施的等待时间，实在是高效利落地在四处移动。绿子喜欢的就是所谓尖叫系的刺激的设施，我光是看着过山车发出"咔嗒咔嗒"不吉利的声音往上升就坐立难安。我朝排队的绿子挥挥手，不时用手机拍照片，然后用手遮阳，一直凝视着绿子被安全带固定在游乐设施上，直到她的身影向着天空逐渐变小至无法辨认为止。我小跑着追赶绿子的踪迹，只是从远处看着在高处转圈圈，在巨大的轨道上以惊人的速度飞驰的绿子，我就筋疲力尽了。

"你的半规管真强啊。坐了那么多设施，脸色也丝毫没有变化。"我一口喝干了杯子里的水后说道，绿子略微歪着脑袋看了看我。

"半规管就是，你看，有些人坐游乐设施之类的会吐对吧。耳朵里面叫作半规管的部分在控制身体的平衡。转太多圈啦，车子在盘山公路上开啦，在和通常不同的节奏里待一定时间之后，从眼睛和耳朵进入的信息和半规管拥有的信息产生了差异，所以就会呕吐。绿子不晕吗？完全不晕？"

绿子喝了一口水，点点头表示没关系。接着她翻开小笔记本，盯着白纸的部分看了一会儿后，缓慢地动起了笔。

为什么大人要喝酒？

绿子把笔记本朝向我，好一会儿没有动。为什么大人要喝酒啊。我试着思考了一下这个问题。

为什么大人要喝酒？我喝不了啤酒以外的酒，因为很少觉得酒好喝，很快就会喝醉头痛。不过，我也有那样一段时期。那是怎么回事呢？是在来东京以后的几年里。那段时期的记忆变得模糊了，只记得我总是喝酒喝到吐。我会买一点也不觉得好喝的卖酒店小推车里的便宜酒回家，一个人一直喝。之后就有两天左右无法动弹，什么也不吃，在被窝里度过忧郁的时光。什么都进展不顺，每天都茫然得像毫无目的地把相同形状和颜色的方块堆积起来。虽然现在也还是一样，但那时确实有少许不同，是一段一想起来就会没完没了的日子。虽然相同的事情不会再发生了，但那也确实是我，不那样做就连一天都活不下去的感觉也是切切实实的。

"也许，喝醉的时候会感觉自己不再是自己。"过了一会儿，我这样对绿子说道。总觉得那似乎不是自己的声音，我咳嗽了好几声。

"人啊，总是在做自己对吧。从出生开始就一直是自己。这件事太辛苦了，所以大家才想喝醉。"我把想到的话就这么说了出来，"活着就会遇到很多事情，但是到死为止除了活着也别无他法了吧，因为活着的时间里人生是持续不断的，所以可能会有类似想先暂时避避难这样的时候。"

我呼出胸口的一口气，环顾了一下四周。

店内广播叫着我们不懂是什么意思的号码，店员们在桌子和推车间快速地来回走动。就在我们隔壁的座位上，还很年幼的女孩子正在被母亲训斥。可女孩好像一副不接受的样子，紧皱眉头，顽固地闭着嘴。两条梳得高高的辫子的发梢挂在小嘴的嘴角上。

"避难，指的是逃离自己吧。"没人问我，我却继续说道，"也许是从自我中存在的——时间啊包括回忆在内的东西中逃离出来。其中也有避难都不够了，已经再也不想回去的人，也有自己选择了死亡的人。"

绿子保持着沉默，盯着我看。

"不过大部分都是不会去死的人。所以可能就只能反复地喝酒、避难。不光只是酒，有很多东西要逃避，一边想着我为什么要干这种事情，我已经感到厌烦了，但还是会有束手无策的时候。但是一直这么干也不行吧。身体也会搞坏的。你要这么干到什么时候，快点清醒啊，周围的人也为我担心，为我焦急，对我说了各种话。大家说的都是正确的，但是我却变得更加辛苦了。"

绿子像是注视着远处的东西似的眯起眼睛看着我。我沉默地凝视着没有装水的杯子。接着，我渐渐觉得自己说的话会不会完全都是错的。绿子握着笔，没有动。我看见她小小的太阳穴处渗出了几颗汗珠，微微颤动着穿透了皮肤。

店员用明快的声音说着"久等了"，一边端来了食物。带着巨大笑容的这位女性，耳朵上的金色大圆圈耳环摇曳着，她手法娴熟地摆好了食物。"菜上齐了哟。"她用明快的声音确认完后，拿指尖将小票卷成圆柱形放进透明的容器里，然后迈着矫捷的步子回厨房去了。我们沉默地各自吃着自己点的食物。

○ 妈妈睡前总要吃药，我趁妈妈不在的时候看了看那是什么，结果是止咳糖浆。我最后一次看见她喝是在昨天夜里，但是今天已经没了一半了，要把这些全部喝完吗？明明没有再咳嗽了，为什么还要喝糖浆呢？妈妈最近越来越瘦了。之前有一次她下班回来，明明是夜里，也许正因为是夜里吧，她骑自行车擦伤了，我想问她没事吧，但因为我正处于不跟她说话的状态就没说出口，我很难过，想问她为什么要喝止咳糖浆，想问她有没有受伤，想问她痛不痛。然后，我在电视里看到在美国还是一个其他什么国家里，有个母亲自己和年满十五岁的女儿去做丰胸手术，作为给父亲的礼物，我真不明白这是怎么回事。我还看到过在美国，做过丰胸手术的人与前人相比，自杀人数多出三倍。妈妈知道这些吗？不知道的话就惨了，要是知道了她的想法也许会发生改变。聊一聊，必须找个机会好好聊一聊。我必须要好好问她为什么要做这种事情。关于胸部的事情，要问吗？能问吗？但是，我想全部都问清楚。

绿子

"差不多该回去了吧。"

太阳开始沿着轨道在天空中西沉，在四处投下的浓黑影子不知何时已经浅得都分辨不出来了，不时有温和的风轻柔地拂过肌肤。人们或牵着手，或呼唤着名字，有些成群结队，有些零零散散地迈着缓慢的步子朝大门走去。

"绿子，还有什么不尽兴的吗？"

我问正打开地图在确认今天乘坐过的游乐设施的绿子，她没有看我，点了好几次头。不知不觉间，我们也混在稀疏的人群中慢慢地走了起来。

右手边是摩天轮。稍显淡蓝色的天空微微染上了黄色，我眯起了眼睛。那个巨大的轮子从这里看过去仿佛是静止的，但是摩天轮当然是在动的。看着那缓慢得仿佛在天空中、在时间里以及注视着它的人们记忆里都不打算留下任何痕迹的移动，我的胸口微微疼痛。绿子站在我的身边，同样看着摩天轮。过了一会儿，她像是在叫我似的"啪嗒啪嗒"拍打我的手腕，我转头看，绿子指了指摩天轮。要坐吗？我问道，绿子用力地点了点头。

乘坐入口处的门边有两对情侣。情侣中的男孩子率先坐进了缓慢驶过眼前的座舱里，拉住了他伸出来的手的女孩子熟练地跃进了车里，短裙的裙摆轻轻飞扬。

"绿子，那我在那边栅栏的地方等你，你上去吧。"说完我正打算走，绿子摇了好几次头。我问她什么意思，怎么了，绿子指着摩天轮意思好像是要我一起去坐，然后又看了看我。

"诶？我也去？"

绿子干脆地点点头。

"你看，我不擅长坐这些游乐设施。就连秋千都不行。我会头晕的。"我说明道，"顺便说一下，我还恐高。我连飞机都没坐过。之后也没有坐飞机的计划。我觉得这样也挺好的。"

不管我说多少这样的话，绿子都不听。我大大地呼了一口胸腔里的气后下了决心，又向工作人员买了一张单人票，和绿子一起走进了门里。站在只有一个负责开关门的工作人员所在的大型升降台上，绿子不知为何目送着几个摩天轮座舱，虽然完全不理解那有什么法则，但当目标座舱过来的时候，她的身体迅速地钻进了小小的门里。我把两只手都伸出来抓住前面的横杆，头脑中小声叫喊着，身体挤了进去。就在那个瞬间，座舱"咣啷"一下大幅度摇晃起来，我就像摔了个屁股蹲似的坐到了位子上。身穿制服的工作人员关上门，按下按键，挥手微笑着说"慢走"。

摩天轮在固定的时间里沿着固定的轨道移动，座舱正在缓缓上升。我抬起头，保持视线处在水平位置，尽量不向下看，而是看着渐渐变得宽阔的天空的部分。绿子把额头贴在窗户上，一直观察着下方，接着又滑动臀部，一下子移动到了反方向的窗边，也是同样地把脸贴在窗户上注视着窗外。绿子的马尾辫扎得很高，头发全都是松散的，很多后面的头发在脖颈周围柔软得蓬出来，落到了肩上。她的脖子很细，也许是因为穿着稍大的T恤，所以肩膀看起来更显单薄。从裙裤里伸出来的腿被太阳晒得很黑，那两个小小的膝盖像用粉抹白了似的。绿子一只手放在腰包上，另一只手轻轻抵着窗，凝视着东京的街道。

"阿卷应该差不多来找我们了吧。"我说。绿子依旧把脸对着窗外，没有回应我。

"阿卷说今天去的是银座，银座啊，在那边，不对，是这边吧。"

本来就对地理这东西完全没有兴趣的我，从自己现在所处的地方指着个差不多的方向说道。"可能是那一带吧。"我注视着高楼大厦特别密集的区域，敷衍地向绿子说明。

"玩得很尽兴呀。"我说。绿子看着我，点头表示同意。她的鼻尖和颧骨最高处被太阳晒得微微泛红，黄昏的蓝灰色落在了上面。看着这一幕，我感觉很久以前——我还是孩子的时候，曾经也像这样坐着摩天轮俯瞰街道。好像有蓝灰色的黄昏扩散开来的天空缓缓上升的这一幕。卷子在我旁边吗？是母亲带着我去的吗？还是可米外婆？即使想记起朝坐在座舱里的我挥手的母亲的脸，以及可米外婆那双布满了皱纹的手，可它们究竟在记忆中的何处——似乎越是找，它们就越是逐渐变得模糊起来。小鸟在上空划过弧线，然后不知消失到哪里去了。远处耸立的大楼白雾朦胧。孩提时代的我是跟谁一起，像这样看着逐渐染上蓝灰色的天空和街道呢？试图想起来的过程中，我渐渐对自己的记忆失去了信心。可能没有发生过那样的事情吧，我心想。只是气味、颜色、心情之类相似的部分重合在了一起才会这么觉得，很久以前，我和某个人像这样看着天空和街道染上蓝灰色这件事，也许根本就没有发生过。

"真漂亮啊。"我试着跟绿子搭话。接着我说出了突然想到的事情："还有，你知道吗，摩天轮是非常安全的？"

绿子看了我一会儿后，摇了摇头。

"我记得是小时候有人告诉我的，但是是谁告诉我的呢？摩天轮从侧面看很单薄，看起来像放上去的烟花，空荡荡的，怎么想都觉得会晃，很可怕对吧。如果发生什么事，它看起来像是会第一个倒的。但是，不管刮多强的风，不管下多大的雨，就算有大地震，我也不害怕。摩天轮能躲避扑面而来的这些力量，它是绝对不会倒的。"我说，"听到这些的时候，我还是个孩子，所以我真心觉得，大家都在摩天轮里生活多好啊。把摩天轮当家，都在同样的窗里挥手。用有线电话之类的东西和隔壁的座舱沟通，拉起长绳子晾衣服。因为我那时还是孩子，所以画了一幅很棒的画，一个到处都是摩天轮的世界。就算地震和台风来了也很安全，大家都同样平安无事的世界。"

我们沉默地凝视着窗外。

"绿子和阿卷一起坐过摩天轮吗？"

绿子模棱两可地摇了摇头。

"是嘛，因为阿卷太忙了啊。"

绿子飞快地看了我一眼，又把目光投向了窗外。看着绿子的下巴周围，我忽然想起了母亲的侧脸。没生病前，结实有肉、精神十足的母亲的脸。高挺的鼻子略微弯曲，睫毛很长。我想起她脸颊上有小小的坑洼，我问这是什么，她笑着说把痘痘抠破了就会变成这样，所以不能抠哦。绿子也许比阿卷更像母亲，我心想。

我明明知道，绿子和我母亲以及可米外婆一次都没有见过，同样可米外婆和母亲也没有见过绿子。我模模糊糊地想着这种理所当然的事情。

"我在绿子你现在这么大的时候，我老妈死了。"

我一边想着为什么要说这个话题啊，一边说了起来："可米外婆去世的时候，我大概是十五岁吧。分别是阿卷二十二岁和二十四岁的时候。因为没钱，母亲和可米外婆两个人都是在社区的集会场所举办的葬礼，除此之外就没有别的了，可能举办的是最省钱的仪式了。不过可米外婆有个远亲是开寺庙的，他帮我们举办了和其他人一样的葬礼，以后有机会必须要把钱还上。"

绿子飞快地看了我一眼，又看向了窗外。

"社区是大阪的公营住宅，房租连两万日元都不到，所以要想办法住下去。阿卷那个时候已经是大人了，或者说已经成年了。所以我们就不用搬走。如果阿卷和我年龄相近，我们都是孩子的话，我不太清楚，可能我们会被分开，然后被福利机构之类的地方接收吧。"

绿子依然脸朝着窗外，没有动。最远处的大楼的避雷针针尖上闪烁着红光。那间隔让人联想到安静呼吸的生物，我凝视了它好一会儿。

"我啊，是阿卷带大的。"我继续说道，"只剩下我们俩，母亲不在了、可米外婆也不在了的时候，阿卷承担了全部，她做了各种各样的事情。我们俩去刷盘子，每天都吃阿卷带回来的烤肉便当。"

窗外薄薄的暮色蔓延开来。在这个仿佛仰望数万张轻薄柔软的蕾丝重叠在一起变得绵长的黄昏，在远处，在近处，都闪烁着无数的光。那无依无靠的光线粒子让我想起了出生后的几年里生活的港口小城。夏夜里，从黑暗的大海那头驶来几只帆船。人们欢欣雀跃，孩子们因出生以来第一次看见白皮肤的外国人而兴奋得四处奔走。字迹开始消失的公告牌上，稍微有些脏的电线杆上，店门前缆绳拴住的系船柱——这是司空见惯的街道的角角落落，好几个灯泡连成了一串，我凝视着它们随着夜风摇晃。

"那是我几岁的时候啊，大概是幼儿园吧，去可米外婆那里之前。住在大海附近的时候。幼儿园不是有远足嘛，去摘葡萄。绿子，你去摘过葡萄吗？"

绿子摇摇头。

"摘葡萄。"我笑着说，"在我的记忆里，幼儿园明明没有一件开心的事情，却单单觉得摘葡萄很有趣，从几天前就开始期待，心神不定，自说自话地做了类似指南的东西。我简直不知道自己在干什么，感觉就像扳着手指头数数似的，对摘葡萄期待已久。

"但是，我最后没去成。要去远足需要另外的费用，我没那个钱。现在想起来也就是几百日元吧。所以早上起来老妈就说'今天请假'。我想问为什么不去却没问，肯定是因为没钱啊。而且早上基本上老爸都在睡觉，我和阿卷都得非常安静才行，连吃拉面也不能发出声音。

"我说嗯知道了，就留在家里，泪水不断地涌出来。我悲伤得自己都感到吃惊，眼泪止不住地流。因为不能哭出声，我就在房间的角落里咬着毛巾一直哭。

"这样想来，我从小时候起大部分活动都是去不成的，那次不能去我泪流不止，连自己都心想为什么要哭成那样啊，为什么要那么悲伤啊。当然我没摘过葡萄，不知道那是怎么回事，也并没有很想吃葡萄。现在我有时候都会想，为什么那时候要哭成那样。葡萄究竟做了什么啊。

"但是，后来我这样想了一下。葡萄串啊，放在手掌上的话，总觉得有点特别的感觉？一颗颗紧密地集结在一起，有时还会有非常小的颗粒，大家都为了不掉下去而紧贴在一起，但还是'啪嗒啪嗒'掉了下去，既不重也不轻。总有种特别的感觉。哈哈，不是这样吗？我现在都不知道是它让我哭了所以我才觉得特别呢，还是它让我觉得特别所以我才哭了。

"午饭前，老妈去上班了，老爸也罕见地出去了，我一直咬着毛巾，蜷缩在角落里哭。阿卷那个时候几岁来着，那会儿她一定很头疼吧。阿卷想办法让我打起精神来，我却一个劲地只是哭。

"于是，'夏子，把眼睛闭上。'阿卷说，'在我说可以之前，不能睁开。'我盘腿坐着，眼睛盯着膝盖的位置不停地哭。不知道过了几分钟，阿卷来到我旁边，说'就这样，闭着眼睛到我身边来'，她握住我的手，让我站起来，移动了三步左右说'可以了'。

"然后我睁开眼，阿卷把袜子啊毛巾啊纸巾啊老妈的内裤啊那一片所有的东西全部都夹在或挂在抽屉和橱的拉手、电灯的灯罩、晾晒衣物的绳子之类的各种地方，然后说现在我们两个人来摘葡萄。她说，夏子，这些全都是葡萄，我们俩来摘葡萄吧。她把我抱起来，举得高高的，说快摘啊快摘啊。数着一颗，两颗。

"我被阿卷抱着，伸出手摘下袜子，摘下内裤，把所有东西都摘下来，拿全是洞的篓子当竹篓，把东西都放进去。还有，这里也有，那里也有，阿卷边说边拼命抱着我，她让我体验了摘葡萄。我既高兴又悲伤，可还是一颗一颗摘了下来。虽然不是可以吃的葡萄，也不是圆圆的一粒，但这就是我关于摘葡萄的回忆。"

绿子沉默地看着窗外。不知不觉间，我们乘坐的座舱已经过了最高点，一点点变高大的建筑群和渐渐接近的地面都闪烁着无尽的光。

"为什么我要跟绿子说这些啊。"我笑着摇摇头。过了一会儿，绿子握住了笔。

　　是葡萄色的。

绿子示意一侧窗外染上了淡紫色，她看了看我的眼睛，然后又马上把脸朝向窗户。向着令人怀念的方向，向着尚未见过之处展开的天空，散布着宛如用指腹印上去的云的碎片。碎片的间隙中漏出微光，温柔地勾勒出紫、浅红、深蓝等色彩的浓淡之间的边沿。放眼望去能看见遥远的空中吹拂着的风，伸出手仿佛能悄悄摸到包裹着这个世界的膜。天空映照出色彩，就像无法再重现一次的旋律。

"真的呢，看起来像在葡萄粒里面。"我笑道。

一天就要结束了。座舱一边发出轻微的"咔哒咔哒"声一边下降。我看见升降台上仍然是刚才那个工作人员在向我们挥手。座舱到达后打开门，绿子轻巧地跳下来站住。白天的热气退去，汗水介于皮肤和 T 恤之间，不免让人觉得有些冷，路上充满了夏夜的气息。

7 所有习以为常的东西

留言说七点左右回来，然后就去了诊所的卷子过了八点还没有回来，到了九点还是没回来。给她的手机打了好几遍电话，但是呼出音响起之前就转接到了语音信箱。不是没电了就是故意关机了。"喂，阿卷，累了一天了吧。我们很担心你，听见这通留言后拜托回电给我。"我留完言就按下了挂断键。

三个人在东京吃的最后一顿晚饭，话虽如此，但她们只逗留两天，说是最后未免有点夸大其词，不过总要去吃点什么，机会难得，坐电车去个什么地方也不错，有没有什么想吃的东西？这我本想等卷子回来商量后再作决定，但是关键人物卷子没回来。我想着要不要带绿子去超市买食材，做点简单的东西先吃，可是米也没有，说实话现在这个时间开始做饭实在是提不起劲，我本来就很不擅长煮菜。也许菜做到一半，卷子就回来了。我对绿子说："阿卷回来的话，就到昨天去过的中餐馆吃点什么别的东西吧，你们快回去了嘛。"我一边浏览着书架，看有没有能送给绿子的小说，顺手翻了翻杂志，绿子则是边在笔记本上写着什么边等待着，十分钟过去了，二十分钟过去了，一小时过去了，卷子还是没回来。

"绿子，去一趟便利店吧？"

等到九点十五分，我把写着"我们去便利店了"的便条留在小桌子上，犹豫了一下还是没有锁门，带着绿子出去了。

夏夜温热的空气有些潮湿，混入了些微雨水的气味。几年前在百元店买的沙滩拖鞋鞋底薄了，柏油的颗粒感从脚底传来。我的脑海中浮现出踩到碎玻璃后鞋底破了，玻璃扎进足心，血哗哗地流出来的场景。绿子稍微走在我前面一点。她的腿又直又细，笔直延伸到膝下的白色长袜看上去简直就像骨头似的。那一瞬间，我的脑海中掠过现在正在写的小说——无论如何写不出来，已经停滞了好几个星期的那部小说，我的心情暗沉了下来。

便利店里的空调冷得让毛孔瞬间收缩，我们在店里走了一圈，一件件浏览着陈列在架子上的商品。绿子既不停下也不拿什么东西，带着无精打采的表情跟在我后面一点的地方走着。不要点心吗？冰激凌呢？她没有回答我的问题，过了一会儿缓缓摇了摇头。我说着明天早上吃面包哦，晚饭再等等阿卷啊，手里拿起六片切片吐司面包。"叮咚"，随着自动门明快的声音，几个小孩子一股脑跑了进来，过了一会儿，几个像是监护人的男男女女聊着天走了进来。其中有几个人好像在喝酒，脸颊潮红地大笑着。好像是接下来大家要去放烟花，来买不够的烟花。被太阳晒得黢黑的孩子们聚集在收银台旁的推车上堆积着的烟花周围，高兴地雀跃着。绿子在稍远处一直注视着这一幕。

"绿子，我们也去放烟花吧？"

我跟绿子搭话，她也没有动。孩子们出去后，我看了一眼推车，里面堆着几个分成小包的烟花礼包和袋装的烟花套装。仙女棒、旋转烟花、降落伞烟花，还有雷神。我想起小时候放烟花的记忆，蜡烛的火苗即将被夜晚的微风熄灭，我和卷子用手掌拢住，凝视着火焰在烟花的顶部燃烧。

火药的气味，小小的火花喷出的声音。升腾而起的灰色的烟里映照出几张脸。回过神来的时候，绿子已经站在了我旁边。烟花有好多种，我说，绿子瞥了一眼推车。接着，我抿着嘴角朝里面看，过了一会儿拿起一束火箭烟花。绿子，看这个，好东西啊，我笑着给她看蛇玉①，她微微咧着嘴，露出了牙齿。接着，绿子把烟花一个一个地拿起来仔细地看，我们买了一个五百日元的烟花礼包就回去了。

---

① 一种烟花，点燃后灰烬会像蛇一样扭动着冒出来，故而得名。

到了十点，卷子还是没回来。就算这里是完全不熟悉的城市东京，也不至于连车站的名字都忘记了吧，从车站到我家只要沿着马路笔直走就行了，这也不可能会迷路。如果是发生了什么事情的话，只要给我打个电话就可以，要是手机没电了的话，到处都有卖移动电源。那么是手机丢了呢还是钱包掉了呢，或者是有什么不想和我联络的理由呢？又或者，有没有可能是被卷进了什么案件啊事件里面，陷入了神志不清的状态呢？

　　我想象了各种情况，但又觉得这里面没有一种是现实的。在这个人满为患的东京，如果发生了什么事的话，在某个地方不论用什么形式都能联络到我，再怎么说，卷子也是个四十岁的成年人了。没有联络就说明这只是她本人没有联系我们而已，并没有其他的事情，这样想才合乎逻辑。因此，无论卷子多晚回来都不是什么大不了的事情。可是，绿子当然不会这么想，我看得出就像雨天接漏水的杯子里的水位增加似的，她逐渐变得不安起来。即便不说话，也让我感觉到她开始从内而外地一点点变得僵硬。

　　玄关大门对面的楼梯上响起了上下楼梯的声音，只要一有响动，我们就会一下子抬起头作出反应，但每次都不是卷子，只是路过的人，这样的情况发生了好几次。我把电视机的音量调到最小，看了看一直没有锁上的手机屏幕，隔几分钟就按一下短信的收件箱，确认没收到任何信息。

　　"哎呀绿子，我肚子实在是饿扁了，已经到极限了，我们吃面包吧。"我邀请道。绿子却依然把下巴支在屈起的膝盖上，模棱两可地摇了摇头。随即她突然变成半弯腰的姿势，用要进行重大宣告似的认真目光死死盯着我，然后，她又像改变了想法似的坐回原来的位置，抱住了膝盖。"你这个样子让我害怕。"我是真的吃了一惊，所以才这么说。结果绿子轻轻地咬着下嘴唇，用鼻子小声呼气。

　　"阿卷说去的是什么地方来着……银座是银座，银座是没错，诊所的名字叫什么来着？"我自言自语般说着，想要再现和卷子聊的关于诊所的内容，可除了银座这个地名外，我什么也想不起来。

　　叫什么来着？阿卷说了名字吗？可就算我紧紧闭上眼睛，集中精神想有没有什么细节，有没有什么信息——也只想得起人气很旺，宣传册是男招待酒吧般黑底上印着金色的样式之类的事情。

"绿子，你知道诊所的名字吗？"即便我试着问了，但毫无意外，绿子摇了摇头。是啊，不知道啊，要是知道的话就厉害了啊，我尽可能带着开朗的心情露出笑容。

可话说卷子在干什么啊？去诊所了吗，还是没去？她到底在哪里，在干什么？然后我的脑子里突然浮现出愚蠢的想法。不不不不，不可能发生那种事，从开始想象起，常识就打消了这种可能性——难不成卷子想来东京一趟就解决所有问题，她不会一下子就接受手术了吧？不会的不会的不会的，再怎么说也不会去咨询一下，然后就那样做手术了。无论如何不会的。这跟磨蛀牙不一样。我明白这种事情是不合理的，但是一旦这么想了，我就变得有些不安，我注意不让绿子发现，用手机上网搜索了"丰胸、当天结束"。

几秒后，"一天！丰胸"的网页显示在了最顶端，我再点进去一看，里面写着"减少患者负担，当天结束的丰胸手术！一天的流程请看这里"，跳转到整体统一为粉红色的页面后，上面写着"来医院：上午十一点→咨询：上午十一点半→手术：中午十二点半→休息：下午一点半→回家：下午两点→购物OK！"。真的有当天结束的手术啊……我在心中暗叹，轻轻地合上了手机。

电视上综艺明星正在光鲜亮丽的摄影棚里竞猜谜题，不知道谁的发言——变成了巨大的字幕飞了出来。尽管音量已经小得几乎听不清他们在说什么，但我还是觉得电视惊人的聒噪。绿子用力皱着眉头，始终蜷着膝盖一动不动。

"绿子，现在你的脑袋里一定有各种各样的念头在打转吧。"我说道。绿子抬起头看我。

"不过，什么都不用担心哦。"我眯起眼睛，"基本上这种情况下，担心也好什么也好，有一种说法是，预想的事情都不会成真。预想的事情不会成真，这是我的看法。这在我至今为止的人生里，全部，全部都应验了。预想的事情是不会发生的。比如……"

我咳嗽了一声，继续说道。

"比如地震。地震这件事就是其中的一个代表，发生了地震，发生了哦，但是发生的那个时候，正是由于任何一个人，全世界这么多人中的任何一个在那个瞬间都没有在想地震的事，所以它才发生的，地震这件事真的是瞄准了人们预想中一瞬间的间隙而袭来的，就是这么回事。"

绿子带着一脸不解的表情一直看着我。

"比如说现在。现在，没发生地震对吧。那是因为我们俩在说地震的事情。"我说，"当然，地震来的时候，是无法证明谁都没有在想地震这件事的对吧。不过，正因为无法证明，所以也可以认为大家各自都带着些许厄运吧。"

好一会儿的工夫，绿子似乎都在思考这些。接着，我突然对"厄运"在日语中叫什么在意起来。绿子正要起来，身体却颤抖了一下就又半弯下了腰，紧紧拉住了我 T 恤的下摆。"怎么了，哪儿也不许我去？我倒有点害怕呢。"我笑道，从书桌的抽屉里拿出电子词典，坐下后打开了电源。这是几年前在商店街的摇奖机里幸运地中了三等奖的奖品，虽然屏幕没有背光功能，但很好用，我非常爱惜。

我输入 jinx 后，显示出"被认为是因缘的事情。本来是指不吉利的事情"的说明。接着，我输入了"因缘"。这次是一大段文字密密麻麻地挤在一起，让人瞬间觉得狭窄的屏幕看上去漆黑一片，"使事物产生的内在原因'因'和外在原因'缘'。事物、现象产生和消灭的各种原因。以及，事物、现象的产生和幻灭。缘起。"我目不转睛地读给绿子听，她好几次点着头收起下巴。然后她依然带着一脸不解的表情把电子词典拿过去，使劲地按着按键输入文字。她凝视着画面，反复看了好一会儿，突然抬起头，露出松了一口气的表情，眼睛里闪着光。好像是在把自己想到的事情在脑子里置换成语言，然后一个一个地确认是否有错误。接着，她像是被自己的想法导出的东西吓到了一样，越发睁大眼睛，然后再一次凝视着手里的词典。我问她怎么了，绿子只是带着兴奋的表情摇摇头，什么也没回答。我用电子词典随便查了个单词。

"你看，'绿'和'缘'这两个汉字很相似啊。那么接下来就查一下'缘'吧。啊——原来如此。这样的话，下一个查旁边的'怨恨'。看看这个，看字面就是怨恨的感觉。不得了。好可怕啊。怨恨就是憎恨。原来如此。但感觉这个词比写作'憎恨'时的力量或者说是伤害的程度要加倍啊。我读一下例句。'因怨恨而杀人。'有的吧，时常会有的吧。接下来是'杀人'。这也经常发生。每天不知道正在什么地方发生。说起来，现在这个瞬间也正有某个人在某个地方被杀……绿子你知道吗，人在杀人的时候，比如说是用刀，那个时候刀的快口或者说是刀刃是朝上还是朝下，可以成为是否有杀意或者是杀意强弱的证明。在法律上这是特别关键的一点。事实上，我认识的人……"说到这里，我又想了一下，这话题组合起来就更加复杂了，而且说来话长，于是就向绿子提议，查些更加阴森惨烈的词，比如特别恐怖的那种。

杀戮、业火、栗然、暗淡，反应过来的时候，我们两个人几乎头碰头地靠在一起，沉浸在电子词典小小的液晶屏幕里。

"那么接下来查……不过，我有时候在想，真的就在现在这个瞬间，死去的和被杀的人就不用说了，比如在被拷问，简直要被大卸八块的人，眼睛被剜出来的人，真的遭遇了惨事的人在某个地方是确实存在的。不是开玩笑，也不是想象，即便是现在这个瞬间，在这个地球上的某处也存在着那种非同一般的痛苦吧。那么，我们能思考那些还没有发生的痛苦吗？比如，有全身烧伤的人对吧。所有牙齿都被拔光的人呢？大概是有的。那，痒死的人呢？就算不是因为痒，笑死的人应该有吧，因为下毒之类的。真讨厌啊，笑着死掉，是我最讨厌的了，简直是噩梦。其他还有吗？"

我仔仔细细地说着由打在电子词典上的文字联想出来的东西，绿子微微摇了摇头，像是叫我别说了。好吧，我回答道，当我们再次屏息凝神，集中注意力一头钻进液晶屏时，突然传来了一声巨响，宛如这栋公寓的什么东西坠落下来，或是有什么撞击了这栋公寓似的，我们的胆战心惊达到了今晚的顶峰，毫不夸张地跳了起来。我条件反射地拉住绿子的手转过头去，只见卷子站在那里。关着灯的昏暗的厨房外，卷子就站在房门大开的玄关的换鞋处，走廊里日光灯灰色的光使得她的轮廓模糊地浮现出来。

因为稍微有些逆光的关系，我看不清卷子的表情，但我立刻就知道她喝醉了。明明她没有说什么话，也没有摇晃，也没有气味，但不知为何，我清楚地感觉到卷子醉了，而且醉得很厉害。

果不其然，卷子用迟缓的语调说着："我回来了哟。"她想脱掉鞋子，却没发现鞋已经脱掉了。为了脱掉并没有穿着的鞋子，她摩挲着脚踝，繁琐地踩着地。我说："阿卷，鞋子已经脱掉了。"她一边说着脚很痒之类的借口，一边开心地走进了房间。

"我们很担心你，为什么不接电话啊？"

我一责备卷子，她就使劲皱了皱眉头，然后一下子撑开眼皮，直勾勾地看着我。我看见她的额头上有几条深深的抬头纹，眼白处有些充血。

"手机，电池，没电了。"

"便利店有卖的吧。"

"那么贵谁买啊，又不是傻子。"

卷子说完，把包丢在地毯上，脚底发出"呱嗒呱嗒"的声音，她走到懒人沙发那里，张开双臂趴在上面，好一会儿就这样没有动。我差点忍不住问她去了哪里，但我咽了下去，大声地咳嗽了一声。结果这声音出乎意料的响亮，我心想说不定绿子会觉得这声咳嗽像是为了质问什么，为了表示这声咳嗽没有任何特殊含义，我又补充了一声咳嗽，但是这次嗓子卡住了，发出了打嗝般的声音。为了掩饰我又咳嗽了一声，这次真的感觉到痰堵住了，呛得厉害，咳了好一会儿。贴在懒人沙发上的卷子等到我的咳嗽停止后，只是转过脸来看了看我。她的眉毛不见了，下眼睑处黑色的眼线晕开了，凹陷的青黑色眼圈看起来更深更浓了。颧骨周围散布着睫毛膏的纤维碎屑。皮脂和粉底混合在一起又在各处分离，形成了斑块。

"洗、洗脸去吧。"

我不禁脱口而出，结果卷子说："脸怎么着都行。"绿子就那么拿着电子词典，从房间的角落里看着我俩的动静。这个时候，卷子该不会是见了绿子的父亲，也就是她前夫吧，这个念头浮现在我的脑海里。说起来，昨晚虽然卷子说了要去见这里的朋友之类的，但我至今为止从来没有听说过她在东京有朋友，如果只是普通的熟人的话，在此前跟我的交流中自然会稍微在话题里提及。但是，从来没有出现关于那样的人物的对话，也就是说，卷子在东京没有朋友。

那么，卷子醉成这样是在跟谁喝酒呢？依卷子的性格来看，我觉得她不会一个人喝得这么酩酊大醉。卷子和我都不喝啤酒以外的酒，她虽然酒量不像我这么差，但基本上也没那么喜欢喝酒。更不用说她知道女儿和好久没见面的妹妹在家里等着，而且，一开始她就说了七点左右会回来。

这么说来，恐怕是发生了什么计划外的事情，见了计划外的人，接着在计划外的发展下，像现在这样计划外地喝醉了。那么计划之外的对象是谁？卷子虽然每天当女招待陪客人，但基本上还是认生的，如果和初次见面的人稍微聊聊天的话还说得过去，但突然去喝酒是不可能的。也就是说，单纯率直地想一想——卷子在东京喝酒的对象，就只有前夫了吧。

但是，我不想质问卷子。我也不想假装开玩笑，就故作轻松地说："为什么喝得那么醉啊，诶，跟谁一起喝的？"卷子和谁去什么地方喝酒，那是她的自由，和我无关——话当然是这么说，但我其实完全不是出于尊重卷子自身。如果她是跟以前的女性朋友见面的话，和那个女性朋友说了些什么、吃了些什么，那个人现在过得怎么样之类的话题，卷子说多少我都愿意听。但是，别说是想知道卷子前夫的事情了，就连他们之间是怎么交谈的，他们各自是以怎样的心情使用怎样的语言，对于过去和现在有着怎样的关心和反省，我都完全没有兴趣听。我也不知道这是为什么。我对卷子的前夫并没有任何个人感情，也没有任何感想。不仅如此，我连他的脸都没法清楚地记起来了，几乎是什么都不记得了。但是在那种情况下，即使作为妹妹应该倾听卷子的感情和矛盾，但只要起因是前夫——如果是男人的事情，我就什么都不想听，也不想扯上关系。所以我保持了沉默。

"总之，先去洗个澡吧。"我说，"对了对了，刚才在便利店，我们买了烟花。明天你们俩就回去了嘛，所以打算今晚我们三个人一起放烟花。"

即使和卷子说话，她也就是趴着转动脖子而已，算是表示她在听，但没有回答。

卷子的两条腿就像分开的筷子似的，笔笔直地伸展着，我看见她的脚底，从大脚趾的根部处裂开来的丝袜一直漏线到了脚踝周围。在丝袜纤维下的镜饼①似的脚后跟，起了倒刺还皲裂了，小腿肚上完全没有松弛的肉，让我想起鱼干坚硬的腹部。

在房间的角落里看着我和卷子的绿子把电子词典放到书桌上后去了厨房。绿子也没有开灯，就在黑暗中什么都不做，站在水槽前，一直看着我们。我也不知怎么的去了厨房，站到绿子旁边，从那里观察房间。

房间里和平时并无二致。靠墙那侧有个书架，右后方的角落有张书桌，正前方有扇窗户。日晒痕迹不太明显的奶油色窗帘从来没有更换过，窗帘底下的懒人沙发上是蜷着身体一动不动的卷子。开着的电视机里，画面眼花缭乱。

过了一会儿，卷子两手搭在地毯上呈俯卧撑的样子，慢慢地膝盖跪地，变成了手脚着地的姿势。接着，她就像在做什么康复训练一样，左右摇了几次头。然后，她又发出了呻吟似的叹息，花了好长时间才起来。我们目光相对，卷子的神情比刚才清醒多了，她眯起她的那双眼睛盯着我看了好一会儿，然后整个脚心贴在地上拖行了几步，来到了房间和厨房的交界处。卷子靠在柱子上，用力挠了挠额头的发际线处，然后和绿子说起了话。

从某种角度听起来，卷子的语气也可以说是在开玩笑，就是所谓喝醉了的人的语气，我对此有些吃惊。因为和我一起住的时候就不用说了，至今为止即使我们一起喝啤酒，我也从来没有见过卷子这么明显的醉了，还说着醉话。我心中涌起了不安，卷子近期在大阪也一直是这种状态吗？难道卷子经常在这样的状态下和绿子接触吗？我的脑海中浮现出一动不动地待在烂醉后边抱怨边翻滚的卷子身边的绿子。但是现在，就算质问这种状

---

① 日本一种供奉给神灵的扁圆形年糕，新年时候会摆在家中装饰，祈求新的一年顺利平安。

态下的卷子也没用，所以我始终保持沉默。

脚边有一个为了放烟花而摆出来的水桶。是个没什么出奇的蓝色塑料水桶。我突然想到，为什么我家有水桶呢？当然是我在百元店或是哪里买的，但我从来没用过，看上去怎么都像是新的。一直盯着水桶看，就会觉得眼前的水桶是一个有着奇怪形状的奇怪物体。这是什么？类似水桶属性的东西从名为水桶的存在中被逐渐分解，渐渐地我不知道存在于那里的这个东西是什么了。虽然至今为止对文字产生过很多次未视感[1]，但像这样在物体上体会到这种感觉还是头一次。我看了看旁边的烟花，烟花依然还是烟花。我稍微放心了一点。烟花。我知道，这是烟花。我一边想着这些，一边逐一地确认厨房里不值一提的东西，这时响起了卷子的声音。我抬起头，只见卷子一边靠近绿子，一边用强烈的语气说道："你要是不跟我说话的话，也随便你，随便你。"

"你怎么一脸独自出生、独自活下去的表情。"卷子说了句最近连在日间电视剧里都不太听得到的台词后继续道，"我无所谓。我无所谓的哦，我无所谓的，我无所谓的啊。"

不知道无所谓什么，卷子一个劲儿地重复着这句话，绿子转过脸，紧紧盯着干燥的水槽。我在心里叹了一口气，心想真是太郁闷了啊。卷子愈发靠近了，她像是要强行窥伺绝不想看向自己的绿子的脸似的，把自己的脸凑近了，短促地说了句"你……"。

"你总是不听我的话，你总是把我当傻子，当我是傻子也无所谓。"

绿子扭动身体，想要避开卷子。可卷子不由她抗拒继续说着。

"你要是不说话的话，不会说话的话，就用那本平时的笔记本或者什么别的东西，如果有什么想说的话，那就用那本东西来写吧，反正你拿手嘛，你一辈子这样也无所谓，写到我死了，写到你也死了好了。"混杂着跨度超长的话，卷子的语气不知为何变得更加强烈，绿子缩着脖子，把脸颊贴在肩膀上。

---

① 指对看习惯的东西产生不熟悉的感觉，与"既视感"相对。

"你打算这样到什么时候？我……"

与此同时，卷子抓住绿子的胳膊肘，被抓住的绿子激烈地甩开了卷子的手腕。就这样，绿子的手顺势撞到了卷子的脸上，发出很大的声响，手指戳进了眼睛里。"好疼！"卷子尖锐地叫了一声，用双手捂住了脸。卷子的眼睛里不断流出眼泪，无论如何都睁不开眼睛，她用指腹按压又挪开，可即使能不停地眨眼，也无法彻底睁开眼睛。泪水像汁液一样从她的眼睛里滴下来，落在脸颊上的阴影中，泛着润泽的光芒。绿子死死握紧了笔直垂下的手，看上去非常痛苦地闭着嘴，盯着捂着眼睛流泪的卷子。

唉，在这当下，卷子和绿子都语言匮乏，我心想。而且，在这么近的地方看着两个人对话的我，当然也语言匮乏，我只是在脑中反复思考语言匮乏、匮乏、匮乏，什么也说不出来。没什么可说的。厨房很昏暗，弥漫着些许厨余垃圾的气味。我一边把这些无关紧要的事情联系到一起，一边盯着绿子的脸看。不知道她是不是咬紧了牙关，脸上微微浮现出肌肉的纹理，一脸绷紧的表情，凝视着虚空的一点。卷子用手捂着眼睛低着头，发出痛苦的声音。看着这两个人，我不知道自己在想什么，不知不觉间我把手伸向了墙壁上的开关，几乎是无意识地打开了厨房的灯。

"啪嚓"一声，日光灯闪了好几次后完全亮了，我们在厨房里互相依偎着站着似的身影清晰可见。

本来应该看惯了的，甚至几乎成为了身体一部分的厨房一览无余，显得更加陈旧了。单调的白色荧光灯的光飘浮在各个角落，灯光下卷子眯起了通红的眼睛。绿子紧紧地把拳头压在自己的大腿上，一直盯着卷子的脖子周围看。然后，她突然猛吸一口气，就在我以为她要发出声音来的下一个瞬间，她对着卷子，发出了声音。"妈妈"，绿子说。正如字面的意思那样，"妈妈"两字的发音与意义从绿子口中发出来。我被那个声音吸引，回过头去。

"妈妈"，绿子再次用响亮、清晰的声音呼唤在她旁边的卷子。卷子也一脸惊讶地看着绿子。绿子紧紧握住的双手微微颤动，传递出仿佛从外部稍微施加一点力就会弹开，继而就这样崩坏的紧张感。

"妈妈……"绿子像是从嘴里挤出话来,"你告诉我真相……"

绿子似乎是好不容易才说出这些话,肩膀小幅度地上下起伏。微微张开的嘴唇轻微地颤抖着。能听见她仿佛要克制什么而咽下唾沫的声音。我不知道要如何逃避身体里鼓胀得满满的紧张感。接着,绿子再一次用几乎微不可闻的声音说了句"说真的"。那个声音传到了卷子那里,她立刻就发出了"哈"的一声,大大地呼出一口气之后就大声地笑了起来。

"喂,哈哈哈,你好烦啊,在说什么啊,什么真相啊。"

卷子冲着绿子笑,还夸张地对她摇头。

"你听见了吗夏子?吓我一跳,她说'真相'。不知道什么意思,喂,你翻译一下行吗?"

卷子继续笑着,仿佛是从喉咙深处勉强扯出来的声音。不行啊卷子,不能这样掩盖自己的不安和别人的诉求,现在不是笑个不停的场合。这不是正确的做法。我虽然是这么想的,但没有说出口。绿子在卷子的笑声中,低头保持着沉默。她肩膀上下起伏的幅度变大了,我想这样下去她会哭的吧。可是绿子突然抬起头来,把放在料理台上要扔掉的鸡蛋的包装盒完全是用迅雷不及掩耳之速撬了开来。然后她把鸡蛋握在右手中高高地举了起来。

啊,要破了。就在我这么想时,绿子的眼睛里扑簌簌地流下了眼泪,那简直就像漫画里描绘的眼泪一样喷涌而出,她拿着鸡蛋的右手敲在了自己的头上。

伴随着不常听见的"咔嚓"一声,蛋黄飞散,绿子一再用已经敲开鸡蛋的手掌摩擦般敲着头,鸡蛋在头发里起了泡。碎了的蛋壳扎得到处都是,流进了耳朵孔里的蛋黄滴了下来,绿子像涂抹似的用手掌打圈揉着额头,一边扑簌扑簌地流着泪,一边又拿了一个鸡蛋。为什么,她像吐出字句来似的说道,做什么手术,她一边继续说着,一边像刚才那样拿鸡蛋敲头,蛋清和蛋黄像混在一起似的从绿子的额头上滴落。她没有擦,也毫不在意,而是又拿起鸡蛋,朝着卷子小声叫道,你生下我,会变成这样也是没办法的吧,妈妈你为什么宁可去受那种痛苦,然后愈发激烈地把鸡蛋敲碎了。

　　我虽然很担心妈妈，但是我不懂，你也不跟我说，妈妈很重要，但是我不想变得像妈妈一样，不是那样的，绿子深吸一口气又说，我也很想快点赚钱给妈妈，希望能多赚钱，可是，我很害怕，我不懂各种各样的事情，眼睛痛，眼睛难受，为什么胸部非要变大呢，好痛苦，好痛苦，这样的话，出生在这个世界上如果会变成这样的话，没什么好的吧，大家如果出生后都是这样的话，什么也没有，什么好事都没有。她哭喊着，这次两个手都抓了鸡蛋，同时敲到了头上。蛋壳随之散落一地，T恤的领口处挂着黏糊糊的蛋清，金黄色的块状物粘在了肩膀和胸口处。绿子就那么站着，用我至今听到过的人类最大的音量哭泣着。

　　卷子一步也没有挪动，就在旁边蜷起身子看着夹杂着呜咽声哭泣着的绿子。然后她像回过神来似的，突然叫了一声"绿子"，然后抓住了绿子粘满鸡蛋的肩膀。但是绿子厌恶地用力摇晃肩膀，所以她挪开了手，双手举在空中动弹不得。卷子无法触摸也无法靠近身上被蛋清和蛋黄打湿并凝固住了却还在嚎啕大哭的绿子，她肩膀小幅起伏地呼吸着，直直地注视着绿子。然后她从盒子里取出一个鸡蛋，砸在了自己的头上。然而，不知道是不是角度的问题，鸡蛋没有碎而是滚到了地板上，卷子急忙追了上去。接着她手脚着地蹲在地上，额头瞄准静止的鸡蛋撞去，蛋壳碎了，她继续把头埋在鸡蛋里，发出"扑哧扑哧"的声音。卷子脸上粘着蛋黄和蛋壳站了起来，她走到绿子身旁，又拿起一个鸡蛋敲到了额头上。绿子流着泪睁开眼睛看着这一幕。然后绿子也又拿了一个鸡蛋，狠狠地砸在了太阳穴上。蛋壳里的东西"啪嗒"掉了下来，蛋壳也掉了，卷子这回双手都捏了鸡蛋，一前一后地分别砸向左边和右边的脑门，又转过粘满了鸡蛋的脸看我，问我没有鸡蛋了吗。不，冰箱里还有，我一答完，卷子就打开冰箱门取出鸡蛋，一个接一个地在头上碰碎了。两个人的头渐渐变白，她们某个人的脚底下发出了碎蛋壳"咔嚓咔嚓"的干涩声音。地板上的蛋黄和透明的蛋清就像水洼一样。

　　"绿子，说实话，真相是什么？"所有的鸡蛋都碎了，一阵沉默过后，卷子用沙哑的声音说道，"绿子，真相是什么，绿子想知道的，真相，是什么？"

卷子平静地向身体紧紧缩起来哭泣着的绿子提问。可是绿子只是摇头，说不出话来。鸡蛋黏糊糊地垂下来，开始凝固在两人的头发、皮肤、衣服上。绿子哭个不停，她小声挤出一句"真相"，仿佛就已经用尽了全力。卷子摇摇头，对颤抖着身体不断哭泣的绿子小声说道：

"绿子，绿子，你听好，真相，你觉得有真相对吧，大家都觉得有真相，大家都认为每件事情绝对都有什么真相，但是绿子，也有可能没有什么真相，有可能什么都没有。"

接着，卷子继续说了些什么，但她的声音没有传到我这里。绿子抬起头，摇头说不是那样，不是那样，很多事，很多事，很多事，她接连说了三次后，瘫倒般趴伏在了厨房的地板上。绿子不断地大声哭泣。卷子用手指擦去粘在绿子头上的鸡蛋，几次把湿软的头发别到她的耳后。很长一段时间里，卷子默默地抚摸着绿子的背。

○ 妈妈说暑假，到了八月，盂兰盆节过后，可以稍微休息一下，就去小夏那里。我第一次去东京，有点开心，骗人的，是非常开心，坐新干线也是第一次，好长时间没见到小夏了，能和小夏见面了！

绿子

○ 然后，昨天晚上，我被妈妈的梦话吵醒，心想她会不会说什么有意思的话，结果她大声说"请给我啤酒"，我吓了一跳，过了一会儿眼泪就大把地流了出来，直到早上都没睡着，我讨厌难受的心情，也讨厌别人难过的心情。如果难过消失的话就好了。妈妈好可怜。真的，一直很可怜。

绿子

卷子和绿子都睡了之后，我打开绿子的背包，取出了大一点的那本笔记本。然后我在厨房水槽上方的灯下读了。笔记本上密密麻麻地写着很多文章，还有类似用无数小方块画的画。在灰色的昏暗灯光下，绿子的文字看起来像在微微颤抖。可我越是盯着看越是不明白，那是我的眼睛在颤抖，还是那片灯光在颤抖。就这样在不知道是什么在颤抖的情况下，我花了二十分钟慢慢地读了一遍笔记，读完后又再从头读了一遍，然后回到房间，把笔记本放进了背包里。

最终，我们没有放烟花。第二天早上，卷子和绿子回去了。

"再待一晚吧。"

虽然我知道这是不可能的，但还是心存侥幸地问了一下。接着，卷子果然回答："今晚开始要上班了。"然后像想起什么似的朝着绿子问道："就你一个人再住一晚吧？你还在放假，这样也行啊。"绿子说，要和妈妈一起回去。

我一边等着她俩收拾好，一边望着窗外。停车场里熟悉的车并排停着，相同颜色的道路笔直地延伸出去。我想起了前天出去散步的绿子就是从那里走回来的。那天绿子摸着腰包走回来，我那时是从这扇窗户，从这里看到这一幕的。绿子一步一步地向前伸出短棍似的纤细的腿，笔直地走着。我有一种预感，今后我会不停地想起这并无任何深意的一幕。现在，绿子、卷子和我明明切切实实地站在这里，我却总觉得她们好像已经在我的回忆中了。回头一看，绿子正在费劲地给自己扎头发，我说让阿卷给你扎就好了啊，她说要学会自己扎，然后用力抿紧了咬着黑色皮筋的嘴唇。

我拿着卷子的波士顿包，绿子背着自己的背包走下了公寓的楼梯。和前天大家一起回到这间屋子时毫无差别，我们在酷暑和热气中走着，与人们擦肩而过，冒着汗从各种各样的声音间穿过，坐着电车摇摇晃晃地来到了东京站。

卷子和我前天在站台上发现她时一样化着浓妆。距离新干线到站还有一段时间。我们逛了逛土特产店，看看小卖部货架上堆着的杂志，然后坐到能够查看检票口和时刻表的长椅上，依旧和前天一样漫不经心地看着从里面涌过来一波波的人潮。我说，阿卷，豆浆。

"豆浆？"

"豆浆啊，喝豆浆吧。豆浆的很多成分对女人的身体好。"

"我没喝过豆浆。"卷子笑道。

"我也没喝过，我也要喝。绿子也喝吧，跟阿卷一起。"

还剩五分钟的时候，我对绿子说："对了对了，拿这钱去买点什么吧。"我给了她一张五千日元的纸币。绿子瞪圆了眼睛，吓了一跳，卷子担心地摇了摇头说："这么多啊，你不用在意这些，没关系的。"

"这不算什么。"我笑道，"以后会更好的。我会更努力，我们会过得更好的。"

卷子抿起皱巴巴的嘴唇，一直盯着我看。然后她做着拿笔写文章的动作说："没错，会更好的，会更好的，肯定。"边说边笑出了满脸的褶子。卷子的笑容中，有可米外婆，有母亲，她们带着令人怀念的表情对着我笑。还有至今为止一起哭着、笑着一路走来，一看到我就向我跑来的卷子，穿制服的卷子，骑着自行车的卷子，守灵的时候闭着眼睛哭泣的卷子，从工资袋里拿出钱给我买了室内鞋的卷子，在生下绿子的病房里孤零零地坐在床上的卷子，总是在我身边——那些时刻卷子都在对我笑着。我眨了好几次眼睛，假装打哈欠。

"快到时间了啊。"卷子看了看手表说。"路上小心。"说着我把波士顿包递给了卷子。绿子站起来，轻轻跳了一下，让背着的背包更服帖。

"对了，绿子，昨天还是没放成烟花啊。那个，要好好地收起来啊。别弄湿了，好好收起来，明年全部痛快地放了吧。"我说完，马上又摇摇头，不对，不对。

"不是夏天也没关系嘛，冬天也好，春天也好，我们见面的时候随时都可以，想放烟花的时候随时都可以。"

我说着笑了，绿子也笑了。

"那我想天气冷了，冬天的时候放。"

"啊，没时间了。"卷子说着和绿子通过了检票口，朝着站台走去。绿子无数次回过头来朝我挥手，以为看不见了，她又突然露出了脸，用力地挥了好几次手。直到真的看不见两个人的身影为止，我还在一直挥手。

一到家，睡意就突然袭来。走路的时候，光是呼吸皮肤和肺就都充满了热气，想要马上用水淋浴，可是只开了五分钟空调，汗眼看着就干了，好像什么也没有发生过似的消失了。懒人沙发上还留有卷子制造出来的凹陷。绿子坐过的角落里，就那样放着几本文库本。我捡起书放回书架上，然后就像卷子昨晚那样，抱着懒人沙发趴在上面。浑身粘满鸡蛋的卷子和绿子，我们三个人一遍又一遍地擦着地板，软绵绵的厨房纸巾堆得像山一样高。总是挥手的绿子。笑了的卷子。两个人逐渐变小的背影。眼睑每过一秒就变重一点，手脚一点一点地变热了。我漫不经心地凝视着意识的碎片在脑袋深处翩然飘荡，慢慢就睡着了。

梦中，我在摇摇晃晃的电车上。

我不知道在哪里奔跑。人并没有那么多，座椅布面上的绒毛扎着大腿内侧。我穿着裙裤，手里什么也没有拿，一直盯着自己晒得黝黑的胳膊。胳膊一打弯，手肘内侧的皱纹就显得越发的黑。淡蓝色的背心有点大，弯腰、抬起手臂的话，最近变大的胸部可能会从侧面被看到，但是我在想，在意这些事情的自己是不是很奇怪。

每次到车站，人们都会重复上车下车，电车里的人也一点点增加。我的眼前坐着一个女人。她眼睛下面的皮肤松弛，脸颊上有淡淡的阴影。从她的眼睛看来也已经不是那么年轻的女性了。她和我一样，看上去很硬的乌黑头发别在耳朵后面，时不时转头看着后面窗外的风景。那是在去接卷子和绿子的路上的我。

三十岁的我为了不让旁边的人碰到自己的身体而缩着肩膀，两手放在软塌塌的手提包上一动不动。憋屈地弯曲起来的膝盖很大，总觉得那圆圆的形状像我很熟悉的东西。对了，那是从可米外婆那里遗传的。坐在眼前的我，真的很像某张照片中笑容满面的可米外婆。

电车的门开了，父亲走了进来。穿着灰色工作服的父亲坐在我旁边，小声说："马上就到了。今天是我们两个人一起出门的日子。"卷子和母亲在家，今天是只有我和父亲两个人出门的日子。我想问要去哪里却没有问，只是默默地坐在父亲旁边。进来很多人。膝盖和膝盖之间也挤进了男人们的腿。车厢里的人不断增加，每个人的身体似乎开始一点点膨胀开来。到站了。父亲抱着我，把我放在肩上。只比我高几厘米的父亲让我骑在他肩上，然后他站了起来。我第一次触碰到父亲。父亲在拥挤的、巨大的人们中间一点一点向前走去。他紧紧握着我的手腕，将我放在低矮、瘦小的肩膀上，在绝对没有注意到我们的人群中间，一步一步地前进。被推回来，站住，被踩到脚，然后又再向前走。车门关上了，有人在笑着挥手。父亲就这么把我放在肩上，轻巧地跳上了转过来的座舱。座舱无声地向着渐渐变蓝的天空不断上升。渐渐远离的地面上的人群、树木和一盏盏亮起来的灯光在薄暮中闪耀。我骑在父亲的肩上，目不转睛地注视着每一个事物。

空调持续不断的寒气把我冻醒了。

一看温度是二十一度，我起来关掉了空调。虽然感觉好像在做梦，但眨了几下眼睛的工夫又消失得无影无踪了。随着"噗"的一声泄气的声音，送风口关上了，立马不知从哪里传来了温热感。夏日的阳光把窗帘照得雪白发亮，孩子们发出怪叫般的笑声，还有车子来来往往的声音。

我去浴室脱了衣服，把贴在裤子上的卫生巾撕下来后一直盯着看。几乎没有沾到血。我把它卷进纸巾里扔进了垃圾桶，把新的卫生巾的包装打开，贴在内裤的裆部，方便洗完澡马上能穿。我把它放在浴巾上面，进浴室洗了热水澡。

水就像突然撑开了伞似的，从无数个洞里一齐飞了出来，冰冷的脚尖持续不断地渗出痛楚。肩膀像从内侧破裂开来般发麻，大腿和双臂上起了大颗的鸡皮疙瘩。热水打湿并温暖了我的皮肤，一点点地融化了浴室这个小空间和我之间的界线。即使蒸汽弥漫到可以看到雾气的白色，但由于眼前的镜子做了不起雾的加工，所以我无论何时都能看见自己的身体。

我伸直了背脊，收起下巴，笔直地站着。稍微动了一下，把脸以外的所有部位都照进镜子里。我目不转睛地注视着。

正中间是胸部。那里有两个和卷子的没什么区别的稍微膨起的东西，上面有两粒茶色的乳头。低处的腰是浑圆的，肚脐周围像围绕着它似的长着肉，旁边有好几条松弛的线卷成了旋涡状。从未打开的小窗户里透进来暮夏的阳光，和荧光灯的灯光微弱地交叉着。这不知道从哪里来、要去哪里，且我置身其中的肉眼可见的光，或许将永远飘浮在那里。

第二部
二〇一六年夏～二〇一九年夏

8　你的野心不够

　　"比如说啊，老公的肾脏啊，得病了或者肾功能不全之类的，不是就已经不行了嘛。但是，如果只有自己有条件可以捐出一个肾，不捐对方就会死的时候，你会把自己的肾捐给丈夫吗？"

　　午饭套餐的甜品早就吃完了，玻璃杯里的冰也完全融化了，在差不多该散了的时候，小绫这么说道。

　　这是以前一起打工的伙伴的午餐会。我们并不是特别好的关系，那是出于什么契机呢——对了，几年前参加优子的婚礼让大家重逢后，在当时的核心人物小绫的呼吁下，一年里就会这样聚几次。一方面是觉得我们大致同年，不久之前还在书店一起打工，不过算一算也已经是将近十年前了呢。话虽如此，这几年大家都大变样了，而且又不是平时就有来往的关系，所以气氛也很散漫，旁人应该看不懂这是什么样的聚会吧。大家应该都很忙，但不知道为什么，没有人缺席，每次都能聚齐五个人。

　　把自己的肾给将死的丈夫吗？要给吗？

　　看来小绫的这个问题对除了我以外都结了婚，现阶段有丈夫且有孩子的前打工伙伴们来说，似乎问到了点子上，话题应该会从这里开始再掀起一个高潮。

　　怎么办，不愿意，因为……她们一边说着，一边对别人的意见感到吃惊，还边说"我懂"边点头。注意到饮料杯空了的优子机灵地问："要不要再点一杯？"好啊，大家一边说着一边都点了同样的饮料，然后看看我仿佛在问："夏子要点吗？"我只好回答："啊，我喝水就好。"

虽然一边在听大家说话，但我还是很在意刚才吃的午餐。到底是谁选的今天的午餐吃这个。我们吃的是今天才第一次知道的格雷派饼，完全没有主食的感觉。不知道是点心还是甜品，就是一张扁平的纸状的东西，难得的一次外出吃饭就吃着这种东西结束了，情感上真是无法接受。因为这家是格雷派饼专卖店，所以除了格雷派饼以外什么都没有。这样的东西无论吃几块肚子也不会饱，不管怎么说，当它放上鲜奶油的那一刻起就不能被当作是午饭了。

"……所以，我应该会捐吧。"

坐在里面的吉川小姐说。吉川小姐和我一样三十八岁，应该是有个比她小的正骨师丈夫，还有个不大的孩子。也许因为追求纯天然的生活，她总是素颜，穿宽松的浅色衣服。自从知道了顺势疗法之后——虽然听了很多次也没听懂它的原理，不过她每次见到我，都会给我一颗号称可以治百病的糖。吃了这种糖，就没有必要让孩子们接种疫苗了，也不用去看医生了。这样的吉川小姐表示在丈夫临死的时候愿意捐肾脏给他，其他的成员异口同声地说"是啊"，表示同意。

"比起刚才优子说的'不管怎么说都是家人'，我只是想还得让他继续工作。他死了的话，就没法过现在的生活了。"

对于吉川小姐说的话，亚也点头说"我懂"。

我们当中在书店工作时间最短的应该是小缤，和我重合的时间只有一年左右吧。她是个引人注目的美女，与前来拜访的所谓新锐男作家确定了关系，还说男作家后来出版的小说的主人公实际上也是以她作为原型。在那之后不久，她和别的交往对象有了孩子，就结婚了，成为了家庭主妇，现在有个两岁的女儿。因为丈夫继承了家里的房地产公司，所以家人一起住在一栋大楼里，公婆会给她钱，自然会管东管西，每次听到她与公婆之间的攻防战都很有身临其境的感觉。

"哎呀，虽然不想痛苦，但是想到他死后我就得一个人养活全家，也只好给他一个肾脏了。话说回来，我老公死后我会迅速离家出走，叫那个是吧，死后离婚，能得到的东西全部都拿来，然后和他们家完全断绝关系，一刀两断。"

"小绫，你考虑了很多啊。我嘛，平时生气的事也很多，'你真的去死吧'这种想法也是常有的。不过，他也是我孩子的父亲嘛。我会让他活下去的吧。"优子笑出了声，"嗯，怎么说呢，虽然有各种各样的事情，但是和一个最终连肾都不想捐给他的男人在一起，那自己作为一个女人就算完了吧。"

"的确有那种例子呢。"吉川小姐点点头，"让人感叹孩子的爸到底是什么样的人。那样的人生该有多么不幸。不过，家家有本难念的经，但孩子是最重要的，不好好过下去不行啊。"

话题告一段落后，小绫像往常一样确认了一下发票后麻利地去结账了，续点了饮料的人付了一千八百日元，我付了一千四百日元后出了店门。

这一带也变了啊，那边排的是什么队啊，我们一边说着这些，一边不停步地朝着车站走着。在涩谷的巨大十字路口附近，我们纷纷说着"再见，有空联系啊"，挥手道别。小绫、优子和吉川小姐去井之头线的方向，我和另一个人——总是给人在角落里一边附和一边笑着的印象（今天也是）的绀野小姐是坐田园都市线，所以我们一起去车站。

八月的下午两点半。在强烈的阳光下，映入眼帘的东西全都泛着白光，大楼与大楼之间的蓝天就像只是点击一下就上了色的电脑画面，颜色饱满均匀，没有一点斑驳。只要呼吸一下，只是站着，鼻孔和所有的皮肤就会一点一点地吸入热气，所有的一切都反射出暑气。

每次信号灯变换就会有大量的人前进、交叉、交错。走在路上的年轻女孩们皮肤雪白，可能是因为流行吧，都穿着浅色的喇叭裙和高跷一样带有横扣的厚底鞋。很多女孩子的眼睛下方都化着鲜红的晕染妆，大家的眼睛都很大。

"绀野小姐，你住在哪里来着？"我用手巾捂着额头跟她搭话。

"沟口。"绀野小姐小声回答。

"啊，是之前就一直住在那里？"

"大约两年前搬过去的。因为丈夫工作的关系。"

绀野小姐应该也有个还小的孩子。虽然换了家书店，但她大概三年前开始恢复了打工。我不知道她丈夫是做什么工作的。身材矮小的绀野小姐比我矮一个头，因为呈八字下垂的淡眉和大大的虎牙顶起了上唇的缘故，她给人一种即使不说话也似乎总是在笑的印象。虽然离车站只有几分钟，但我几乎没有和绀野小姐像这样两个人独处过，仔细想想，即使我俩在这个聚会上有见面的机会，但也没有私下来往过。我有点在意不自然的气氛，在脑子里搜索有没有什么可说的。于是就说到了刚才大家最后聊得起劲的关于肾脏的话题。

"绀野小姐也赞成捐肾脏，对吧?"

"不。"绀野小姐瞥了我一眼说，"我不捐。"

"啊，是嘛。"我也看了看绀野小姐。

"嗯。"绀野小姐点点头。

"啊。"我说，"但是，那个，就算会死也……"

"不捐。"绀野小姐立刻答道，"不捐。捐给丈夫还不如丢掉。"

我不知道怎么回答她这话才好，就随便附和了一下："是啊，反正是别人。"

"也不是说是别人什么的吧。"绀野小姐说。

我们穿过红绿灯，走下通往地下的楼梯，朝检票口的通道走去。全身喷涌而出的汗水成了一条条线，从背后和侧腰流下来。

"绀野小姐你住沟口，我接下来要去神保町，是反方向。"我说，"那再见了，等小绫的联络。下次是冬天了吧。"

"是啊。但我以后可能不来了。"

"啊，是嘛。"

"嗯。"绀野小姐微笑着说，"大家都是天生的笨蛋。"

见我沉默了，绀野小姐笑着说："那些人，是无可救药的笨蛋。"

说完后，绀野小姐就抬手跟我道别，然后穿过检票口，消失在了车站里。

打开位于神保町深处的咖啡店的门，在窗边的座位上看到了仙川凉子的背影。她注意到了我，回过头来微微抬了抬手。

"好热啊。"仙川小姐用明快的声调说道，"今天是从家里出来的吗？"

"不是，今天有朋友聚会，在涩谷吃了午饭。"我坐到里面的座位上，用手巾按住太阳穴和后颈说。

"夏子小姐和朋友一起，好像很少见啊。"仙川小姐咧开嘴大笑，用稍带调侃的口吻说道，"说起来，我们很久没见了吧。上次见面的时候还没这么热呢。"

仙川凉子是大型出版社的编辑，我和她初次见面正好是两年前。我们定期见面，讨论我目前正在写的长篇小说的各种进展情况和内容。她四十八岁，比我大十岁左右。她原本是在杂志部门，之后去做了童书，分配到现在的书籍部门已经四年了。仙川小姐负责着几位即使是不怎么了解现代作家的我也曾经读过几本他们作品的作家，其中有几部好像获得了很大的奖项。她留着能清楚看到整个耳朵的黑色短发，笑起来脸上到处都是皱纹，不知为何我很喜欢看这样的笑容。她没结婚，一个人住在驹泽的公寓里。

"哎呀，写来写去不知道终点在哪儿。"

不知为什么，明明仙川小姐还没有问小说的事，我自己就提起了这个话题，把桌子上的水"咕嘟咕嘟"一饮而尽。仙川小姐似笑非笑地打开菜单对着我，问要点什么。我点了冰茶，仙川小姐也点了一样的。

我决定写小说而来到东京是在二十岁的时候。那之后过了十三年，在我三十三岁的那年，也就是距今五年前，我获得了一家小型出版社主办的小型文学奖，总算作为小说家出道了。但是，作品即使获奖了也没有出版，当然也没有成为话题，大约两年的时间里，我就只是重复着让负责我的男编辑读我写的东西，然后不断重写，过了一段比较艰苦的时期。

小说自不必说，我时不时还会接到都市资讯杂志的邀稿，无论是多么微不足道的稿件，我都有自信会全力以赴地去写，那位男编辑好像压根儿不认为我的作品有任何值得嘉赏之处。

比如他经常说的是，无法想象目标读者的画像啦，你不了解人性啦，你还没有真正意义上被逼入绝境啦，我们的交流一直都是这种感觉。开始的时候，我觉得编辑说的话是正确的，或者说是有意义的，但是渐渐产生了很多疑问，尤其是那些和作品没有关系的没完没了的话让我疲惫不堪。我不再给他看我的作品，也不回邮件了，双方渐渐地产生了距离。我们最后一次对话是在电话里。那天深夜突然接到的电话那头，男编辑似乎醉得很厉害，在喋喋不休地说了很多对小说的想法之后，他这样说道：

　　"正因为到了这个时候，我就说个明白，你缺乏作为作家所必须的重要的部分。你没有。积极的野心还不够。你是写不出真正的小说的。更别说是成为真正的作家了。我一直这么想，但是现在我断言。你不行的。做不到。话说，你已经几岁了啊？当然年龄和文学没有关系。虽然没有关系，但还是有点影响的吧。在三十五岁或者四十岁之前吧，从现在开始这个人会有什么了不起的作品出来的这种感觉，你没有。就是这种感觉。我这么说你能明白吧。因为我是专业的。这是预言。"

　　那天晚上我没睡好，之后一周左右，男编辑的话和声音在我脑子里重复了好几次，让我无法集中精神做事。几年过去了，终于，我终于开始写东西了，但也许就要到此结束了。一想到这些，我的心情就无限地消沉下去。

　　那之后的几个月里我很痛苦。过着漫无边际、郁郁寡欢的日子，除了打工之外谁也不见，几乎不出家门。但是有一天，在偶然的一瞬间，正当我在回味那个男性编辑的最后一通电话的时候，突然有一种类似愤怒的情绪发出"咕噜咕噜"的声音。我清楚地感觉到，它真的发出了声音，从喉咙深处更下面的地方涌上来。

　　那家伙算什么啊！我这么想道。趴在懒人沙发上的我抬起头跳了起来。眼看着血液充斥眼球，仿佛这样飞出去就要滚到什么地方去似的，我的眼睛一下子瞪大了，那家伙，这次我出声说道，怎么回事啊那家伙。说完，我又把脸贴在懒人沙发上，这次从腹部发出了很响的声音。声音在坐垫和脸之间细微地颤抖着被吸收。这样重复了几次之后，这下我全身瘫

124

软，就这么趴着动不了了。

过了好长一段时间后，我去厨房把冰的大麦茶倒在杯子里，一口气喝干了。我回到房间，望着书架、桌子和坐垫，深呼吸了一下。也许是心理作用吧，我觉得眼前所有物体的亮度似乎全都增加了。这么说来，那个编辑很喜欢"真正的"这个词，经常用。我说"我不知道"，他就会说"那我告诉你答案吧"之类的，真的令我很高兴。太傻了。那些交谈也好，那段时期也罢，一切都很傻。当把杯子放到茶几上响起"咣"的一声的那个瞬间，我突然从心底里清晰地觉得一切都无所谓了，我决定忘记那个男编辑的存在。

那之后过了一年。我有幸遇到了一点转机。

电视的资讯节目介绍了我初次出版的短篇集，被几个知名艺人交口称赞，结果那本书成为了销量超过六万册的热门作品。

对阅读一向见解独到的艺人看上去很兴奋地说着："书里描写了至今为止完全不曾想象过的死后的情景。"也有女子偶像眼眶湿润地评论说："想起了已经不在的亲近的人们，眼泪止不住。"也有人边叹气边表示，虽然很虚幻，但书中确实描绘着希望。

那是我将出道作品、积压着的稿子和新写的短篇一起做了大幅修改和扩充而成的作品集。靠着不太可靠的门路好不容易出版了，并没有什么引人注目的概念，首印册数也不足三千册。虽然这么说有点奇怪，但是这本书没有受到那家小型出版社任何人的期待，就像一浮出水面就会在下个瞬间消失的泡沫一样。我和别人介绍给我的编辑没有什么特别的交流，也没有什么关于内容的交谈。他读了之后，说这个月的话应该来得及出，那就出吧，就好像这是一本为了填补什么而出版的书。说得含蓄一点，包括我在内，谁也预料不到这样的作品能被数万人阅读。

从结果上来说，虽然很高兴书能卖得好，但同时总觉得心情有些复杂。因为也就是说，书之所以畅销，还是因为在电视上受到了艺人的夸奖。假设哦，虽然我不知道有没有那样的东西——假设书有"实力"这种东西的话，我觉得它和这次的结果在本质上仍然是没有关系的。

然后，那本书出版后，马上联系我的是仙川凉子。两年前，在和今天一样炎热的八月的某一天，来到我家附近的咖啡店的仙川凉子做了自我介绍后喘了口气，用微小但有穿透力的声音对我说：

　　"所有短篇中的所有登场人物都是死者，在另一个世界里，这些死者们一直在不断死去。在这本书里，并没有把死亡当作所谓的终结来描写，但也不是带有再会或重生的意思。我觉得这是个好想法。地震灾害以后，很多读者把它当成某种疗愈而大受感动，这对这部小说来说也是件好事。但是，请你全部忘掉。"

　　说完，仙川小姐喝了一口玻璃杯里的水。我凝视着仙川小姐贴在玻璃杯上的指尖，等着她继续说下去。

　　"那部小说好在哪里？在哪里体现了你鲜明的个人风格？并不是好在设定、主题、创意、死者或者地震那些东西，而是好在文章本身。文字好，节奏好。它带有强烈的个性，也是继续写下去的最强大的动力。我觉得你的文章里有这种力量。"

　　"文章。"我说。

　　"这本书能畅销是很了不起的。"仙川小姐继续说道，"但是，即使写一些让五年不读一本书，因为艺人的宣传偶然买了的读者觉得总之先买了再说的东西，那也没有意义。当然，畅销是很重要。但是读者更重要。我希望你能遇到更执拗、更有毅力的读者。在这个读不读书都无所谓的时代里，希望你能和依旧热爱读书的读者相遇。能和对于不明就里的事物、对于未知的事物不可遏制地感到兴奋的读者相遇。"

　　"那就是……"我边想边说道，"怎么说呢……真正的文学、真正的读者之类的，你说的是这些吗？"

　　店员过来加水，分别往我们的杯子里倒了水。仙川小姐沉默了一会儿后，继续说道：

　　"比如说，语言是相通的吧。但是，能够沟通实际上是很难做到的。语言是相通的，但是无法沟通。我想大部分的问题都在这里。我们大家都生活在语言相通却无法沟通的世界里。

"'世界上几乎任何人都不能成为朋友'，这话是谁说的呢，这真是至理名言。因此，语言能够沟通的世界，就是愿意侧耳倾听，以语言为契机，努力理解接下来你要说的话的人们。找到这样的世界，和这样的世界邂逅真的很难，我觉得那几乎算是运气吧。就像在干涸枯竭的沙漠或某个地方发现渗出来的水源一样，是直接关系到生存的运气吧。当然，在电视上被艺人提到后卖出了数万本也是运气的一种。对于没有才能的人来说，这可能是无与伦比的、哪怕只有一次也好的运气。但是，我说的是比这个更有成果、更有持续力、值得深深信赖的运气，是长长久久支持你创作的运气。我可以为你的作品准备这个。跟我一起的话，一定可以创作出更好的作品。所以我来和你见面了。"

我们沉默了一会儿。"嘎啦"一声，玻璃杯里的冰融化了。轻轻地放在杯垫边缘的仙川小姐的手背上，清晰地浮出了刚才没看见的血管。

"一开始就说这么热情逼人的话，真对不起。"仙川小姐道歉道，"但是，我想不留遗憾地完全传达给你。"

"不。"我说，"我很高兴。"

我这么一说，仙川小姐的表情明显像是松了一口气。然后我看见她双唇合起，像是要对自己说些什么似的微微点了好几次头。我想，这个能如此清楚地说出自己所想的人，或许也和我一样紧张。

"像这样跟我说关于作品的想法的人，我还是第一次遇到。"

"您是大阪出生的吧。"仙川小姐突然用大阪方言的腔调微笑着说道，"好怀念啊。"

"仙川小姐也是大阪人吗？"

"不，我是在东京出生长大的，我母亲是大阪人。所以说大阪话是我的母语吧。家里总是说大阪话，有点像双语家庭。"

"我完全不知道。"

然后，我们聊了只有在大阪才能理解的语言和措辞，这半年来不断被报道、呈白热化的 STAP 细胞的新闻，以及受这个问题的影响，终于在十天前自杀的研究者曾被称为是一位多么优秀的论文作者，等等。

"对了。"仙川小姐说，"'夏目夏子'，这是笔名吗？"

"这是我的真名。"

"真厉害啊。"仙川小姐瞪圆了眼睛说道，"是结婚后变成这个名字的吗？"

"我没有结婚。父母发生了一些事，所以我在十岁的时候改回了母亲的旧姓。"

"啊。"仙川小姐点点头，"妈妈可能是想在女儿的名字里加入自己的名字吧。"

"加入名字？"我反问道，"你是说夏目的夏吗？"

"是的。"仙川说，"一般人都会觉得是这样吧。"

"不，直到刚刚之前，我都从来没有那样想过。"我有点忐忑不安地说。

"我虽然没有结婚，不过有很多人会觉得失去了姓氏很痛苦。但是，或许和这个没有关系，她只是喜欢'夏'这个字而已。"

那之后我们又闲聊了一个小时左右。我们各自聊了最近读过的书，交换了电话号码。那之后我们就时常见面，谈工作和其他各种各样的话题。

"怎么了？"仙川小姐看着我的脸说道。

"没什么，我在想，和仙川小姐认识已经两年了啊。"

"真的哎。这样的话一生也会很快过去的。我们大家马上都会死的。"仙川小姐说着笑了，然后咳嗽了一阵，"我最近也常去医院。睡觉也完全不能消除不舒服的感觉，请医生诊断后，是慢性的重度贫血。"

"必须要补充铁质。"

"对，对。贫血的话需要铁蛋白，我第一次知道。最近虽然稍微平复了点，但是今后这样的情况会增加的吧。"仙川小姐喝完水，停顿了一下说道，"时间也一转眼就过去了。"

"真的是。"我笑道，"现在是二〇一六年，太厉害了啊。从我来到东京已经过了十八年了，吓了我一跳。"

"是啊。夏子小姐，小说，怎么样了啊？"

仙川小姐快速地转移了话题，所以后来不知怎么就聊起了小说。虽说如此，可关于小说我们没有什么必须要商量的事情，也没有写到一半的东西要请她读一读，所以几乎没有具体的话题。所以，我也不是没想过，像这样和编辑时不时见面好像也没有什么意义，但是，在她委婉的主导话题下，我自言自语般娓娓道来，现在在写怎样的部分，仙川小姐会帮我整理杂乱地缠绕在一起而停滞不前的部分，还会帮我注意到一些问题或是发现自己也没有意识到的经过，这是非常值得感谢的事情。我们并没有特别约定什么，而是像上次见面时一样聊了一个半小时左右，然后挥手道别。

　　即使到了傍晚时分，阳光也强烈得惊人，冒着热气的柏油路看上去摇摇晃晃、歪歪扭扭的。然后，一想到这部这样下去不知道什么时候才能完成的小说，就觉得不知道从哪里来的一种黑色液体在眼睛深处的低洼里堆积起来，所有的一切都暗沉了下去。我叹了好几次气，走上了回公寓的路。

　　来到东京后住了十五年左右的三轮公寓被拆掉后，我搬到三轩茶屋的这间公寓已经三年了。

　　三轮的房东说他叔叔因为心肌梗死去世，有遗产税的问题，所以把这里改成了空地出售。虽然离开住惯了的街区和房子，心里稍微有点没底，但是搬过去之后，我的不安立马消失了。窗帘、懒人沙发、矮桌、餐具、地毯，这些在三轮用过的东西基本上都原封不动地拿来了，房间在小公寓的二楼，屋里的布局也很相似（房租涨了两万日元，变成了六万五千日元），或许也感觉不出有什么不同。

　　我用因为暑气而无法完全睁开的眼睛盯着时钟看，刚过五点没多久。我就这样去了浴室，几乎就是冷的水不停淋在我的头上，我一动不动地淋了一段时间。身体马上就变冷了，我用浴巾盖住全身，突然传来了游泳池的气味。那是氯的气味吗？还是用浴巾裹住身体的时候产生的什么东西呢？没有铺平整的水泥地在许多地方很粗糙，脚底总是很热。欢笑声、水花和笛声。只剩下最后几分钟的自由时间。手脚乏力、眼皮下垂的午后。

我心想如果就那样睡着的话会很舒服吧。虽然那样的夏日远得让人以为是前世的记忆，但是一想到这些都是同样发生在这具身体上的事情，我就觉得不可思议。

我点开昨天和今天一次也没有打开过的小说文件。最近虽然我打算保证睡眠充足，但不知道是不是因为睡眠不足，一起来就全身乏力，一整天头脑都不清醒。但是现在睡觉也还太早。不管怎么说，现在才傍晚五点。要是能做做晚饭再吃一吃打发时间就好了，但不知是因为天热还是什么原因，连想吃点什么的心情都没有。打开出现在电脑屏幕正中央的文件夹，看到写了一半的最后一篇文章后，我就想马上关闭。我叹了口气，新建了一页，决定先写下周截止的连载随笔专栏。

登在地方日报上三张稿纸量的接力日记，四页女性杂志小专栏的日常杂事，在小出版社经营的宣传促销网站上写至今为止读过的有趣书籍的感想，等等。这些邀稿虽然最低页数要求和稿费是固定的，但是写长了也没问题。现在我手头有这三个连载，以及这一年在酝酿的长篇，所以无法频繁地写作，但有时也会给几本文艺杂志投稿短篇小说。除此之外，随笔之类的一次性工作时常会找上门。

我现在的生活基本上就是这样，从书店辞职后，承蒙关照了很长时间的派遣制工作也就只留下了注册信息，虽然保持着随时都能回去上班的状态，但我目前的安排是想尽量只靠写作来生活。

有时候，我觉得就像做梦一样。读点东西、写点东西好歹成了工作，我只为这些事情花时间，只要考虑这些事情就好了。想想以前，现在这样的状态不就像假的一样吗？岂不像是极好心的整人节目吗？这么一想，我的内心就总是怦怦然。但是……

没错，但是……不知道是从一年前还是从更早的时候开始，像这样坐在电脑前的时候，走在去便利店的夜路上的时候，睡前在被窝里的时候，心不在焉地盯着桌上我不去挪动就永远也不会移动的马克杯的时候——也就是说这个"但是"变得每天都会不经意地出现。

这个"但是"的后面跟了各种各样的事情。这些事在远处凝神注视着我。我很清楚在很长一段时间里，自己因为这道视线而抱着不知是焦虑、烦躁还是沮丧的心情过着每一天，可我无法去回看这道视线。为什么，因为我害怕。我的内心某处明白，只要去想那些凝视着我的事情，就会得出它们最终不会在我的人生里发生的结论。所以我转移视线，不去思考。这样一来，我渐渐难以分辨不安的核心究竟是远离我了，还是逼近我了。

我叹了口气，从抽屉里拿出大学的笔记本翻了开来。这是大约半年前，我一个人喝了很久啤酒，醉了以后记下的笔记。上面写着可以称之为诗歌的短句。第二天，在矮桌上发现这些几乎是胡乱写的东西时，出于羞涩、可耻和各种意义上的疲累，我想立刻扔了它们，却没能扔掉。更可耻的是，我偶尔还会把它们拿出来盯着看。

人生海海
虽书写令人愉悦
一生中的美好事物值得感恩
但我是否将如此前行 孤身一人前行
我当真将永远如此前行吗
写下孤独二字确是谎言 可又不尽然
我便如此一个人就好

可是，不遇见好吗
不与他遇见真的无所谓也无所悔吗
我那与众不同的孩子 我不会与你遇见 这话可否宣之于口
永不遇见 直到终老

"啊。"我的口中流泻出低沉的声音，这声音比想象中还要低沉，再加上其中的嘶哑，使我的心情更添晦暗。

我合上笔记本将其放入抽屉，并打开了浏览器。接着我从书签栏里打开了几个不孕治疗的博客，按顺序阅读了最近更新的文章。这几个月里，像这样没什么条理地阅读文章成了我无意中的习惯。虽然文章里也有无法产生实感的专业术语，但是读着读着不知不觉就能理解事情的经过了。

大规模检查的详细情况和痛楚。和婆婆的沟通协商。从医院回来和约好见面的丈夫一起吃的食物。这种日子里为什么非要和我商量小姑子的婚礼啊。既有在文章最后贴上了抬头所见天空的照片的博客，也有添加了可爱插画的博客。看到走在路上的母亲和婴儿就会产生的痛苦情绪。某人无心的一句话。推荐一家即使是午餐时间店里也几乎没有孩子和婴儿，可以轻松用餐的泰国餐馆。接着，我想起了大概这十天左右都没看过的成濑的Facebook。犹豫了一会儿之后，我决定今天不看了。

窗外的天色还很亮，我看了看手表，还不到七点。

我让电脑进入休眠状态，去厨房做了纳豆饭，并花时间慢慢地把它吃完。今天已经提不起劲做任何事了，我想通过缓慢地延迟每一个动作来打发到睡觉前的时间，可越是花时间咀嚼，动作越是细致，我越觉得时间反而被拉长，走得更缓慢了。而且吃纳豆饭就算再慢，几分钟也就吃完了，这也是理所当然的，我洗完碗和筷子后，已经没有任何事情可做了。我躺在懒人沙发上，一动不动地待着。

像这样一直待着，有时会想起小时候的事情。虽然想起来的事情、地方和时间都不同，但接下来总是同样地会想起些什么。而且最近我总是想起母亲和漫展。母亲在我现在这个年纪的时候，有一个十四岁和一个五岁的孩子。五岁的我没想到在那之后只能和母亲在一起八年，我想母亲也没有想过自己会在八年后离世吧。

如果母亲早生我十年，她能多活十年吗？但是这样一来，她十四岁就要生下卷子了。这可实现不了吧。我自己笑了出来。接着，我试着回想起今天发生的事。格雷派饼。说起来，我吃了格雷派饼。褐色的，上面放了奶油，味道我已经想不起来了。还是说，也许一开始就没什么味道。我听见了优子的声音。要是有孩子在的话就吃不了这样的东西了，好开心啊。要是孩子在的话，不都是吃面条啊饭之类的嘛。啊没错，我心想。虽然我没孩子，但是，与此无关，我就是不想吃这样的东西。

132

"那些人，是无可救药的笨蛋。"绀野小姐说的话浮现在我的脑海里。我突然想要打个电话。一想起穿过检票口向前走去的绀野小姐的背影，我就能看见右手边一个尚小的女孩的身影。是的，绀野小姐也有孩子。然后我突然想到自己也有肾脏。肾脏我还是有的。虽然是连假装参加话题都不行的肾脏。我轻轻地叹了一口气，接着想着仙川凉子的事情。小说怎么样？没有进展。我都不知道写不写得出来。如果明确这样说的话，会怎么样呢？说起来，会怎么样呢，是什么意思？没人理我的时候明明那么痛苦，我觉得我在任性。我有什么资格挑剔啊，连自己都感到惊讶。但是仙川小姐那种独特的停顿方式——虽说对创作抱有最大限度的理解，但实际上却一定会做出一些将人逼入绝境的动作，叹气啊沉默什么的——一旦一想起这些，我就会感觉到焦躁，紧皱的眉根处更加用力。我累了。这么一想，脑子里就会出现"明明什么都没做"的声音。你的野心不够。那个男编辑说。野心是什么。你说的野心和我到底有什么关系？为什么不回话？语言和情绪像在互相竞争一样不停地旋转。我累了。大家去个什么地方。都别在这里。没关系，本来就没有这些人。不用担心，你是一个人——我很累。明明什么都没做。结果我还是睡不着，直到深夜都在被窝里睁着眼睛，一动不动。

9 小花聚集

"夏子，你还好吗？还有，祝贺你。"

原稿怎么都没有进展，总算在整理书的时候，卷子打来了电话。

"啊，你说的是什么来着？"

"助学金。"卷子用明快的声音说，"早上来通知了。恭喜——夏子，你好像终于还完助学金了，真是太好了。"

"嗯，到这个月。"

"对对。还有一个是之前就结束了吧，叫什么来着——啊，这里有纸，是日本学生支援机构吗？所以今天早上送到的是大阪府育英会的那份。这样一来两个都结束了吧。我给你读吧。"

卷子的电话里发出纸页摩擦的声音，然后干咳了一声，读起了书面上的文字。

"诶——'本机构出借的上述助学生号码的助学金已经返还完毕，特此通知。感谢您协助返还助学金。返还内容如下，请确认。今后也请继续给予助学金事业理解和支持。二〇一六年，八月。贷款额，六十二万日元。'终于还完了啊。"

"谢谢。"我站起来走到厨房，往杯子里倒了大麦茶。"说起来这花了多少年？二十年？是嘛，正好二十年啊。"

"另一笔的金额也差不多吧。"

"是啊。既有放着不管的时候，也有一个月还五千日元拼了命赚钱的时候，不过算了，缴完了真好啊。"我说，"说起来，催促得可厉害了。我可不觉得这像是国家会对孩子做出来的事。比如查封财产。催促函之类的东西我一辈子都不想再看见了。真是严重的创伤。"

"不过，这封返还完成信好像设计成了类似奖状的样子。总觉得有点雅致的发光生日卡片的感觉。"

"什么样的庆祝啊。"

我用鼻子呼了口气，即便如此，一想到把欠款彻底还清了，果然还是有一种清爽的感觉。

"不过，孩子想学习的话，首先要借钱也是很痛苦吧。高中的学费就这么高了，上大学的话——话说阿卷，绿子也是这样吧？现在是靠助学金的吧。"

"是啊。"卷子说，"有一笔需要还的助学金和一笔直接领取的助学金，勉强能过得去。虽然离毕业还有一段时间，不过已经在考虑要找什么工作或是其他出路了。她好像很喜欢学习。"

马上就要二十岁的绿子，现在是大学二年级的学生。上学往返于和卷子两个人生活的大阪公寓与京都的大学之间。今年四十八岁的卷子和十年前一样，在笑桥的同一家店里工作。年过花甲的老板娘因为膝盖不好，一周只能来店里两次，店里靠卷子的工作在勉勉强强运营着。从面试女孩子到工作中的教导，以及酒类的订购、收货以及销售的管理等，即便工作增加了生意也还是越来越萧条，工资几乎没有变化。表面上说是把店委托给了她，但是没有未来的打工女招待，不，在这个世界里要叫"初老女招待"才对，这样的自己今后还有几年能以醉汉为对象从事夜晚的工作呢——不久前，因为有点喝醉而变得懦弱的卷子曾经吐露过这样的话。

"店里还好吗？还顺利吗？"

"是啊。一点都没变。"

虽然卷子依旧过着没有保障的女招待生活，但是也能看见好的地方，即使是背负着助学金这项借款，绿子也上了大学，我也算是有了工作目标，而且现在最重要、最重要的是，我和卷子还有绿子，身体很健康，没有任何不好的地方。我觉得这真的是很难得的事情。那是多久前的事了呢，一下子瘦了很多的卷子这几年慢慢开始长肉，现在有普通五十多岁女性的感觉了。和某年的夏天曾经像吃完的鸡翅一样只剩下骨头和皮的卷子判若两人，我深深地觉得，无论发生或是不发生什么事情，人类的身体都是会变的啊。老实说那个时候，我曾经有过淡淡的念头，觉得就算卷子几年内过世也不奇怪。一想及此，我就由衷地觉得现在真是好得不能再好了。

"……真是的，我会努力的，老了以后绝对不会给绿子添麻烦的……夏子，你在听吗？"

"嗯，我在听。"

卷子说着平时的口头禅，但是之后却怎么也说不下去了。

"总觉得夏子……最近很消沉？"

"诶？"我慌张地说，"胡说，我给人这种感觉吗？"

"嗯，进入了疲劳模式。或者，可能是夏天的疲劳感出来了。"

"疲劳模式，阿卷，那个词已经不流行了。话说回来，我很精神哦很精神。工作也很顺利，每天都很感恩。元气满格。"

"'满格'也不流行了吧。"

"话说绿子怎么样啊？现在是暑假吧。"我总觉得心里有点不舒服，就转换了话题。

"现在正在跟春山一起旅行。她说要去哪里来着，说是要去某个岛上看看绘画和雕刻。两个人一起打工存钱呢。"

"他们俩，关系一直都很好啊。"

"是个好孩子啊。"卷子感慨地说，"春山也很不容易，他们有互相理解的地方吧。两个人怎么说呢，有种像很好的朋友的感觉。虽然还太早，但是说毕业后要一起住。"

"热情不减啊。"我笑道，"要是能这样，关系一直好下去就好了。"

挂了电话回到房间里——因为没有任何人在，所以这也是理所当然的——几座小书山、旁边放着资料的小纸箱、懒人沙发凹陷的位置、桌子上的眼药水、直直地垂下来的窗帘，甚至连翘出来的纸巾的形状都没有变化，我意识到从这里能看到的一切都没有任何变化，叹了一口气。

八月末。强烈的阳光让人感受到它要一滴不剩地榨干夏天的意志。我产生了一种类似已经好几年置身于没有出口的夏天之中的错觉。

无论如何都无法集中精神继续把小说写下去，我呆呆地看着窗帘反射出白光，想起了刚才卷子的声音。绿子好像去旅行了。说是要去岛上看绘画还是什么的，也许是去了直岛之类的地方。虽然没见过这个绿子已经交往了两年左右的叫春山的男孩子，但我恍惚地想，卷子也觉得不错的男孩子待在绿子的身边，而且是个想着毕业后能一起住的对象，真好啊。

现在，对他们而言，两个人就是全世界吧——我把它转化成语言来思索。这与因为年轻而除了两人以外看不见任何事物般沉迷其中有些许不同，怎么说呢，记挂着对方的力量就这样成为了信赖世界的力量，这样的世界不就是两个人的世界吗？两个人越是互相凝视，越是满足于坚强而柔和的约定的世界。而且如果那个约定是为了实现而存在，绝对不会被破坏的话，就可以做到毫无遮掩地去相信，这是那样的世界。

虽然我没有见过和春山在一起时的绿子，但我曾在电话里听她说过一次。正如卷子说的那样，绿子感觉像是在谈论挚友一样，那声音明快地四处传递，十分活泼，使我都不由得露出了笑容。绿子虽然长得很可爱，但是对流行的化妆啊时尚啊却不怎么感兴趣，再加上也有性格刚强的缘故吧，她几乎没有现如今的女孩子的那种感觉，或许与春山之间爽快的感觉很大程度上也是绿子的性格所导致的。

我想象着一边说着"不是那样的，也不是这样的"，然后花费没有什么特殊意义的时间，说着只有两个人才能明白的话，一边走在没有什么特殊意义的路上的绿子和春山。然后，就自然地和记忆中自己的身影重叠在了一起。十九岁的、二十一岁的、二十三岁的——总是悄悄地倾听我，走在我身边的是成濑。我们的关系虽然无人知晓，但是无论何处都没有比这更重要的亲密感，怀着这样的想法，我们两个人一起度过了一段时光。我们是高中时同年级的同学。从十七岁开始，到我来东京后三年的这六年间，我们是恋人。

如果自己哪天结婚的话，我想会是和成濑。或许应该说，不管要不要结婚，我们都会一直在一起的，我曾经毫不怀疑地这样深信着。成濑和我写了数不尽的信，聊了喜欢的东西、害怕的东西。放学后，临近不得不去打工洗盘子的时间而挥手道别的时候，我难过得快要流泪了。我不知道想过多少次，如果我是普通人家的普通孩子的话，就能和成濑在一起再久一些。成濑总是鼓励我，快点长大吧，我也会努力的，没关系的，那些很快就会有的。教会了我读书的乐趣的也是成濑。成濑以成为小说家为目标，他读了很多小说，我每次读成濑写的东西都会觉得佩服，他让我知道能写这样的东西的人会成为作家。我们有说不完的话，我觉得只要我们两个人在一起，无论发生什么，无论在哪里都没问题。我深深地觉得，我们会这样一直在一起生活下去。

　　但是，结果并非如此。我来东京三年后，才知道成濑和别的女孩子睡了。而且睡了很多次。大吃一惊的我惊慌失措，极尽一切语言责备成濑，我追问他喜欢那个女孩子吗？成濑摇了摇头。成濑低着头说，和喜欢这种感情没什么关系，而且和对我的感情也没有关系，因为只是想和女孩子睡觉。于是我什么话也说不出来，陷入了沉默。那时，成濑和我之间已经没有那种事了，最后一次做爱是三年多前的事情了。

　　我喜欢成濑。我想一直和他在一起，我曾经认真地想过在这之后的几十年里，和成濑说很多话，体验各种事物，还要一起生活下去。但是另一方面，我不喜欢和成濑做那件事。

　　我有想好好和成濑做爱的想法，只是自己不太明白而已，我也有过认为"这样的事情是需要努力的吧，积极点去想"的时候。但是，一直都不习惯。并不是身体出现疼痛，但是不知为何，就会产生无法形容的不安情绪。赤裸地仰躺着，一睁开眼睛，在天花板啊墙壁的四个角落里，在某个稍微远一点的地方，仿佛能看见有人在用力地一圈圈胡乱描绘出的黑色旋涡。每次成濑的身体一动，那个可怕的旋涡就一点点变大并慢慢靠近，简直就像从身后套上黑色的袋子一样，把我的头一下子吞了进去。无论过了多久，性生活都与快感、安心和满足感之类的无关，只要赤身裸体的成濑覆身上来，那一刻我就必定会变成孤身一人。

但是，我没很好地告诉成濑这件事。明明是平时无论什么事情都可以说，想说什么也从无顾忌的对象，明明是像挚友一样的成濑，不知为何一涉及到性的事我就无法说出自己的真实心情。那并不是因为不想被成濑讨厌而忍着的。我根深蒂固地认为，必须要接受成濑或者说是男人的性方面的要求。并没有人教我这个观念，也不是自己这样意识到的。但是，不知从什么时候开始，不知道为什么，我就这样深信着，如果男人，自己喜欢的男人有了这种想法，作为女人的我接受这样的想法才是正常的。

但是，我却办不到。每次与成濑裸裎相见，接纳他的时候，我的心情都变得越来越晦暗，心想我这是在干什么啊，眼泪都快流出来了。我曾打心底里想过，如果就这样死去就好了。和喜欢的人做爱竟然这么痛苦，我也曾经觉得自己很奇怪。我也委婉地问过几个女性朋友，但是周围的女性朋友没有任何问题，一天过很多次性生活，或者看起来很乐在其中。我无法很好地理解她们所抱有的性欲和享受这种欲望的心情。然后在问询和调查的过程中，我明白了大家似乎是理所当然地抱有这样的想法，比如想做爱，想让对方抚摸，想要对方进入自己的身体——用这些语言表达的欲望，我是完全没有的。

我也有想要摸手、想要对方在我身边之类的情绪。当我觉得真的聊到了很重要的事情的时候，在一起的时候，强烈地觉得自己喜欢对方的时候，我的胸口会变得温暖，我也有过想要两个人分享这种感觉的情绪。但是从那个时候开始一旦变成了那种气氛，我就会肩膀紧紧用力，身体总是僵硬地蜷缩起来。无论到什么时候，这种情绪和性，在我心中是没有联系的，完全是两码事。

我登录 Facebook，点击了成濑的页面。我已经不喜欢成濑了。既没有所谓的留恋，也没有因为想起什么而痛苦的心情。五年前——没错，东日本大地震发生两个月后，在成濑突然打来电话之前，我完全不知道他在哪里，在做什么。

手机铃声响了，显示出来是成濑的时候，我无法很好地理解究竟发生了什么。成濑？成濑，是那个成濑吗？一瞬间，我心想成濑是不是死了。胸口响起"怦"的一声的同时，我按下了接听键。

"我是成濑。"电话那头的成濑说道，"好久不见。过得好吗？"

"挺好的，但是，你是成濑？"

"嗯。我以为你的号码肯定换了，没想到没变。"

"啊，嗯。"我压抑着还在怦怦作响的心跳回答道，"因为号码可以保持原样。"

"是嘛。"

这是二十三岁分手以后，我第一次听到成濑的声音。从手机里听到的，是我很熟悉的成濑的声音。那声音没有一点杂音和模糊，仿佛我们之间根本不存在这十年似的，非常清晰地回响着。成濑的声音听起来近得就像是和昨天才说过话的某人继续聊未完的话题一样。

"我还在想，难道成濑死了？"

"死了的话，我不会打电话来吧。"成濑只微微笑了笑。

"不是，或者说是你死了以后，有人看了你的手机，所以来通知我。"

接着我们像很久没有联系的人那样互相问候，聊了彼此的近况。成濑知道我写了小说。成濑说，他对看书完全没有兴趣了，所以没读。没关系的，我也说道。

然后就说到了地震的事情。成濑结婚了，这五年好像住在东京。但是，当得知地震发生后核电站爆炸的消息，十天后他就带着怀孕的妻子被疏散到了宫崎县。

成濑说了这次核电站事故有多危险，放射性物质的半衰期，政府公示的安全标准和见解究竟是多么荒唐的东西；哪个报道是谎言，哪条信息正确，媒体上的谁是御用学者，谁是正派的人；我们应该怎么办；今后可能会进行的隐蔽工作，应该会以数千人或者数万人规模发生的甲状腺癌；去除污染的不可能性。成濑说话的样子很激动。

"喂，你自己清楚了吗？"成濑分明是用焦急的声音说，"从刚才开始，就只会说'嗯''是这样啊'之类的话。"

"不，不是那样的。"我说。

"大海要不行了。什么都不能吃了。喂，你知道日本要没有海产品了，这意味着什么吗？不只是食物，文化也要随之消失了。"

我没能很好地答上来。对于地震和核电站爆炸我有自己的想法，成濑说的话我能理解。但是，也许总觉得这些主张和成濑的组合有些奇怪吧，我有种说不出的违和感。我觉得用强硬的语言谴责核电站爆炸和政府无能的成濑，与我听惯了声音的他完全相反，简直就像我不认识的人。

"说起来，"成濑说，"你好像在哪里写专栏之类的吧。写读过的书的感想什么的无所谓的东西。"

成濑大声咳嗽了一声。

"现在是写那种无聊的事情的场合吗？你不是成了写东西的人了吗？所以就写那种东西吗？这种时候就应该写些更有意义的东西。也有不会上网，想要寻求信息的人。你明白吗？"

成濑说了我定期连载过的报纸随笔，他读到的是我已经写了几次关于地震的文章之后的东西了。我向成濑说明，我并不是没有写，而是他读到的是我休息的时候写的，或者说一直继续读这样的文章对读者来说也很痛苦，所以我就按照自己的想法写了几期日常的事情。但是成濑没有接受，还是责怪我写得不够。他说就连他自己也一直在 Facebook 和博客上更新信息。他问我去示威游行了吗？签名了吗？说我在这种时候到底在干什么呢。

我不记得是怎么挂断电话的。只是，到了最后的时候稍微争吵了起来，涌动着难以形容的紧张气氛。接着，成濑在沉默了一会儿后这样说道：

"我从以前开始就觉得，你是绝对不会做自己不想做的事情的性格。对不关心的事情总是漠不关心，所以现在仍然是单身。我觉得你适合一个人过。"

即使是挂断电话后过了几天，成濑的最后一句话也没有离开我的脑海。我开始去看成濑的博客和 Facebook 了。成濑在电话里说的话在那里变成了文字，从上到下都挤得满满的，类似的报道频繁地被上传。然后几个月后，我从那里知道婴儿平安出生了。

看到刚生下来就已经长得像成濑的男婴的照片的时候，总觉得有种不可思议的感觉。当然，这是和我没有任何关系的婴儿，但是那个婴儿的存在有一半是和成濑有关，不知道为什么，我总觉得这件事很不可思议。虽然我不知道成濑的妻子，这个婴儿的母亲是什么样的人，但是成濑和这个人做了和曾经跟我做过的一样的事情，结果这个婴儿就存在了。这么一想，我心中就惶惶不安了。

本来生下这个婴儿的，说不定应该是我——我并没有这么想，不是那方面的奇思异想。可是有一段时间里，我自己也不知道那种类似动摇的东西到底是什么。也许只是对我和她遇到的相同的性行为，却导出了这样不同的结果而感到惊讶吧。而这种惊讶，也许是跟我没有和成濑以外的人发生过性关系有关。也就是说，在我想象怀孕和婴儿的时候，成濑无论如何都会进入到想象中。因为对我来说，只有成濑是唯一一个和我发生了性行为，有可能带来宝宝的人。

那么，我有万分之一生下成濑的孩子的可能性吗？没有。那是没有的。马上就能回答。绝对没有。无论是年龄上、经济上，还是考虑到我的想法，都绝对没有那种可能性。我觉得性生活很痛苦，讨厌到不想再做了，结果因为这个和自己那么喜欢的成濑分手了。那时间过去了，之后怎么样？因为我那么喜欢他，所以有可能和成濑重归于好，然后生孩子吗？现在即使不做爱好像也可以用各种技术怀孕，我有那种可能性吗？

在那之后，成濑一次也没有联系过我。每次访问成濑的网页，都会看到小小的婴儿渐渐长大变成小孩子的记录，后年春天好像会成为小学生。网页内容以日常话题和照片为主，距离最后一次更新关于地震、核电站事故和放射性物质的博客已经两年多了。明明对成濑已经没有任何想法了，但是每次看到每天都在变化、不断成长着的成濑的孩子的照片，我心中仿佛总是会涌起一种类似不安的、略带焦虑的感觉。

总有一天我会生孩子的吧。那样的时刻会到来吗？没有喜欢的男人，也没有想过要喜欢男人，而且既不想做爱也无法做爱的我，能生孩子吗？我开始考虑那样的事情了。比如精子银行之类的？虽然我也曾恶作剧地在网上查过，但上面写的东西都是完全不现实的。简直就像是虚构的。似乎结婚的夫妇根据情况采用精子捐赠是受到认可的，但未婚的女人不在此列。那去国外看看吧。连英语都不会的我？我把电脑屏幕调成睡眠状态后离开了桌子，抱着懒人沙发闭上了眼睛。

在想要孩子的时候，人们是想要什么呢？常有人说"想要喜欢的人的孩子"，那么"想要对方的孩子"和"想要我的孩子"这两者，究竟有什么区别呢？大体上，关于有孩子这件事，有孩子的大家都预先比我多知道些什么吗？大家都具有我所没有的、类似资格的东西吗——我叹了一口气，把脸更深地埋进了靠垫里。远处某个地方传来蝉鸣声，我正在数叫了几声，忽然响起了电话的振动声。过了一会儿，我拿起电话，发现是绿子发来的 LINE 信息。

你好，小夏，我现在要去看莫奈展了。很美哟。话说回来，也很大。

之后她发来了几张照片。我想大概是刚才挂断电话的卷子说了些什么给我也发条 LINE 之类的话吧。

第一张照片上，是一个把小花聚集在一起的花坛。

深深浅浅的绿色里，淡色的小花一朵一朵地散落着。

虽然没有一看就知道名字的花，但多是单瓣的花。那些星星点点散落的小花让我想起了某条连衣裙。我十岁的时候，母亲和卷子还有可米外婆，大家一起买的连衣裙。只是把领口和袖口处挖了圆洞的、光滑的棉质无袖连衣裙。大家一起去超市的时候，我发现同样花纹不同颜色的连衣裙堆积在推车上。我记得店里的阿姨说，我们总是在推车前说这也不行那也不行，她看不下去了，所以买三条的话一条三千五百日元，买四条的话一条三千日元。我们犹豫了很久才买了，兴高采烈地回家后，马上换了衣服的我们看到彼此的身影大笑起来。又高兴又好笑，又害羞，大家都捧腹大笑。结果，那件连衣裙成了我们的一员，成为了我们经常穿的最棒的衣服。

母亲和可米外婆去世的时候，棺材里只能放这条一到夏天两个人就一直穿着的连衣裙，但是，我和卷子却怎么也舍不得放进去。我想起了某次和成濑见面的时候，我穿着自己的那条连衣裙，他说非常适合我。裙子很便宜，我还以为会被嘲笑，可他却赞美了我，那时候我真的很高兴。我觉得我们裙子的花色和绿子发来的花坛里的花真的很像。第二张照片拍的是从草间弥生的红黑色南瓜中露出脸的绿子。第三张上是背对着大海，头发被风吹起的绿子。在让人觉得似乎会就此裂开的平整的湛蓝天空下，好久没见的绿子非常开心地笑着。

累了吧。我从阿卷那里听说了。开心吗？话说这个花坛，像莫奈的画一样呢。莫奈色调。

没错，莫奈，莫奈。像是在模仿莫奈。因为是莫奈嘛。

我没去看过，下次再多跟我说说吧。

收到。要看的地方太多了，光这次可能还不行。后天我回大阪了。到时候联系你哦。

接着，绿子发来了春山和她两个人的照片。在白色的高大纪念碑前并排坐着的两个人，对着照相机微笑着。春山戴着眼镜，紧紧地握着背包肩带的下端，一笑起来就耷拉着眼睛的表情给人一种稳重的印象。绿子穿着背心和短裤，简直就像在沙滩上的装扮一样，头上戴着鲜红的宽檐帽子。

我放下手机起床，看了看窗外。到傍晚了。又到傍晚了啊，我心想。然后去厨房做了简单的意大利面。把面端到茶几上，打开电视，正好七点的新闻节目开始了，主播播报了今天发生的各类新闻。数日前，在滋贺县林道上发现的尸体的身份已经被查明了。驾驶操作失误的八十五岁男性的轿车闯入了家电超市，所幸无人受伤。回顾了里约奥运会。关于天皇生前退位的可能性。今天的世界也和昨天一样，充满了各种各样的问题。天气预报。注意明天突然的倾盆大雨。请注意不要中暑。然后节目转到了特别报导。

"现在未婚女性面临一个问题。不结婚，也没有伴侣，能怀孕生子吗？作为一个选项，出现在网络上的是提供精子的网站。无偿提供精子的男性们的目的是什么？以及不惜冒着风险去申请的女性们，到底有什么样的背景呢？我们来了解一下事情的真实情况。"

在女性平静的声音之后，屏幕上映出了字幕。

"彻底调查，精子提供的种种。"

我放下手中的叉子，凝视着画面。

在那之后大约一个小时，我一直一动不动地以同样的姿势盯着画面，节目一结束我就回到电脑旁，开始查询在节目中知道的几件事。回过神来已经过了几个小时了，口中十分干燥。头也很痛。喝光了好几杯大麦茶后，我又洗了个澡。即使铺好被子躺进去了，心情还是激动得睡不着，好几次起来去厕所。一些剩下的意大利面已经凝固在盘子里了。

10 从下个选项开始做正确的选择

"一开始当然很害怕。可能会突然被带到什么地方去，或者对我做些什么。"

脸部打了马赛克的女性回答了采访。她稍微带点茶色的头发及肩，穿着格子衬衫，外面还披着白色的薄开衫。女性就像在做拼贴画一样，把每一个词都很有礼貌地连接到了一起。

"一开始没有认真考虑过。用那种方法，竟然真的能怀孕，果然还是难以置信。而且……从一个不认识的人那里，那个，精子……是精子吧，得到了那样的东西，我自己也经常想竟然可以这样啊。但是……"说到这里，女性沉默了片刻，过了一会儿，像是确认了什么似的微微点了点头。

"但是……我没有别的办法。也没有时间。无论做什么，我都……想要自己的孩子。"

接着，画面转向了采访身为精子提供者的男性。这边也同样进行了打马赛克处理。他短发，身穿细小彩色方格图案的衬衫和米色的休闲裤，一边说话一边不停地摩擦着指甲。从声音的感觉和体型来判断，看起来年龄并没有很大。感觉像是二十五岁到三十岁，或者是三十岁到三十五岁的样子。

"我觉得动机单纯是帮助别人。不是有眼前有困难……的女性吗？如果能帮上忙的话就帮一下，我是抱着这种心情……什么？啊，会不会意识到那是自己的孩子？那个嘛，是啊，是的，当然我都还没结婚，没有见过女方，也没有一起生活过，所以无法想象。但是我觉得捐赠自己的精子，首先是能让那位女性感到高兴，变得幸福，这是事实啊。"

我按下了视频网站上的停止按钮，坐在椅子上伸展身体。

看了那集特别报导后过了十天，我将播出后第二天被上传到了网上的节目反复看了好几遍。

节目的大致内容是这样的。

在日本，最早使用第三者的精子进行不孕治疗是在距今六十多年前。迄今为止已经诞生了一万人以上。在医院能接受这种治疗的只有正规结了婚、接受过一般不孕治疗的夫妇。且确认有无精症等男性不育的情况下，没有对象却想要孩子的未婚女性无法接受这种治疗。当然同性恋伴侣也不行。这些我都知道。

然而，这几年来出现在网络上的是个人提供精子的网站。他们作为志愿者提供了无偿服务，据说来自单身女性和同性恋伴侣的咨询在增加。即使对方支付了交通费和碰头的咖啡店的消费等经费，提供者也以不接受谢礼和报酬的立场在做这件事。而且之后他将不承担任何责任，也与他没有任何瓜葛。有一天，一位希望一个人怀孕生孩子的三十五岁以上的女性访问了其中一个链接。她先在咖啡店拿到男性的精子，之后用在东急手创馆之类的地方卖的注射筒之类的简单器具注入自己的子宫。采用这种方法，她在注射第二次后怀孕了，然后作为单身妈妈顺利地生下了孩子。主要是这样的两个人的采访，节目后半段，专家就自我注射的感染风险进行了解说，进一步指出了伦理问题。

我也实际去查了捐赠精子的网站。

正如节目中所说的那样，点击了四十个链接，其中有很多是一眼就能看出很奇怪的伪造网站，以及不管怎么看都只是个人心血来潮做出来的网页。我去只在地震时注册过，现在几乎不用的推特上也试着搜索了一下，这里也有好几个与提供精子这一关键词相关的账号，比如"精子.com""爱情精子军"之类的，尽是些诱导到成人内容的恶作剧似的东西。

令人有些意外的是，其中有一家提倡公益的非营利组织是一个组织结构完善的精子银行。这个网站似乎也是花费了精力和费用，制作得很精良，提供精子的时候出示的证明也是从血型、各种传染病的检查结果、证明癌症基因没有异常的遗传基因检查报告，还有大学的毕业证书等——直到有关捐赠者素养的参考资料都有展示。如果那上面写的东西是真实的，那它已经有了相当的成果了。

我还买了几本相关的书籍。但是，还没有以这种方式怀孕、分娩的女性所写的书出版，基本上多数是通过医疗机构正规的精子提供方式诞生的人的手记和采访，其他还有关于生殖辅助医疗的历史和最先进的技术与讨论的书。

节目中女性讲述的体验，以及许多书中所写的内容。

其中的哪一个和现实中的我有关系呢？

在这之中，有与我的现实相连接的东西吗？

看了节目的那个晚上，我确实兴奋得睡不着。这样的东西对于一年多来迷茫的思考和不安，虽然说不上是答案和机会，但总觉得有所触动。但是，过了一段时间冷静下来，也不是没有感觉到那种兴奋一圈一圈地变小了。

和完全不知道底细的陌生人在咖啡馆碰面，接受在厕所或某个地方射出的精子。或者是把只有健康数值和毕业大学这些信息的对象的精子用冷链快递当天寄送过来，再用东急手创馆卖的注射筒自己注射进子宫，怀孕生孩子——我不认为自己做得到。电视上的女人，真的做了这样的事情吗？如果完全相信她说的话，那她心理强大得过了头吧，我坦率地想。我觉得把陌生的男人的精子放进体内这件事本身，就无论怎么想都做不到。

但是，我想，这些对于我来说几乎和虚构故事一样，但是在欧美，利用类似精子银行的机构来生育的女性们是真实存在的。仅在日本，至今为止就有无数人通过这项技术诞生，现实中也存在与之数量相等的女性大胆完成了这件事。认为这是不可能的想法，是一种偏见吧。

但是，说实话，抵触感是无法消除的。精子的出处也是个问题吧。在正规的医院获得的精子和从个人网站上的男性那里得到的精子，在两者都是陌生的男人的精子这一点上应该是一样的。但是，我觉得这两者还是有区别。到底有什么不同呢？大学医院提供的精子基本上都是医学部的男学生的，至少在提供之前应该有专门机构的几项检查。虽然没有明说，但是可以说是权威保证吧，有人间接地知道这是谁的精子。

另一种，个人网站的志愿者，总觉得不可思议的事情一下子蹦了出来。交涉的现场是咖啡店，和这个有关系吗？还是说问题在于出现了东急手创馆这个过于休闲的店名呢？或者是对自己注入这种 DIY 行为，和本应离这些东西最远的生命联系在一起感到不安呢？另外，或许和学历之类的东西有关系吧。明明如果自己都没有这种价值观的话，也不会在意别人的学历背景，可一旦涉及遗传基因，所谓的品牌意义上的判断就会介入进来吧。

不管怎么说，不了解对方是个问题。但是，这么说来，怎样才叫做真正了解对方？难道说所有生孩子的夫妇，所有发生有怀孕可能的性行为的情侣，他们都真正了解对方吗？这种事情是不可能的——就在胡思乱想之际，我突然感到糊涂，自己到底在思考谁的什么事啊？然后突然觉得这全部都是愚蠢的事情。这样的事完全不现实。不行不行。从陌生的男人那里得到精子，生下孩子？那种事肯定是做不到的。本来就连自己将来的生活会变成什么样都不知道的我，怎么可能成为母亲呢？不是生完就完了。我在大阪有一个连养老金都没有的四十多岁的女招待姐姐，还有一个今后要花很多钱的外甥女，我已经进入了必须考虑自己的晚年以及周围人的晚年的阶段。这样的我还生孩子？从任何一个角度考虑都不可能。全方位的勉强过头了——这样的兴奋和沮丧在我心里反反复复了好几次。

尽管如此，那位女性在节目最后说的话却始终无法从我的脑海中消失。她在膝盖上紧紧握住双手，然后捂着胸口，像是咬着牙一句一句地这样说道：

"……我很高兴这么做了，真的。能见到这个孩子真是太好了。还好没有惧怕去做了，才能遇见这个孩子。我的人生中，没有比这更好的事了。"

那个声音，是从心底感受着幸福的人那里透露出来的——虽然不知道该怎么称呼它，但是溢满了那种耀眼得让我情不自禁地眯起了眼睛的东西。我闭上眼睛，反复回味她的动作和语言。她微微地吸了吸鼻子，中途声音稍稍哽咽。她一定在马赛克后面泪流满面。我很高兴这么做了，真的。能见到这个孩子——这时，打了马赛克的女性的脸上，一瞬间浮现出了母亲的脸。还年轻的母亲微笑着，就算是一只小黑猫整个钻进去也看不出来的大量的头发晃荡着，不知道在对谁充满笑容地说着，真是太好了，还好没有惧怕去做了。我的人生中，没有比这更好的事了——然后在下一个瞬间，用手捂着胸口说话的人换成了是我，那个时候能鼓起勇气真是太好了，能遇见这个孩子真是太好了——我一脸心满意足的表情，看不出孤独地待在房间里想象那个情景，手臂中则抱着柔软的小宝宝。

到现在为止所有的夏天好像都是这样，不知不觉热意就退去了，在吹来的风中仿佛能隐约感觉到秋天的气息。天空像在对着这边挥手似的升高了，云不断地被拉伸变薄，像谁的面庞般消失了。穿薄一点的长袖常会让人感到很冷，已经到了即使在家里也要穿袜子的季节了。

我一天接着一天，不停写着进展不顺利的小说。

因为稍微有点复杂又很长，所以被问到是什么样的小说时，我也很难回答，但是大致说明一下的话，首先这是以大阪的日结工们所生活的架空的小镇为舞台，可以叫群像剧吧。在逐渐荒废的小镇上，成员几乎都是四十多岁的黑社会组织里，有个成员的女儿十几岁。然后，主人公是在附近的全是女性运营着的新兴宗教团体里被养大的小姑娘，跟黑社会成员的女儿同龄的。自从政府实施了防止暴力团员不当行为等相关法律之后，对黑社会的管束越来越严格，黑社会成员的女儿从小就在幼儿园和小学遭受着歧视长大。另一个，宗教团体里的小姑娘由于那个宗教的理念而没有提交出生证明，所以没有日本国籍。不久这两人有了交流，冲出废墟漂流到了东京，并被卷入了某个事件中，小说就讲了这样一个故事。

最近我在黑社会组织的说明部分上下了功夫。上缴金的结构、勒索的种类、武器的筹措、真实发生过的报复战的详细内容，支撑着这些的黑社

150

会规矩、阶级制度及其称呼甚至年收入，我查得太多了，看动画、读资料也要花时间。每次确认细节就会停下手来，怎么也抓不住节奏。虽说如此，还有一看历代头目的采访和抗争的影像就忘记了时间，看得入迷的情况。虽然我想以我的方式再现这种氛围，但这还是很难的。

我现在在写的是"断指"的场景。这包含着所谓"失手犯错"的成员的反省之意，或是为部下承担责任，或是为了和敌对势力和解而切断自己手指的规矩，现在基本上已经没有了，我正在写的是一个这些还比较盛行的时代。通常都是用冰将小指冷却到失去知觉，然后放在砧板上，用日本刀"咔嚓"一下切断。我正在写怕受不了疼痛的组织成员为了在全身麻醉的状态下进行断指而跟医院交涉的情节，当然也还有很多不知道的事情。比如掉下来的手指的去向，有没有规定一个人最多能切掉几根之类的。详细调查的话小说进展会不顺畅，我预定从明天开始是宗教团体的部分，应该是围绕教祖过去研究开发的药品来写，但是什么都调查不到，拖延了进度。我叹了口气，又回去读前几天作为新资料购买后只读了一点点的《黑社会与安乐死》的后续。

我靠在懒人沙发上，集中精神看了两个小时左右的书，突然看了一眼手机，上面留着仙川凉子的来电记录。这么说来，最近收到了几封邮件，但还没有给她回信。离最后收到邮件已经过去几天了？一周，还是更久？虽然我有点犹豫要不要发邮件，但还是决定回她的电话。

"喂，夏子小姐。"在第三声呼叫音之后，传来仙川带着一点滑稽的明快声音，"太好了。可逮到您了。最近怎么样？"

"啊，没事，有在写。话说回来，虽然速度很慢，但还是一直在写。"

"原来如此，原来如此。"

"回信晚了很抱歉，我一不留神就……"

"没关系的。"

仙川打电话来是为了我拜托她找的资料。我拜托她在找地方上的村子或小镇上由传教者引发的犯罪和相关审判的资料，她似乎得到了一些了不得的东西。仙川小姐说会在适当的时候交给我，接下来就开始聊我现在正在读的资料。

"前不久放出来的那个人，继续当黑社会需要体力，他好像挺吃力的。演艺圈、投资之类资金来源的渠道好像也断了。"

"是吧。"

"就算不干黑社会了也没法回归社会，身体也渐渐变得差劲，最后就是不知道怎么就死了。读了之后总觉得有些刺痛。"

"是啊……哎呀，能有和小说很好地联系上的地方就好了。"

之后聊的就偏离到了各种话题上，说到某个文学奖颁奖仪式的二次会还是三次会。我们聊到仙川小姐好像在那里喝得相当醉，被上了年纪的女作家打了一巴掌。

"是说在脸上打了耳光？"我吃惊地说，"在脸上？作家打编辑？"

"就是那样哦。"仙川不知为何用有些不好意思的声音说道，"我也醉得很厉害呢。说不上是争吵吧，但似乎我也有失礼的地方。"

"不不不不。"我说，"那不更是地狱图似的场景了吗？这个年纪，或者说，成年人打有工作往来的对象不是反而更严重吗？"

"嗯……"仙川小姐用在说别人的事情的语调喃喃道，"她和我合作了很长时间，我进公司以来一直承蒙她的关照大概已经二十多年了吧，她非常疼爱我。我想我们都很了解对方，那天晚上我俩都喝得很醉，才会这么离谱。"

"那个时候，周围人都是什么感觉？"

"是什么感觉呢……哎呀呀，类似'别这样'的态度吧。"

虽然我没有读过那位女作家的作品，但她却是一位读过书的人都知道名字的知名作家。我不知道她是个什么样的人，当然也不认识，但按照不知道什么时候看的某本杂志上的印象，我完全无法想象她会这样，所以我有点吃惊。她身材矮小，非要说的话外表比较有女人味，以介于儿童文学和幻想文学之间的风格著称。在绘本领域也是出过很多热门作品的作家。

"这样的话，下次见面会是什么感觉呢？"

"正常见面。"仙川干咳一声说道，"就像什么都没发生那样。跟以前一样……吧？"

"她没有说对不起之类的吗？"

"嗯，她不说我也明白，像这样的情况，要说歉意的话彼此都有。还聊了作品吧——因为这对于作家来说是最重要的领域。"

我想继续提问的时候，仙川笑了一下说，好了好了，这个话题就说到这里吧，夏子小姐最近怎么样了，她转换了话题。我才开口就顿住了，因为每天都重复着同样的事情的我，能说的话题就只有我正在读的资料。突然间，这几个月来断断续续地独占了我意识的那件事——这几个月，一直在我脑海中挥之不去的用谁的精子怀孕这件事，尽管想法反反复复，但我涌出想要说出一直在思考的事情的念头。但是，我放弃了。因为这是太过私人化的事情，又很鲁莽，我不知道该从哪里开始，说明什么才好。

我一边随声附和着仙川小姐的话，一边在屋子里张望，在黑社会和宗教团体的资料旁边，看到了几本堆着的关于精子提供和生殖医疗的书的封面。我最近读完的是关于通过精子提供而出生的人们的采访。

登场的人们的共通之处在于，不知道生物学上的父亲是谁，以及在父母没有告知这一事实的情况下长大这两点。这种治疗在当时和现在都是暗中进行，不会向亲戚和周围的人透露，当然，把事实告诉被生下来的孩子也是绝对不可能的。所以，现在也应该有近一万人的当事者在不知道自己身世的情况下生活着。

然后，有些人某一天偶然知道了事实。原以为是父亲的人是个陌生人，自己一直被欺骗到现在。不知道自己的其中一半到底是从哪里来的。他们在采访和座谈会中谈了各自的体验，总结了这些的作者在主旨中传递出那是多么具有冲击性的事，以及它伴随着怎样深刻的丧失感和痛苦。

采访中最后登场的男性，据说现在也一直在寻找父亲。

据实施手术的大学医院称，没有留下任何可以查询的记录，主治医生也去世了，除了知道是大学医院的医学生之外，似乎没有其他线索。男性在采访的结尾，他列举了一些有遗传关系的母亲和自己不相似的地方，也就是说可能是亲生父亲的特征的部分，并呼吁道：

"我妈妈个子很小，但我的身高是一百八十厘米，身材高大，和双眼皮清晰的妈妈不同，我是单眼皮。另外，我从小就擅长长跑。所以，亲生父亲当时在××大学的医学部工作，身材高大，单眼皮，并且擅长长跑，现在是五十七岁到六十五岁左右的人。有对此有线索的人吗？"

这些话在我的胸口回响。

无论是父母还是谁，要寻找对自己来说无可替代的某个特别的人，却只能依靠一些简直像什么都没说似的特征。这么一想，我的心就被揪住了。个子高，单眼皮，擅长长跑。有对此有线索的人吗——是对谁说的？是对着哪里说的？什么也没有，伫立在只能说是无所依靠的广袤茫然中的男性的背影浮现出来，我久久无法摆脱那篇文章。

"……的关系，所以调查的时候顺便去看看吧。"

注意到了恍惚间流淌过去的仙川凉子的声音，我换了个手拿手机。"调查，嗯。"

"光是听他说可能就很有意思了。因为是仙台，当天来回说行也行，但是难得去一次，就住一晚吧。"

"啊，可以这么做吗？"

"因为是调查嘛。"仙川小姐说，"而且夏子小姐，你只是向我要了一次资料，我什么忙都没帮上。如果你跟我说要在高级温泉旅馆里住一个月的话，那倒是有点难呢。但是在仙台住一晚这点事就让我请了吧。宗教的部分嘛，虽然会心存戒备，但是所谓的宗教人士好像反而会说很多。不过我想也因人而异吧。先不说内容，反正是个令人心情舒畅的秋天，类似在这附近吃点好吃的东西养精蓄锐，然后被我穷追猛打一直到年末吧。夏子小姐觉得怎么样？"

"嗯，穷追猛打，是啊，我明白了，但是采访暂且不用吧。看书总能解决的。"我糊弄过去了。

"不出门是夏子小姐的风格，但是偶尔转换一下心情也不错哦。"我知道仙川小姐用鼻子大大地呼出了一口气。"对了，这个也得跟你说一下。

下个月月初有朗读会，你不去吗？"

"朗读会？"

"就是作家来朗读。"说完后，仙川小姐大声地咳嗽了一阵子，"啊——对不起，对对，诗啊小说什么的，作家来读。大概十年前开始的吧，朗读会——reading 对吧，在很多地方都会举办。一般来说，配合作品的发行举办的活动比较多。客人聆听作者朗读，还举行签名会，之后开个联谊会之类的活动。边喝酒边举行的也有。"

"是嘛。"

"下个月的规模稍微大一点，那里的话能容纳一百人左右吧。作家大概有三个人吧。我负责的一位作家会出场。很有意思的，夏子小姐就去吧。我也有想介绍给你认识的人。"

"虽然如此，但是我可完全接受不了被打耳光哦。"我笑道。

"那种事，我来代替你承受吧。"仙川小姐也说着大阪方言笑了。

挂断和仙川凉子的电话后，我启动电脑检查了邮箱。只有几封广告邮件。没有回信。

大约三周前，我给两个地址发了邮件。一个是声称信息量最多，显示有实际成果的网站中，看起来最正经的网站。

我用新注册的邮箱地址，在什么都没有写的白色四角方框里坦率地写下了商谈内容。本人三十八岁。因为是单身，又没有对象，所以不能接受医疗机构实施的精子提供。但是有想要孩子的想法。就在这时，我搜寻到了"日本精子银行"。"我正在认真考虑，如果我希望申请的话，今后该如何进行，请告诉我方法。"

但是过了将近一个月也没有回信。又过了十天的时候，我又创建了另一个账户，从那里也发送了邮件。但是结果是一样的。

另外，我还试着给提供个人服务的男性的博客也发了邮件。这边也没有回信，不过我没放心上。虽然是借着兴奋和焦虑试着发送的，但我想就算收到了回信也不会见面的吧，那是既不能形成一时的安慰也不能满足好奇心的没有意义的行为。

我从抽屉里取出笔记本，在"日本精子银行"和"个人提供"上面画上删除线。剩下的选择有两个。

- 丹麦精子银行，维尔科曼
- 没有孩子的人生

我凝视着自己无依无靠的字，然后又叹了一口气。

维尔科曼也是我通过网络和书籍调查得知的丹麦精子银行。

要说这是一家老字号的话有点别扭，但它是一家经营了几十年的世界知名机构。对外公布了真实业绩，设备也经常更新到最新的。它对提供者的精子除了定期的传染病筛选测试之外，还会进行染色体检查和是否存在与重大遗传性疾病相关的因子的基因检查。它尽可能不放过任何细微的不安，只将健康的精子冻结后存入银行。其结果就是，采用率为一成。也就是说，这是一扇假设十位男性提出要提供精子，但实际上能作为捐赠者注册的也只有一个人的窄门。维尔科曼至今已向超过七十个国家提供精子，建立了一个不孕不育情侣、女同性恋伴侣以及像我这样没有对象的单身者——无论是谁，都可以在网上订购精子的系统。

网站上有精子提供者的详细介绍，血型自不必说，选择瞳孔的颜色、头发的颜色、身高等进行检索的话，就会显示满足希望条件的捐赠者。而且如果有中意的捐赠者，还可以从那里知道更多的信息。精子的价格是二十几万日元。送过来的精子要自己注入。当然，不知道是否会怀孕。还有这可以说是维尔科曼的特色吧，它与之前的银行稍微不同的是，能选择匿名的精子或非匿名的精子。也就是说，孩子长大后想知道自己父亲的时候是可以联系上的。似乎女同性恋伴侣大多选择非匿名精子，而家里已经是有父亲状态的不孕夫妇则多选择匿名精子。

越是了解维尔科曼，就越会觉得为什么要给"日本精子银行""个人提供"等莫名其妙的网站发邮件还一直等待，不管怎么想，剩下的选择也只有这里了吧，但是理由也很明确，因为我只懂日语。维尔科曼所在的丹麦的语言，我一个单词也不认识，英语是初中三年级的水平，学完现在完成式以后就没有记忆了。我用英语也写不好作文，要怎么表达细致的字句和语气之类的才好呢？不，也许没有表达的必要。只要在希望的项目上打个钩然后结算，这样的话无论在世界上任何地方，好像都会最短在四天内从哥本哈根送来冻结的精子。

我从电脑前走开，躺倒在了地毯上。身上凉飕飕的，我把团在脚边的毛巾毯拉过来盖在肚子上，然后双手放在上面。我一直在想精子，我的卵子怎么办呢？二十八天周期的月经基本上没有变化，总之每个月都有规律地在来，但是随着年龄增长，各种各样的事情应该会变得很困难。

我打开电视，漫不经心地看着播放的节目。气象预报员反复回头看着背后巨大的天气图，热情地说明着天气从明天开始会变糟糕。闭合的窗帘的颜色开始暗沉，夜晚马上就要来临了。我突然想到，今后我会多少次在傍晚这个时间像这样注视着黄昏的蓝色呢？独自活着然后死去，究竟是什么样子呢？无论在哪里，无论看到什么，我都会像这样一直待在一个地方吗？

"那样的话，不行吗？"

我发出微小的声音问道。但是当然，没有人回答这个问题。

11　在脑海中见到了朋友，今天真幸福

　　不过，今晚的朗读会怎么样呢？我第一次听作家读自己作品的朗读会，所以完全不知道这到底是什么水准，但是比起水准什么的，最重要的是我还不知道舞台上正在进行着什么。我知道是在朗读什么东西。但是，比如第一位男性诗人。据说是一位年逾八十的著名诗人，他声音太小，口齿不清，而且像是一下子发作似的咳嗽个不停，抓住椅背，不时中断朗读，光是看着就觉得毛骨悚然。

　　第二位男性好像是小说家，穿着巧克力色的开衫，鼻子下面留着胡子，长长的头发在脑后扎成一个髻。年龄大概是四十岁吧。他用毫不抑扬顿挫的平板语调一个劲地读着只能零零碎碎听到一些晦涩单词的文章，冗长到让人觉得不安，不知道它会持续到什么时候，这非同寻常的一气儿读到底简直让我想起了磁带里播放的无限循环的诵经。意识到的时候，我的脑子里已经在"叩、叩、叩"地敲着空想的木鱼，我拼命想办法要找出节奏，还不时旁敲侧击或是弄成三连拍，尽管想了很多办法，但这真的是没完没了。而且不知是害羞还是装样子，或者本来就是这样的性格，他一直低着头，弄得麦克风越来越偏离嘴巴。工作人员来调整了好几次位置，但是马上又跟之前一样偏离了，所以最后工作人员似乎都放弃了。

　　自从进入十一月以来，就持续着宛如冬天般寒冷的日子，因此我穿着厚毛衣出门还是觉得很冷。反正会场里热得出奇，充斥着热气，让人头昏脑胀得可笑。在这期间，诵经还在继续，我背后静静淌下的汗就像不祥的信号似的。偏偏在这种时候没带毛巾和手帕。我带着今年以来最强烈的焦

躁感观察周围的情况，可令人难以置信的是大家都纹丝不动，注意力直勾勾地集中在舞台上。坐在我左右的两位女性更是目不转睛地凝视着诵经作家，眼神几乎要在他身上钻出洞来。更令人难以置信的是，她们一个戴着盖到眉目的厚重针织帽，另一个脖子上围着马海毛的围巾。热。难受。我依旧不明白他到底在读什么。现在能突然在这里站起来，将这种充盈着的不快感大声喊出来的人，一定能像朋克乐手那样活下去吧。我思考着这些没有条理的事情，短促地呼气，好几次坐直身体，终于到了极限。虽然还剩下最后一名来宾，但在诵经终于结束的那一瞬间，趁着会场的灯光还没亮的时候，我就赶紧离开了座位，毫不犹豫地弯着身子迅速离开了会场，然后坐在厕所旁边的楼梯上一动不动。

"辛苦了。"演出结束后，我站在出口旁边，仙川凉子迎面小跑过来，"怎么样？我帮你选了一个好位子，感觉不近也不远。"

"嗯，有种不可思议的距离感。"我点了点头，"还有种'自己是身在何处的某人'这一念头在渐渐融解的感觉……话说会场不是很热吗？"

"啊，是吗？"

"我倒是流了许多汗。"我做着把手指伸进毛衣的衣领，让风灌进去的动作，"全是汗。全是汗呢。话说仙川小姐是在哪里看的呢？"

"我也算是相关人员，所以在副台看的。"

"原来如此。"仙川小姐好像没有注意到我中途退席，我稍稍松了一口气，"我是第一次看，从某种意义上来说朗读很不得了呢。"

"是啊。散文也不错，但是诗还是很有气势啊。"仙川小姐脸颊上泛起红晕，满足地点点头。

本来我想就这么回去了，但是仙川小姐一定要邀请我去庆功宴。我看了看表是晚上八点半。秋夜的空气非常清新，每次吸入空气时似乎都会发出一种静谧的声音。庆功宴在从朗读会场也就是青山书店的活动场所步行十分钟左右的居酒屋举行。映入眼帘的表参道上各种店铺的橱窗里的东西几乎都在闪闪发光，我和仙川小姐边看边走。

"完全是圣诞节的氛围了呢。"仙川小姐抬起头说道，"我感觉每年都会比往年提前一点，是心理作用吧。"

"几年前吧感觉好像是从十一月月末左右开始的。最近，你看，万圣节结束后的第二天就开始了。"

"好漂亮。"仙川小姐微微一笑说道，"我啊，比起那边蓝色的灯饰更喜欢黄色的。看，夏子小姐，那个，是叫发光二极管吧，那个的蓝色和白色有点寒冷的感觉。我觉得黄色的好。"

途中我们顺便去药店买了眼药水，之后因为有点迷路，所以到达的时候宴会已经开始了。大约有十个人坐在长桌边畅谈，我和仙川小姐微微点头示意后，坐在最靠边的位子上点了饮料。

第一个登台的诗人好像靠着墙坐在里面角落的位子上，他明明没有跟任何人在说话，看起来却笑得很灿烂。旁边隔了一个人，正中间的里侧是第二位登台的男作家，宴会明明才刚开始，他的脸却已经红了。不知道聚集在一起的人是编辑还是会场的相关人员，但是大家好像都很兴奋。当然，除了仙川小姐以外我谁都不认识。

我和仙川小姐喝着啤酒，一边夹着从烤串上拿下来的鸡肉一边闲聊。和几个人打了招呼，各自做了自我介绍。其他的座位上也来了客人，整个店都变得喧闹起来，与此同时我们桌的音量也渐渐变大了。

过了将近两个小时的时候，大家可能都醉得正起劲吧，笑声变得更大了，但也有人反而表情严肃地在说一些认真的话题，我从换座位到我旁边的女性编辑那里，听到了关于最近很畅销的成人涂色书的事。坐在里面的老诗人把手放在桌上的小酒杯上，不知道是在睡觉还是在冥想，始终闭着眼睛。在这种喧嚣中，我不知道如何是好，有些在意自己是要若无其事还是应该是什么别的样子，我偷偷朝一位完全秃了顶的男编辑看了一眼，他大概是老诗人的责任编辑，微笑着对我点了好几次头，仿佛在说"没关系，正常情况"。

大家都各自在说着自己喜欢的事情，虽然不知道谁在说什么，但是我听见了从刚才开始就以很强的气势在说话的男作家，以更大的热情在说话。男作家用几乎和刚才在会场上诵经时判若两人的口齿，脸上泛起红斑，不停地说着，我从零碎听到的单词中听出现在好像在谈论中东的纷争。虽然我不知道详细的情况，但看场面好像是和坐在旁边的年长女性编辑在主张一些自己的论点。

"……那是一份相当详细的报告。世界差不多该真正的意义上注意到美国的傲慢了。不，当然了，就算腐烂了那也是美国。这话没错。但是腐烂的方式也有很多。怎么腐烂的，为什么会腐烂，关于这一点也不得不说吧。"

男作家夸张地摇摇头，然后只是稍微举起手里的红酒杯，像某种仪式似的一口气喝完了。接着，女编辑立刻一脸为难地喝了一口倒上的红酒，之后他又接着说："或者说我是这么想的。"随着周围的人随声附和，男作家的情绪越来越高涨，话题渐渐偏离了，或者说是变大了或是变小了，变成了文学能为政治和恐怖活动做些什么。我和仙川小姐一直坐在最旁边，没有特别热衷地在听，总是会一边听一边说别的话，就这样分别开始喝第四杯啤酒。这时，我听见男作家说："说到文学，就是这个状况。我在推特上也写过，我完全预言到了。"

"我的作品很难被理解，比如说现在叙利亚的情况，刚才说的报告里写的状况之类的。我在十年前的阶段就已经全部都写了。"

男作家说完后，大家的声音瞬间中止了。但是很快，女编辑就感叹般说道："是啊，文学也好小说家也好，无论如何都要有预见性，和受不受欢迎无关。"不知道谁说是啊，表示接受，男作家又喝光了红酒，探出身子继续说："再进一步说的话……"但是下一个瞬间，别的声音打断了他。

"这种无聊的事情，"女性的声音听得很清楚，"不知羞耻、喋喋不休地说个不停，所以才会过了那么多年都写不出一本好小说来吧？"

那句话使得全场鸦雀无声，我也望着声音传来的方向。

"说什么预言啊。虽然我不知道你写了什么、预言了什么，但你读过的那个报告，写下它再上传到网络上的人，实际上不是去了叙利亚吗？你在暖洋洋的房间里一边摸着肚子一边一口气把那个报告读完，然后在推特上乱写，说这是你以前预言的事对吗？少开玩笑了。还是说你要去叙利亚呢？去一次确认一下自己的预言的精准度吧。说那种话到底有什么意义啊？谁都不会表扬你的，不要用别人的工作来满足自己低廉的自尊心。"

这唱反调是突然的台词呢还是表明意见呢，刚才的朗读会——我退席后，实际舞台上有什么戏剧之类的，有一瞬间我以为这是朗读会的续集。或者也许是和男作家关系很好的某个人在恶作剧。但不是的。声音的主人是刚刚仙川小姐向我介绍的，只是互相打了招呼的一位名叫游佐里香的女作家，这似乎既不是戏剧的续集，也不是充满亲切感的玩笑。

只有其他客人的吵闹声像是某一天的回忆般远远地回响了数秒，沉默之后，有人说"这么说来……"将话题转移到了完全不同的事情上。然后又有另一个人，接了这句话就开始说"就是啊"，有几个人听了这话笑了。男作家沉默地喝着红酒。充满紧张感的气氛飘荡了好一段时间，我心里也半喊着"不不不不，这相当不妙吧"之类的，不过曾几何时，仙川凉子不是在这样的酒席上被什么人扇了耳光吗？或许在这个行业里，这点芝麻小事就是吃早饭或者打招呼之类的，大概就是这种感觉吧。可即使如此，这又不是在笑桥的路上，我虽然不太明白，但很多事情不是都很不得了吗？我忐忑不安地喝着啤酒看事态的发展，但是只过了几分钟，气氛简直就像什么都没发生过一样平静下来了。

仙川小姐又点了啤酒，她拿着端来的啤酒杯和游佐里香旁边的女性打了个招呼，换了座位，然后马上听到了仙川小姐和游佐里香两人的笑声。我拿起装着还剩一半左右炖内脏的碗，用筷子尖儿一个一个地夹起来吃了。我突然有些在意，抬头一看，老诗人半张着嘴，就像埃及壁画上描绘的人一样，完全睡着了。我和旁边的男性编辑对视了一下，他像刚才一样点点头示意"没关系，正常情况"，我也深深地点了点头。

宴会总算结束了，男作家和他旁边的女编辑不知什么时候不见了，其他人也都各自随意散了。"我和你一个方向，送你回去。"仙川小姐对我说道。她旁边还有游佐里香。她好像住在目黑区的绿丘，我们三个人坐上了出租车。

仙川小姐坐在副驾驶座上，我在三轩茶屋第一个下车，所以坐在下车一侧的门边，游佐里香坐在里面。

"说起来，里香，"告诉出租车司机目的地和顺序后，仙川小姐用吃惊的语调说道，"我懂。我都懂。"

"这不是理所当然的吗？"游佐里香笑着说，"从一开始就一直烦人得不行。一直都说些一模一样的话，话说回来，那个男作家就像傻瓜只记得一件事似的说着预言、预言的，烦死了。'我预言到了''我预言到了'之类的，什么呀那是？虽然无所谓，但是我这一年听了好几次了。退一万步来讲，如果是被别人指出来的话倒也算了，但是一般会自己很开心地去说这种无关紧要的事情吗？话说回来，今天的朗读会也是，真的不太明白是什么意思。为什么要给他这个面子……不过朗读是好的。话说那家伙最近在电视和推特之类的地方滔滔不绝地说了很多大道理，真是极其差劲。因为他让一个编辑辞职了，是个女孩子。你知道吗？听说了吗这件事？"

"啊，是她吧。"仙川小姐回答道。

"没错。一看到美女入职以后就迅速地把她换成责任编辑，然后找这样那样的理由叫她来，带着她到处跑，让她到房间里来拿稿子之类的，正常地发邮件交稿啊。明明是干着类似性骚扰、权力骚扰、道德骚扰的三拼盖饭那样的勾当，只有他自己感觉在谈恋爱，真的是脑子有问题吧。出版社也真是的，这样的作家砍掉他啊。开什么玩笑。"

"我懂。但是里香你今天可能有点喝多了。"仙川叹息道，"总觉得你豁出去了。"

虽然没有读过游佐里香的作品，但我知道她的名字。

她年纪大概比我大一点。她的作品多次被拍成电影，偶尔去书店的话，她的新作会被平摆在最好的台子上，就是所谓的当红作家之一。而且我还记得几年前她获得直木奖的时候，顶着和尚头抱着婴儿来到记者招待会现场，引起了很大的话题。

细长锐利的单眼皮给人留下深刻印象，灰色的套头衫加牛仔裤，脚上穿着运动鞋，再加上头发是比运动发型还要短的和尚头，我当时也在电视新闻节目上看到过以这样的造型登台的游佐里香。如果再年轻点的话，也可以说是美术大学学生或者艺术家风格，但是她不是那种风格，乍看时宛如雾里看花，几乎没有任何足以看懂她的要素，"这个人到底是什么类型的人呢？"画面中酝酿出了让我稍微有点不安的违和感。与此同时，我又觉得这个打扮很适合第一次在新闻上看到的这个女性。

为什么这么合适呢——当时，我看着画面中的游佐里香思考着，发现她的头型非常好。后脑勺很突出，又有凹陷，脸的宽幅很窄，额头大幅度朝前方浑圆地突出。鼻梁也笔挺，让人感受到意志强韧。虽然不是典型的美女，但每个部分都有跃动感，给人留下深刻印象。我记得我很佩服她让人联想到敏捷的小动物的立体脸型，奇妙地营造出一种堂堂正正的氛围。另外，我觉得从简单的对话或者说是应答中看出的性格似乎也很符合她的外貌。关于带着婴儿去记者招待会，记者询问："是否包含了对女性权利和主张的讯息？"对此她笑着回答："讯息？没有没有。没有那回事。我是单身妈妈，刚才也是我们两个人在家。除了我以外没有人，所以不是只能带来吗？"另一个记者又问："和尚头很有个性，有什么理由或者是想法之类的吗？"对比她回答："你的发梢卷得很漂亮，有什么理由或者是想法之类的吗？"引发了会场的笑声。"还有，不好意思，虽然是个小问题，但这个不是和尚头。这是圆寸头。虽然无所谓，但是名字是很重要的。"她笑眯眯地补充道。

总觉得和这位游佐里香坐在同一辆出租车的后座有种奇妙的感觉，但并没有感到不舒服之类的。游佐里香身体稍微朝向这边，靠在座位的角落里，她时不时地看向窗外，一边和仙川小姐继续说话。她的头发现在已经长到了肩膀以下的位置，发梢融入了泛着亚光的黑色衬衫。我不知道到底该不该搭话，也抓不住和仙川小姐还有游佐里香说到一处去的时机，就默默地听她俩说话。

"和仙川小姐合作很长时间了吗？"

穿过涩谷站进入二四六号线，快到道玄坂上的十字路口时，游佐里香对我说道。

"没有，啊，但是认识有两年左右了吧。"

"仙川小姐这人挺敏感的吧?"游佐里香恶作剧般地笑了。仙川小姐一边咳嗽一边从副驾驶座稍微将脸转向我这边,假装盯着我说:"要在本人面前说吗?"

"算了。"游佐里香也笑说,"就算再怎么是实话,也没法当面说吧。"

"不是真的哦。"仙川惊讶地摇了摇头笑道,"里香小姐经常用敏感形容别人,是吧,夏子小姐?"

"那个,刚才那件事,就这样结束了吗?"

我试着问游佐里香。

"结束是指什么?"游佐里香此时第一次直视了我的眼睛。从窗户射进来的夜晚和街上的光在游佐里香的脸颊上投下了影子,弄出斑驳的花纹后又流走了。我感到四肢无力,心想也许我比自己以为的还要醉。

"刚才,被游佐小姐说了的那个人。虽然他没有做任何回应,但是就这样了吗?"

"这个嘛。"游佐里香点点头,"怎么说呢,我俩基本上是第一次见面,他突然被这么一说,吃了一惊吧。他是之后想起来就会咬牙切齿的那类人吧。所以,会在各种地方大声嚷嚷,那个女人果然是脑子有问题啦之类的。"

"你们还会再见面吗?"

"谁知道呢。"游佐里香好像没什么兴趣似的说,"不会吧。一般来说,作家之间也不太会有见面的机会。话说回来,朗读会什么的我绝对不会去的。夏——夏目小姐,对吧?夏目夏子小姐。"

"是的。"

"笔名?"

"不,是本名。"

"太好了。"游佐里香笑了,"话说回来,今天对你来说也真的是灾难啊,那种莫名其妙的朗读会什么的。反正也是被仙川小姐带过去的吧?"

"是的,她邀请我去的。"

"怎么样?"游佐里香抿嘴一笑。

"完全不懂呢。"我老实地回答道，"但是会场都坐满了。我还佩服地觉得，哇，大家都好厉害啊。"

"是吧。"游佐里香笑出了声道，"虽然我也上场了，但我心底里也是这么想的。听到像我们一样没有学过发声或者什么技术的门外汉朗读，大家可真能忍啊。带着反省的心情，无论如何我都不会再参加了。"

"这是能笑着说的事情吗？"仙川小姐惊讶地笑了。

"我是第一次出席朗读会。"我也笑着说，"朗读会上听不懂也没关系吗？大家都一动不动，是捕捉到了什么吧。观众就是读者吧，听不清词句的朗读有什么意义呢？"

"出于义务感之类的?"游佐里香露出整齐的牙齿笑了。

"什么义务?"

"我不知道，类似作为文学信奉者的义务?"

"那种情况下，权利又是什么呢?"

"比如……"游佐里香开心地笑着说，"周围能顺利度过人生的，都是些世俗里随处可见的笨蛋。而另一些人，无论过多久自己都一直得不到承认，没有回报，很难生存下去。但是，这绝对不是因为自己没有运气和才能，什么都做不好，只是因为自己是明事理的人，所以有权利心安理得——之类的？喂，比起这个，你知道在朗读会上客人最想听到的作家的话是什么吗？"

"我想象不出来，光坐着就已经竭尽全力了。"

"肯定是'那么，接下来是最后的朗读'啊。"

我和游佐里香笑了，稍微迟了一拍，仙川小姐也为难地笑了。

出租车在三轩茶屋的二四六号线边停车，我道过谢下了车，门"砰"的一声关上了，转眼间车就开走了。我从包里拿出手机确认了时间，刚过了十二点。

我看了看邮件的收件箱，有不熟悉的发件人的名字。绀野理惠。绀野理惠是——啊，是绀野小姐。除了平时的聚会以外，我没有收到过书店旧同事的联系，想了一想，像这样收到绀野小姐的个人邮件也是第一次。

好久不见。过得好吗？之前见面的时候天还很热呢！其实，虽然很突然，但是我明年年初就要搬家了。在这封这样开头的邮件里，写着因为种种因素，绀野小姐一家人要搬去丈夫的老家和歌山县了，在走之前她想跟我吃顿饭，就联系了我。

　　有机会的话，今年年内就想见面啊。我去三轩茶屋也完全没问题。等你有空的时候给我回信。还有，虽然这个请求有点奇怪，但是我没有特地告诉大家我要去和歌山，所以如果能替我保密的话就太好了！

为什么只给我发了邮件，为什么要对大家保密，为什么又只把这件事告诉我呢——反复读了几遍，我开始在意起这几件事情，可是东想西想这些就越来越复杂了。我们最后一次见面还是夏天，虽然不记得当时说了什么，但那之后我去了神保町，这么说来，我恍惚想起白天吃了格雷派饼之类的事情。仙川凉子穿着一件没有漂染过的宽松棉质衬衫，坐在一张深褐色的旧沙发上。然后聊了什么来着？说起来有聊什么具体的事情吗——想到这些，写了一半的小说就突然浮现在我的脑海里，胸口周围瞬间变得沉重。我把手机扔进包的底部，数着步子走在去公寓的路上。

打开门锁走进房间，几样事物的影子重叠在一起的房间冷飕飕的，有冬天的气息了。地毯在脚底下湿漉漉的。我想这是冬天的气息。但是刚才在外面走的时候并没有感觉到。那么，冬天的气息是在这个房间里吗？气温、白天的太阳光的强度、夜晚的成分等一点点变化，几个条件突然同时具备的时候，渗透到书、衣服、窗帘等其他各种东西中的冬天的气息会一齐流出来吗？就像突然想起了什么似的。

就像是将相同形状、相同重量的白色箱子笔直地排列着一样，十一月过去了。早上八点半，我起床吃了面包坐到电脑前，午饭用加了即食调味汁的意大利面解决后就回来工作，然后傍晚做了轻微的伸展运动，晚上吃了腌菜和纳豆饭。我一洗完澡就零零散散地读了正在治疗不孕的人们的博客。看来大家似乎都在重复着一进一退。有时新的博客登上了排行榜，我也会看一下。或许已经坚持不下去了，大家都在无法放弃的念头中努力着。但是，我连起跑线都没有站上。这种时候，我会突然想起来去看看成濑的 Facebook。

朗读会后的第二周，游佐里香发来了邮件。邮件里说，与其写信，怎么想都不如在电话里说来得轻松，有机会的话可以给你打电话吗？如果觉得麻烦也可以不打。我回信告诉她电话号码，十分钟后她打来了电话。

"谢谢你告诉我电话号码。"游佐里香说，"喂，我看了小说。"

"我的？"我吃惊地说。

"还只读了一本呢。很有趣。虽然叫做短篇集，不过其实是长篇吧。"

"不好意思。"

"别用敬语了，我们同岁的。"

"真的吗？"我又吃惊地说，"我还以为你是不是比我大一点呢。"

"学年是我高一级，但是出生年份是一样的。"

"其实我也买了三本游佐小姐的小说。"

"是嘛。"游佐里香像是在听别人的事情一样随声附和，接着像是稍微思考了一下后说道，"喂，称呼我小姐，还不如直接叫我游佐更让我开心。我叫你什么呢？"

我回答什么都可以后，她"哼"的发出了轻微的呻吟声。

"那就叫夏目可以吧？总觉得互相叫名字有种女子排球部的感觉呢。"

"确实有社团活动的感觉。虽然我没参加过。"

"话说回来，你的那本，小说，刚才我也说过，很有意思。我想起了《笛吹川》。你很喜欢《笛吹川》吧？"

"没读过。"我说。

"真的吗？"游佐说，"讲了村民经过几代都一直死去的故事。明明是时间跨度长得让人昏厥的故事，但小说本身并没有那么长。"

然后就变成了方言的话题。游佐提问说："你是讲大阪话的，但你有没有打算全篇用大阪话写小说？"我想都没有想过用大阪话写小说，所以当我这么一说，她就开始说自己对于关西话，尤其是大阪话的想法。

"那真是太厉害了。"游佐说，"去大阪的时候，我看到了情绪相当高涨地在不停说话的三个女性，该说是看到了还是听到了呢，如果写成文章，就是行文在多个视点上连接了台词，不同的时态全部混在一起，这样的对话源源不断地继续着。她们语速也很快，还一直在笑，但是对话进行得很顺利呢。那和在电视上看到的完全不一样。电视上的那些，说到底只是为了用在节目里而调节过的。真正的大阪话的对话，已经不是以交流为目的了，而是一种比赛。而且，就连观众的角色也都是自己演的。怎么说呢，不是有旁白嘛，旁白。"

"说书?"我重复了游佐的话。

"没错没错，关西方言就是为了旁白而进行的语言本身的进化吧……不对，说是进化也不是很充分呢，作为目的，是先有旁白对吧。所以为了达到这个旁白的最高形态，把语言的体质，比如音调、语法、速度之类的东西越来越畸形化，结果，说的内容也变得更加畸形了。"

至今为止我从来没有仔细思考大阪方言，所以一边想着是这样吗，一边听着游佐说的话。

"总之，我很害怕啊。我也有很多说方言的朋友，但会觉得和外语不同，方言不过是方言而已。但是，我没明白啊。肯定没有那么简单。到底发生了什么事啊? 话说难道我们自己没有注意到吗?"

我回答说并没有注意到。

"但是，再进一步想一想，我觉得很了不起的那种对答，写成小说啊书面语的时候，能不能再现出来又另当别论了。"游佐说，"有土生土长的大阪人用大阪方言写作的，我也读了几部，想知道写成文章的话会变成什么样。但是也不行啊。行不通。我读了很多，彻底明白了这跟是不是土生土长的本地人几乎没什么关系。实际的形体和文章的形体，也就是说文体，是不一样的。当然，文体是创作出来的。所以重要的是，耳朵要好。"

"耳朵要好?"我重复道。

"没错。"游佐高兴地继续说道，"需要的是支撑那种对话的节奏或者说是生物节律，是听取一串发出声响的音节，然后把它完全置换成别的东西的技术，所以，我想说这就是所谓的耳朵要好。也就是说，谷崎。"

"谷崎？"我说。

"没错，谷崎润一郎。"游佐像在仔细阅读眼前写的文字似的说道，"也就是'春琴'。既不是《细雪》也不是《卍》，也不是猫，也不是虫，总之就是'春琴'。当然谷崎也不是什么土生土长说关西方言的人。"

"但是那个，是叫大阪话吗？应该说是关西方言吧。不是只有台词部分吗？"我二十几岁的时候读的《春琴抄》几乎已经记忆模糊了，虽然想不起细节，但是春琴总是用棒子"啪嗒啪嗒"的打笨手笨脚的佐助的场景，鲜活得简直就像是我自己做了同样的事情，在手上、手臂上、头上一下子绽开了花，我觉得这或许的确和她说的话有关系。

"所以，"游佐笑着说，"说的就是这和实际上是不是用大阪话或者关西话直接写的都没有关系嘛。就算全篇都是用标准语写的，就算是用其他语言写的，也足以再现我所说的厉害之处。也许这就是我所说的畸形化。"

"原来是这样啊。"

"是呀，就是这么回事。"游佐用蹩脚的大阪话笑道。

就这样，游佐一次次打来电话。

她打来电话大多是在我差不多要休息的时候，我们以一周一次的间隔聊天。晚上有时后面也会传来孩子的声音。她告诉我今年四岁的孩子是女孩，名字叫久罗。我说这个名字很少见，游佐说和她祖母的名字是一样的。她也是在没有父亲的家庭长大的，母亲是非正式雇佣的保险销售，所以经常不在家，一起生活的祖母代替母亲抚养她。母亲在游佐二十岁的时候再婚，另组了家庭，在祖母去世前的十年里，是祖母和游佐两个人一起生活。我说我也是一直和祖母住在一起，结果发现我们的祖母的出生年份都一样是一九二四年。她问我祖母的名字叫什么时，我回答说是片假名的可米，游佐感叹似的笑说："真是有出生在大正年代的感觉啊。"

然后，在十一月的最后一个星期天，仙川小姐请我和游佐到她家里吃了晚饭。仙川小姐的公寓看起来就装修得很高级，大门入口就不用说了，玄关的门廊处也有一个小门，室内不知是不是有二十叠的客厅里还铺着看起来很高级的大地毯。

卧室里有步入式衣帽间，当然了，家具的品位、气味、材质和我住的房间也截然不同。我的脑海中浮现出了时常能看到的公寓广告中带有诗歌风格的宣传语。仙川小姐把最近才开始做的罗宋汤盛在汤盘里，切好从某个名店买的面包，把带有外国标签的黄油切下来放在每个人的碟子里。吃到最后都不知道里面放了什么的法式冻派、少见的有点酸味的奶油、做成了各种颜色和形状的豆子沙拉等，桌子上净摆满了我平时不吃甚至是从没吃过的东西，我们一边吃着这些一边聊了很多。游佐说今天让母亲去自己家住，所以可以喝酒，她享受地喝了红酒。我一点一点地喝着啤酒，但是脑子里却很在意各种其他的事情。

比如仙川凉子真的一个人住在这么宽敞而且看起来很贵的房子里吗；比如如果想在这样的房子里生活，每个月到底需要多少钱；比如出版社的职员年收入是多少。还有至今为止一次也没有提过，说起来仙川小姐有没有在交往的人，或者是不是有过？另外，游佐为什么一个人抚养孩子，孩子的父亲是怎样的人，她怀孕和生孩子的时候是怎样的情况呢？还有，再过不久就五十岁的仙川凉子对于自己没有孩子这件事是怎么想的呢？关于孩子，至今为止她都是如何考虑的，或者是没有考虑过吗——我一边想着要是能顺其自然地聊到这些就好了，一边附和着她们的话。可过了很长时间，聊的内容都是关于出版不景气啊最近各自读过的书啊和工作相关的事情，没有聊到个人的话题。其间，仙川小姐不时咳嗽，我问她是不是感冒了，她解释说她一直有哮喘的毛病虽然不是很严重。小时候经常发作，不过长大后好多了，但是工作压力一累积起来的话就会变得非常严重。然后话题转移到了排毒果汁、替代医疗等健康方面的内容，这么说来，游佐打开了智能手机上下载的"寿命预测应用程序"，大家一起试了一下。结果游佐和我一样是九十六岁，仙川是六十岁，大家都笑了。"喂，你们小说家缩短了编辑的寿命哦。"仙川小姐开玩笑似的笑着喝了红酒。

卷子也时不时打来电话。

时间是稍过中午十二点的时候，总是以"现在有空吗"开始，店里新来的女孩子，在电视上看到的健康方法，和以前一起工作的女招待朋友时隔十年在永旺超市意外重逢，对方患了糖尿病而过着轮椅生活，邻居某某某早上在附近的运动场散步的时候，发现了老年男性上吊的尸体——卷子像是在现场实况转播，兴致高昂、一个接一个地展开话题。还有，哎，最近总是说些阴暗的话题，上吊啊夏子，不是在树上之类的。栅栏。是在普通栅栏的不是那么高的地方挂毛巾。用毛巾上吊。毛巾不是用来上吊的，是用来擦脸的东西啊，要找到是在哪里学会那种方法的吧，小夏你说，人到底是为了什么而生的呢？她哀叹了一会儿，然后要挂断电话的时候，会用稍微正经的语调道谢说："对了夏子小姐，这个月也谢谢您的汇款。"出版了第一本书后，零星会收到写稿的委托，所以我每个月都会给卷子汇款一万五千日元，卷子一开始说不用这样、不用这样，你生活也很辛苦，说什么都固执地不肯接受，但是我说不是挺好的吗，我一直想这么做，你别说了，我是不会收回去的。于是她说收了这些钱，就为绿子存起来可以吗？就接受了。我不清楚绿子知不知道这件事，但总觉得她还是不知道为好。

到了十二月，外出的时候我会在毛衣外面穿大衣。人行道旁等间隔种植的银杏树树干变得又深又黑，风一点点增加了寒意。走进超市，最显眼的地方摆上了火锅汤底和柚子醋瓶，看着旁边就像山一样堆着的白菜奇妙的白色，渐渐地就不知道自己在看什么了。超市里挤满了买晚餐食材的人。

有个母亲一只手拉着身穿幼儿园制服的孩子的手，另一只手推着婴儿车选择食材，和我擦肩而过。孩子拼命地在跟母亲搭话，母亲一脸笑容地回答他。婴儿是在睡觉吧，婴儿车上面的部分被遮阳罩挡得严严实实，穿着白色袜子的小小的脚尖从柔软的毛巾毯里露出来。我想象了一下自己推着婴儿车四处走走逛逛的模样，脑海中浮现出牵着孩子的手介绍蔬菜和肉的自己。最后，我买了纳豆、葱、大蒜和培根就出去了。我没有心情直接回家，手里提着装了食材的塑料袋在三轩茶屋车站附近徘徊。从大街往里走一条小路后连接着窄路，到处都能看到小酒馆、居酒屋、旧衣服店等的招牌。

我就这样漫无目的地走着，不知从哪里传来了投币式洗衣机里那种用大干燥机烘干衣服时，混杂着热气的独特气味。抬头一看，前面有一座类似澡堂的建筑。穿过一个小小的投币式洗衣房，稍微走几步就找到了一个澡堂，我站在门口看。虽然离公寓不是那么远，但我不知道这种地方有澡堂。虽然在三轮的时候，有时也会去澡堂，但是搬到这里后一次也没出去过，这么说来，甚至连想去澡堂的想法都没有过。

澡堂的入口处没有人。

外观看上去很旧，能看出很多地方都有明显的损伤。尽管如此，只有热水的气味切切实实地飘在空中。我穿过褪了色的帘子走了进去。男女浴室分开的两扇木门，中间正面的柱子上挂着一日一页的小挂历，低矮的天花板上的涂料到处都剥落了。鞋柜上的黄色挂牌几乎都挂在上面，脱鞋处也找不到一双鞋。我脱掉运动鞋走了进去。有一位老婆婆坐在柜台里，可是腰弯得很厉害，她朝我瞥了一眼后，小声嘟囔说四百六十日元。

更衣室里一个人都没有。原本大概是白色的，但发黄了整体变成奶油色的电风扇，秤台生了锈的铁制大体重计，头整个伸进去的头盔式吹风机的椅垫上全都是裂缝，地板上铺着磨破了的席子。洗脸台旁也放着有些年头的藤椅，旁边的桌子上放着一个起雾的玻璃小花瓶，就像别人忘了带走的遗失物一样，孤零零地放置着。

我站的地方是任何澡堂都有的更衣室，隔了一扇玻璃门，对面有浴室，那里的热水烧得很烫，现在只是碰巧没有人，客人等一下会来的吧。虽然是这样，但是那里和我以前每天都去的澡堂，和我所知道的澡堂，完全不同。那是和有没有人、老不老旧都没有关系的不同。是变化。当穿着大衣站在空无一人的更衣室的正中央时，我觉得就像被留在了一个肉和皮都被削掉后风化了的巨大生物的骨架里。然后，我的心情就像是自己变成了一个空荡荡的蜕壳似的。那是我至今为止从来没有感受过的寂寥感。就

173

像是让某人因什么错误而致死却束手无策地在默默注视着似的心情。

以前——那真的是很久以前的事了吗？大家一起去澡堂洗澡的日常，真的发生过吗？可米外婆和母亲都还活着，我和卷子都是孩子，在装着洗发水和肥皂的脸盆里放上毛巾，笑着走在夜路上。在似乎触手可摸的热气中涨红了的脸颊。虽然没有什么钱，但是大家都好好地活着，每天都有很多话说。没有想过要用语言来表达的各种各样的感情。有热水气味的那一头总是挤满了女人们。婴儿、幼儿、老太婆等各种各样的女人们光着身子，在头发上搓出泡沫，浸泡在浴池里，温暖着身体。无数的皱纹、挺直的脊背、下垂的乳房、光滑的皮肤，还有接近刚出生不久的四肢、深深浅浅的斑点、柔软的肩胛骨的凸起线条——在那里的几具身体，因一些不值一提的事情笑着聊着，或者是焦虑着、担心地一天天过着日子的那些女人们，都去了哪里呢？女人们的身体都怎么样了呢？也许大家都死了。就像可米外婆和母亲一样。

我穿上鞋出去了。柜台里的老婆婆只是轻轻地转动了一下头。已经穿了很多年的运动鞋，整体上有点脏兮兮的，变成了不吉利的阴天似的颜色。我漫无目的地四处转来转去。冬天寂静的气息中夹杂着不知从哪里飘来的烤肉的烟，强烈刺激眼睛的光在各处闪烁，擦肩而过的男人们爆发出"哇"的低笑声。我收拢大衣的领子，耸着肩膀，换了个手拎塑料袋。人们以各种速度行走着。他们带着各种各样的表情，穿着各种各样的衣服，用各种音阶的声音说话，看起来似乎在思考又没在思考各种各样的事情。另外，街上有无数的文字。没有不写文字的地方。标志、租户介绍、店铺招牌、菜单、自动贩卖机的商标、金额、日期、营业时间，还有药品的功效。即使不想看，文字好像也会自发地飞入我的视野中。我感到太阳穴那里隐隐作痛。接着，我注意到自己的身体冻僵了。明明从家里出来的时候和从澡堂出来的时候都没有感觉到寒冷。我把塑料袋挂在手腕上，握紧双手确认了一下，指尖冷得惊人。像是要填补大衣和里面穿着的毛衣之间的纤维间隙似的，冷气袭来，侵蚀皮肤，不一会儿就融入血液，遍布全身，仿佛使我变得愈发寒冷了。

我猛地抬起头来，只见不远处——变成了吸烟区的那一片，有人蹲在地上。

　　香烟的烟弥漫着，几个人围着烟灰缸，就在那旁边，正好是大楼和大楼之间的暗处，几辆自行车停放在那边的阴影里，看起来像是有个人蹲着。吸烟者们看上去没有在意那个应该就近在自己身边的人，他们一边吐着烟一边谈笑着，或低着头注视着手机屏幕。那个人在干什么呢？不会是孩子吧？我像是被吸引似的靠近了那个人影。

　　蹲着的是个男人。他的身体小得让人以为是个小学生，已经好几个月还是好几年没洗的灰色头发被油脂和灰尘紧紧地粘在一起。还有，那个男人穿着脏得不能再脏了的工作服，还有同样脏的儿童室内鞋。男人弯着腰，朝着地面用力地按着什么。我再靠近了点，看他在做什么。男人按扁的是香烟的烟头。他从安装在吸烟处的装了水的烟灰缸中取出结块的烟蒂，并将其压在排水沟细格状的铁盖子上，将水分挤干。男人的手没有戴手套之类的东西，被溶解在水中的尼古丁和焦油染成了黑色，在阴影中黏糊糊地泛着光。男人慢慢地按压下去挤出水分。结束后，他用更加缓慢的动作将挤干了的烟头塞进塑料袋里，直到袋子塞得满满当当后把袋口扎起来，这样反复做了几次。

　　我不知道看了这个男人多长时间。也许就两分钟这样吧。忽然，他抬起头，缓慢地回头看向我。接着我们四目相对。他的脸和衣服、头发一样脏，脸颊消瘦，形成了就像被切削过似的阴影，眼窝像洞穴似的凹陷下去。他的嘴巴微微张开，露出了不整齐的门牙。夏子，我感觉有人叫我。夏子，我好像听到了这样的声音。我的心脏扑通直跳，我的胸口明显作痛。夏子。我不由得后退。男人用两只小小的黑眼睛一直盯着我。我也没能把目光从男人身上移开。夏子，男人再次小声地叫了我。即使想记起来，但应该没有残留在记忆中的任何地方的那个声音，一瞬间将我拉回了过去。潮水的气味。防波堤的石头。如黑暗的呼吸般沸腾，又不断碎裂的凶猛的浪。大楼狭窄的楼梯。生锈的信箱。枕头周围堆积的杂志和如山的要洗的衣服。醉汉们的怒吼声。你妈妈呢，男人用更轻的沙哑声音说道。

我再往后退了一步。你妈妈呢，男人又小声问我。妈妈已经死了，我像挤出来似的说道。男人好像无法完全理解我说的话。他只是拿黑黢黢的脸对着我，用像涂了色似的暗沉的眼睛呆呆地盯着我。男人很矮小，很瘦削，看上去一点力气都没有。看起来他已经衰弱到甚至打不赢那一带的幼儿园孩子。但是我害怕那个男人。我呼吸有些乱，心跳剧烈地撞击着胸腔。你妈死了，男子眼神空洞地说。接着他用嘶哑的声音继续说。你在干什么啊——我没能马上理解他说的是什么。我眨了好几次眼睛，想让心情平静下来。你在干什么啊，男人对着我如此说道。喉咙像要崩溃了似的，疼痛弥漫开来。鼓膜哗啦哗啦地响。我做了什么？心跳变得剧烈，仿佛到了身体要前后晃动的程度。无法抑制的愤怒在锁骨附近卷起旋涡。那愤怒简直就像是体内的血液沸腾后逆流而上，要把自己都冲走一般。你呢？我想这样喊着，从背后把男人撞飞出去。我想抓住他的肩膀，把他拖转过身来。但是什么都做不了。我没能说什么。我害怕这个男人。尽管这个男人瘦弱、衰老，大概已经无法举起手臂、无法大声说话了，可我还是很害怕。我只能沉默地看着这个男人。但是，不知什么原因，我的手上还残留着紧紧抓住男人的衣服向后拉倒他的触感。我哭着好几次捶打他肩膀、撞击他胸口的感觉切切实实地残留着。不知不觉，握紧的拳头也无法松开了。我不是想做那样的事，不是的，我对眼前的这个男人什么也没做——我这样劝说自己，摇了好几次头。于是男子又微微张开了嘴。我屏息凝神，听到了为什么没帮她的声音。那声音比刚才更柔弱，明明是连我站着的地方都传不到似的萎靡不振的微小声音，却宛如就在耳边呢喃着，在我的脑袋里栩栩如生地回响着。为什么没帮你妈啊？男人重复道。为什么不帮她？为什么不帮她？我意识到男人的话在我心中变样、分叉，男人的眼睛周围开始浸染上黑色。那种液体变成了几条黑色的线，从他的脸颊垂落，然后像致命的污点一样扩散到了整张脸上。这时，突然从左侧照来强烈的光，发出了好像强力抓挠什么似的尖锐的金属声。突然抬起头，我就停在差点被自行车撞到的地方，骑车的女性瞪大了眼睛，半是怒吼地说很危险啊，然后离开了。我立刻收回视线，那个矮小的男人仍是背对着我，重复着和刚才一样的工作。就在他旁边冒出了好几缕白烟，几个人和刚才一样在抽着烟。

我闭上眼睛，咽下了嘴里的唾沫。嘴唇干巴巴的很痛。舔上下嘴唇的话，紧绷感会变得更强烈。我很快就离开了那个地方。我为了不撞到别人而避让着前行，一到拐角就右转，然后这样重复了好几次。然后，一看到最初映入眼帘的那家店的门，我就像把身体推入店里似的走了进去。

我就穿着大衣一直坐着，身体却怎么也暖和不起来。但是我一口气喝干了加了冰的水，又再要了一杯。店的结构呈细长形，前面是咖啡厅的空间，里面好像在卖衣服和小物件。墙壁上挂着几件黑色的摇滚 T 恤，说起来有股旧衣服店特有的甜腻的灰尘的气味。不知摆在哪里的扬声器中传来了涅槃乐队的歌声。虽然想不起来歌名，但播放的是《Never Mind》专辑里的第三首歌。穿着灰色旧风衣，双耳上紧紧戴着耳环的年轻女店员来点单，我点了热咖啡。她双手的手背上都有简直像是孩子画的不对称的星星文身。我想起曾经有谁说过，炎热的国家的饮料和食物即使是温的也能让身体变冷。我也不想喝咖啡什么的。但是我不知道其他还可以点什么。

从刚才开始，嘴唇像被烧似的痛。用指尖一碰就知道很多地方都起皮了。我想要润唇膏。嘴唇疼得我想要在起皮的地方打圈涂上后，就这样涂满整张脸。我甚至想问刚才戴耳环、有星星文身的店员有没有带润唇膏。我当然没有问。旧衣服店不卖润唇膏，而且润唇膏只能一个人用。听着科特·柯本无论何时都很纤细的歌声，我觉得嘴唇火辣辣的感觉越来越强烈了。但是，我觉得那样也行。我又想，嘴唇到底在痛什么呢？嘴唇痛到底是什么痛？然后我想起了成濑。十九岁快结束的时候，虽然并没有特别喜欢朋克和垃圾摇滚，但是有一段时期我们两个人一起听这张专辑。我们在听之前就知道科特·柯本已经死了，但是那个时候的我们完全没有在意。因为喜欢的音乐家大都已经死了。歌曲变成了《锂》。"因为在头脑中见到了朋友，所以今天很幸福。"科特·柯本和二十年前一样唱着歌。不，我觉得"一样"这个说法不对。死去的人和留下的信息不会有任何变化。他们只是在同一个地方一直呼喊着同一件事，直到一个侧耳倾听的人也没有了为止。我似乎在哪里读到过，他死的时候，女儿还是个婴儿，没有人教她读书写字。有一个被枪击碎了脑袋，永远年轻、忧郁的父亲，究竟是什么样的心情呢？

咖啡一直都很烫。即使含在嘴里让它一点点地流到喉咙里，心情也还是没有平静下来的迹象。寒意越来越深，我脱下外套，团起来放在旁边，吐出了积在胸口的气息。嘴唇愈发加速地隐隐作痛。每当刚才吸烟处的场景要复苏的时候，我就微微摇头，闭上眼睛。我的脑海中浮现出虚构的雪白的布。我想象着将它缠绕在虚构的右手指尖，然后将虚构的头脑内部的角角落落都擦拭一遍。无论是成段的地方，还是有裂缝的地方，还是凹凸不平膨胀出来的地方，都细致、用心地不断擦拭。我咽着唾沫，一面一个劲地动着手指。但是不管过了多久，那个虚构的布上总有些什么痕迹。头脑内部永远也不会变干净，完全擦掉好像很难。我捏起放在茶托上的方糖尝了一下。无论舔还是不舔都一样，到处都有的那种甜味在舌头上扩散开来。那是一种宛如纸糊小道具般的甜味。

我突然想给卷子打个电话。虽然没有什么要说的，但是我想和卷子说话，说什么都行。但是今天是工作日，已经是卷子上班的时间了。绿子怎么样了？最近一次在 LINE 上聊天是什么时候？她是和春山在一起呢，还是在打工的时间段呢？我拿起手机给绿子发 LINE，但是犹豫了一会儿放弃了。

我确认了一下邮箱，收到了几家报社发来的推广邮件。其中还夹杂着来自绀野小姐的邮件。我已经回复了上个月收到的邮件，决定在年内和她见面，但是自那以后就什么细节都没定。像是从指尖不停漏过什么东西似的，我打开报社发来的邮件并快速滚动，不断地看到报导的标题、介绍、促销广告等。我什么也没想，只是读着屏幕上出现的文字。今天世界上又发生了各种各样的事情。特朗普赢得总统大选已经过了一个月，但对全世界人们的冲击仍没有冷却，日本也有很多有识之士尝试进行各种各样的分析，投稿了各种各样的文章。还有对在斯德哥尔摩举行的诺贝尔奖颁奖仪式的情况进行的报道。在这些报道中时常会夹着订阅的广告，紧接着还有专栏和推荐的报道。"不浪费人生的愤怒方式——愤怒控制是什么？""预防诺如病毒感染，在家也能应对的方法"，接下来是活动和促销的介绍。有运用资产的讲座，有请来了著名随笔作家的只限女性参加的谈话活动，有摄影展。然后，我的手指停在了下一个标题上。我挑起眉毛，睁大了眼睛。那里写着"全新的'父母和孩子'，以及'生命'的未来——关于精子提供（AID）的思索"。

在那个标题下面，展示着活动的概要。

"在日本，早在六十多年前就开始作为不孕治疗实施精子提供。到目前为止，虽然据说已经有一万多人诞生，但是包括法律整顿在内，都还没有进行过充分的讨论。今后技术日趋发展，价值观也更趋多样化。与第三者相关的生殖医疗，究竟是为了谁？我们当下真正应该思考的是什么？我们请到了作为当事人研究这个问题的逢泽润先生，就'父母和孩子'以及'生命'该何去何从展开讨论。"

逢泽润——这个名字，我觉得似曾相识。在哪里？在哪里看到的？那三个汉字的排列，我确实在哪里看到过。我知道。我知道这个名字。逢泽润是谁来着？我把手机扣在桌子上，一直盯着没吃完的方糖。然后，我脑海中反复出现逢泽润这几个字。精子提供、当事人、逢泽润——这时，我眼前浮现出一个背朝我站得笔直的男人的身影。

"身高一百八十厘米。个子很高，和双眼皮清晰的母亲不同，他是单眼皮，从小就擅长长跑。"——是那个人。"单眼皮，并且擅长长跑，现在是五十七岁到六十五岁左右的人。有对此有线索的人吗"——是那本书。在几个月前读过的那本收集了通过精子提供而出生的人们的采访的书中，我得知了他的名字。我清楚地想起来了。是只凭着也不能说是特征，真的是微小的线索找了很长时间的父亲的那个人。我点击进入了详细的链接，确认了日期和地点，把那个画面保存在了手机相册里。

12　愉快的圣诞节

　　那个会场位于从自由之丘站步行几分钟距离的一栋小而整洁的商业大楼三楼。在大型会议室似的简朴房间里，摆在中央的白板前面放着一把椅子，椅子旁边的木制小桌上孤零零地放着一个麦克风。以那里为中心，折叠椅呈扇形排列，十五分钟前我到的时候，准备好的大约六十个座位中，八成左右都坐满了。我把手提包放在最后一排最靠边的位子上，然后去了厕所。

　　回来的时候，我的位子旁边坐着一个女人，我们对视后轻轻地打了个招呼。我漫不经心地环视了一下屋子，瞥了一眼在入口处拿到的传单。大概的流程预计是，前半部分由逢泽先生发言，然后后半部分参加者也加入讨论。

　　过了一会儿，一看就知道是逢泽润的人走了进来。

　　他个子很高，身穿米色的休闲裤搭配黑色圆领毛衣，手上什么也没有拿。他微微低头坐到椅子上，用指尖将挡在眼前的刘海左右分开，然后揉了好几下眼皮。正如他本人所列举的特征那样，他的眼距较宽，是细长的单眼皮。然后，他拿起麦克风，打了个招呼说"大家好"。

　　我条件反射地觉得那是像网球选手一样的发型。发型是中分，尽管说不清楚跟耳朵附近齐平的极为普通的发型哪里能让人想起网球选手，可我总有这种感觉。是刘海的发际线或者是翘起来的样子让我这样觉得吗？逢泽润一边注意着麦克风的音量，一边对今天大家能前来表示感谢。他声音不高也不低，虽然没有什么显著特征，但这种说话方式不知为何让人留下印象。虽然他口齿流利，声音洪亮，但也许是因为整体上节奏很缓慢，有种独特的停顿似的东西，所以有种像是在听谁的自言自语似的感觉。我觉得这种说话方式就像在空无一人的房间的角落里涂鸦似的。

逢泽润从他自己的经历开始谈起。

逢泽润一九七八年出生于栃木县，十五岁时他父亲去世了，享年五十四岁。在那之后，在上大学离开家之前，他就这样和奶奶、母亲三个人一起生活，直到三十岁的某一天，祖母告诉他："你不是跟我有血缘关系的孙子。"他向母亲确认，母亲告诉他，他其实是在东京的大学附属医院接受 AID 治疗后怀孕生下的孩子。在那之后，他为了寻找自己的父亲想尽了一切办法，但至今亲生父亲仍下落不明。

接着，话题就转移到了 AID 的现状。

比如在美国等地，通过 AID 诞生的孩子们想知道出身时，可以查询已经建好的系统，但是在日本，连 AID 本身几乎都不被熟知。到目前为止，应该有一万五千个或是两万个孩子通过 AID 出生，但是，日本对此有认知的人寥寥无几。几乎没有父母会详细地向孩子说明，多数情况都是孩子偶然知道了自己的出身。而且，像这样对重要的事情进行说明和传达被称为"告知"，其实在家人一起度过幸福时光的时候，是进行"告知"的理想条件，但是现实中，"告知"多数是以父母处于病危状态或是死别为契机，这也给当事人带来了很大的影响。然后，知道了自己的出身后，当事人不乏产生被欺骗的不信任感和愤怒。自己不是由人类创造的，而是从物体中产生的感觉。通过 AID 出生的很多人都抱有这样的痛苦。

"至今为止的 AID 治疗，以及选择了 AID 治疗的父母们，都没有想象过生下来的孩子们将来会有怎样的想法。"

一口气说完这些后，逢泽润又接着说下去。

"而且很多提供者也没有深入思考过，比如在大学医院等地方，医学生们就照着上司说的，几乎都是以类似献血的感觉提供了精子。幸运的是——当然离法律上的改善还差得远，但最近好像出现了不能无视孩子有了解身世的权利的主张，AID 治疗中撤出的医院也增多了。但结果是包括我在内的当事人都受到了许多指责。进行 AID 治疗的医院变少的话，不孕治疗也无法进行，也就无法拥有孩子，我们也收到了很多类似'不要做多余的事情'之类的意见。

"但是，最重要的还是应该考虑孩子们的事情吧。我觉得怀孕生子不是终点。在那之后，孩子的人生会继续下去。而且孩子们想知道自己是从哪里来的时刻必然会到来。想知道自己是谁与谁生的孩子。当他想要知道自己的身世的时候，一定要让他们知道。至少我想继续提出这个建议。"

逢泽润的发言结束后，稍微休息了一下，不久后就开始讨论了。一开始谁都没有开口，流动着一种难以言说的沉默，但过了一会儿，一个女人微微举起了手。工作人员将麦克风递给坐在门口附近的一位身材矮小的女性，她打了个招呼就开始讲述自己的想法。但是，这并不是能发展成讨论的话题，而是关于自己长期持续的不孕治疗的痛苦，没有得到丈夫的协助，现阶段也不知道是否为男性不育，不知道将来怎么办才好之类的内容。感觉这位女性的发言好像快要结束了，参加者们纷纷鼓起掌来。

接着，另一位女性举手了。果然是同样的内容，不孕的原因恐怕在丈夫身上，自己还是想生孩子，所以对 AID 有兴趣，但是却无法表达这一点之类的。又有一位女性举起了手。女性把黑色的头发在后面扎成一束，用木纹的大发夹把刘海夹了起来，披着一件皱巴巴的灰色夹克。她接过麦克风后，"砰砰"的敲了敲，确认开关开着。

"所谓为人父母……"她像是要祛除喉咙的堵塞感似的大声咳嗽了一声，"所谓为人父母，是指不顾自己的一切，优先祈求孩子的幸福。这是为人父母的资格。但是 AID 这样的技术，正如您刚才所说的那样，不是百分百出于父母的自私吗？本来，生孩子应该是自然规律。医生们也是自私的，将生命的重要性置于次位，说实话，那就是实验吧。是想试试自己的能力，或者说是想证明自己可以做到这种程度。所以我反对。现在的话，是叫借腹生子吗？只要出钱，可以利用贫穷女性的身体生孩子。这难道不是剥削吗？我认为这不是治疗，而是非常奇怪的事情，应该有人明确地说出来。"

女性似乎有点兴奋，扑通一声坐到了椅子上。比刚才稍微有点犹豫的掌声稀稀拉拉地响了起来。我想问问她，有没有不是因父母的自私而出生的孩子，但还是放弃了。逢泽润淡定地坐在椅子上，双手十指交叉放在膝盖上，像附和着她的话似的点点头。但是，总觉得他有些心不在焉，或者说根本没在听别人说话，看上去好像在思考什么完全不搭边的事情。

"那个……"又有一位女性举起了手。是个圆脸的女人。藏青色的连衣裙外面披着浅黄色的毛衣，头发漂亮地烫卷了。她有着那种看起来是同一代人，但即使说是比我大十岁也会觉得合理的年龄不详的容貌。我看到她两个手腕上都缠着几圈能量石的念珠。

"想象力很重要，我是这样认为的。"

她笑着开始对每一位参加者说，简直就像在朗读自己创作的诗歌一样。

"通过 AID 出生的孩子，如果是身体障碍者的话怎么办？在孩子的成长过程中，如果不能建立像家人一样的关系怎么办？

"也不知道将来夫妻是否会分开，如果到那个时候，通过 AID 生下来的孩子怎么办呢？

"作为父母有没有做好心理准备呢？

"我希望在考虑 AID 的人好好思考一下这些。以及……诞生的生命，是因为和这个世界有着某种缘分而诞生的吧。

"神还是从不知道什么地方在好好地看着的。他都看得一清二楚。会给有觉悟的、靠谱的夫妇和家庭送去孩子。家人是最重要的。

"孩子要在有爱和责任的环境中成长。就算是 AID 这种特殊的治疗，孩子都……无论什么样的生命都是生命。我不会否定生命。谢谢。"

女性这样说着，在面前轻轻地双手合十，满面笑容地向参加者们低下头。从参加者中听到了和刚才一样的掌声。然后下一个瞬间——虽然我很清楚自己后悔了，但还是迟了。我条件反射地举起手，拿着麦克风的女性朝我走了过来。

"关于您刚才所说的，所有的都并不仅仅是针对希望进行 AID 治疗的人对吧？"我说，"比如说，如果孩子有残疾，或是如果不能和家人建立良好的关系之类的。还有，夫妻是否会分开之类的。这些不仅限于 AID 吧？这不是任何父母都应该考虑的事情吗？还有，神？您说了神之类的，说神会把孩子送给靠谱的家人或家庭，以及有觉悟的夫妇，这样的想法是不是有点太过草率了呢？靠谱的家人或家庭是指什么？比如说，承蒙那位神赐予了孩子的靠谱的家庭里，为什么会发生虐待呢？为什么会有被父母杀害的孩子呢？"

这时，我注意到自己的声音变得很响亮。

大家都偷偷地看着我。我无法相信自己正经八百地在这种地方说了这样的话，我觉得自己的心跳剧烈得仿佛会场都在摇晃。我的脸急速地热了起来，为了冷静下来，我一直盯着自己的膝盖看。女性走了过来，我把麦克风递还给了她。

虽然我经常会在脑子里发脾气或者发牢骚，但是没想到会把那些话像这样对着不认识的人们说出来。我以前确实有过这种倾向，但那是十几二十多岁已经快想不起来了的很久以前的事了。我的胸口跳动得几乎作痛，连耳背都发热。我的指尖微微地颤抖着。于是，刚才那位女性坐在稍微远一点的座位上，像是窥视着我似的自言自语般小声说："但是虐待之类的，也是对孩子的考验啊。""考验"这个词激起了我的反应，我不由得抬起了头，但却没有对此作出回答。对于这段对话，逢泽润只是点了几次头，对我的意见也并没有说什么特别的感想，拿起回到他手上的麦克风说："怎么样，还有其他人要说吗？"

以讨论为名的感想发表会结束后，会议暂且就告一段落了，半数左右的人离开了会场，剩下的人各自小聚在一起畅谈起来。我的脸还是很热。我想让心情平静下来，就那样坐在椅子上，假装在手机上查看邮件。但是我的脑子里满是刚才的事。

不管怎么想，完全没有必要对只是说出自己的世界观和想法的人进行吐槽，或是说出我自己是怎么想的，虽然我很后悔，要是没有那样做就好了，但是我并没有说错什么，即便是现在，对那位女性说的话我还是感到怒不可遏。不仅如此，就算我不再去想这些，刚才的对话也自动在脑海中重现了好几次，甚至还想起了那位女性发言的细微之处，让人烦躁不已。

我朝那位女性的方向瞥了一眼，只见她被几个女性包围着开心地在谈笑。偶尔笑声高昂，似乎完全不在意我和刚才的对话。这算怎么回事啊，我心想。这个会是什么样的会呢？当然，发言的只是几个人，虽然不知道参加者各自是站在怎样的立场上的人，但我觉得与其说他们是考虑接受AID，不如说有一种从一开始就对此不予认同的气氛。当然，最先发言的当事人逢泽润本身也有这样的情绪，所以整体的气氛变成那样是很自然的，这一点读了采访集后，我也明白。但是怎么说呢，总觉得哪里有点空虚。

从会场出来等电梯的时候，我感到有人靠近，是逢泽润。并排站在旁边的话，逢泽润的个子看起来比想象的还要高。仔细想想，成濑的身高和一六三厘米高的我只差了几厘米，我感觉这几乎是第一次在身边见到一个身高很高的男人。

逢泽润手里拿着黑色棉布的手提包。明明是主办者或者说是聚会的主要人物，但他却比参加者们都要早回去，我觉得有点意外。因为眼神交汇了所以我点头示意，逢泽润也轻轻地点头回应。我还以为他会就刚才的对话跟我搭话，但逢泽润什么也没说。电梯在九楼停着，怎么也下不来。

我大胆地搭话道："今天，是我第一次参加。"

"刚才，您在最后发言了。"逢泽润说，"非常感谢。"

"我可能说了些不合时宜的话，不好意思。"

"没那回事。"

对话到此中断了。电梯还停在九楼。

"逢泽先生，"我说，"您经常举办这样的聚会吗？"

"并不是我。"

逢泽先生从包里拿出了传单，说不介意的话，请您看看，然后递给了我。传单右上角用回形针夹着名片。非常普通的名片纸上写着，逢泽润，从当事人角度出发的 AID 思考会，没有电话号码，而是写了邮箱地址和网站的地址。

"AID 的当事人们聚集在一起进行活动。那张传单，明年年初有研讨会。专家和医疗相关人员，以及我们的代表——或者应该说是聚会的发起人会出席。如果方便的话，欢迎您来参加。"

逢泽先生就像是在把书架上没有什么特别兴趣的书的书脊读出来似的，淡淡地说明道。

"逢泽先生也会出席吗？"

"不，我平常基本上都是做事务方面的工作。"

"我读了采访您的书。"我说。

"谢谢。"逢泽先生轻轻低下头，非常形式化地道了谢。然后他眼睛一直盯着电梯的灯，把包从左手换到了右手。电梯动了起来，移动到了八楼。一看到灯显示电梯降下来了，我突然有种被什么东西催促着的心情，感觉心跳加速了。当电梯灯显示四楼的时候，我发出了声音。

"我想接受 AID。"我说，"我没有结婚，也没有对象，所以一开始就是单身妈妈，但我想接受 AID。"

到达的电梯里空无一人。我们默默地走了进去，逢泽先生按了一楼的按钮。电梯很快就到了一楼。门一打开，逢泽润就按着开门的按钮，向我示意"你先请"。

"突然说这些，不好意思。"我说。

"不，本身就是那样一个聚会。"逢泽先生摇摇头。然后过了一会儿他说："单身的话，是要去海外吗？"

通过维尔科曼的网站，这句话一下子浮现在我脑海里，但是没能说出口。我不知道该怎么回答才好，正当沉默着的时候，不知道是不是有来电，逢泽先生从裤子的口袋里拿出手机，看了一眼屏幕，然后放回了包里。

"进展顺利的话就好了。"

说着逢泽先生走了，在第一个拐角处一拐就消失了。

我在十二月清澈的空气中朝着车站走去。看了一下表，三点半稍过了一点。道路的两边堆积着黄色、茶色和红色混合在一起的枯叶，有时被风吹得轻飘飘地飞舞起来。空气和风都像冬天一样寒冷，但是阳光却很温暖。

这是我第一次来自由之丘。也许是星期天的缘故，散步道上人山人海，有坐在长凳上吃东西的，有让孩子们玩的，有带着见都没见过的大型犬散步的，有在很多沿街的店里进进出出的。婴儿车也很多。一开始擦肩而过的时候我还数着车的数量，超过七辆以后我就不数了。不知从哪里飘来了烤薄饼甜甜的气味。笑声此起彼伏，我听到母亲大声地呼唤孩子的名字。

走着走着就看到了巨大的圣诞树，站着的人们像是把它围起来似的举着手机拍着照片。也有人用装有筒状高级镜头的高级照相机进行拍摄。树上挂满了灯饰，明明是白天，但到处都散发出黄色的光。我这才注意到今天是圣诞节。从背后传来"哇"的欢呼声，回头一看，穿着白色紧身裤、梳着芭蕾发髻的小学生年纪的女孩子们正在开心地打闹着。我心想，跳芭蕾舞要跳到圣诞节啊。

过了路口来到车站前，我坐在了映入眼帘的第一张长椅上。大巴和出租车缓慢回旋般涌入转盘花坛，斜对面的商店里堆满了圣诞蛋糕的推车，打扮成圣诞老人模样的男女店员正在旁边招揽客人。我拿出逢泽先生给我的传单，看了一会儿夹在上面的名片后，放进了钱包里。然后，我看起了传单。写着研讨会明年，也就是下个月的二十九日在新宿的××中心举行。正如逢泽先生所说，写着好几位专家、大学的研究人员、不孕治疗相关的医生等几个演讲者的名字。入场免费。人数限定二百人。下面印着主办方、会场的地址和电话号码，以及各种申请方法。

我把传单折了两折装进包里，漫不经心地注视着众多进出车站检票口的人的行动。接着，我拿出带来的采访集翻了开来。全书我通读了两遍，但已经不知道多少次一想到便随便翻到某一页开始读。虽然这是理所当然的，无论什么时候读，书里讲述的都是实际通过 AID 诞生的人们的经历、痛苦和纠葛。无论接触多少次文章，都会深深感受到和最初阅读时并无二致的切身之感。

照一般的想法，我想，我要做的事是不被允许的事吧。这种不被允许的最大原因，也就是说，通过 AID 诞生的人们提出的最痛苦的事情，就是长期不被告知真相，一直遭受欺骗的事实。由于父母的病情和最近偶然发生的事情，才在某天突然被告知了这件事。因为感到至今为止的人生都是谎言而受到冲击。相信的一切、自身的根基都会从根本上开始崩溃。

但是，我不会那样做。如果接受了 AID 后怀孕并生下孩子的话，我想我会毫不隐瞒地告诉孩子一切的。一开始确实觉得把不认识的对象的精子放进体内这件事本身就不合情理，更何况那样怀孕生子完全不现实。我曾经觉得那种事怎么想都不行。但是，在调查各种事情的过程中，随着时间的流逝，我开始思考这真的是很特殊的事情吗？

比如现在，和不太熟悉的人做爱，不是那么稀奇的事对吧？人们不是反而很随意地把刚认识的人的性器官放进自己的性器官里吗？故意不避孕的男人多得数不胜数，即使慎重地发生关系，也会有体液漏出来的情况吧。也有怀上了不会再见面的全然不知秉性的对象的孩子，并且生了下来的人吧。先不说这是好还是坏，是不是符合常识，这样想的话，这些也说不上是特殊的事情了吧？

过去，不论是搭讪、交友网站、性伴侣，反正随意看待、实施性行为的男人基本上不都是这样的吗？能断言在自己不知道的地方绝对不存在自己孩子的男人到底有多少呢？

对啊，一开始就不知道父亲是谁的情况，实际上有很多不是吗？追溯不到自己的父母和根源的孩子不仅限于 AID，过去也有很多，所谓养子难道不用算进去吗？弃婴保护舱也是这样的吧？而且，这样出生并成长起来的孩子也不全都是不幸的吧。实际上，在美国出版的一本收集了当事人心声的书里，有一个女孩说，作为女同性恋伴侣的女儿，通过 AID 诞生是她的骄傲，也有男生回答说我不觉得有什么问题，因为对我来说这是很自然的事情。当然，在欧美，通过第三者的精子或卵子所生的孩子之间的关系，以及也正在确立如果想知道就能联系捐赠者的方法和网络，这些无法简单进行比较，但是，积极地看待自己的出身的孩子有很多，这是事实。

问题的症结不就是撒谎骗人吗？如果我在维尔科曼选择了"非匿名捐赠者"，将来孩子希望的话，就基本上可以取得联系。当孩子还小的时候，我就会对他说："我决定一个人生下你，所以就从丹麦请他们寄来了一半的生命之素。"等他长大后，我会更详细地告诉他为什么我选择了这个方法。这样不行吗？不好说吧。

如果，自己也有这样的身世。如果我的父亲不是亲生父亲的话。

如果我被告知不知道生父是谁，母亲是用那种方法怀上我，生下我的。然后，如果这件事从一开始就好好地传达给我了的话——这个假设也实在太假了，虽然是几乎失去了假设意义的假设，但如果是我的话会很吃惊吧，虽然这只是我的想法而已——心底深处应该还是会有一点点释然吧。会吗？我不知道。

总而言之，我想，结果就是，如果不尝试生下来的话，也许就不知道那个孩子会想些什么，是怎么想的。如果是这样的话，我会尽最大的努力让孩子感到被生下来很幸福。这样不就好了吗？也只能做这些，不是吗？然后还有一件事，我的定期存款账户——现在有七百二十五万日元，是不管发生什么事都不动用的版税收入，小心翼翼地存到现在而累积的金额。我在家里的钱包里最多也就只放几千日元，在过一天算一天的家庭里出生长大，有负债，没存款。空空如也。也常常发生电和煤气被停的情况。与那个时候相比，我现在的状态是多么安心啊。再要说的话，普通的三十五岁以上的家庭有七百万日元的储蓄也不算很多吧。不过如果每天都花心思去节约的话，我有自信能维持母子两人简朴的生活。也许会生病，也许会遭遇事故，也许没有亲人——生活有无数变故，想起来没完没了，但是这一点就算是普通的夫妻、离婚变成单身的父母、一开始就是单身的父母，在过日子这件事上都是一样的。

一对年轻的男女情侣就在我眼前开心地笑着走过。一对穿着情侣款皮夹克的夫妇推着婴儿车，单手拿着咖啡，也愉快地走着。

到圣诞节了吧，我心想。虽然只是坐着而已，但总觉得手脚无力。即便我试着动员脑袋里能想到的所有事情来鼓舞自己，但实际上我却无法从长椅上挪动一步，只能茫然地看着幸福地笑着的人们来来往往。进展顺利的话就好了——我想起了临别时逢泽先生对我说的话。这时，我想起了他看我时眼睛里的表情和声音的音调等细节。进展顺利的话就好了。虽然我知道那并不是讽刺，而是对于无关的、不关心的人毫无意义的反应，但是不知为何，我无法从脑海中拂去这连对话都算不上的一瞬间的回忆。

我能看到街道和人们，但是好像外界看不见我。然后，就像在这两者之间清晰地画了一条粗线似的，电车驶过发出轰鸣声。我的身体开始变冷了。

换乘电车到了三轩茶屋，车站前只有一个月前就安装好的灯饰一成不变地闪烁着，毫无圣诞节的氛围。汽车响着喇叭，以一定的速度在主干道上来来往往，人们都在忙碌地四处奔波。街道和人好像都很忙碌。

我走在回公寓的路上，心想着已经很长一段时间没有过圣诞节了。虽然已经是很久以前的事了，但是明明应该和成濑过了好几年的圣诞节，现在却连有没有一起吃过圣诞蛋糕都想不起来了。有送过什么礼物吗？连这也已经想不起来了。

说起圣诞节，我最先想到的，或者说能想起来的是我们工作的小酒吧的天花板上挤得满满当当的气球。无论哪家店，年末年初都是旺季，每年圣诞节前的三天，女招待都要全员出动来装饰店内。因为用了好几年，所以装饰品积满了灰尘和油粘在一起，但是总归也会摆出不那么大的圣诞树来，营造出应景的氛围。然后，店里会举办免费唱三首歌的卡拉OK活动，还会推出用银色纸盘盛放冷鸡肉之类的冷盘菜单，在平时的酒钱里再多收取两千五百日元的聚会费用（我把画纸裁开来写上字，做成了活动用券）。

那笔费用中包含了一个游戏，就是"戳气球"。店里的女招待也全员出动，将装有签纸的气球一个一个地吹鼓，用图钉固定到天花板上，直到把天花板全部占满为止，虽然我不记得一共有多少个了，但大概超过了一般人在人生中会吹的气球数量吧。我们不停地吹着，一开始还有闲谈的工夫，但吹了两个小时左右后，就筋疲力尽到脸颊的肌肉轻微痉挛，于是就谁都不说话了。

签纸上写着卡拉OK十首免费券、酒水畅饮券等，还有其他不起眼的奖品和号码，但一等奖是有马温泉的双人住宿券。心情很好、喝醉了酒而满脸潮红的客人们捏着顶端有针的棍子，抬起头，伸出手臂，啪嗒啪嗒地戳破了气球。现在想起来，会觉得虽说是将近二十年前的事，一把年纪的成年人戳破气球有什么可开心的，可每当气球破裂的时候，女招待和客人都会像孩子一样欢呼雀跃，拍手叫好。客人之间也发生过自己瞄准的气球被别人戳破了而起争执、斗殴的情况，但总体上还是留下了热热闹闹的回忆，我觉得很不可思议。

第二天女招待们接着吹气球，补上大家戳破的气球数量。工作结束后到开店为止是休息时间，女招待们化妆、抽烟、去咖啡店、买晚饭的便当。我躺在沙发上，总是望着昏暗的天花板上挤得满满当当的气球。在平时满是香烟的烟、醉汉和酒的店里，看到装饰着各种颜色的气球，总觉得有些难为情和滑稽可笑，但还是有种很高兴的心情。在听到"差不多该进去了"的喊声之前，我一直仰望着天花板，看着气球。

手提包里的电话在响，我一看，是卷子发来的LINE消息。圣诞快乐！我现在开始要上班了，夏子好好享受吧。在这段混杂着表情文字的留言后面又发来了照片，戴着圣诞老人帽、化着浓妆的卷子，和估计是新来打工的，化着更浓的妆，戴着一样的圣诞帽的金发女人脸贴着脸，食指和中指紧贴在一起比着胜利的手势。好可爱，新面孔！

我一边看着那张照片一边走着。过了一会儿，我想回和阿卷很像啊，于是停下了脚步。刚打到阿卷，屏幕突然变成了来电画面。巨大的文字显示"绀野理惠"，我吓了一跳，不由得接了电话。

"喂，夏目小姐？我是绀野。"

"你好，我是夏目。"我把手机贴在耳朵上。

"不好意思，突然打电话给你。"绀野小姐用明快的声音说道，"现在方便吗？突然打电话给你，对不起啊。"

"没关系啦。"

"今年也快过去了，想问候一下，就想要不打个电话吧。搞了半天我们连见面的时间也还没决定下来。"

"啊。"我发出了声音表示附和，"对、对，一直没定下来，对啊，说起来已经是年底了啊。"

"是啊是啊，下个月我就要走了。其实我有东西要给你，对夏目小姐来说，不是什么了不得的东西。"

"要给的东西？给我的？"

"是的。"绀野小姐说道。电话里响起了通知电车发车的急促铃声，紧接着传来了行驶声，就听不清绀野小姐的声音了。"啊，对不起，很吵吧。"

"能听得到。"

"话说，夏目小姐，冒昧地问一下，或许你今天接下来刚好有时间吗？"

"今天？"我吃惊地说，"今天的意思是说现在吗？"

"没错没错，实在是心血来潮，很不好意思。不过，我是想说不定今天刚好可以——实在太勉强了吧，不好意思不好意思，就当我没说过。"

"不。"我说，"可以的，我现在就是回家，没有别的事了。"

"真的吗？"绀野小姐大声说道，"不是吧，那一起吃饭吧。"

我和绀野决定三十分钟后在三轩茶屋见面。我坐自动扶梯上了胡萝卜塔的二楼，打算在茑屋观看出租 DVD 消磨时间。对面也有书店，但是我没心情去看别人写的新书。店内放着一听就知道是圣诞歌曲的华丽音乐，众多艺术家们的照片和新作的标题做成了海报和广告，在所见之处四处张贴。我一个都不认识。

在店里逛了一圈后已经不知道该看哪里好了，我下到一楼看杂货店的小东西，边走边欣赏摆在 DELI 玻璃柜里五彩缤纷的食物。鸡肉闪耀着糖色，系着红色和金黄色蝴蝶结的蛋糕盒堆积着，许多手里拿着购物袋的人为了今晚还在物色着没有买到的东西。我决定去外面等绀野小姐。不知什么时候太阳已经下山了，天完全暗了下来，只有西边的天空剩下朦胧的微弱光亮。在冬日的黄昏中，信号灯的红色像被淋湿了似的发着光。黑色的小鸟在大楼和大楼之间狭窄的天空中画出弧线。过了一会儿，传来叫我夏目小姐的声音。我回头一看，首先映入眼帘的是从嘴唇深处窥视到的大虎牙。绀野小姐，我也回应道。夏天见面的时候还很短的头发好像长了很多，在后面扎成了一束。绀野小姐白皙的肌肤显露出来，没想到黑色围巾底下的皮肤是这么白皙，白得眼周看上去都有些泛青。

"虽然我已经辞掉了工作，但是今天去拿留在公司的东西，顺便去打个招呼。今天就是这样的一天。"绀野小姐说，"话说，明明是圣诞节却刚好有位子，真的是太好了。是因为时间还早吗？"

"圣诞节要跟家人一起过吧？今天可以出来吗？"我这么一问，低头在看菜单的绀野小姐抬起脸摇了摇头。

"今天没关系。因为丈夫回他老家了。"

我们去的是以日本酒为卖点的和风小酒馆，虽然店内几乎都满座了，但还是很安静。墙壁上胡乱贴着手写的菜单，店员也穿着五彩缤纷的短褂，明明接待客人也很有气势或者说感觉像是连锁店，可为什么会有这种安定的气氛呢？想到这里，我才意识到客人都是情侣。大家都把脸凑到一起，说着只有他们自己听得见的话，所以没必要特别大声地喧哗。

"哎呀呀，总而言之辛苦了——工作，暂且算告一个段落了吧。"

"嗯，谢谢。"

我们把端上来的生啤啤酒杯"咔嚓"一声碰了一下干杯。绀野小姐一口气喝掉了一半左右。

"喝得真快啊，你很能喝吗？"我也喝了一口后问。

"喝是能喝的。"绀野小姐大声喘气，用略带开玩笑的口吻说，"虽然很快就醉了，但是还能继续喝。真要喝的话，能喝一升吧。如果是葡萄酒的话，可以喝两瓶左右。"

"我只喝啤酒，平时也不喝。"

绀野小姐把中号的啤酒杯喝空后又点了一杯。我们吃完前菜油炸豆腐之后，又边看菜单边点了培根、菠菜沙拉和生鱼片拼盘。像这样喝酒自不必说了，我们就连两个人单独见面这也是第一次，才刚开始喝而已，绀野小姐看起来已经很放松了，不知道为什么我也一样。她认真浏览着菜单并自言自语，对我作出的每个回答都感到吃惊，还因自己说的玩笑而发笑。看着绀野小姐——可能因为她身材娇小的缘故吧，与其说是在居酒屋，更像是在中学的教室、社团活动室、走廊等地方，度过放学后无所事事的时间的感觉。我产生了一种错觉，在外面只见过几次面的她并不是只在一起工作了几年的打工伙伴，而像是很久以前就认识的令人怀念的朋友。

　　"最后一次见面是在夏天吧，后来就没有聚会的联络了。"我说。

　　"嗯。"绀野点点头，"不过聚会还是有的吧。只不过成员是不同的组合。"

　　看到绀野小姐有点尴尬的表情，我马上就理解了。不同的组合，恐怕是只有我一个人没被叫去的聚会，理由应该是我没有孩子。当大家都理所当然地想聊孩子的话题的时候，不得不特别注意我的心情。所以要么改变话题，要么再次翻开菜单假装挑选菜品。绀野小姐说：

　　"我没跟你说吗，我也不去那个聚会了的事？"

　　"好像在回去的路上稍微听你说起过。"

　　"对，我觉得是浪费时间。发现得有点晚。"

　　"啊，绀野小姐说了'笨蛋'呢。"

　　"我说了吗？"

　　"说了，我刚刚想起来了。你说大家是彻头彻尾的笨蛋。"

　　"没错。"绀野大口喝着啤酒说，"夏目小姐也这么想吧？虽然装作关系很好地在说话的样子，但一直在互相监视对方的生活是否比自己的好。衣服、鞋子、丈夫的工资、孩子的学习等等。年纪不小了，还尽干些乡下女子学校里那样的事情。"

　　"但是，总觉得大家看上去都很活泼。"

　　"大家都喜欢这样。还有就是因为是全职主妇所以很闲吧。打工的只有我一个人。她们就说什么明明不是正式工作只是打工而已，生了孩子还在工作，真是厉害啊，真是有毅力，狠狠愚弄了我一番。"绀野小姐用筷子尖画了一个小圆圈说。

"为什么要搬家呢？"我问道，"是哪里来着，爱媛吗？"

"和歌山。"绀野小姐扬起眉毛看着我，"无论是和歌山还是爱媛都差不多，不过我今后要生活的地方是和歌山县。你一定觉得'这是哪里啊'对吧。"

"啊，没有什么特别的理由吗？"

"是我丈夫的老家。"绀野小姐说，"他抑郁了。不能继续工作，所以就回家了。"

"他是干什么工作的？"

"普通的公司职员。几年前开始身体渐渐变差，电车也坐不了了，睡也睡不着了，所以才搬到了附近。为了能骑自行车或走路去，就搬到了沟口。但是最终还是不行。这是抑郁的典型状况。"绀野小姐把空了的杯子放到桌子的角落说道，"我没告诉过别人。"

"回老家大家一起住吗？"

"是啊。丈夫家里是开建筑公司的，他是独生子，又是长子。真是够呛啊。我婆婆性格很强势，过度干涉得很厉害。每隔一天就会打来电话，还会送来关东煮。所以不能接受儿子得抑郁症这件事，哭啊吵啊，先是大闹了一番，然后说她儿子怎么可能那么弱，一定是当妻子的我把他逼到绝境了，反正就是这样的情节，最后决定让我丈夫坐办公室，给他发工资。"

"绀野小姐是东京人吧？"

"我自己是千叶县的。但是我和姐姐出嫁后，父母就回到了父亲的故乡名取，因为要照顾祖父母。在仙台那边。父亲很早就过世了，只有母亲留在了那里，不过大地震后房子塌了，差不多全毁了。地震后房子塌了的人不少。姐姐结婚后一直住在埼玉，现在把母亲接过去住在她那里。我真是脸上无光啊。姐姐总是发 LINE 抱怨，母亲也寄来沉重的信。不过，作为姐姐的丈夫来说，再怎么说妻子的母亲也是外人。是个只有微薄的养老金，不知道在想什么，令人不舒服的老太婆。他们也有孩子，身为妹妹的我能从金钱上帮助一些就好了。可是我什么都没有。母亲也真是的，偶尔说话也只会说些要是在地震里死了就好了之类的话，姐姐也左右为难，变得奇奇怪怪的，每天都是这样。"

我看到绀野小姐的啤酒杯空了，就问她接下来喝什么。绀野小姐说喝日本酒，我则又点了中杯啤酒。

"这些家常事，平时已经不太会跟别人说了不是吗？自己在想什么，家里的事，钱的事，等等。所以今天总觉得有点不可思议。"绀野带着有些害羞的表情说，"基本上我只在网上说。"

"网上？社交网站？"我问道。

"没错。从育儿经到丈夫的愚蠢，等等。大家都在推特上写，久了就变得像社团一样了呢。大家互相关注。不只是吐苦水，还互相鼓励。"

"绀野小姐也在写吗？"

"写了很多。"绀野小姐一边将端上来的日本酒倒进小酒杯里一边说道，"当然是匿名的。那上面啊，烦人的大叔之类的非常多，净是发垃圾信息的，虽说是地狱没错，但是偶尔自己在想的事情被转发几百次，情绪就会积极向上。总觉得有做的价值。现在关注我的人已经超过了一千人了，不过跟写书的人没法比。"

"没那回事。"我说，"我只在两年前出了一本书而已，现在完全写不出来。真是的。"

生鱼片送了上来，我们往小盘子里倒了酱油。端来的生鱼片比想象中的要豪华，我们发出了小小的欢呼声。我们看着一片片鲕鱼和金枪鱼的切片，互相赞叹着"看起来很好吃"，绀野小姐喝完了一壶酒，又点了一壶一样的。新的酒一送来，她就往酒杯里斟满，大口喝下去。

"今天你说女儿在老家，是在和歌山吗？"

"嗯。"隔了一会儿绀野小姐说道，"因为我老公派不上用场。这里的房子的解约、搬家什么的，我一个人做比较快，所以从上周开始就把女儿送到老家了。或者说是他们先过去了，这样交通费也不会很贵。我们打算各自过年，过完年后搬家结束我再过去。"

"你丈夫几岁？"

"比我大三岁。明年三十八岁？三十九岁？我不知道，大概是这个岁数吧。"

"抑郁症，一般来说母亲是原因之一吧？"

"也许吧。但是我不太清楚。你知道吗？得了抑郁症人生真的就完了。"绀野小姐笑着说，"真的，不能活动了。我们家那位的情况是不能出去也不能洗澡了。虽然吃了药有点好转，但是之后的事情就不知道了。这可怎么办啊。"

"婆婆对孙女怎么样，有好好照顾吗？"

"这一点嘛，毕竟是儿子的女儿，所以基本上还挺疼爱她的。婆婆好像不喜欢我和女儿两个人在东京待着，她怕不是觉得我会就这样逃走。她跟我说先让儿子和孙女搬过去，然后再继续处理事情。可能是觉得儿子夫妇成双成对地回来比较好，如果只有儿子一个人的话面子上不好看。本来我丈夫也是那种不会一个人回老家的人。"

"什么意思？"

"男人啊，不会自己一个人回老家的，常有人这么说。妻子带着孩子回老家是很正常的吧。但是撇开妻子，丈夫只带孩子回老家，不觉得没听说过吗？不行的。结了婚有了孩子，若是不表现出夫妻感情美满的样子，据说会很丢脸，无处容身。如果没有女人在，很难和自己的父母或者家人交流。很落伍吧。男人就应该在客厅啊或者某个地方随便一坐，家里的事全部都给女人们去做就好了，真令人傻眼。"

"和孩子分开不寂寞吗？"我问道。

"这个嘛，意外地没什么大不了的呢。"绀野小姐像是稍微思考了一下后说道，"我还以为会更难受一点，没想到还可以……如果是父亲的话这样就很平常，出差啊不见孩子之类的。"

绀野小姐凝视着快要溢出来的小酒杯的表面，过了一会儿后说道：

"我很喜欢我女儿，她非常可爱。但是，怎么说呢……我好几次想过，觉得和她缘分很浅。"

"缘分？"我问道。

"嗯。怀孕和生产本身很顺利，但是产后身体非常不舒服。放到现在的话，也许会被当作产后抑郁来治疗，不过几年前还没有这种认识。然而我丈夫什么都没做。不仅如此，还对我说了真的是很过分的话。他说：'生孩子是女人应该做的，哪有像你这样一天到晚喊累的，太夸张了。''怀孕和生孩子都是很自然的事吧？我妈和其他人都做了，你太大惊小怪了。'说完这话他还笑了。"

"原来如此。"我把杯底剩下的一点点啤酒喝掉了。

"那个时候我已经决定了。哪天这个男人不管是得癌症了还是怎么了，在他痛苦的时候，即使是临死的时候我也要站在他旁边俯视他，说同样的话嘲笑他。就说：'癌症和疾病都是很自然的事情。大家都体验过吧。你为什么大惊小怪地感到痛苦呢？'"

绀野小姐用鼻子大声哼了一声，看着我微微一笑。

"啊，我女儿比较好带，所以我也睡得很好，身体慢慢恢复正常了。但是那时候，我们夫妻之间岂止是冷淡，非必要的时候，连话都不想说，反正丈夫几乎也都不在家，所以感觉就像是在家里分居一样吧。那种状态下，一般人会觉得'只有我的孩子是心灵的支柱'，或者'我的伙伴就只有这个孩子了'之类的。但是我没有变成那样。偶然间，我发现有时自己和女儿在一起的时候会非常不舒服。"

"不舒服？"

绀野小姐喝下日本酒，点了点头。

"我喜欢我女儿，珍爱她的心情也不是假的。只要是为了女儿，我什么都能做。但是和这个无关，该怎么说呢——我会想这个孩子不会待得太长久吧，也没什么缘分吧之类的事情。这孩子可能很快就会讨厌我而离家出走，我可能也就顺其自然地接受了，我经常会这样想。我们之间会变为那种随处可见的亲子关系吧。

"我讨厌自己的母亲，真的很讨厌。我自己也试着想了各种各样的理由，比如这是一时的情绪、叛逆期等，也烦恼过我这个人也许特别薄情，也许人格有什么问题吧。因为，不是说不管受到多么严重的虐待，孩子都会全力爱母亲吗？但是，就算没有被肉眼可见地虐待，就算和别人一样被抚养长大，不管怎么想，我还是讨厌自己的母亲。"

"没有特别的原因吗？"

"要说原因的话，可能所有事情都是原因吧。"绀野小姐喝光了小酒杯里的酒说道，"比如说我们家的父亲，就是典型的乡下暴君。我们不需要知道世上有男尊女卑或是鄙视女性这种字眼，因为我们眼前就有个活生生的例子。我们是在跟他连话都不怎么说的环境中成长起来的。我们是孩子，还是女儿，所以一般他都不把我们当人看，也没听他叫过母亲的名字。都是叫喂啊你啊之类的。稍微一点小事就发火，砸东西之类的是家常便饭，我们总是看着父亲的脸色战战兢兢的。但是，他对外人都很亲切，是地方上可靠的町内会会长。母亲也是，总是笑眯眯的，从洗澡到打扫卫生到吃饭都跟在父亲后面照顾，甚至连公婆都尽心照顾到最后。他们可没留下什么遗产——没错，我的母亲就是'长着生殖器的劳动力'。"

"你说了个了不得的词呢。"我说。

"是吗？'长着生殖器的劳动力'，我母亲真的就是这样。如假包换。'长着生殖器的劳动力'，这个词太精准了。"

"甚至不是'生育机器'之类的东西，还得要劳动。"

"是啊。真的就是这样。话说，这样活着不可能幸福的嘛。就算是在昭和时代，即使是孩子也看得出来，父亲总是拿一副很了不起的样子对她，她会因为这样那样的事情被打，没有得到许可就不能干自己喜欢的事情，也不能外出，这就是奴隶啊。为什么要让只是跟自己结了婚的人忍受这种对待？我觉得母亲一直在忍受这种折磨。她恨我父亲恨得不得了，尽管如此还是咬紧牙关忍耐着。她不哭诉而是笑眯眯的，实际上也是为了不让我们担心，也可能是想牺牲自己保护家人和孩子，我是这样认为的。所以我心想，长大后一定要把母亲从这里救出去。总有一天等我长大了，要让母亲脱离这个垃圾般的父亲和家庭，获得自由，我是认真地想过的。

"那么，是什么时候呢，我还小的时候，和姐姐、母亲三个人在一起的时候，不知道顺着什么话头说到了好像是'父亲和我们几个小孩哪个更重要'之类的，不知怎么的话题就变成了这样的内容。我完全不知道为什么会问那样的问题，哪个更重要呢？就像是如果哪一方死了怎么办。然后你知道那个人说了什么吗？她立刻就回答说：'你们父亲更重要。'她丝毫没有犹豫，一副理所当然的样子，我哑口无言。我们就那样张大了嘴，真的只能眨眨眼。我和姐姐都觉得母亲会气得说：'哪边更重要，肯定是你们啊，这种不是问都不用问的蠢问题吗？'但是答案竟然是父亲。然后呢，你知道那个人之后说了什么吗？'因为孩子在这之后还能生，但是爸爸只有一个。'她表情有点害羞，真的是这么说的。

　　"那是非常大的冲击。我和姐姐之间到最后都没有聊起过这个话题，冲击大到了这个地步。我觉得比起我们，母亲选择了父亲这件事可以理解，然而自己的母亲居然心甘情愿和那样的父亲、那样的男人在一起，这真的是一个冲击。我真的难以置信，一时说不出话来。'虽然很抱歉对你们的父亲有这样的想法，但是我恨那个家伙，恨不得杀了他，我每天都很痛苦，很恨，总有一天我们三个人要离开这个家，现在只能忍耐，总有一天我们三个人要重新开始。'我直到现在也会想，她能这样说的话该有多好啊。如果母亲那样想的话，为了一起战斗，我觉得我什么都能做。虽然我还是个孩子，但我想就算是同归于尽，我也会从父亲手里保护母亲吧。然而，现实并非如此。虽然难以置信，但别说忍耐了，别说逃跑了，别说战斗了，母亲就连一次都没有想过从那个父亲身边、从那样的男人身边离开。她很高兴地说'爸爸只有一个'，真的是这么说的。"

　　我把空了的中号啤酒杯移动到桌子边上，向店员点了日本酒，让他再拿一个小酒杯过来。

　　"……然后，怎么说呢，我有点不太理解母亲了。虽然她一副和平时相同的打扮，和平常一样做着家里的事，被父亲怒骂殴打，笑眯眯的，对待我们也和往常一样，但感觉就像是一个陌生人了。虽然我知道在那里的是自己的母亲，虽然我知道她是一直生活在一起的母亲，但总觉得她像个陌生人。我会跟她说话，也在一起生活，但是，这个人是谁呢？这是怎么回事？"

送来了新的日本酒，我们各自倒在小酒杯里喝了。我感觉到热酒流过喉咙滑落到胃里。绀野小姐虽然说话很清晰，但耳朵、脸颊、眼睛周围都斑斑驳驳地泛着红，看起来像醉了一样。我也感觉手脚不知道哪里开始变得软绵绵的。店员过来问我们要不要加菜。我打开菜单给绀野小姐看。绀野小姐用泛红的眼睛凑近看，然后笑着说："点个泡菜吧。""好啊。"说着我也笑了。

"夏目小姐不是说只喝啤酒吗？"

"今天好像不是那样。"

"是嘛。"

我们又端起各自的小酒杯喝空了。我们相互倒了酒。

"这样下去，"过了一会儿绀野小姐说，"过完年我也不去和歌山的话会怎么样呢？"

"你是说留在这里吗？"

"该说是留在这里呢……"绀野小姐将目光落在湿巾附近说道，"还是消失呢？"

我沉默着，拿起小酒杯放到嘴边。

"怎么可能呢。嗯，我肯定会去的。"绀野小姐用鼻子吸气，稍微露出了笑容，"话虽如此，人生到底是什么呢，到了这个年纪却还会思考这种问题呢。就像刚才说的那样，我们家就是那种感觉，再加上各种吵架，简直就像生活在纷争中，一直都很混乱。每天都让人厌烦，我非常非常想离开那个家。在房间里也一直塞住耳朵，几乎没有什么美好的回忆。为什么要生下我呢？为什么从今往后也非得活下去不可呢？我是个总想着这样的问题的孩子。父母和孩子啊家人啊，我都觉得烦透了。从心底里感到厌烦。这就是全部的原因，也是让人痛苦的元凶。我记得在小的时候我就清晰地这样认为。

"然后，我把它牢牢地刻在了心里。明明刻进心里了，发誓这辈子绝对不要与别人有瓜葛，就这么活下去，死去，只有自己作为一个点存在着，我明明真的是这么想的，可是却变成了现在这样。结了婚，怀孕生子，和别人的生命产生了关联。哈哈。本来是已经没有任何关联的人，对彼此都不再关心，但今后我还要一直照顾这个抑郁症的老公，一边被他的父母嫌弃，一边由他们支付生活费，从今往后到死就要这么过日子了呢，在和歌山那个地方。照顾公公婆婆，还要做家里的事情，哈哈——我也算是完美的第二代'长着生殖器的劳动力'了吧。"

绀野小姐一直凝视着自己的指尖，稍稍露出了微笑。"所以……"

沉默了一会儿后，绀野小姐说道：

"就像我对母亲的想法一样，我觉得我女儿也会同样憎恨我的。"

随着响亮的"谢谢惠顾"的声音，我看见刚进来的两个新客人和出去的客人擦肩而过。两个人头上都戴着圣诞老人的红色帽子。

"离婚，跟女儿两个人生活就好了。"

过了一会儿，我说道。绀野小姐看着我，然后视线回到了指尖，微微一笑。

"不可能的。带着孩子的话，在书店打工每月挣的钱连房租都付不起。"

"也许会很累，但应该这么做。"

"不行啊。"绀野小姐看了看我，"夫妻共同工作、共同养育孩子都这么难了，一个人边工作边养育孩子，真的不行的。"

"申请抚养费、补助金之类的，当然会很辛苦，但是也有在这么做的人。"

"那是有工作的人。"绀野小姐打断道，"这是有正经工作的人的情况。是有工作经验的人，有相应的保障，能在稳定的地方工作的人的情况。还有家里很有钱的人、有家可归的人。我呢，什么都没有。没有什么资格证，刚刚才把打的零工辞了。这是一份汗流浃背工作了一小时都赚不到一千日元的零工，是因为上头想让年轻人熟悉工作，所以减少我的排班的零工。什么都做不了，没有给带着孩子的四十岁左右像垃圾一样的老女人的工作。我没法抚养孩子，两个人活不下去的。"

"可是……"

"夏子小姐是不会明白的。"

店员过来了，把装着腌菜的盘子放到了桌上。腌黄瓜、腌萝卜和腌茄子盛得满满的。接着，另一个店员拿来了一个装着签纸的大箱子，说是圣诞礼物抽奖。我们一声不响地各自把手伸进洞里抽了签。两个人都没中奖。我抽到了下次可以使用的九折券后，夹起了一块腌菜。

然后，我们换了个话题，说起了别的。接着我们又点了日本酒，一直不停在喝。我点了一瓶三百八十日元的最便宜的酒，展示了从资料中得知的关于黑帮的小知识，以及模仿了在 YouTube 上看到过的斗殴场景，绀野小姐用手势和动作开心地说明了搬家公司做预算是多么的马虎。我们为了不断消除尴尬的气氛，夸张地笑着、惊叹着。我们还谈论了午餐会成员和共同的熟人的八卦，也聊为什么很多患了癌症和严重疾病的艺人不选择标准治疗，而是往民俗疗法和布施等非科学的方向走。每当大叫"不会吧"或是拍手的时候，仿佛酒精在全身流窜。

不知什么时候腌菜的盘子也被撤下去了，酒壶里的酒也没有了，一看时钟已经十点十五分了。我们点了水，一口气吞下，结账时各自付了四千五百日元后走出了店门。

夜里很冷，车站前到处都散发着明亮的光辉，充满了仿佛即将开始花车游行的奇妙活力。绀野小姐和我都醉了。我们摇摇晃晃地走着，走到车站的下行楼梯处，绀野小姐突然回过头来，目不转睛地盯着我看。她的眼睛充血，呈鲜红色，因为虎牙而略微上翘的上唇干燥得发白。然后，她向我道谢，说今天临时约你，谢谢你能来。

"总觉得醉得厉害啊。"

"能坐电车吗？"

"能。从这儿不用转车就能到。"绀野小姐紧紧地闭上眼睛，脸上几乎都起了皱纹，然后又用力眨了几次眼睛说道。

"从车站到家呢？"

"我可以的，直走就行了。"

"不是吧，稍微有点弯的吧。"

"每条路到最后都是笔直的，没错。"这么一说，绀野小姐把手伸进包里，哗啦啦地翻了一下。

"我说有东西要给你的，这个。"

"你可能不记得了，是好几年前我们还在一起工作时候的东西，所以相当久了吧。夏目小姐看到这把剪刀，对我说，它好漂亮。"

"我记得。"我说。

打工的时候，我们总是随身携带着圆珠笔和美工刀，从绀野小姐围裙的胸前口袋里，经常能看到那抹银色。我想起有次我向她借来使了使，把手和刀刃之间装饰着美丽的铃兰花纹，绀野小姐将刀刃插在黑色的小皮套里，小心翼翼地保管着。在大家随便使用办公用的塑料剪刀时，看到绀野小姐用着自己的剪刀认真地在工作，不禁有一种遇到好东西的感受。

"这是绀野小姐非常珍视的东西啊。"

"嗯，因为用得太多了，所以有点发黑了。"绀野眼睛通红地笑说，"我已经把工辞了，在家也不会用。"

"你用吧。"

"不。"绀野小姐摇了摇头，"我记得夏目小姐好几次对我说它很好。我想让夏目小姐用。"

银色的剪刀沐浴着夜色，在绀野小姐的手中发出微弱的光芒。这时，我注意到了绀野小姐的手异常地小。然后我抬起头，将绀野小姐的全身收入眼底。虽然我知道她比我矮一个头，但像这样重新审视绀野小姐，感觉她比我想象的还要矮小很多。从大衣下摆处露出来的腿很细，几乎没有肉，笔直笔直的，这让我联想到了我应该从未见过的少女时代的绀野小姐的样子。傍晚的强风吹得身体略微倾斜，背着大书包握着肩带，微微低着头步履沉重地走着的绀野小姐的背影浮现在我的眼前。她弯着纤细得几乎像要折断的脖子，背着比绀野小姐的身体还要大得多的鲜红色书包，要去哪里呢？要回哪里呢——少女时代的绀野小姐走在空无一人的柏油路上。

"绀野小姐，"我说，"我们再去下一家店吧。"

"今天不行了。"绀野小姐笑着摇摇头。

"已经醉成这样了。"

绀野小姐摆着手走下了楼梯。看着她渐渐远去的背影，我好几次有股冲动，想要跑着追上去，邀请绀野小姐再去下一家店。但是我只是凝视着绀野小姐逐渐变小的背影。

回到家，我躺在懒人沙发里，头痛得厉害。闭上眼睛，无形的波浪在黑暗中无数次袭来，感觉就像是在沸腾的锅里不断翻腾的面一样。

我就那样闭上眼睛，等待睡意袭来，可是不管过了多久都不知道自己是不是睡着了。回过神来，在无法辨别是梦还是现实的影像中醒来，我辗转反侧。我想，这种时候要睁着眼睛睡觉的。我感到寒冷而把团起来的被子扯了过来，盖上后过了一会儿，觉得胸闷就掀开了，然后又觉得冷了，又把它拉回来。伸出去的手指碰到了冰凉的东西，定睛一看，那是绀野小姐给我的剪刀。不知是什么时候从包里拿出来的，那抹银色静静地吸取着夜晚的凉气，看上去像是泛着青白色的光芒。右手拿着剪子抬起头，我看见天花板上挤得满满当当的五颜六色的气球。我踮着脚尖站在圆椅上，弄破了气球。每弄破一个应该就会有签纸掉下来，可取而代之的是传来了某个人的声音。圣诞快乐！谁的声音？气球就像是机器吹出来的肥皂泡一样不断增加，遮住了看惯了的天花板。我胸口堵得慌，喘不过气来，可是那些气球却像云海一样翻涌并膨胀起来，让人不由得看得要入迷了，我脚趾用力，伸长手臂，用剪刀去戳破气球。圣诞快乐！应该不会再见面了吧，绀野小姐在夜色中挥着手说。弄破气球，消失，没有声音，但是气球增加的速度实在太快了，我差点失去平衡从圆椅上摔下来。这时，有人抓住了我的胳膊肘，低头一看，站在那里的是逢泽润，他把我拉回椅子上后，指了指别的气球。我举起重新握住剪刀的手。圣诞快乐！又一个，再一个，我继续把气球弄破。进展顺利的话就好了。逢泽润中分的层次清晰的清澈发缕在我耳边轻声细语，宛如涟漪般的发缕会就这么变成羽毛，还是变成被侵蚀的石头的花纹，他好像在优柔地迷茫着，会变成哪一个，要选择哪一个，其间卡拉 OK 嗡嗡鼓胀的回声和头发的丝缕渐渐分不清了，进展顺利的话就好了——于是我扔掉了剪刀，就这样睡着了。

13　复杂的命令

正月过得和平时一样，毫无变化。二〇一七年。除了在 LINE 上和卷子、绿子进行新年问候之外，我就只收到了四张贺年卡。一张来自去年只去过一次的正骨医院，剩下的三张来自我正写着连载的杂志编辑部和报社。

假期结束后到了工作日，仙川凉子打来了电话。我想可能要谈小说的事，于是肩膀稍微绷紧了，仙川小姐没有提小说的事，而是说她明天有事来三茶，邀请我一起吃晚饭。我们在车站前碰头，吃了炸猪排。仙川小姐年末烫了头，换了发型，我称赞说非常适合她（真的非常适合），她突然害羞地红了脸，一边说没那回事，已经烫了没办法了，一边好几次把手放在头发上。接着我们去了附近的咖啡店闲聊。我稍微有点在意她是不是打算看准了时机谈小说的事情才故意说些别的话，但好像并不是那样。没见过她吃甜食的仙川小姐罕见地和咖啡一起点了提拉米苏，一边津津有味地吃着一边聊了很多。

我和游佐也打了几次电话。她告诉我，年末到新年期间她和孩子都得了流感，有好几次地狱般的经历。她哀叹说，现在专注于应付预定在春天出版的小说的校样和连载小说，完全挤不出时间。

"不是去年夏天才出过书吗？篇幅很长的那本。"我有点吃惊地问。

"啊，出了啊。但因为是项目滚项目连轴转，所以没有休息的时间。"游佐笑了，"明年起报纸也要开始连载小说了。这谁有空写嘛。"

"好厉害啊。"

新年的第一个月就这样过去了。

我自己也在写着每天都不知道写了什么、能写多少的小说，十分疲惫。我也想过，我从一开始就默默无闻，虽然也有好几部连载作品，而且第一本书在两年前稍微畅销了一点，但是到了现在已经谁都不记得我了吧。虽说仙川小姐不聊小说确实让我松了一口气，但另一方面，实际上也就是已经没有什么期待了不是吗？这样一想我也有些沮丧。

每天都像找借口似的看资料、做笔记，不断地重写同一个地方。书店每天都摆放着几十本新书，不断地诞生着新人作家。围绕着不孕治疗的博客不断增加又减少，同时也诞生了很多婴儿。随时随地都有人邂逅了和到昨天为止都不同的人生和感情，并且迈出了新的一步。只有我丝毫未变。只是不动而已，就仿佛让人每一秒都想从那耀眼得不由让人眯起眼睛的事情上抽离。

在工作的间隙，晚上睡觉之前，我反复读了逢泽润的采访报道。上网一搜索，虽然出现了他所属的协会的网站、SNS 和负责人的采访报道，但是关于逢泽先生自己的信息却近乎没有。这是他的本名还是用于活动的假名，我也不知道。只有一条，在以前的研讨会报告中使用的照片的角落里，发现了虽然低着头看不见脸，但是发型和身高像是逢泽的人。在逢泽所属的协会的网站上可以阅读当事人们投稿的文章，但是追溯过去的内容调查了一下，好像没有登载逢泽先生的文章。

我打开了手机的日历，点击了只有一个记号的二十九日。那是上个月逢泽先生告诉我的研讨会的开幕日，我本来打算去看看。但是，一想到那天的事情我的心情就灰暗了一点。我想我们应该更多地去了解当事者和像我这样别无选择而察觉到了 AID 的可能性的人们，或者反对 AID 的人们的心情和想法，但是一想到去年圣诞节的聚会，我就心情郁闷了。我渐渐不知道该不该去了。

但是，我心想，不是有想问逢泽先生的事情吗？通过采访的书和圣诞节那天的话，我已经知道了逢泽先生对于 AID 的想法，但是应该还有其他想问的事情。比如说，通过 AID 出生的人们，在不知道真相的情况下活着，被欺骗深深地伤害着。那么，如果一开始就毫不隐瞒地说出来的话会怎么样呢？如果孩子能保障获得捐献者个人信息的权利的话，大家是否会赞成这项技术呢？不清楚自己的身世的人不仅限于 AID，其他还有很多，但是 AID 和那些状况的区别在哪里呢——很多事情在脑海中浮现出来又消失了，可哪个问题作为对当事人的提问较为妥当，哪个问题是不应该问的，我越想越不明白。但是，最后我还是决定去讨论会看看。

　　会场里有很多人，感觉和上个月的聚会完全不一样。虽然没有那么大，不过也是能容纳两百人的大厅的规模，像是围着舞台设置成扇形的观众席入座了一半以上。我坐在最后一排靠边的座位上，等待报告会开始。

　　第一个议程是题为《日本非配偶者间的人工授精的现状和课题》的专家发言。用幻灯片对三年前秋天自民党制定的关于生殖辅助医疗的法案，以及过去各项审议会上的成果进行了说明。内容是从各个角度指出了日本关于生殖伦理的讨论和法律建立是多么的落后，要求尽快进行改革。

　　第二位上台的也是专家。他叙述除了一般以 AID 的方法生下的孩子，还有用丈夫生前抽取并冻结的精子生下的孩子的认知问题，以及国家如何对待通过捐卵、代理孕母出生的孩子。他列举了过去发生过的审判事例，说明了审判的经过和结果。无论哪一种情况，都是把出生的孩子的福利放在第一位，最终落在主张不能把人用作生殖的手段，排除商业主义，保护人类的尊严。

　　这两个环节结束后有十分钟的休息时间，听众们稀稀拉拉地离开座位，四处活动。几个像是工作人员的人在舞台旁边整理麦克风的电线，移动台上的桌子和椅子，但是哪里都看不见像是逢泽先生的人的身影。在会场入口的接待处也没有看到。虽然他总说自己是做事务性工作的，但那是像更新网站、Facebook 之类的宣传性工作，所以今天可能没来。我从手提包里取出塑料瓶装的茶，像要确保液体湿润了喉咙内侧似的，慢慢地喝下去。

　　从第一位专家讲话的中途开始，我的太阳穴就开始嘶嘶拉拉地疼，第二位专家开始发言后，我的头就一直固定着，一动不动地侧耳倾听，变得十分痛苦。我最近睡眠浅，夜里会醒好几次。我漫不经心地看了看会场，人们回到了座位上。会场的照明情况发生了变化，昭告着第三部分议程的开始。是研究人员、当事者和医疗相关人员的三方对谈。说起来，对我来说这应该是最重要的，可是听了三方对谈开始十五分钟后还没结束的以研究者为基调的演讲，我的头痛就越来越厉害了。虽然知道这些都是很重要的发言，但是因为实在坐不住了就离开了座位。

我走出会场，在厕所仔细地洗手，然后看了看映在镜子里的自己的脸。我的脸很难看。没有打理过的头发看上去毫无光泽，而且乱蓬蓬的，本打算好好画一画的眉毛，左右也不平衡。虽然也涂了粉底，但是雀斑和暗斑都看得一清二楚，粉底的效果一点也没有发挥出来。因为是好几年前买的，所以可能是渗油变质了。我看着自己血色不好、皮肤也没有张力、不净透的脸，觉得和什么很相似。像慢煮的茄子。不是皮，而是像极了浅绿色的软趴又有弹力的瓤。我怎么也想不到眼前这个干巴巴的疲乏女人会孕育出新的生命。想象起来也觉得十分空虚。然后我把手放在洗脸台上，花了很长时间拉伸脖子。"啪嗒"发出了没有感情的声音。

然后我又仔细地洗了一次手后走了出去，在空无一人的走廊尽头，看到摆着接待处桌子的大厅长椅上坐着一个男人，是逢泽润。要乘坐自动扶梯就必须从那张长椅前通过，我紧握着手提包走了过去。在我犹豫要不要跟他打招呼的瞬间，我们的视线交汇了，我条件反射性地向他点头示意，而逢泽先生也比我稍迟一些低下了头。正当我觉得只能硬着头皮走过去的时候，逢泽先生开口说话了。

"您来了啊，这就要回去了吗？"

逢泽先生用比上次在电梯里更柔和的语调说道。手里只拿着装有咖啡的纸杯，没有拿包，穿着和上次一样的黑色毛衣、深棕色的棉布裤子和黑色运动鞋。

"我本来想听到最后的。"

"时间太长了吗。"

"逢泽先生不进去吗？"

209

于是，不知道是不是对从只擦肩而过一次的人口中，毫不犹豫地说出了自己的名字这件事感到意外，逢泽先生稍微停顿了一下。然后，他说今天在做休息室周边的工作。

"那个，我叫夏目。"我自我介绍道，"不过没带名片。"

我从包里取出自己的书拿在手上。"我在写小说。"

逢泽先生稍微露出了惊讶的表情，扬起眉毛看着我。

"您是作家吗？"

"作品还只有这一本。"我说着"请您雅正"，把书递给了逢泽先生。逢泽先生伸手接过书，一边说"好厉害啊"，一边盯着封面。然后他的目光移到了书脊的书名上，仔细读了封底和腰封上写的文字后抬起了头。

"真厉害啊。写书这件事我都想象不出来。"他说着要把书还给我，我又附上一句"请您雅正"。

"可以吗？"

"嗯。"我点了好几次头。

逢泽先生手里拿着咖啡和书向右挪了一下，像是在说"请"一样空出了一个人的座位。我微微点头后坐到长椅上，和逢泽先生一起默默地看了一会儿他手里的书。我很紧张，朝旁边看了一眼，映入眼帘的是正把手肘支在膝盖上，身子前倾着啪啪翻着书的逢泽先生的头。只见中分的头发和之前一样整洁地向后方梳去。在近处看才发现，他的头发比我想象中还要细，不毛糙又服帖。我想起了映在厕所镜子里的自己没有光泽的硬头发。

"您今天心情很好吗？"

"诶？"逢泽先生惊讶地抬起了头。我有些焦虑，觉得必须要说点什么，本来是想表达和上次的气氛不一样的意思，但我察觉到这个说法有些奇怪，于是涨红了脸。尽管我觉得需要补充说明一下，但可能又会说些多余的话，于是什么也没有说。逢泽先生也沉默着。过了一会儿，一个六十多岁戴着遮住耳朵的针织帽的阿姨像传送带上的行李一样，喀嗒喀嗒地坐着自动扶梯上来了，到了楼层以后就从我们眼前慢慢走过。

"您可能不记得了。"我说，"我只是在一起坐电梯的时候跟您搭过话而已，那个，我在考虑 AID。"

逢泽先生对此什么也没说，只是过了一会儿后点了一下头。虽然逢泽先生并没有露出明显的厌恶表情，但我察觉到他内心对为什么要把这种个人的事情说给毫无关系的自己听感到怪异，或者说对我为什么一定要单方面地说这些话感到近似不快的困惑。这很正常。如果是我，我也会这么想吧。我深呼吸了一下，继续说：

"您可能会想为什么要说这些，也许还会觉得扫兴。"

"没有。"逢泽先生说，"虽然我是做事务性工作的，但毕竟是这个会议的相关人员，经常遇到这种情况。夏目小姐是关西人吗？"

"是的。我是大阪人。"

"一开始我没注意到。您是根据说话对象来选择用标准语还是关西方言吗？"

"虽然没有特别注意，但是严肃或者恭敬地说话的时候，就会用标准语。"

"原来如此。"逢泽先生点头说，"我的可能也和那些有关系吧。"

"我的？"

"您刚才说的关于我心情的事。今天有很多人来，之后也有恳谈会之类的，和别人说了相当长时间的话，所以也许有些紧张。"

"紧张的话心情会变好吗？"

"表面上会变好。"逢泽先生笑了，"前几天——那是圣诞节吧，在自由之丘的时候确实迷迷糊糊的呢。"

"不是迷迷糊糊的。"我说，"应该说是在思考别的事情吧，总觉得是那种感觉。"

"你是一九七八年出生的，那跟我同一年啊。"逢泽看着封面勒口上印着的简历说道，"不过好厉害。小说全部都是用文字写成的，而且是一个人独立写吧。这是我第一次在现实中见到小说家。"

"如果能成为更优秀的小说家就好了。"我耸了耸肩。于是沉默了一阵子后，我觉得必须要说点什么，"逢泽先生平时……"我刚想问逢泽先生的工作，可又想到，如果是由他自己告诉我的话也就罢了，突然问别人的职业会不会很失礼，我又沉默了。我给逢泽先生书，是因为通过他的采访和演讲，只有我单方面地了解了关于逢泽先生的个人情况，无论如何我都觉得不公平。不过当然了，这是我自己觉得心里不舒服，和逢泽先生完全没有关系。但是逢泽先生明白了我提问的后半句，告诉我他的工作是内科医生。

"是医生啊。"

"是的。"逢泽先生说，"虽然如此，我没有固定的上班地点。"

"没有固定上班地点的医生。"我重复道，"基本上就是不工作的医生吗？"

"也可以这么说，不过，某种程度上不工作就没法生活啊。"逢泽先生笑道，"一开始是在医院上班的。但是，发生了很多事，所以现在在各处辗转。"

"在各个医院之间吗？"

"是的。登记好后，叫我了就去。就像是医生的派遣兼职吧。新学期的时候去健康体检什么的。还有国家考试的补习班讲师。"

"我以为所有的医生都在医院工作。"我说。

"工作的时候，基本上是在医院没错。"逢泽笑着说，"只不过，没有所属单位。倒是有就算到了六七十岁也一心一意专门帮人进行健康体检的医生，过着过一天算一天的生活，我很受鼓舞。"

"也就是说——是时薪制吗？"我在惊讶的同时，把浮现在脑海中的话直接说了出来，意识到自己又说了些欠妥当的话，于是耸了耸肩。"对不起，已经问了您工作的事情，现在就连薪资都问了。"

"没关系。"逢泽先生开心地笑了，"也许是偏见，不过这对于大阪人来说是很自然的事情吧？"

"不是，怎么说呢。"我着急地说，"但是确实，对于整体上的薪资，该说是有点好奇吗，可能也是有的。想问大概有多少啊。"

"啊，原来如此。用'多少'来问的话，是啊，大概两万日元左右吧，真的没有人手的紧急情况时大概是三万吧。"

"一天?"

"不,时薪。"

"诶诶诶?"我吃惊得不由弯下腰,大声说道,"时薪两万日元?工作五、五个小时的话就有十万日元?"

"不是每天都有,有时是半天,不定期才有,完全没有任何保障。"

"这……医生执照果然是最厉害的了。"

然后我们又陷入了沉默。我觉得不管怎么想都是我说了、问了多余的话,但是说了具体金额的不是我而是逢泽先生,像这样的借口一直在脑子里转来转去。逢泽先生喝了一口恐怕已经凉透了的咖啡,我也喝了塑料瓶装的茶。

"那个……"我下定决心,把这一个月来自己一直在想的事情坦率地说出来:

"前几天的聚会也是这样,虽然我拜读了采访您的书,想象了很多情况,我以为这样就算了解了,但其实还有很多想问逢泽先生的事情。"

"是想问当事人对吧。"逢泽先生说。

"是的。"我点头同意,"很抱歉这跟逢泽先生完全没有任何关系,只是为了考虑今后自己该怎么做——虽然说是今后,但也没什么时间了。"

"书籍啊关于这些问题的报道之类的都读过了吧。"

"是的,虽然没有读很多。"

"我已经说过了。"逢泽先生说,"无论是站在哪个立场的人都能关心AID和其当事人,这就是我们活动的主旨。如果还有什么事情的话请联系我。"

"谢谢。"我低下了头。

"书,谢谢你了。"逢泽先生看了看手里的书,"夏目夏子小姐,您喜欢'夏'这个汉字吗?"

"那是我的真名。"我说。

"真的吗?"

“真的。”

会场的门开了，很多人喧闹着走出来，挤满了大厅。我注意到了一位女性。穿着长度及膝的黑色连衣裙，头发在后面扎成一束的那位女性仿佛在找人似的看看周围，注意到逢泽先生后就朝这边走来。她身材矮小，全身的线条非常纤细，锁骨看起来像能抓住似的清晰地浮起。白色的皮肤上，深深浅浅的雀斑呈椭圆形从鼻子到脸颊轻柔地散开，其形状和烟雾般的颜色让人想起不知何时在图鉴上看到过的星云。我觉得她的模样好像在哪里见过。我们轻轻点头打了招呼。

“这位是夏目小姐。之前——说起来是去年了吧，她也来了自由之丘的聚会。”

“难道，是最后发言的那位？”那位女性看着我说道。

“啊，是嘛。之前你在会场递过麦克风，所以你们两位见过一面的啊。”逢泽先生点点头，“这位是善小姐，她和我一样也是当事人，是在同一个协会活动的同伴，或者说是成员。”

“你好。”我站起来打了个招呼。

“我是善。”善百合子把名片递给我。

“夏目小姐是小说家哦。”逢泽先生给她看了手里的书说道。

“是嘛。”善百合子像眯起眼睛似的看了一会儿封面，流于表面地微笑了一下。

“只写了一本而已。”我像找借口似的摇了摇头，“之前的聚会也是，其实是有很多事情想问逢泽先生。”

“采访吗？”善百合子真的只是将脸转过很微小的角度来看了看我。

“不是，我在考虑 AID，对此有很多想问的事情。”

善百合子缓缓眨了眨眼，直直地盯了我好一会儿。然后她只微微点了一下头，眯着眼睛露出了微笑。那个表情有种奇妙的压迫感，感觉就好像我变成了等待老师命令的孩子似的。她最终什么也没说。

“差不多该走了吧，老师们也去房间了。”

善百合子对逢泽先生如此说道，接着用眼神略微向我致意后就走开了。逢泽先生确认了一下手表的时间后站了起来，说那我回休息室去了，然后向我低头行礼。

"邮件……"我说，"上个月收到的您的名片上有邮箱地址，我会把问题发到那里。"

"好的，发到那里。"说完逢泽先生就走了。两人的背影混在很多人中间，很快就看不见了。

二月里暖和的日子持续着。虽然小说还是老样子，但是看着从窗户照射进来的冬日平静的阳光，总觉得心情平静了下来。有时和卷子打电话聊一些无关紧要的话，和绿子也在 LINE 上交谈。绿子跟我说了新开始打工的餐厅的事情，还把最近读过的书排列开来拍了照片发给我。

我给逢泽先生也发了好几次邮件。他回复我发过去的邮件说，开始读小说了，看完后会给我发感想的，我对此又发了感谢的邮件过去。与前几天在大厅聊天时的印象相比，逢泽先生的邮件行文很简洁，非要说的话有种和初次见面时更接近的感觉，我不知道该用什么样的态度来写邮件，无法很好地掌握他的情绪。

我觉得那天我们俩在大厅里说话时那种柔和的感觉，也许就是所谓的医生的亲切，或者说对患者的关心之类的那种对应方式吧。接着，善百合子的脸浮现了出来。从鼻子到脸颊，如同星云的雾霭般的雀斑轻柔地扩散开来。那个人也说她是当事人。年纪多少岁呢？我一边呆呆地思考着这些事情，一边凝视着地毯上的阳光，突然想到逢泽先生没有找到的精子提供者——逢泽先生的亲生父亲是医学部的学生，也就是说一般来想的话，他现在和逢泽先生一样当着医生的概率很高。

第二周的星期二晚上，洗完澡后我发现茶几上的电话在振动，一看来电显示，是仙川凉子。我一看表，已经晚上十点多了，接起电话，仙川小姐说她刚结束工作，在三轩茶屋的车站前，邀请我现在去稍微喝点酒。从语调来看，仙川小姐明显已经喝得很醉了，我刚洗完澡，头发还是湿的，一瞬间犹豫着是不是说"我打算睡觉了",然后拒绝比较好。但是感觉仙川小姐似乎是难得的故意没有察觉对方的状况,或者说心里有谱却发出了邀请,所以最终我答应了。我告诉她我把头发弄干后就去,让她找家合适的店进去后发 LINE 给我,然后挂了电话。

那家店是离车站很近的地下酒吧。我白天去超市的时候经常从这栋建筑物前面经过,但也不知道这里有酒吧。走下陡峭的楼梯,面前有扇沉重的铁门,从上方推门进去,店内暗得让人纳闷有必要这么暗吗,到处可见桌上的烛光在微微摇晃。现在应该是酒吧人气旺盛的时间段,客人的身影却稀稀落落的。有人问我是不是一个人,我回答说与人有约,然后发现了坐在最里面的位子上的仙川小姐。

一见面,仙川小姐就双手合十一再道歉,她笑着说在不合常理的时间邀请你真的很抱歉,但是你能来我很高兴。我说完全没问题。

在昏暗的灯光下,仙川小姐的脸上有一块很浓的阴影,它随着蜡烛忽隐忽现地移动着。仙川小姐的面前已经放着装了威士忌的凹凸不平的玻璃杯和水,我点了啤酒。

"话说这里不会太暗吗?"我说。

"不,现在这个时间这样反而更好不是吗?"

"是嘛,总觉得很有洞穴的感觉。"

"确实。蜡烛也像篝火。"

"不过大衣里面,我穿了一身优衣库的睡衣来的,所以可能灯光上蒙混一下也好。"

"呵呵。但是这样看起来,就感觉全身都是吉尔·桑达系列之类的,不是挺好的嘛,是叫极简吧,听现在在女性杂志工作的前同事说过。"仙川小姐高兴地笑了,喝掉了威士忌。

仙川小姐说,直到刚才她还在二子玉和别的作家聚餐。一般出版社和作家的聚餐好像是在晚上七点左右开始,但是那位作家早睡早起,而且相当爱喝酒,再加上他喜欢久坐,所以编辑在下午四点就被叫到店里集合,结果好像比平时喝得多了。我问她喝了多少酒,仙川小姐说不知道,记不起来了，她口齿倒很清楚，但是眼睛完全定住了，随着谈话的节奏，身体动作和手势的幅度变大了——也就是说，无论从什么角度看都是已经结束，或者说已经喝过头的状态了。我笑说还是回去比较好吧，仙川小姐恶作剧似的笑了，说别这么说嘛，可总觉得她的黑眼珠呆滞不动，我默默地喝了啤酒。

虽然是特意叫我出来，但是仙川小姐好像没有今天必须要办的事情要找我，也没有说小说的事情。虽然我有点在意这一点，也有点受伤，但是我觉得对于没有什么特别进展的工作，即使不说宣泄感情的话，也只会让双方都很痛苦，就这样吧。

仙川小姐讲了家里人的事情。她陆陆续续说了些只听一点就知道她是有钱人出身的话题，我对这些话一一发出了感叹。在病弱经常住院的孩提时代有好几个家庭教师在单间里指导她学习；院子应季节变化需要三个园丁；家里的浴室是用大理石铺装的，在那里摔倒后，头部缝了五针的伤痕下雨天还很疼；以前父母的房间里有一个没有上锁的保险箱，那里胡乱插着一捆捆钞票，她和表姐们用那些代替乐高，堆起来又弄倒来玩之类的。虽然现在好像没什么钱了呢，仙川小姐笑着说。

"那、那些财产，都是仙川小姐的吗？"

"我是独生女啊。"仙川小姐眯着眼睛说完后，慢慢地喝下威士忌。接着马上大声咳嗽起来，我等着她停下咳嗽。"啊，威士忌呛到了，呛到了。"

"没事吧？"

"没事没事，哎呀说到哪儿了，如果父母死了的话。"仙川小姐喝了口水点点头。

"是啊，应该会留给我，但是今后还有看护，将来还有养老设施之类的费用，必须要研究一下，可能那样基本上就相互抵消了。那种那么大的充满恶趣味的家就算留下来了，谁又会去住呢？要是在二十三区内的话还行，但是它在八王子的边缘啊。"

"但是万一发生什么，有个不用付房租的地方，心里有底。"我直率地说。

"是啊，如果我有了孩子的话，想法可能会不同吧。"

在仙川小姐说出"孩子"这个词的瞬间，我条件反射般若无其事地随声附和道："孩子啊——"然后装出这也不是什么特别的问题，没什么大不了的气氛提问道：

"关于孩子，你是怎么想的？"

"孩子吗？"仙川小姐凝视着没有威士忌的玻璃杯。然后，她像想起来了似的大声叫店员来，又点了威士忌。她用双手轻轻地向后抚摸烫得蓬松的头发，带着笑容叹了口气说，孩子啊。

"并不是我不需要，也不是不想要。我是想以我自己的方式努力生活下去，但是这样一来，不知不觉就变成——怎么说呢，生活没有孩子进入的余地了，而且工作也很忙呢。"

我喝了口啤酒，附和道。

"人只要活着，无论如何都要做眼前的事情不是吗？工作嘛，想做的话是做不完的，特别是公司职员。生病啦，还有不小心怀孕啦，不发生这种大事的话，生活不是很难有改变吗？我的话，人生中没有发生过这样的事情啊。"仙川小姐用双手的手指在眼睛旁边慢慢地揉着说道，"所以，我并不是决定不要生孩子。"

我点点头，喝了啤酒。

"但是，我想就顺其自然吧。女人本能地想生孩子啦，是基因的命令啦——不知道现在还有没有这么说的人，但是这些我是完全没有感觉到。埋头忙着非做不可的事，直到今天，仅此而已。不过我觉得这么说来，依照这个想法，不生孩子不是更自然吗？因为，只要像以前一样自然地过每一天啊。"

"这样说也没错。"我说。

"是啊。"仙川笑着说起大阪方言，"但是……这样的事情，也许我也想过。"

"什么？"

"也许我曾经想过，说不定明天就会发生什么把这一切都彻底改变的事情。"

仙川小姐闭上眼睛轻轻摇了摇头。

"我有想过，也许那就是怀孕之类的事。尽管很模糊，但总有一天我身上可能也会发生、会遇到这类事，就像至今为止大家的人生中遇到过的一样，在我自己的人生中可能也会发生同样的事。但是，那个'总有一天'并没有降临到我身上。"

仙川小姐沉默了一会儿，盯着放在桌面上的自己的手指。然后她抬起头，微笑着说道：

"夏目小姐也一样吧？"

自此，我们陷入了一阵沉默，喝了各自的酒。我又点了一杯啤酒。仙川小姐看着挂在墙上的海报，过了一会儿说道：

"……但是，现在想起来，没有孩子真是太好了，我反而是这么想的。"

"什么时候会这么想？"

"当然了，我没有孩子，所以无法比较，但是看了周围的人，啊，我经常觉得还好我不用被这种事牵连。虽然不能大声说出来。"仙川小姐说，"当然也有幸福的人吧，但是周围的人动不动为了孩子发高烧或生病被搞得团团转，夹在孩子和工作之间，像字面描述的那样疲惫不堪地上着班。像我们公司有完备的保障都这么累，其他人基本上就连继续工作都不行吧。大家压力都很大，总是抱怨老公。类似的报道或者书不是很多吗？妈妈作家写的都是这些吧？生产的书和育儿书之类的，应该说是用辛苦引起读者共鸣的风格吧。谢谢你把我生下来之类的。作家写出这样庸碌的感情到底有什么用呢？在我看来，小说家写那种身边杂记的话，就到此为止了。"

我喝了一口啤酒点点头。

"但是呢，"仙川小姐把威士忌含在嘴里慢慢喝下去，微微一笑道，"……每次读这些东西的时候，每当听到因养育孩子而筋疲力尽的同事发牢骚的时候——因为是对夏目小姐我才会这么说，我觉得这些人真是浅薄自私啊。我真的是这样想的。因为不是大体上能察觉到事情会变成这样的吗？而且明明是你们出于喜欢做的事情，事到如今又在说什么呢？还有我同情他们。今后还得辛辛苦苦地不停工作，养育孩子几十年吧。生病啦，考试啦，叛逆期啦，就业啦，好不容易觉得自己人生中的这些事情终于结束了，那些人却又从头开始做同样的事情。真不知道他们是好事还是什么，只能说辛苦你了。我真的是这么想的。我并没有下定决心，但是现在觉得没有孩子也挺好的。"

接下来不知为何话题就变了。我们各自又点了几杯同样的东西，说些无聊的话，互相开开玩笑，放声大笑。也聊了游佐的事情。她刚买的电动自行车一天被搬走了两次，弄得狼狈不堪啦，几十张原稿数据都消失了啦之类的事情。眼睛不知不觉间习惯了原先觉得太暗的灯光，挂在墙上的菜单、成排摆着的酒瓶、不知是哪个时代的海报等，各种东西的轮廓清晰地浮现在眼前。仙川小姐默默地站起来，轻轻地抬起右手向厕所走去。穿着西装的一群男性客人和一群有男有女的客人与仙川小姐擦肩而过，店里一下子变得喧闹起来。

等了一会儿仙川小姐也没回来。我听到有人叫店员的声音，到处都能看到手机的液晶屏散发出模糊的光亮。我担心她可能是因为不舒服去呕吐了，就去了洗手间，看到了弯腰支撑在洗脸台上的仙川小姐的背影。

听见我叫她后就抬起头来的仙川小姐在镜子里和我四目相对。灯关着，可我却看见仙川小姐充血的眼睛通红通红的。即便我问她没事吧，她也还是通过镜子紧紧凝视着我，没有回答。我说我去拿水来，仙川小姐摇了摇头。然后她慢慢回头，伸出手臂抱紧了我。一瞬间我不明白发生了什么。在被仙川小姐拥抱的时候，不知为何仙川小姐那长长的手臂向我伸来的那个瞬间的影像在我的脑海中反复重播。我感受到左耳附近仙川小姐的气息，双手悬空着一动也动不了。仙川小姐的肩膀单薄得惊人，环绕在我背上的手臂也同样纤细。只是被拥抱了而已，为什么会如此了解对方的身体呢——我无法理解到底发生了什么，动摇得仿佛能听到心脏的声音，同时也觉得不可思议。

不知道那样大概持续了几秒钟，过了一会儿仙川小姐缓慢地放开了我的身体，又低了一会儿头，然后抬起头来。是平时那个仙川小姐。这时我觉得仙川小姐的嘴唇好像动了一下，似乎说了什么。她应该的确说了什么简短的话，但是没有传到我的耳朵里。

也没有机会确认她说了什么，她就说喝醉了啊，哎呀喝得太醉了啊，我们结伴回到了座位上，喝掉了剩下的酒，结账后离开了店里。我说要送她上出租车，仙川小姐说："没关系没关系，天气又冷，你快走吧。"好几次想甩开我。我搀着步履蹒跚的仙川小姐的胳膊，开着玩笑一起走到大街上。仙川小姐乘坐的出租车开走后，我还看了一会儿川流不息的车辆。虽然不知道怎么样才算够，但我总觉得好像还没喝够。我顺道去了便利店，犹豫了一会儿，从几乎没喝过的威士忌中，选了其中第二小的瓶子。啤酒拿在手里还行，但喝起来太凉了。

我开着空调就出门了，所以房间里很暖和。用手摸了摸头发，刚才明明已经晾干了，不知为什么还是觉得潮。我把外套挂在衣架上，又用吹风机吹了一遍头发，打算想一想刚才在卫生间里发生的事情。仙川小姐醉得很厉害。她工作上可能有很费力的事情。也许她有什么想多说一点的话，也可能刚才是无可奈何地想哭的心情吧。即使将这些事情在脑子里罗列出来，也只有仙川小姐肩膀的单薄和纤瘦，与透过镜子看到的眼睛和灯光的颜色等融合在一起造成的震撼在我的脑海中栩栩如生地复原出来，我不知道如何想象某些东西才能让它们成真。

我把威士忌倒在玻璃杯里喝了。每次喝下去，喉咙只会一下子热起来，一点也不觉得好喝。但是不到二十分钟，瓶子里的酒就剩下不到一半了。我关灯进了被窝。非但没有睡意袭来，脸颊和手脚都发热，怎么也睡不着，明知道这样会更睡不着，可我还是不断地点击手机里各式各样的报道。我看了经常在电脑上看的不孕治疗的博客，顺着贴出来的链接又跳转到了新的博客，就连留言板上展开的毫无结果的对话的细枝末节都看了。在治疗的人、放弃的人以及无关的人，不同的人写下了不同的想法。那些匿名写的不负责任的文章充满了叹息、同情、冷笑、攻击、安慰以及自我怜悯。我越读越兴奋，从太阳穴到头侧都痛得厉害。然后我感到阴暗得瘆人的情绪在胸口盘旋。

在这里诉说痛苦和悲伤，吐露着心情的女人们，不管怎么说还是幸运的。有热心的治疗，有能做的事，有治疗手段，受到认可。就连想要孩子的同性情侣在我看来也是相似的。他们有伴侣不是吗？在这个时间点上，有个一起想要孩子、未来可以一同克服障碍的伴侣，和异性恋者难道不一样吗？既有理解的人，又有网络，应该也有合作的人吧。不管是网络还是书里，到处都是有伴侣的人在发声。现在没有对象，将来也不会有的人的心情在哪里展现呢？谁有生育孩子的权利？你们是在说，只是因为没有对象，只是因为无法做爱，就不被赋予这样的权利吗？

所有人，所有人都进行得不顺利就好了。花了很多钱、很多时间，都就此失败就好了。能做的都做了，所以就死心吧，大家都失望就好了。人变得险恶，互相谩骂，然后乱七八糟地度过剩下的人生就好了，光是把能做的都做了便已强过别人，光是有机会能做就很幸福了，你们是多么的、多么的幸运啊。

我用双手使劲地搓着脸，坐起来把剩下的威士忌喝了。然后我躺进被窝里，又拿起手机，继续回到刚才的状态。目不转睛地凝视着屏幕发出的锐利而呆板的光，我不禁热泪盈眶。但是无法停下来。脑袋似乎变成了空烧状态。心脏就在耳朵旁边咚咚地跳动着。胸口苦闷，身体也很热。我想着无论怎么样都行，然而即使什么都不做，从眼角滴下的眼泪也在脸上蜿蜒而下，突然响起了铃声，邮箱应用软件上出现了来信的标志。是来自逢泽先生的。

那是对一周前我发的邮件的回信。内容很简洁，告诉我四月末会召开一个比之前规模要小的相关人士聚会，方便的话可以去参加。又及，小说马上就要读完了。

我按了回信键，新建了空白文档后开始打字。但是我彻底喝醉了，好几次打错字，重复变换奇怪的文字，回过神来想改正，可一旦凝视或是阅读文字，酒劲似乎就越发上头。在转来转去的脑袋里，思绪支离破碎地膨胀开来，虽然自己现在确实有点醉了，但感觉短信还是能写的，这种感觉使得整个状况更糟，从刚才开始就一直持续着带有攻击性的被害妄想加剧了，文句变得惨不忍睹。

　　晚上好，很抱歉，四月的聚会我去不了。因为想法已经固定下来了。因为这条路有去无回。我无法理解当事人们的心情，我早就知道是这样了。依拙见，我们只能是平行线不是吗？比方说我想问一个问题，如果一开始就把实情告诉孩子，不瞒骗他的话会怎么样？如果母亲能够满怀自信地将这件事毫无愧疚、堂堂正正地传达出去的话会怎么样？没有对象的人，从一开始就没有和自己的孩子相遇的权利吗？包括这个在内都是我自己的错吗？我与各位所批判的家族主义和在意门面的想法是不一样的，也并不是想要孩子。不是那种想拥有、想得到，而是想见面，想遇见，然后一起生活下去。但是，我到底想和谁见面呢？明明还没见过呢。四月份我不去了，想问的事情我会一边想象一边自己思考，虽然我们认识的时间很短，但是谢谢。再见。

我都没有检查就按下了发送按钮，就这样把手机扔进了黑暗的房间里看起来更暗的地方。然后我盖上被子，紧紧闭上了眼睛。坚硬的黑色波浪扑面而来，变成了根本抓不住的样子转了一阵之后，可米外婆出现在了梦里。我在把腿屈成三角形坐着的可米外婆旁边喝着大麦茶。两个人在位于港口街区建筑物的家中，靠在老旧的黑色柱子上谈笑风生。可米外婆的膝盖好大啊。小夏，你也看看自己的膝盖，和外婆一模一样了。真的呀，好大啊！比老妈还要像外婆啊，老妈总是这么说，从我出生开始就说我跟外婆长得一模一样。真的吗？好开心呀。可米外婆，人总有一天肯定会死的吧，这样的话，可米外婆也会死的吧？没错，不过……哎呀小夏哭了，别为这种事情哭，我离死还早呢，哎呀笑一笑，没关系的，外婆就算死了也一定会给你发信号的。真的吗？真的啊，什么信号？虽然现在不知道，但

223

是外婆一定会去见你的。我会叫着"小夏——"来见你的。变成妖怪吗？可能吧。可米外婆，变成妖怪也没关系，但是不要变成太可怕的妖怪，可米外婆一定要来见我，不管发生什么都要来见我啊。可米外婆来了的话，不管是鸟、树叶、风还是电灯开关，什么都好，我都会立刻认出来的，所以可米外婆，一定要来见我，不管怎样都要来见我，我知道了，我知道了，知道了啦，真的，不能食言哦，我会一直——一直一直等着可米外婆的。

"真的很抱歉。"

逢泽先生说着没关系，对低下头的我点点头。

"我醉得很厉害。"我说。明明已经是一个星期前的事了，可我还是觉得有酒残留在脑袋的角落里。

"我看了邮件，很吃惊。心想你是不是出什么事了。"

"我后来看了，也吓了一大跳。"

"吐了吗？"逢泽先生问道。

"没有吐，但是第二天早上站不起来了。"

"喝酒前稍微吃点东西就好了。比如乳制品之类的。"

"我会吃的。"我耸了耸肩。

对于我喝醉后没有检查就发过去的邮件，逢泽先生出于礼貌给我回了信，之后有几次邮件来往，然后见了面。逢泽先生给我带来了几份刊登在某杂志上，但还没有作为书籍出版的关于生殖伦理的文章的复印件。我道了谢，把它们装进包里。因为刚好是星期天，我们约好碰头的三轩茶屋的咖啡店很热闹。

"对了。"逢泽先生说，"小说我读完了。非常有意思。"

"你这么忙，真是不好意思。"

"之前我几乎没读过小说，所以我也说不好。"

"不好意思。"

明明是自己把书给他的，可这样面对面地谈论自己写的东西，我不知道该摆出什么样的表情，低下了头，含糊其词地嗫嚅着。

"我觉得可以从很多的角度来读。"逢泽先生凝视着咖啡杯，像是在思考似的说道，"……是在描写某种轮回吗？一开始大家都死了，之后又死了几遍，地点、社会规则和语言都在不断变化，但是主人公还是保持着同样的自我，不断重复上演着故事。"

我模棱两可地点点头。

"……我刚才，可能已经说过了……但是可能稍微有些不同。"逢泽先生说完后，沉默了一会儿。然后他抬起头，仿佛是明白了似的眼睛睁得老大。

"是嘛，是笔直的啊。因为故事一直在往前走，所以我才会认为是轮回之类的，但是那个世界，始终是直线前进的。"

我不知道该怎么回答才好，就保持着沉默，这时逢泽先生轻轻耸了耸肩道歉道：

"不好意思，虽然我说不好，但是读起来很有趣。"

"逢泽先生，你说你不怎么看小说，我没感觉出来。"我说。

"我虽然不是很懂，但有兴趣。比如对写小说到底是种什么感觉之类的。"

"您想要试着写一写吗？"

"怎么可能。"逢泽先生笑道，"我父亲，过去一直在写小说。"

"你父亲？"

"是的。是我养父，他出于兴趣在写。是很久以前的事了，他已经死了。"

"年轻时候去世的吗？"

"照现在说起来，是很年轻。才五十四岁。我十五岁的时候，他心肌梗死去世了。获知自己是通过精子捐献出生的当事人，基本上是在父母离婚或者父亲过世之后比较多，但我是在他过世了十五年后，三十岁之前我都不知道。"

"当时，你是完全不知道的？"

"是啊。"逢泽先生说，"我们家——也许我在哪里说过，是在栃木的一个相当复杂的家庭。应该说是从很久以前开始一直是地主，也就是所谓的世家。大家都在那里生活，祖父在我还很小的时候去世了，家里是祖母掌管着一切。我是从祖母那里听说了这件事。"

　　"到了三十岁，突然告诉你的?"我问道。

　　"是的。"逢泽小声地叹了口气，"父亲去世后的几年里——到我来东京上大学为止的这段时间，祖母、母亲和我三个人一起生活，但是我离开家后，就变成了母亲和祖母两个人。祖母从以前开始就非常刚烈，性格说一不二，所以作为儿子，我觉得母亲经历了很多，十分不易，不过也理解，住在一起的家庭，一定程度上这是无法解决的问题。于是，在我大学毕业考了驾照，好不容易结束研修的时候，母亲已经再也无法同祖母一起生活了。她开始说要离开那个家，离开祖母，来东京。"

　　"那个时候逢泽先生在东京，所以她是想和你一起生活?"

　　"不是，比起具体的和我一起住之类的，她是更想和祖母分开。她跟我说了祖母对她做了多少过分的事情，自己每天都承受着怎样的不快。她哭着告诉我如果再待在那里的话，真的会发疯然后死掉的。在毫无转圜余地的情况下，母亲断绝了和祖母的关系。她说要离开那个家来东京。于是，祖母如烈火般暴跳如雷，一发不可收拾。之所以这么说，是因为父亲去世的时候母亲是配偶，所以继承了财产。祖父去世时，归属父亲的财产里有一半已经归母亲所有，总有一天会全部到手的吧。在祖母看来，既然已经拿到了家里的钱，留下来守着这个家也好，照顾自己也好，都是理所当然的吧，她就是这样的逻辑。"

　　"原来如此。"

　　"实际上我也是因此才能上东京的私立医大。"逢泽先生说，"但是，最重要的是首先必须考虑母亲的精神状态和健康，所以我也考虑并提出了是否放弃未来将继承的财产之类的问题。但是这方面母亲似乎也有自己的主张，她认为她结婚嫁入这个家已经几十年了，丈夫过世后一直作为全家的媳妇来操持家里的事情，所以要继承财产也是理所当然的。很难吧。"

逢泽先生喝光了杯子里的咖啡，将目光投向窗外。我邀请他再喝一杯咖啡，他道谢似的点了点头。店员走过来，往我们的杯子又续上一杯。

"即便如此，你母亲似乎确实有立场说这些。"我说。

逢泽先生露出些许困惑的表情，点了好几下头。

"哎，祖母真的是性格暴躁……或者说是一种好发脾气的感觉，所以我知道周围的人相当辛苦。从懂事的时候开始，我也真的不擅长和祖母相处。"

"是位可怕的老太太吗？"

"怎么说才好呢……在孩子看来很恐怖，偶尔两个人在一起的时候会非常紧张。从来没有放松警惕或是撒娇之类的事情。现在想起来，觉得就是那么回事啊。对方也没有心情疼爱不是真正的孙子的我吧。"

"那是发生在逢泽先生三十岁左右的事情？"

"没错。那时，母亲在精神上已经达到了极限，所以我给她租了东京的周租公寓，让她暂时到那里避难。我感觉她真的有点受不了了。所以我决定一个人去栃木的家里和祖母谈今后的事情。"

"原来如此。"

"我到家后，家里有几个亲戚在，其中有见过面的，也有没见过的。父亲是独生子，不过祖父应该有几个兄弟，所以我想是那边的亲戚。"

"总觉得，眼前浮现出了画面……"我眯起眼睛说道，"这么大的大厅里，背对着灿烂华丽的巨大佛坛，一大排穿着西装的男人们并排站着，然后中间是穿着看上去很昂贵的和服的老妇人……"

"只是普通的客厅罢了。"逢泽先生用食指轻轻挠了挠鼻翼，"祖母也只是很平常地穿着运动服和棉袍，旁边的人也穿着工作服之类的。"

"我太老套了啊。"我反省道。

"没有没有。"逢泽先生笑道，"不过因为房子本身在乡下，所以很大。"

"有多大啊？"

"我想想……是平房，两侧不知为何宽得离谱。从大门到正房之间有个不得了的果园，还有个日式庭园。"

"诶？"

"因为在乡下。不过在用的房间没几个。所以我说的房间，就是普通客厅的感觉啦。"

我想象着从门到家之间有果园和日式庭园，两侧特别宽的住宅，当然没能很好地想象出来。

"……接着，就谈了事情。我说明了母亲的现状，提议就算是为了彼此，稍微保持距离不是更好吗？能否允许母亲住在东京。话虽如此，也不是完全不来家里，周末回来做家务，采购一周的食物和日用品，不会让祖母感到不便。如果这样也还是觉得不安的话就让保姆来。当然，费用由我来承担。"

"挺好的啊。"我不由得打了个响指，"然后呢？"

"当然被一口拒绝了。祖母说，到现在为止我照顾了你母亲多少啊，而且也不想想到底有多少钱归了你母亲。她认为母亲留在家里照顾她到最后是理所当然的，这一点她是绝对不会让步的。"

"是笔数目相当大的钱吗？"我不假思索地脱口问出了浮现在脑海里的问题。

"既然是祖母说的，虽然不知道真假，但某种程度上应该挺多的吧。"

"一、一个亿？"我狠狠心问出了口。

"是啊。"逢泽先生皱起眉头说道，"还要再多一点吧，翻个倍？"

我沉默着喝了口水。

"但是这得要把土地之类的都算上吧，是所有东西的价值对应的金额，也不是直接就能用的。税金之类的也会跟着来，不会剩下太多吧。而且母亲至今为止一直都没有工作，生活费和我的花销都是用的那笔钱，所以已经所剩无几了吧。"

"……但是你祖母还有钱的吧，所以我觉得护理啊照料啊这些工作还是开开心心交给可以接受的专业人士，这样对你祖母也比较好吧。"

"当初我也对母亲这么说过。但是照母亲的说法那是不可能的。她说

228

祖母是故意的。"

"故意的?"

"是的。也就是说,祖母也是被婆婆强迫做了同样的事情,那样生活过来的。牺牲了自己的人生守着家庭,她心里有自负和恨意。类似'我会让你一个人获得自由吗'这种感觉。"

"原来如此。"

"后来我说到具体的金额,祖母开始痛骂母亲曾经是个多么不起眼的媳妇……开始了对母亲的谩骂,接着变成了对我的攻击。我不喜欢祖母,而且经常感到待在家里不舒服,但即使这样,我心里还是觉得儿子走在自己前面的祖母很可怜,觉得这个人也有只有她自己才能明白的痛苦和悲伤吧。虽然我可能是跟她不投缘的孙子,但肯定是她的孙子,一起生活的日子对彼此来说应该有些意义。"

逢泽先生叹了口气。

"我传达了自己的想法。接着,祖母就说:'你啊,根本连我的孙子都不是。'因为真的是顺其自然说到这件事的,所以一开始我把它理解成了比喻。于是我说:'我明白您想这么说的心情,但是现在试着不要感情用事,好好聊一聊吧。'然后祖母就说:'你真的不是我的孙子。不是我儿子的孩子。你是借别人的种生出来的。'"

我点了点头。

"她说所以我没有理由说这些话,和她根本也没有任何关系。我听她这么说,怎么也不像是开玩笑的样子,就逼她说明白到底是怎么回事,可她让我具体去问我母亲,然后就把我赶出来了。那个时候是怎么回东京的,我都有点不记得了。"

逢泽先生又看向窗外,双手轻轻揉了揉眼睑。冬日午后的光模糊地落在逢泽先生的发际线附近。

"你母亲怎么说?"我问道。

"是啊……然后我回到了东京,先回了自己家,尽量冷静下来以后,去了母亲住的周租公寓。一打开门,母亲就在单间的正中央躺着。"

"突然间？"

"说突然吧，我想也不是一下子就躺下了，不过我一开门，她就躺在那里了。在奶油色的地板上，什么也没有铺，什么也没有盖，背对着我躺着。即使门开了她也没有抬头。我以为她睡着了，叫了好几次，她终于回答了。我不知道怎么开口才好，就先说了一句'我去过了'。尽管如此，母亲还是默默地躺着。现在想想，自己也不知道为什么要在这个时候说出来，等回过神来已经问出了口。我说：'刚才奶奶说了，爸爸不是我亲生父亲，对吗？'"

"站着说的？"

"对。"逢泽先生点点头，"现在想来不免觉得要按照更合适的顺序，或者说可能起码要好好看着母亲的脸问比较好。"

"然后呢，您母亲怎么说？"我问道。

"她一直沉默。我忘了那样过了几分钟，我一直看着母亲的背影。过了很长时间以后，母亲慢慢起身，懒洋洋地说了声'是啊'。然后她又说：'这是很久以前的事，已经不重要了吧？'"

说到这儿，逢泽先生陷入了沉默，我们凝视着各自的咖啡杯。

"然后呢？"我问道。

"然后，我几乎条件反射地打开门出去了，姑且在那附近走来走去。虽然我能理解自己身上发生了什么大事，但手上却什么也抓不到。或者说尽管必须要思考些什么，可我最不知道的就是该思考什么。感觉到的是身体里的异物感。那种感觉就像是突然吞下了类似球体一样的东西，每次眨眼，它就会在心窝附近一点点变硬、变重。我感觉胸口被压迫着，呼吸非常困难，但似乎又不太清楚感觉到呼吸困难的是否真的是我。总之，我先走着，到了拐角处就向右转，再到拐角处再向右转，总之先不停地走着。我在半路上买了水，有个公园，我就坐在长椅上，在路灯下一直盯着自己的手掌看。"

"盯着手掌？"我问道。

"其实手掌不管怎么看都只是手掌，没有别的东西。但是那个时候的我能做的事，大概只有这个了。我好几次回想起祖母所说的"别人的种"这个词，不过那时连精子捐献之类的词都不知道。这样啊，原来我是母亲前夫的孩子啊，我似乎是这样想的。或者也可能是养子。但是，具体的我不知道要从哪里开始思考。于是，我像傻瓜一样一直盯着手看。有皱纹，有青筋，每个手各有五根手指，有关节和肌肉的隆起。仔细一看，手的形状真是奇妙啊，我就想着这些。然后，我终于想起了自己的父亲。"

我点点头。

"父亲对我——现在想来，不知道他为什么能做到那样，但是父亲真的很疼爱我。父亲年轻的时候做了疝气手术，因为以前不像现在有腹腔镜手术，而是从后面直截了当切开的那种，那个手术好像不太顺利。但是幸运的是，因为经济条件很好，所以不需要出去工作，祖母溺爱独生子的父亲，只让他干些打扫庭院、家里的简单修理之类的活。所以，我父亲总待在家里，我一放学回家他就迫不及待地走过来，想听听那天发生的事情。他还告诉了我很多事。

"那是什么时候的事了呢，父亲告诉我他在写小说。确实父亲的房间不仅仅是书架上，而是到处都放着书，印象中他没和我说话的时候就总是在读着那些书。他像是把头埋在书桌里，一直写作到深夜的身影也让我记忆犹新。每当我仰起头看书架，把看到的书脊上的字大声读出来，父亲就会来到我身边，一本一本拿出来，用我也能明白的方式给我讲解内容。比如这本是最详细地解说地球上的鲸鱼的书，这本是描写在四天当中关于某个家族和神以及审判的故事，总之是一本写得很有趣的书。我清楚地记得这样翻书时父亲的手指和手。可能是因为没有晒太阳，所以整只手都很白，手掌上斑驳地泛着红，手背有时会有粉似的皮屑。指甲长得像扇形，到现在我都不知道那是大是小，但总觉得像面包的质地。然后，我在公园的长椅上一边回忆着这些一边看着自己的手，心想是嘛，那个父亲的手和我的手，一点关系都没有啊。"

逢泽先生又望了一会儿窗外。然后他像突然想起了什么似的，看着我轻轻摇了摇头。

"说起来，我从刚才开始就一直在说自己的事情呢。为什么会说起这些啊。今天明明是打算来听夏目小姐讲的。从什么时候开始变成说我的这些事情了呢？"

"从你说对小说有兴趣开始，自然而然就展开到这儿了。"我笑着点了点头。

"是嘛。"逢泽先生也笑了，"最终我还是不知道父亲在写什么样的小说。"

"没有留下来吗？"

"我到处都没找到。有一次父亲曾经给我看了几本捆在一起的大学笔记本，说这是他写的小说，我记起来时就找遍了整个房间，可是哪里都没有。我不知道他是不是真的写了。但是，父亲好像真的很喜欢读小说、写小说。他某天突然倒下，然后就那样去世了，所以也没有和他细谈。"逢泽先生说道。

"……因此，写小说的人……当然父亲不是什么小说家，但是我对想写小说的人到底在想些什么有着模糊的兴趣。但是……啊，就算夏目小姐是小说家，也不能对你讲这些莫名其妙的父亲的事情……总觉得很抱歉啊。"

"没关系。"我摇摇头，"后来，你回你母亲住的周租公寓了吗？"

"回了。"逢泽先生顿了顿说道，"虽然那时也不知道该考虑什么、怎么考虑，但是不管怎样必须要问清楚情况，也不能一直坐在公园的长凳上。我回去了。然后，母亲在看电视，过了一会儿我也靠在墙上，沉默着一起看着电视。接着我开始断断续续地说起老家的事情。柿子树枯死了啊，祖母的样子啊，虽说有亲戚在可有几个没见过啊，我说了些诸如此类的事情。刚开始母亲只是默默地听着，过了一会儿她说了句'是你奶奶叫我接受的'。"

"精子捐献吗？"

"嗯。"逢泽先生点点头，"结婚后过了几年都没有和父亲生下孩子，母亲一直因此被祖母责备。因为是在以前，不，现在也一样吧。但当时是不会有男性不育的想法的时代，所以不能生孩子几乎百分百都被说成是女性的原因，大家都认为是理所当然的。所以母亲好像因为这件事吃了很多苦头。在人前被骂，被人嘲笑是次品，每天都是如此。然后祖母终于说了。叫她在还来得及生之前，去东京的专科医院从头到脚查一查身体哪里不舒服，然后要是知道无论如何也生不了孩子的话，那就必须考虑离婚了。联系了医院之后，医院说丈夫也需要一起检查，结果，原因在于丈夫，也就是说祖母知道了自己的儿子患的是一个精子都没有的无精症。"

"祖母怎么说？"我问道。

"她受到了打击，连话都说不出来，说这种事情肯定出了什么错，叫父亲马上去别的医院，几乎是大喊大叫着说的。但是结果是一样的。祖母嘱咐母亲无论如何不要把这件事情外传出去，过了一阵子，不知从哪里来的——我们家租借给大企业工厂用地，也给政治家捐款，这类交往很多，所以祖母说熟人介绍了在做精子捐献的大学医院，命令我父母去那里接受治疗。父亲和母亲照祖母说的去大学医院治疗了一年后怀孕了。之后换到了当地的产科医院，据说祖母为了让大家看到母亲实际鼓起的肚子，带着她去邻居和亲戚家转悠。就这样过了几个月，母亲生下了我。这是我第一次听到'精子捐献'这个词。我模模糊糊地想过自己是母亲前夫的儿子，或者是养子这两种可能性。除了这些我没有想到别的。所以我总以为自己可能有所谓真正的父亲，总觉得父亲这个人在某个地方，母亲应该知道那个人吧。如果想见面的话，就可以见面的吧。"逢泽先生说，"但是不是这样的。不是从人形的人，而是从匿名的某个人那里采集的精子。怎么说才好呢……坦白讲，是一种自己的一半不是人类的感觉吧。当然人都是通过卵子和精子生出来的，但是，这样，自己的一半……"

这时，逢泽先生拿着咖啡杯，发现里面空了。我的杯子也空了。逢泽先生带着有些不安的表情，问我还能不能继续这个话题。我回答说当然了，我想吃点甜品，就让店员拿来了蛋糕的菜单。逢泽先生重新坐回椅子上，像是看到什么稀罕的东西一样，躬起背凑近了看菜单，我点了奶油蛋糕，逢泽先生犹豫了很久后点了焦糖布丁。

"让我惊讶的是，"逢泽先生带着难以察觉的笑容说，"母亲在淡淡地说明了接受治疗的经过之后，露出了十分嫌麻烦的表情，好像在说这件事情就到此为止吧。我对此不禁哑然，比起当时自己感受到的类似丧失感的东西，或许我更惊讶于母亲的态度……一般情况下是怎样的呢？说得保守一点，与其说是很重大的话题，不如说并不是什么大不了的事情吗……从作家的角度怎么看呢？"

"不是的，不是的。"我点点头。

"是吧。怎么说呢，这种事情……就连电视剧和电影里，在向孩子说明有关出生的事情的时候，不也会更正式一点嘛。因为我内心某处一直是这样想的，所以认为母亲一定会好好地说明，说这里面有这样那样的原因，说真的很抱歉至今为止一直保持沉默，说不定还会流着眼泪谢罪吧，我内心某处一直是这么想的。会有某种符合常识的反应。但是母亲却一副不知道哪里有问题的态度，真的是露出一副很嫌麻烦的表情，只说了一句：'这件事就到此为止吧。"因此，我也很混乱，很不安，用很强烈的语气追问她：'你知道自己在说什么吗？知道自己做了什么吗？'然后她说：'我把你生得身体健全，让你无忧无虑地长大，还让你上了大学，你还有什么不满意的呢。'我又哑口无言，她说：'你倒是说说看哪里有问题。'

"我说：'问题就在于我不知道自己的父亲是谁啊。'可是，母亲好像真的不能理解我说的事情有什么问题。看着这样的母亲，不知为何我变得有些不安。像是看见了人却不是人，或者说类似海市蜃楼现象的那种东西，我感到声音有点颤抖。这样一来，母亲就好像真的不明白似的看着我，说：'父亲到底是什么呢？'我不知道该怎么回答才好，就这样沉默了。母亲也沉默了。电视上放着音乐节目，各种各样的音乐接连不断地播放着，从画面中流淌出来，声音仿佛就要那样堆积在地板上似的。我一边呆呆地看着节目，一边模糊地想，咦，这是哪里来着？啊，原来是周租公寓啊。

"然后是过了多长时间呢，母亲看着电视小声地说：'父亲什么的，根本无所谓。'然后我们又陷入了沉默，过了一会儿，母亲直视着我的眼睛说：'你在我的肚子里长大，是我生了你，你是我生的。事情就只是这样不是吗？只是这样而已，真的。'"

说完，逢泽先生陷入了沉默。我也默默地盯着桌子上的杯子、一次性毛巾和只剩下一点点水的玻璃杯。店内依然有很多人，旁边的座位上从刚才开始就有一位穿着红色毛衣的女性单手拿着电子词典，非常热心地在学习。好像是在学语言，但是不知道是什么语。摊开在桌子上的参考书的边缘放着马克杯，稍微不注意杯子就会倒，但是那位女性好像没有注意到这一点。过了一会儿店员来了，把新的咖啡、焦糖布丁和奶油蛋糕端到了桌上。我们默默地吃了各自点的东西。奶油触碰上舌头的瞬间，和唾液混合起来的甜味在脑内扩散，我不由得叹了一口气。

"糖分。"逢泽先生似乎也有同样的感觉，点了好几次头说道。

"这样……感觉就像直接涂满了大脑的褶皱或是沟壑。"

"不错啊。"逢泽先生笑道，"一想象那幅画面，就觉得更有效果了。"

"然后……之后，你母亲怎么样了？"我问道，"平安无事地在东京吗？"

"没有。"逢泽先生摇摇头，"最终自己回了栃木。"

"这可真是……"我惊声说道。

"不知道他们谈了什么，或者说我都不知道她们是不是有过交谈，她说自己还是回家去，将一切照看到最后。"

"是嘛。"

"她说'辛苦就辛苦到最后吧'。所以现在她在栃木。"

"那关于治疗，或者你的身世呢？"

"只在周租公寓里聊过那一次，之后就再也没有说起了。"

我们沉默了一会儿。店员走过来，给我和逢泽先生的空玻璃杯里倒了水。我们沉默着，注视着在透明的玻璃杯里沐浴着阳光，闪闪发光的不断增加的水。

"不好意思。"过了一会儿，逢泽先生说，"我净说自己的事情了。"

"没那回事。"我说，"我想听逢泽先生的事情。"

"夏目小姐真亲切啊。"过了一会儿，逢泽先生小声说道。

"还从没有人这样说过我。"

"真的吗?"

"嗯。可能活到现在一次都没有。"我想了想后说道，"嗯，完全没有。"

"反过来说这不也很厉害吗?"逢泽先生笑着说。

"是嘛。"

"……或许也有这种可能性，因为夏目小姐是真实的亲切，所以目前为止谁都没有注意到。"

"真实的亲切，会不被注意到?"

"是的，不光是亲切，大部分事物如果浓度不适当的话，就无法很好地传达给别人。共鸣也是这么一回事。"

"但是逢泽先生注意到了。"我笑了。

"是的。"逢泽先生也笑了，"所以也许今天是非常重要的日子呢，终于有人感受到夏目小姐真实的亲切的日子。"

然后我们喝了咖啡，吃了各种各样的点心。很久没吃，久到已经记不起上一次吃是在什么时候的奶油蛋糕非常好吃。质地蓬松柔软，奶油不齁甜，好吃到可以就这么一直吃下去。

"怎么了?"我问道，因为逢泽先生看起来似乎在微笑。

"没什么，我觉得好不可思议啊。"逢泽先生说，"我想就连在聚会上我也没有如此详细地说过——我是说父亲的事。"

"是嘛。"我略微有些吃惊地说。

"嗯。我也是刚才才意识到。"说完，逢泽先生又盯着焦糖布丁说道，"……在公开场合，或者说是在很多人面前讲话，想想也只有在自由之丘的聚会上，还有之前有一回而已。"

"看不出来。"我佩服地说道，"讲得非常好。"

"真的吗? 当然在聚会上我会跟大家讲自己的事情，但非要说的话，还是听别人讲更轻松。"

236

"嗯。"

"我平时在做的是制作 Facebook 和活动的海报，还有提交给医师会和大学的建议书。"

"报道里写了这个呢，'知道自己身世的权利'，要是能立法就好了。"

"完全没有进展。"逢泽先生微笑道，"还有，我在制作当时在那所大学捐献了精子的学生名簿和联络地址清单。"

"对方都提供协助了吗？"

"我感觉态度渐渐有一点点变化，但是基本上大家还是抵触的。如果能追溯到出处的话，就不会有捐献了。那就麻烦了吧。别人会对我说本来少子化就令人困扰了，再要减少的话该怎么办啦，不要去打扰别人啦之类的。我有时会想，自己这是在做什么呢？"

逢泽先生将目光投向窗外，像在思考似的说道。

"自从知道了真相之后，总觉得诸事不顺。当然，在那之前也没有过得非常好。工作最后也辞掉了。"

"嗯。"

"不管做什么，总觉得这样没有实感啊。自己的一半……也说不上是空白……我还不知道该怎么解释这种感觉。"逢泽先生说，"好像一直在噩梦里，这种形容虽然常有人说，不过就是那样的感觉吧。总觉得要想回到正常的状态，只有和真正的父亲见面——我连他是活着还是死了都不知道，不过我觉得无论如何都要知道他是个什么样的人，所以能做的都尽力做了，但是，我想肯定再也找不到他了吧。"

"到现在为止，聚会的成员里有见到亲生父亲的人吗？"

"据我所知，没有。"逢泽先生说，"因为匿名是绝对条件。大学那边又坚持说记录已经废弃了，但即便留下来了，我想我也不会知道的。"

说到这儿，逢泽先生陷入了沉默，我也默默地喝了剩下的咖啡。逢泽先生把脸朝向窗户，稍微眯了一下眼睛。我看着他的侧脸，有种受到无声的谴责的心情。当然，我知道现在逢泽先生根本没有在想我的事情，尽管如此，我还是有一种自己的想法和渴望孩子的心情在黑暗中纠缠不清的感觉。

我想起了采访逢泽先生的那篇文章。身高一百八十厘米，很高大，单眼皮。我从小就擅长长跑。有对此有线索的人吗——那细微的呼唤至今仍深深地留在我的心中，每每想起来，心里都很难过。而且，对于我来说，一想到现在这样和那篇文章里的主人公本人在一起，就觉得很不可思议。

蛋糕和咖啡都是逢泽先生请客。我道了谢，逢泽先生莞尔一笑。走去车站的路上，我们又聊了很多。我问他头上长出不毛糙、之溜又亮丽的头发是什么感觉，逢泽先生说即使在意过发量，也没想过发质的问题，他很吃惊。当被问到有医师执照是不是就亲眼见过人脑时，他点头说当然了，虽然是学生时代，但我看得很仔细，还记得很清楚。

来到了通往车站的下行台阶前，逢泽先生向我道谢。

"我想起了自己原来是个很健谈的人。"

"我也很愉快。这么说有点那什么，但很愉快。"

"不知道是不是因为夏目小姐善于倾听，或者说有这种感觉也没准是因为我们同岁啊。"逢泽先生说，"和这个无关吗？"

"说是因为家业好像有点不贴切，不过我的母亲和姐姐都是女招待，我也是那样被带大的，所以我给人的感觉可能是出于这个原因吧。"

"女招待？"

"嗯。我在大阪的小酒馆长大。认识的人和不认识的人都来喝酒，每晚听别人说话是工作，或者说是生活。"

"夏目小姐以前也是女招待吗？"逢泽先生有些吃惊地说。

"不是，我因为年纪小，还是个孩子，所以一直在洗盘子。"我说，"十三岁的时候母亲死了，之后我也一直待在小酒馆里，不过一直是在厨房里做事。但是，我做过很多工作哦。"

逢泽先生瞪圆了眼睛说：

"从小就一直在工作？"

"嗯。"

逢泽先生凝视着我，然后，他摇头说比起自己的事情，的确更应该听夏目小姐的事。我笑着说那下次再见吧，一定要再见，逢泽先生表情认真地点了点头。

"那再联络吧。我去买点东西再回去。"

逢泽先生说完，指了指和车站相反的方向。那种说法让人感觉他就像住在附近一样，这么说来，聊天的时候没提到过，我问他莫非是住在这附近或者是田园都市线沿线。

"我住在学艺大站，不过善小姐住在离这里步行十五分钟的地方。"逢泽先生说，"之前在大厅里介绍过的。"

"善百合子小姐。"我说。

逢泽先生说他遇见善百合子后知道了当事人聚会的事，从那时候开始两人已经交往三年了。

"再联系啊，下次请说说夏目小姐你的事。"

说着，逢泽先生轻轻抬起手，穿过人行道走远了。

14 鼓起勇气

善百合子一九八〇年出生于东京，二十五岁时知道了自己是通过 AID 诞生的。我最开始读的采访的书中她也是用假名受访的，这是逢泽先生告诉我的。

她的父母关系不好，从懂事开始她就在无比紧张的环境中长大。她经常听母亲说父亲的坏话，父亲渐渐地就不回家了。在餐厅工作的母亲因为晚班而不在家的时候，通常都是祖母在照顾善百合子，不过父亲偶尔也会回来，并屡屡对她实施性虐待。当然善百合子没能对任何人讲这件事，她受到的伤害也没有具体写出来。

十二岁的时候，父母正式离婚，归母亲抚养后她就再也没有见过父亲，但在二十五岁的时候她得知长期患癌症的父亲病危了。毫不知情的父亲那边的亲戚联系她说："虽然你爸爸和你妈妈是没有关系了，但你是和他有血缘关系的独生女儿，所以去见他最后一面吧。"

善百合子丝毫没有去见她父亲的心情，然而既然收到了通知——虽然从小关系就不好，高中毕业后马上就分开生活了，但总之她还是把这件事告诉了母亲。然后，母亲哼笑说没什么可在意的，因为那个男人和我们两个人都没有关系。她说虽然她没有想要孩子，但是父亲知道了自己没有精子之后就很慌乱，为了不让别人知道自己没有精子，为了不让任何人知道，就要母亲生个孩子作为证据。然后母亲就通过医院提供的精子怀孕了。所以她不知道亲生父亲是谁。

善百合子也和其他当事者的孩子们一样，尝到了被推落到地狱底层的绝望感。她一下子想起了无数至今为止觉得可疑的事情，所有的事情都联系在了一起，她恍然大悟，直视着好不容易站住的人生的小小立脚点轰隆隆地崩塌了。但是善百合子说，只有一件事她是发自内心地觉得庆幸的。那就是小时候对自己进行性虐待的人，不是自己的亲生父亲。

我把书合上放在胸前，呆呆地看着天花板上的污渍。善百合子。身量纤纤，皮肤白皙。深深浅浅的雀斑从鼻子上方轻轻扩散到眼睛下面。书里没有详细写，虽然知道我的想象没有任何意义，但一想到在无处可逃的家里，当时以为是父亲的人对还是个孩子的善百合子的所作所为，我就感到浑身发抖。我再一次想起了在大厅看到的善百合子，她脸颊上静静呼吸着的星云。然后对于说想要接受 AID 的我，她一言不发，一直盯着我。我起来把书放回书架，然后又躺回懒人沙发上。

三月即将结束。从那以后我和逢泽先生频繁地发邮件，上周六在居酒屋吃了饭，喝了啤酒。我说想吃鱼，逢泽先生想去的那家店和圣诞节跟绀野小姐一起去的是同一家。我说我来过，逢泽先生说他也跟善百合子来过好几次。

逢泽先生和我聊了各自的日常。逢泽先生很想仔细听听关于我工作的事，所以我说起有部小说已经不停地写了两年左右了，但是一直觉得文体、构成还有最初感受到的热情全都是错的，再也写不下去了，我开始觉得不如索性写本完全不同的小说。

"几年里一直思考同样的事情。"逢泽先生佩服地说，"这很不容易吧。"

"但医生不也一样吗？"我问道，"也有常年住院的病人吧。"

"是啊。"逢泽先生说，"认为像这样持续下去的人际关系才是有价值的医生很多，但我似乎并不擅长。"

"对啊，签约医生的话就能去很多地方，不用一直诊治同样的患者了吧？"

"那是很久以前的事了，一开始成为主治医生的时候我很紧张。考虑治疗方案的时候，我感受到了从未有过的责任感。但是，患者因此而康复后，我心里真的很高兴。"

"还记得第一个病人吗？"

"记得。是位患了帕金森病，原本待在疗养院的病人。他是在卧床不起的状态下，患了吸入性肺炎来住院的。但是，那个人很有毅力，没错，他非常努力，非常有毅力地努力着。说是美好的回忆也不太合适，但我曾经觉得成为医生真是太好了。"

"善小姐是做什么工作的？"

"她是做事务性工作的，在保险公司。她也不是正式员工，所以我们俩都是自由职业者。"

接着，逢泽先生说今后无论他们俩的关系会如何，前提都是不生孩子。

"和她相识的契机是报纸上的报道。"

"关于 AID 的？"

"对，她匿名回答了采访。虽然在聚会或者研讨会上露面谈了自己的经历，并没有隐瞒，不过 AID 这个说法自不必说，那个时期大家就连精子捐献这回事都完全不知道，走投无路的时候我看到了报道，就下定决心和报社联系。于是我们见面了，她告诉我有这样的聚会并邀请我参加。"

逢泽先生说在相当艰难的时刻，他受到了善百合子的帮助。虽然他没有详细说，但似乎因为当时正在和交往的女性提分手。

顺着这个话题，我说了自己只有一个从高中时代开始交往了很长时间的男朋友。虽然有一瞬间我犹豫要不要具体说明，但还是说了分手的理由。因为做爱的时候就会有一种死一般的悲伤心情。即使试着努力，还是做不到。在那之后也就没有了那种欲望，现在也完全没觉得有任何不自在。但是，我说我忍不住想这样的自己是不是哪里有点奇怪。逢泽先生默默地倾听我说话。然后我又说了想要孩子的想法。我说从现实考虑的话，自己没有对象，也无法进行普通的性行为，经济方面自不必说，总之没有任何一项符合成为母亲的条件，尽管如此，近两年来我还是一直想要孩子，一直在考虑这件事。

"想要孩子是说……"逢泽先生问我，"想要养育孩子吗？还是说想生孩子呢？又或者是想怀孕？"

"关于这一点，我也仔细思考过了。"我说，"可能是包含了这些全部的'想遇见'的心情。"

"想遇见。"

逢泽先生慎重地重复我的话。

我想了一会儿自己说的话，但是没能进行说明。为什么想遇见？我认为自己的孩子到底是什么样的存在？自己究竟设想了什么、谁、什么样的存在？我说不清楚。但还是勉强传达出，我认为遇见这个谁都不认识的某人对我来说是非常重要的。然后，我又说了上个月底我试着注册了一家叫维尔科曼的海外精子银行，但是不知道是不是输入的方式有误，我试了几次都没有音信，考虑到年龄的问题，我觉得还是冻结卵子比较好，虽然我考虑了很多，但是完全不知道自己今后到底该怎么做，其实是穷途末路。对于这些我用湿巾按着嘴巴周围说的漫无边际的心情和状况，逢泽先生在沉默过后附和了我。

"第一次遇到病人去世，"逢泽先生说，"是在血液科那会儿，我还是个实习医生的时候。病人是个二十岁的女孩子，得了白血病。是一个性格开朗、很坚忍的孩子，名字叫纪子。我们叫她小纪、阿纪。这孩子非常爱她的母亲，状态好的时候会跟我们聊很多。她从初中开始就参加了戏剧部，高中的时候在全国大赛中获得亚军，她说将来要当编剧。她笑嘻嘻地说：'我脑袋里的想法多得不得了，要想把它全部表现出来，我自己算算要花三十年呢。'是个有趣的孩子啊，头脑很聪明。之后她接受了骨髓移植，进行了治疗，但是有一次出现了严重的排异反应，不得不戴上人工呼吸器。我打算注射镇静剂让她睡着，然后再插喉管，但是注入药物的时候我说：'小纪，现在开始稍微睡一会儿，马上就会再见的哦。'然后听到了'嗯，知道了'这样的回答，结果这就成了遗言。"

"就这样……"

"是的。"逢泽先生说，"之后过了一段时间，我见到了她母亲。在医院里。她十分坚强地说她是有心理准备的，但是后来，她没来由地说了这句话。'这孩子的卵子该怎么办呢？'"

"卵子吗？"

"是的。无论是男孩还是女孩，年轻的时候进行放射线治疗或抗癌剂治疗的情况下，为了将来考虑都会将卵子和精子冷冻保存。是为了痊愈后想要孩子的时候。小纪也这么做了。但是小纪去世了，只剩下卵子了。最痛苦的是，小纪的妈妈原本是个忧虑的人，是个对医生和护士都连连低头的人，但是没有任何人在的时候，'用小纪的那个卵子，我想再生一次小纪。'她边说边哭。"

我沉默了。

"她说自己知道小纪死了，小纪在她的眼前饱受痛苦，自己作为妈妈却不能代替小纪受苦，无论如何都帮不了小纪。把她从那种痛苦中解救出来的话，这样也挺好的，因为那孩子真的很痛苦。但是，她说无论如何也无法相信自己再也见不到纪子了。"逢泽先生说，"那位妈妈一直在哭，问我要怎么做才能再一次和纪子相遇。接着，她说：'我能不能用纪子的卵子再生一次呢？能不能再见到纪子呢？'我什么也说不出来，什么也没能做。"

逢泽先生轻轻叹了口气说道。

"不知道为什么，听了夏目小姐的话，我想起了小纪。"

和逢泽先生通过邮件和 LINE 交谈，有时见面聊天，这些成了对我来说很重要的事情。

逢泽先生告诉我他签约的诊所人手不足；夜间携带的包里有全套死亡诊断书；一起生活的父亲钢琴弹得很好，虽然父亲耐心地教他，但是他却完全不会弹；他坐出租车到现在为止遇到过两次交通事故；高个子有好有坏，逢泽先生告诉我他觉得自己是后者。

我也一点点说了自己的事情。说了可米外婆的事情，卷子的事情，几件发生在以前住过的街道里的事情。我们吃了烤鸡肉串，也喝了啤酒，还喝了咖啡。我们在驹泽公园里散了一整天步，还在逢泽先生下夜班后在东京站碰头，去看纳比派画家们的画。回家的路上，我们边走边说着如果从今天看的画中选一幅最好的画是选哪一幅，结果我们都选了菲利克斯·瓦洛东的《球》，两个人都很惊讶，一齐笑了。

春天就这样过去了。樱花在深蓝色的夜里悄悄地绽放花蕾，然后如被吸进地面一样落下，在这样的季节里，我渐渐地了解了逢泽先生。工作的时候，走在去超市的路上的时候，春日的夜里，只是呆呆地看着映入眼帘的事物的时候，我会非常自然地想着逢泽先生。

我觉得我喜欢上了逢泽先生。逢泽先生发来邮件就会让我心情开朗，看到让人吃惊的报道或动物们可爱的视频就想告诉逢泽先生，想象着一起听喜欢的音乐，想聊更多重要的书或彼此的思想。然后，在想象了那样快乐的场景之后，总是出现——逢泽先生孤零零地背对着我，面向可能没有任何人和事物的世界，只是一直站着的样子。

逢泽先生说，其实他自己也不太清楚为什么想见到真正的父亲。逢泽先生告诉我，他越想越不明白，是不是因为知道见不到所以才想见，见面究竟意味着什么。虽然不知道怎么做才能缓解逢泽先生的不安，但我还是想成为逢泽先生微小的力量。

可每次这么想的时候，我都体会到那是一种意料之外的感情。逢泽先生有一位叫作善百合子的恋人，他们俩通过我这样的人无法想象的复杂渊源和感情深深地连接在一起。一想到他们俩至今为止的烦恼和思虑，我就有种被压倒的感觉。然后，一下子就被击垮了。

而且，虽说我喜欢上了逢泽先生，可并没有因此而改变什么。本身我的喜欢就是一种没有任何结果、没有任何羁绊的自以为是的感情。明明一开始就很清楚自己是孤身一人，今后也会是孤身一人，可即使如此，只要我一试着开口说"我也必须要努力啊"，我就感觉自己仿佛孤零零地被丢在一个平坦地方，没有任何容我伸手拿取的东西。

虽然逢泽先生发来的邮件和 LINE 消息让我很开心，但是和他交流之后，总是会变得比之前更寂寞一点。小说完全卡壳了。随笔的连载还在继续，偶尔也有一次性的工作委托，但我时常会去登记的派遣网站看看。就像打开空无一人的房间的门，然后又"啪"的一声关上，春天过去了。

这种氛围下的四月底，我发现一个姓恩田的男人发来了邮件。

*初次联系。我叫恩田。感谢您之前咨询精子捐献事宜。我给您回信了，但是之后没有收到您的回复，所以我就再次联系您了。*我花了几秒钟理解内容，但马上就想起来了。没错，去年秋天我给倡导个人捐献精子的博客发了邮件，我把这件事忘得一干二净了。没想到会有回信，因为具体的计划我什么也没想，所以也没去看为此而注册的账号。

这个男人——恩田年末发了第一次邮件，二月末发了第二次。两封邮件的内容有很多重复的地方，但并不是照原样复制的，而是给人一种花了一定时间写出来的印象的文章。恩田简洁地阐述了自己为什么要无偿捐献精子的想法，并将原来作为精子银行志愿者参加的体验和从中学到的东西总结成了易读的文章。

他展示了到现在为止实施过的捐献方法、各自的成功率、自己决定的捐献限制——譬如原则上拒绝吸烟的人，关于对方有无养育身心健康的孩子的能力，他也抱着认真的态度亲自面谈。而且，原则上希望匿名捐献，但他会出示各种传染病的检查结果原件，如果对方准备了性病检测盒的话，也可以当场采血和取尿交给对方，除此之外，协商后如果有必要的话，也会在合乎彼此条件的形式下公开个人信息。现阶段可以透露的是，他住在东京都，四十多岁，自己是一个孩子的父亲，身高和体重分别为一百七十三厘米和五十八公斤。血型为 A 型阳性。作为资料，还附上了最新的传染病检查的结果表。然后在邮件的最后他还写了自己会持续努力地理解女性考虑以这样的形式怀孕、生孩子，并下定决心的重要性，对已经做出这个选择的许多女性他表示由衷的敬意，以及对渴望孩子的人能尽早收获好运的希冀。

我把这封邮件仔细读了三遍。因为这是对我发去的邮件的回信，所以不言而喻这本就是发给我的邮件，但是我为什么觉得这封邮件不是写给其他人而就是写给我的而感到吃惊呢？除此之外，我还对很多事情感到吃惊，虽说从无数个个人捐献的网站中选择了我觉得最好的那个——文章写得比想象中还要好，传达了他的想法，而且最重要的是——直觉地让我觉得"说不定有可能"也许是最让自己觉得惊讶的。

在那之后的几天里，我想象着和叫恩田的男人见面。脑海中浮现的并不是恩田的容貌和气质，而是见面的场景和对话，那一定是和"我是我"这句话一起出现的。而且在那之后，我一定会想起逢泽先生。带着笑容赞同我的话的逢泽先生的身旁，是善百合子的身影。善百合子什么也不说，一直盯着我看。被善百合子那样注视着，不知为何我的心就像被勒紧了似的难受。我摇了摇头，想把这两个人从我脑子里甩掉。我是我。我，孤身一人。

五月连休结束的时候，游佐给我打来电话。

游佐把女儿托付给母亲，连休期间一天也没休息地在工作，她笑着说已经不知道是她在看电脑屏幕还是电脑屏幕在看她了。

她问我假期做了什么，去了什么地方，我就回答说大概也跟她差不多。之后说到有一阵子没见了，游佐叫我下次去她家玩，还马上就决定了具体的日期。和仙川小姐见面了吗？没有，最近见不了吧。那好不容易来一次，我也叫上仙川小姐吧，虽然我不擅长做饭到了毁灭性的地步，但还是马马虎虎做一些吧，夏目买自己想喝的东西来就行了。之后我们又闲聊了十分钟左右，然后就挂断了电话。

当天——五月晴朗的星期天简直就像是酷热的夏日，我大汗淋漓地在家做了汤汁鸡蛋卷和粉丝沙拉，装进在百元店买的便当盒里。到了游佐家所在的绿之丘后，我在车站前的便利店买了六罐一组的五百毫升罐装啤酒和三包萨拉米棒。

游佐家在一栋五层老公寓的三楼。脑海里有上次去仙川小姐家的豪华印象，我以为游佐也住在不动产广告中出现的乌黑发亮的公寓或独栋房子里，但并不是这样。外墙是茶色的旧砖块，从外面看到的窗框和混凝土部分都能看出已经很老旧了，是随处可见的那种公寓。在装了信箱的大厅里放着一个大得有些过分的网状铁制纸篓，被居民丢掉的传单之类的东西已经装了一半。自动门的前面有一个小小的自动锁，我按下游佐的房间号码，等待应答。过了一会儿，游佐明快的声音传来，门开了，我走了进去。

"出现了，关西人的汤汁鸡蛋卷。"

我拿出保鲜盒给她看，游佐高兴地笑了。"果然是汤汁啊。今后我就吃汤汁鸡蛋卷了。上了年纪就更会这么想。甜的口味，怎么说呢，身体已经吃不消了。"

"确实。想法也会受影响的啊。"我笑道。

"我懂。变得优柔寡断、纠缠不休。"

我们去厨房一起把啤酒放进了冰箱。圆桌上放着装满了绿咖喱的锅子，还放着鸡肉沙拉、火腿和芝士，还有金枪鱼的生鱼片。粉丝沙拉也盛在盘子里摆在那儿了。游佐拿出另一罐冰镇的啤酒，我们坐在桌边干了杯。

"好厉害啊，全都是游佐做的吗？"

"怎么可能。全都是在东急商店买的。啊，咖喱和馕是从印度咖喱店买回来的。其他的也还在准备。晚点端上来。"

房间不小，但也不是很大，就是破旧公寓里的一间屋子的感觉。厨房的桌子上勉强只放些吃的东西，电视柜和料理台旁边的架子上乱七八糟地堆放着纸、琐碎的儿童玩具、绘本、小衣服、彩色铅笔之类的东西，客厅沙发的角落里收进来的衣服堆积如山。看来游佐不擅长收拾整理，或者说可能她是不太在意凌乱。看起来对室内装饰和房间的趣味性也没什么追求。这一点要说跟仙川小姐的房间和我的房间哪个更接近一点，那还是跟我的更接近，所以我刚来就很快适应了房间的氛围，可以放松下来。墙上到处都贴着似乎是孩子做的手工作品和画，还有写着"最喜欢妈妈"的信。

"很乱吧。"游佐笑说，"书房也乱七八糟的。一边工作一边还要担心不知道什么时候会倒塌。"

"冷静。"我笑道。

"啊，散乱不就是渐渐演变，然后变成混沌的嘛。每天在同一个地方生活的话是不会注意到的，就跟变老一样。所以我觉得可能会比自己想象中还要乱，没关系吧？"

"很自在。"

"话说，前几天幼儿园的朋友来家里玩了。比我家孩子大一岁，是五岁吧。我跟孩子聊起，她希望关系要好的孩子来家里玩。但是这样的家没法让妈妈们进来不是吗？'那家家里乱七八糟的'，这样的谣言很快就会传开来，第二天孩子就会没法去幼儿园了。因为这一带的妈妈们都对这一点很在意。"

"是地域特色吗？"

"没错没错。"游佐笑道，"然后，我说家里很乱，要是只有某某小朋友来的话那欢迎他来吃晚饭啊。如果是孩子来的话，不管房间脏不脏都没关系，他们只要玩就好了。反倒是乱七八糟的更能让人兴奋吧。然后那孩子就来了。首先是吃饭，我把很努力做的两个便当拿出来，请他吃。接着那个孩子环视了一下家里，然后一本正经地盯着我，说：'在我家，叫朋友来的时候会好好收拾的。'我'诶——'地吓了一大跳，然后道歉说是啊，对不起之类的。"

我笑了。

"他是个很懂道理的孩子。我并不讨厌他。我说：'家有各种各样的，你就原谅我吧。'他鼓励我说：'小藏妈妈也很辛苦吧。不用在意我。'"

"小藏今天去哪儿了？"我笑着问游佐。

"在里面睡觉。午觉时间。再过一会儿叫她起来。"

我们把啤酒倒在杯子里，又干了杯，各自把吃的东西分装到小碟子里，再用筷子夹起来。据说仙川小姐因为有工作，所以傍晚前来跟我们会合。"连星期天都这么辛苦啊。"说着游佐大口喝了啤酒。

"仙川小姐来过这儿吗？"我问道。

"有的有的。她来过好几次了。一开始她还真是被这乱糟糟的样子吓了一跳，说了句'你真像作家啊'之类的话，然后到了大概第三次吧，就说'把住的地方弄得再干净点吧'。"

"乱糟糟的嘛，确实有点那什么，不过我原来也以为你会住在豪华气派的地方，就像仙川小姐那样。"我说。

"不存在的。"游佐说，"我对那种东西没什么兴趣。我是在集体公寓长大的啊，住的地方怎么样都无所谓。做书房的六叠大小的地方，那边和小藏睡觉的房间，那里放沙发的地方，还有厨房，这些就够了，没什么不满的了。房子虽然很旧，但是耐震性很好，住在这里的人基本上也都很亲切。书桌前面的窗户看不见高大的树木。这一点我很中意。"

"游佐你结过婚吗？"

"短暂地结过，不过很快就离婚了。"

"对方是个什么样的人啊？"

"大学老师。"

"是嘛。"我说，"难道是跟文学有关？"

"嗯，是啊。"

"总觉得，有点麻烦。"我笑道。

"难搞是其次，他根本是个派不上用场的生活伙伴。"游佐摇了摇头。

"他是小藏的父亲，所以现在还见面吗？"

"没有。"游佐说，"对方也对我们毫无兴趣。他没联系我，我也没联系他。现在应该是在什么地方上的城市吧。至少不在东京。"

"因此没什么问题。"

"是啊。本来嘛，我们就不适合结婚。不是某一方怎么了，真的是自然而然关系就破裂了。顺畅得就像一变成绿灯就'唰'地穿过马路到达目的地。"游佐边咬卡蒙贝尔奶酪的尖端边说，"我自己能赚钱，所以这方面我不需要依赖对方，母亲住在附近，这一点也不成问题。真的眼看着就没有在一起的必要了。"

"大人可能会这样，但对小孩不会有什么留恋吗？就算他不见游佐，但对女儿还是会在意的吧。"

"我们家不是这样呢。但是男人和女人里都有这种人吧，生下来倒算了，还若无其事抛弃孩子的人。亲子关系可能意外地和一般的人际关系没什么区别呢。"游佐笑说，"不过我的情况，是相反的。"

"相反？"

"是啊。"游佐略有所思似的说道，"我不知道由自己来说好不好——嗯，我不能想象要和孩子分开。为了遇到这个存在，自己生下了孩子，心里想的只有很庆幸活到了现在。哈哈哈，你觉得不知道我在说什么对吧。但是是真的，这种感觉。"

我喝了口啤酒，点点头。

"孩子对我来说是最棒的存在，也是最大的弱点。她一天一天在我的身体外面长大，只要想到她可能会因事故或疾病而死，哪怕是想一秒钟，我都会害怕得喘不过气来。孩子是可怕的存在啊。"

游佐给我盛了绿咖喱，说因为在喝啤酒所以就不吃饭了，把这个作为下酒菜一点点舔着吃，很好吃的，然后递给了我孩子用的小勺子。接着游佐说了很多自己的近况。妈妈们的对话，在杂志的对谈企划中遇到的男演员有多令人不快，还有在跟小藏一起去的动物园里看到的水獭有多可爱。正这样说着，游佐的电话响了。是仙川小姐打来的，她工作提前结束了，再过不到一个小时就到了。

我们喝着啤酒，一点点吃摆在桌上的各种东西。每一样都很好吃，游佐却对我做的汤汁鸡蛋卷赞不绝口。游佐递给我一旁的大张便笺纸，叫我告诉她食谱，于是我就写了"鸡蛋四个、白高汤半勺、盐少许、酱油三滴，有葱的话更好"交给了她。游佐把它贴在冰箱门上，很满足似的看了一会儿。然后她又回头转向我，叫了声"小藏"后微笑了起来。我回头一看，在开了一半的拉门前，站着一个小女孩。

"小藏，过来。"

小藏迈着小碎步走到游佐这儿伸出手就这样被游佐抱了起来。她穿着薄薄的浅蓝色小运动衫，头顶上用小橡皮筋扎起来的柔软头发斜斜地歪着。小藏看上去比四岁小很多。她的嘴唇就像血凝聚了似的呈玫瑰色，胖乎乎的脸颊鼓起来，我目不转睛地盯着那张脸。我应该也很了解这么大的时候的绿子，但感觉似乎还是第一次这么近距离地接触孩子。小藏一脸迷糊地在游佐的怀抱里待了一会儿，但过一会儿她就说"喝水"，然后从游佐胸前下来，朝水斗走去。她的小手拿着黄色的塑料杯子，游佐就往里面倒水，我们默默地注视着小藏把杯子里的水喝光。她一点点抬起下巴，终于把里面的水全部喝完后，表情认真地吐出"哇"的一声，可爱得我和游佐都微微笑了。

"小藏，这是夏目哦。夏目，是妈妈的朋友。"

"初次见面，我是夏目。"

小藏好像是不认生的孩子，我一边问她"吃吗?"一边把鸡蛋卷放在汤匙上递到她的嘴边，她就像理所当然似的大口吃了，然后很自然地爬上我的膝盖，说想要奶酪，我把包装纸撕掉后递给她，她又"啊——"地张开了小嘴。接下来她握着我的手，带我去铺着被子的卧室，把她所有的玩具集中到一起，开始做各种介绍。拿着我买的那罐啤酒的游佐笑着走了进来，拿了莉香娃娃、森贝尔家族和光之美少女一起玩了好久。

小藏的手和手指都小得惊人。指尖上长的指甲更小，它们像刚出生的海洋透明微生物一样梦幻般通透。我一直盯着小藏，突然她微笑着伸出手臂，把我抱了个满怀。我瞬间吓了一跳，不知道该怎么办，但也双臂拥住抱紧了小藏。心情好得让人头晕目眩。小藏的身体很小，很柔软。饱吸了太阳味道的衣服，春天的向阳处，静静起伏的小狗温暖的肚子鼓起，夏天雨后熠熠生辉的柏油路的光芒、温热的泥土浆状的触感，所有这些东西都合在一起的气味和记忆，是从小藏的脖子周围升腾起来的。我紧紧地抱着小藏，反复好几次用鼻子吸气、呼吸。每吸一次气，身体都会松弛，头皮就会慢慢发麻。

小藏就这样被我抱着，但是过了一会儿，好像是注意到了涂色书，她就走了。我和游佐翻起了小藏婴儿时期的相册。婴儿时期的小藏圆滚滚的，每一张照片都很可爱。光头的游佐也时常出现。我笑说这在电视上见过，游佐说着"出现过、出现过"，做了摸头的动作。

"我，想要孩子呢。"

我没打算要说这话，但是自然地就脱口而出了。

"哦——"游佐看着我的脸点点头，"这倒是第一次听说。"

"嗯。"我说，"不过，我没有对象，而且一无所有。"

"原来如此。"

"况且，我连性行为也不行。"

"哦——"游佐连连点头，"是物理上的原因，还是精神上的？"

"我觉得是精神上的问题。不，我也不知道是怎么回事。不想有性行为啊。我曾经跟很久以前交往过的男孩子做过，试过一段时间，大概有多久呢？但是不行啊。不行。痛苦得想死。"我摇摇头，"我也喜欢对方，也信赖对方，所以按照自己的方式试着努力了，但还是不行。"

"原来如此。"游佐说道。

"我有时会想，自己真的是个女人吗？"我说，"我当然觉得自己身体上是个女人。有女人的性器官，有胸，也有规律的月经。我有过想摸曾经和我交往的男孩子的想法，也想和他在一起。但是，一想到性行为，或者说赤身裸体后让对方把性器官放进我的身体里，或者是张开腿之类的，就会产生相当厌恶的情绪。"

"我也不是不能理解。"游佐说，"可能我也觉得男人的一切都令人恶心吧。"

"恶心。"

"没错。可能就是所谓的男性行为整体吧。离婚的时候，家里没有男人了，我心情非常舒畅，感觉简直就像是重生了一样。可能对方也是这样想的，一切的一切都已经成为压力了吧。男人啊，关冰箱也好，关门也好，关微波炉也好，关开关也好，不管干什么都会发出很大的声音对吧，就像笨蛋一样。处事方法也很拙劣，基本上连生活都搞不好。他们只能在自己生活不改变的范围内照顾家里或孩子，明明不管家里的事和孩子的事，在外面却被称为是宽容的丈夫啊父亲啊，很有面子，很受人尊敬。简直愚蠢。所以，他们不习惯被人吐槽，只说一句他们的心情就会变糟，而且还觉得自己变糟的心情需要谁来安抚。因此我也很焦躁。于是有一天，我想为什么我会为了这样一个无所谓的男人，而在焦虑中度过人生宝贵的时间呢？所以我决定放弃。"

"我没有和男人一起住过，是这种感觉吗？"

"这样列举下去的话，可能听起来像笨蛋似的在拘泥于细节，但不是这样的。所谓与他人的生活，不管好坏，都是在各自制造的细节上发生冲突的过程中形成的。作为缓冲，信赖是必要的。还有就是恋爱的时候思维会变得奇怪。如果两者都没有了，那就只剩下厌恶了。所以，我们很快就陷入这种境地了。"

"要如何建立和男人之间的信赖呢？"我提问道。

"要是能告诉你这一点的话，那我也不会离婚了。"游佐笑出了声，"开玩笑的，反正不管怎么说我变成单身了吧。因为不需要他嘛。要男人理解女人认为重要的事情是绝对不可能的。这是真的。我这么说的话，有人会说我是心胸狭窄啊不懂爱的可怜女人啊，也会有提出男人也有各种各样的，不要一概而论之类愚蠢主张的人，但是这是真的。对女人来说重要的事情，男人绝对不可能理解。这种事情不是理所当然的嘛。"

"对女人来说重要的是什么？"我问道。

"是身为女人，有多痛苦。"游佐说，"这么一说，就会有人说好的好的，辛苦了，男人也很痛苦，但是谁说男人不痛苦了啊。很痛苦的吧，因为活着啊。但问题是，是谁给予了这种痛苦呢？怎样才能消除那种痛苦呢？男人觉得痛苦是谁的错？"

游佐用鼻子呼出气后说道。

"你想想吧，男人从生下来就受到吹捧，他们也没有注意到这一点，周围的一切都是母亲替他们做的，被灌输了有雄性生殖器的我们很伟大，女人只是用来睡的思想，所以他们跨入社会，发现自己活在不管往哪里看，都有裸体女人招待雄性生殖器的系统里，然后，被迫的不全都是女人吗？最后的结果，男人把自己之所以会这么痛苦——不受欢迎、没钱、没工作、自己的没出息的原因全推给了女人。到底是谁造成了至少一半以上的女人的痛苦，这样的人到底能理解什么呢？从结构上考虑是不可能的吧。"

游佐呆呆地笑了。

"其中最没品的，是像已经跟我离婚了的那家伙。"游佐摇了摇头，"是自以为和其他男人不一样的家伙。他说：'我知道女性的痛苦，我很尊重女性，我也很理解这种事情，也在写这样的论文，我知道哪里是地雷，没错，我喜欢的作家是伍尔夫。'——谁问你了啊。我跟他说自卖自夸就免了吧，你把上个月洗衣服、采买、打扫和做饭的次数说出来。"

我笑了。

"不过，长远来看的话，"游佐笑着说，"女人已经不生孩子了，或者说如果有了把这个功能和女人的身体分离开来的技术，男人和女人紧密组成家庭或什么，在不久后就会纯粹成为人类历史中的一种流行了吧。"

小藏拿了一幅画过来，在榻榻米上摊开给大家看。游佐一看就惊讶得身体往后仰。"怎么办，每次都很好，但这次也太厉害了，让人喘不过气！夏目，不能看啊，厉害得要死。"说着，她按住胸口"咣"地倒下了。看到这一幕的小藏满足地大笑起来，小跑着回到了房间的深处。

"不过话又说回来。"游佐坐起来说，"是谁来着，之前电视上放过不知道在哪个国家，有个一百零九岁还是一百十五岁的长寿老太太。记者问她'长寿的秘诀是什么'。然后她立刻回答说'不要跟男人产生任何关联'。说得没错吧。"

我笑了。

"因为我们是单亲妈妈家庭的教育环境，可能跟这个也有关系。偏差是会有的啦。但是什么事情都会有偏差的啊。或者说，我也已经下定决心，不想再跟男人扯上一点点关系了。我的话，并不是做爱本身很痛苦，但是，也不是那么喜欢。所以我和夏目，根本上没什么区别。"

"仔细想想，"我说，"大家小时候都是一样的吧。和性完全没有关系，也没有想过自己是不是女的。总觉得……我只是一直维持着这种感觉，如此而已。并不是有什么特殊情况，关于性，我只是持续着小时候的感觉而已。所以，有时候我会搞不懂，我真的是个女人吗？越想越搞不清楚了。

如果被问到你的身体是女人吧，我可以回答说是，但是如果被问到你的精神，或者说心态是不是女人的话，不知道为什么我就无法作出一样的回答。认真细想的话，女人的心态到底是什么状态呢？虽然我不知道这种感觉和无法做爱有什么关系。"

"嗯。"

"年轻的时候，和女性朋友说过这件事。就是不能做爱的事情。我说我想死。然后，朋友只说了些作为女人这样很可怜、可能是小病啊、如果知道了做爱的好就能治愈啊之类的话，我还是觉得不是这样的。"

"话说回来，年纪大了不是也会这样嘛。虽然七八十岁还做爱的女人也不是没有，但大体上都不需要了吧。我不清楚，不过六十岁左右已经不行了吧，还能做那种事吗？而且虽然在说今后医疗会变好啦寿命会延长啦，但最终不也是作为老人生活的时间会变长嘛。所谓人生，就是与性无关的时间更长。所以，性生活的季节——能够大叫、交合、喘息或是湿答答做爱的，才是脑子有问题的时期，或者说是疯狂的季节呢。"

我们移动到厨房，打开新的啤酒，倒在彼此的杯子里。游佐一口气喝干了，说了声"再来一杯"，然后莞尔一笑。我也一样一口气喝干，又往彼此的杯子里倒酒。"但是好热啊，把空调温度调低点吧。"游佐说着用手背擦了额头上的汗。小藏好像还在榻榻米的房间里沉迷于涂色。

"有一种东西叫精子银行。"我说。

"嗬！"游佐的眼睛瞪大了一圈，看起来瞬间光彩熠熠的，"那个，在日本也有吗？不只在海外？"

"正规的只有海外才有。那里我姑且申请了，可能不太顺利吧，没有回音。"

"叫什么啊？"

"维尔科曼。在丹麦。"

游佐在手机上迅速搜索起来，"是这个吗"？她说着，然后目不转睛地看着屏幕。"——原来如此。好像很大啊。你是在考虑利用这个地方吗？"

然后，我粗略地对 AID 进行了说明。单身女性是不能接受 AID 的，虽然过去有很多孩子出生，但大部分都是在暗地里秘密进行的，因此至今还有很多孩子因为不知道自己真正的父亲而痛苦着。游佐带着兴致勃勃的表情倾听着我的话。这时，对讲机响了。是仙川小姐。我们就此暂时停下了话头，默默地喝了啤酒。过了一会儿玄关大门的门铃响了，游佐应着去开门了。

"真热啊。"仙川小姐两手拎着纸袋进来了，"已经完全是夏天了嘛。据说超过三十度了。夏目小姐好——久不见，在喝酒？"

"喝着呢。好久不见——"

自从三轩茶屋的地下酒吧那次以后就没有再跟仙川小姐见过面了，其实我有点紧张，仙川小姐却丝毫没有在意的表情，用平常的语调说起了话。

"其实我刚才也在喝酒，嘿嘿。"

"真的吗，不是有工作吗？"游佐确认着仙川小姐带来的红酒说道。

"是工作啦。作家的公开演讲活动。主题是'酩酊与文学'，所以大家边喝红酒边聊。聊文学。"

"这算什么啊。"游佐吃惊地皱起了眉头，"作家工作也挺轻松的嘛。"

"没关系的。今天星期天。"

干杯以后，仙川小姐朝着坐在里面房间里的小藏，高声叫她，像是在说再见似的在胸前轻轻地挥手。然后她突然咳嗽起来，止住以后，她用幼儿的语气说："没关系哒，我没有感冒哦，是哮喘哦，压力好吓人好吓人哟。"我们把仙川小姐带来的食物在桌子上摆开来，游佐和仙川小姐很美味地喝了红酒。我喝了啤酒。我聊政治家，聊最近卖得很好的书，然后又聊了很多。游佐和仙川小姐一眨眼就喝光了一瓶红酒，又开了一瓶新的。涂完了色的小藏过来了，说想看光之美少女，就问游佐放录下来的节目好不好，然后和我们一起坐在沙发上看着屏幕。游佐和仙川小姐说着骗人的吧、是真的哦之类的，我听到了她们兴高采烈的愉快的说话声。我也回到桌边聊天，喝了啤酒。有时小藏会爬到我的膝盖上，然后又回到沙发上。

"小藏很亲近你呢。"仙川小姐眯起眼睛说道。

"是啊，感觉夏目很适合带孩子呢。"

一看就喝醉了的游佐表示认可，然后递过来一个像是问"可以继续刚才的话题吗，没关系吧"似的眼神。我犹豫了一下，但因为已经知道仙川小姐很在意那段对话，所以没办法只好同意了。

"绝对，应该生孩子！"游佐铿锵有力地说。

"诶？谁？"仙川小姐反问道。

"夏目啊，她想要孩子。说是在考虑精子银行。"

仙川小姐瞬间沉默，看了看我。

"精子银行？"

"不过什么进展也没有。"我说。我没有说给个人捐献者发了邮件后收到回信，以及可能会见面的事。

"这两年我考虑了很多。因为没有对象。"

"没有对象所以去精子银行，这跳跃得也太厉害了吧。"仙川小姐露出了讶异的表情。

"是连这个人是谁都不知道的男人的精子？"

"不需要什么对象。"游佐说，"这样一来，生下来就是自己的孩子了啊。对方是谁都无所谓。当然不生也是自己的孩子。但是因为夏目的情况没办法领养孩子。想生又有机会生的话，那就应该生啊。我是说没必要因为没有做爱对象，就放弃拥有自己的孩子。"

"哎呀，"仙川小姐浅笑着摇摇头，"怎么说，这话题劲爆过头了。"

"也没有特别夸张吧。再说了现在通过类似不孕治疗的技术生下来的孩子也不少啊，很平常嘛。"

"可那是因为有夫妻这种形式，而且知道谁是父母。"

"不知道父母是谁的家庭多得是啊。"游佐说，"我也没有跟父亲见过面。也根本不知道他是谁。也没兴趣。小藏也会是这样。"

"但是，怎么说好呢……即使从结果上来讲分开了，但自己是因为父母相爱，或者是结合在一起这样的事实而出生的，这不重要吗？"仙川小姐说。

"你快饶了我吧。"游佐捭灰似的摆摆手，"现在日本在进行不孕不育治疗的夫妇，有谁在做爱啊。到底还有谁在相爱？然后生下来几万人？男人在另一个房间里看着女人的裸体自慰、射精，然后和从女人身体里取出的卵子结合，这才形成了无可替代的孩子。这么做没问题吧？那么夏目通过精子银行怀孕成为母亲也同样没问题。有什么问题呢？"

我们沉默着等待游佐接下来的话。

"我也认识一个见了几次面的大学教授，"游佐说，"是个比较傲慢的家伙，其实他是个萝莉控，但他隐藏得很好。在业界有个超级有名的说法叫 Under Twelve。"

"Under Twelve？"我问道。

"就是对方不是十二岁以下的话，下面就无法勃起。我跟他说去死吧。马上去死。"游佐发泄似的说，"虽然不知道是怎么行骗的，但是他结了婚，妻子当然不知道这些。他找理由不做爱，后来妻子通过显微授精怀了孕。这是个如果突击检查随身携带物品，就会一次性出局的那种男人。哪里有爱？哪里结合了？就算退一百步，那和孩子到底有什么关系呢？即使是这样，有一个形式上的对象，夫妇两人就能向国家登记，有了接受治疗的钱，就是堂堂正正的父母了。我只能祈祷他不要生个女儿，人渣。"

我目不转睛地看着游佐。胸口处一下子热了起来，我兴奋得贴在玻璃杯上的指尖都微微颤抖。仙川小姐默默地喝着红酒。游佐往空了的玻璃杯里倒了红酒，然后含在嘴里慢慢地喝了下去。

"没必要把生孩子跟男人的性欲扯上关系。"

游佐断言道。

"女人的性欲当然也没有必要。也没有交合的必要。必要的只有我们的意志。女人想不想拥抱婴儿，拥抱孩子，有没有无论发生什么都想一起活下去的觉悟，仅此而已。时代变了。"

"我也这么认为。"我克制着兴奋的心情说道，"我也这么想。"

"夏目以这个为题写本书好了。"游佐直直地看着我说。

"书?"我吃惊地说。

"是啊。如果是我的话就用这个主题写本书。让出版社出钱。手续、差旅费、翻译全部都是。大家都在用父母的钱和男人的钱进行不孕不育治疗。作家也在写怀孕、生孩子、养育孩子的随笔来赚钱。你写你怀孕和生孩子的经过有什么不好?"

我沉默地看着游佐的脸。

"用你的名字写的话,将来孩子会很难熬的,仅此一回,用别的笔名来写就好了。已经有这样的书出版了吗?"

"网络上有匿名博客之类的,但是分辨不出那是不是创作出来的。当然也有接受 AID 的夫妇的心得体会,不过近期有单身女子写的手记,是单篇的记录,成不了一本书。"我说,"感觉还是传闻的程度,没什么现实感,我是这种感觉。"

"可以的。连供一个孩子上大学的钱都能轻松赚到。我保证。多少家出版社我都可以随便给你介绍。不过夏目,钱当然很重要,但这不是在谈钱。如果你能把自己的事情从性方面到收入方面,再到情绪的方方面面都写清楚,然后能够一个人怀孕生子成为母亲的话,不,即使做不到,如果能把这个过程好好记录下来,你想这会激励多少女人?"

游佐一脸认真地看着我。

"比起写那种拙劣的小说——我并不是说夏目的小说不好,但是这要有意义得多。会成为对活在当下的女人们具有深远意义的力量。成为具体的力量。成为指针。这是希望。对方随便是谁都无所谓。女人来决定,女人生孩子。"

我无意识地点了好几次头。仙川小姐极赞同似的点头。然后游佐用尽所有语言鼓励了我。接着她说了很多关于自己怀孕和生孩子的事情。孕吐、阵痛,对母亲的压力太大,连厚脸皮的自己似乎都胆怯了。然后还说了孩子这个存在有多美好。她说,虽然这样的事绝对不能公开说的,但是在生孩子之前,自己完全不懂爱。连世界的一半都没有触及过。一想到如果没有生下这个孩子,就从心底感到毛骨悚然。一想到有可能会一直不知道有孩子这样的存在，仅仅如此心里就很恐惧。当然，如果不生孩子的话也不会注意到这些，但是这是无可比拟的最大的礼物。没有任何东西可以替代，在她的人生中，没有比这更重要的事情，没有比这更重要的存在了。孩子真的是太棒了——我忘情地倾听着游佐的话。

然后我吃了咖喱，游佐做了三个小饭卷给小藏吃。我又去了榻榻米房和小藏一起玩玩具钢琴，仙川小姐和游佐在谈工作上的事情。

"差不多该告辞了吧？"过了一会儿，仙川小姐说。我看了看钟，已经八点了。

"明天是工作日。小藏也要去幼儿园吧。还要洗澡吧。"

我虽然想再跟小藏一起待一会儿，但是听到幼儿园这个词以后就放弃了。虽然喝了相当多的啤酒已经醉了，但是我因为其他理由而兴奋，心情似乎是这十年来最快活的。"我好多了，好多了，谢谢，谢谢。"我反复向游佐道谢，然后关上了门。

初夏夜晚的空气很舒服，我心情很好。不知从何而来的力量从心底涌出来，像气球般从口中膨胀开来，胸口仿佛就要这样飞走似的。这么说来，我感觉马尔克斯的小说里有这样的场景。好像是族长还是谁，脚尖的痛风实在太痛了，由于疼痛过度，痛风不由得唱起了咏叹调，回荡在加勒比海上。我也是这样的心情。而且我的情况不是痛风，而是一种无法分辨是否为喜悦的强烈情感。我也能做到，没有不可能的事，不管是谁的孩子，只要我生下来就是我的孩子——那是我至今为止从来没有尝到过的万能感。

"我有一种马尔克斯般的感觉。"我精神头十足地对走在身边的仙川小姐说道。

"马尔克斯？"过了一会儿，仙川小姐用平淡的声音说，"我不明白是什么意思。"

我们默默地走在去车站的路上。总觉得气氛有些奇怪。也许由于游佐否定了她的意见，所以仙川小姐心情不好。但是我决定不去在意这些。不管怎么说，湛蓝的加勒比海在我眼前铺展开来，我左右敞开的胸怀就那样变成了巨大的白色翅膀，当即就要飞到大海上去了。到了车站，我只说了声"再见"就要进入检票口的时候，仙川小姐叫住了我。

"刚才说的事……"

我回过头。

"我能理解，但是请不要当真。"仙川小姐说，"我是说里香的话。她完全醉了，一个劲煽风点火，未免有不负责任的地方。"

"是关于孩子的话吗？"我问道，"可我把那些当成实际的建议在听。"

"别开玩笑了。"仙川小姐开玩笑似的叹了口气，"精子银行什么的你是认真的吗？又不是老套的科幻小说。"

我感到脸颊内侧在发热。

"恶心。"仙川小姐像吐掉什么似的说，"你生孩子还是不生孩子都是你的自由。"

"那就别管我了。"我咽了咽口水说道。

"小说怎么样了？"仙川小姐用鼻子轻声哼笑道，"自己的工作都不能满意地完成，和别人的约定都无法遵守的人，能生孩子、养育孩子吗？"

我沉默了。

"肯定不能吧？"仙川小姐笑了，"请更客观地想想自己的情况。收入、工作、生活……现在是双职工家庭都不一定能养一个孩子的时代吧？你知道的吧。而且就算刚才里香说的是对的，你也不是里香。那些如果是里香的话也许能做到，她有很多读者，也不用担心钱。而且她说什么对男人没兴趣，但是她想要的话，就会有无数男人去帮助她。可你是个无名小卒，连明天会变成什么样都不知道。你是个怠惰的、连约定都遵守不了的马虎写手。你和里香从头到脚都不一样。"

"真厉害啊。"我像是挤出话来，"明明什么都——不了解。"

我和仙川小姐保持了一会儿沉默，站着一动不动。

"就像你说的，我可能什么都不了解。"过了一会儿，仙川小姐摇着头说，"不过呢，我知道你有才能。只有这一点我完全了解。夏子，还有更重要的事情吧。我想说那个。我想说的就只是现在有必须要做的事情而已。夏子小姐，写小说吧。我是故意使坏这么说的，是在激你。"

仙川小姐跨出一步走近我。我条件反射地往后退。

"夏子小姐，你不是作家吗？你明明有才能。明明是会写作的人。谁都有写不出来的时期。重要的是即便如此也要抓住故事，不让它离去。我希望你赌上人生来考虑的只有小说。你不是因为真的想写小说才成为小说家的吗？"

我注视着仙川小姐圆圆的鞋尖。我说不出任何话。

"为什么你要那么坚持那个怪女人说的话呢？喂，夏子小姐，振作点。为什么说想要孩子什么的那种平庸的话呢？真正伟大的作家，无论男女，都没有孩子。根本就没有孩子这种东西可以进入的余地。因为被自己的才能和故事拉着转，在这种引力中生存下去的才是作家。喂，真不要听信里香说的话。里香终究只是个通俗小说作家。她也好，她写的东西也好，都没有什么文学价值。从来没有过。只是用谁都能读懂的语言，把陈词滥调的感情、令大家都安心的故事例行公事地制造出来而已。那种东西可不是文学。那和文学是无缘的，只是使用语言的低质量服务业。但是夏子小姐不一样——哎，要是现在在写的东西似乎怎么也推动不了了，就是因为那里有这部小说的心脏，那才是最重要的。一蹴而就的小说有什么意义？没有丝毫犹豫就能前进的道路有什么意义？喂，我们两个对着原稿，从头来过吧。没关系，有我在。有我陪着你。一定会写出很厉害的作品。我相信你。谁都写不出来的东西，你能写出来。"

仙川小姐伸出手，想抓住我的胳膊。我扭动身体甩开了，从包里拿出钱包穿过了检票口。夏子小姐，虽然听到了仙川小姐大声喊我的声音，但是我没有回头。夏子小姐，我又一次听到了喊声。但是我没有停下脚步，跑上了通向站台的楼梯。电车进站的通知声响了，轰鸣声中电车很快就来了。门一开，我就进了车厢，坐在座位上，环抱双臂，像要隐藏起来似的蜷着身子。广播响起，车门关闭了。电车缓缓开动的时候，我看见了在窗外的仙川小姐。看见了东张西望地在找我的仙川小姐。虽然只对视了一瞬间，但是我马上低下了头。然后我就那样紧紧地闭上了眼睛。

换乘了两次电车，到了三轩茶屋。虽然我不想就这么回家，但是也没有任何要去的地方。心情差到了极点。焦躁和兴奋在身体里拧在一起，每一秒都会有发热般的感觉。这时我注意到手机在振动。我想一定是仙川小姐，就放任不接。但是过了一会儿，来电的振动声又在包里响了起来。振动声连续响了三次。我放弃了，拿出手机确认了一下，是卷子打来的。我吓了一跳，马上就拨了回去。也许出了什么事。在本应在工作的这个时间，卷子从来没有打过电话给我。而且还是这样连着打来。也许出了什么事——我的心脏咚咚作响。事故、案件、心脏病发作，还是店里发生了什么？几秒钟里，几种想象萦绕在脑子里。不对，卷子打电话来就是说卷子没事，也许是绿子出了什么事。不对，也许是有人用卷子的手机联系我。呼出声嘟嘟作响期间，我心潮起伏到胸口发痛。打到第六次终于接通了。

　　"阿卷，怎么了？"我在那头的人开口前先说了话。

　　"啊——夏子。"卷子用无精打采的声音回答道，"我心想你在干什么呀……"

　　听见那个声音，我大口地吐了一口气，然后虚脱无力。我把电话贴在耳朵上动弹不得。过了一会儿，类似愤怒的情绪渐渐涌了上来。

　　"吓了我一大跳，在这种开店的时间。我以为出了什么事。"

　　"你在说什么啊，今天休息。星期天。"

　　卷子一说我才意识到。的确今天是周日，卷子上班的小酒馆休息。

　　"所以有什么事啊，吓我一大跳。"

　　"没什么，小夏不是说夏天要回来吗，八月底的时候。你告诉绿子日期了吗？我在想吃点什么好。最近特别流行的烤五花肉怎么样？鹤桥开了家很高级的店。"

　　"我说，这是一定要现在就决定的事情吗？"

　　"也不是，没关系的。我很期待。怎么样，忙吗？工作怎么样？小说已经写完了吗？"

　　"小说？哪有这功夫。我很忙。"我毫不掩饰焦躁的情绪说道。

　　"除了小说，在忙什么啊？"卷子略带玩笑的语气说。

"孩子。"我说，"孩子的事情。"

"谁的？"

"我的。"

"诶——"卷子在电话里发出巨大的音量，"夏子，你怀孕了?!"

没错，虽然我下意识地想这么说，但到底还是忍住了。

"没有，接下来就会了。接下来就要怀孕了。"

"有男朋友了？"

"没有。"

"那你说的是谁的孩子啊？"

"为了让像我们这样的单身女性生孩子，有一种叫精子银行的东西。阿卷你可能不知道，这套流程已经标准化了。也有个人提供的捐献者，在他们那儿也能获得精子。"

"小夏，"卷子说，"你是在讲小说吗？"

"不，是真实地在说我的事情。"我焦急地对 AID 的系统进行了概括说明。然后不知道是不是结论下得太早，卷子像是要盖过我的声音似的发出了巨大的声音。

"不行，那样不行，绝对不行。那是神的领域啊。"

"光在这种时候说什么神的领域啊，平时明明什么都不信的。能做的事情就是能做对吧。就是大家都在做的普通的事情。"

"够了夏子，说实话，你现在是不是有点醉了？"

"我没醉。"

"总之与其说着这样的蠢话，不如回家工作。你现在在外面吧？"

"哪里是蠢话啊。"我勃然大怒，大声嚷道，"我已经决定了，之后只剩下确认了。"

"我说啊，"卷子叹了口气说，"你明明知道生孩子养孩子是多不容易的事情。用认都不认识的人的精子怀孕，这种事情怎么可能被允许，孩子要怎么办呢？"

"那绿子怎么样？"我带着嘲讽回嘴道，"父亲啦什么的。这事阿卷你有资格说吗？"

"你这是结果论。"卷子又叹了口气，"别再说傻话了。"

"阿卷能做到，为什么我会做不到呢？"我问道，"为什么要反对呢？那是阿卷能说的话吗？虽然你也没必要赞成，但也不能反对啊。又不会给阿卷添麻烦。单亲家庭要多少有多少，没见过父母的孩子要多少有多少，钱算什么，我们长成大人了，所以无论什么样的孩子都能长大，都能活下去。"

"那就正儿八经找个对象。"卷子安抚似的说，"必须要好好找。"

"那个……"我说，"阿卷你，是不是希望我一直单身？"

"什么意思？"

"你不希望我有孩子吧，我是这么认为的。你希望我一直单身。要是我有了孩子，就要在他身上花钱，你希望我把钱花在大阪，花在你跟绿子那儿，其实你是这么想的没错吧？"我说，"你知道我这种情况，所以才闷不吭声地要我以后到你和绿子身边吧，你心里某个地方不就是这样想的吗？现在的汇款金额微乎其微，要是再增加点就好了，你不就是在想这些吗？不就是在期待吗？我要是有了孩子，就会没有汇款，或者越来越少，对阿卷和绿子来说一点好处都没有，这些我都知道。"

卷子说不出话来。

我也沉默着。过了一会儿，我听见卷子大大地呼出一口气。

"小夏。"

"我挂了。"

把电话扔进包底，我迈开了脚步。心情很糟糕。我想大叫出来。我加快了脚步，带着把脑海中浮现的东西一个一个地撕碎、扔掉般的心情继续走着。擦肩而过的时候，被我撞到了胳膊的男人哑了哑嘴。我也回应地哑了哑嘴。然后我就这样笔直地走着。我因为十字路口的红灯停下脚步，可即使变成了绿灯也不知道自己该往哪边走。回家的话笔直走。去便利店的话右拐。去人多的车站前则要向后。但是我不知道自己该去哪里。我想起了逢泽先生。有一瞬间我想打个电话看看。但是在想起逢泽先生的脸之前，我想起了善百合子的脸。善百合子。也许逢泽先生在三茶。也许和善百合子在一起。善百合子沉默着，脸上不带任何表情地一直盯着我看。她跟逢泽先生在一起的时候会笑、会开玩笑吗？然后，一个人的夜里她到底在做什么呢？白皙的皮肤上隐约泛着颜色的雀斑浮现在我的眼前。由灰尘、渣子和无数的星星组成的星云的烟霭，慢慢地在她的脸上扩散开来。我拿出手机，发了邮件。然后我打开已经反复读了不知道多少遍的来自恩田的邮件，点击回信后在空白处打起了字。

　　一按下发送键，力气就从全身滑溜地泄下，我不由自主地靠在了路标柱上。拎着便利店的塑料袋，正在遛棕红色和漆黑贵宾犬的矮个子阿姨问我要不要紧。我心想为什么这个时间会有狗啊，但我转念又觉得没什么奇怪的。我回答说没关系，过了一会儿就回家了。

15　生，还是不生

　　和恩田碰面的地方是在涩谷十字路口附近一家位于地下的叫"迈阿密花园"的店里。我虽然看见过招牌，但实际进店还是第一次。六月也过半了。从早上开始暗灰色的云就低垂着，有时响起巨大生物发出的鸣叫似的雷声。虽然进入梅雨季节已经有一段时间了，但仅仅是上个星期过半时下了一点雨，最近却一直都是阴天。

　　约定的时间是晚上七点半。可以的话，我希望约在白天，但因为恩田实在没有时间，所以就约到了晚上。涩谷的地点和日期都由我指定了，所以没办法只好同意在晚上了。

　　可能和"迈阿密"这个店名有关，店里有几件像是椰子树的装饰品，比起所谓的家庭餐厅，店内的氛围感觉更轻快，客人络绎不绝。从学生到上班族，从辣妹到两个女生，除了孩子以外，各种类型的人都摆弄着智能手机，大声地笑着，喝着咖啡，嗦食着意大利面。没有人在意坐在旁边的客人，甚至还有对坐在一起却不怎么关心对方的情侣。在这里的每个人都是睁着眼睛清醒着的，但是感觉他们好像什么都没看见，这让我松了一口气。

　　我用了"山田"这个假名，告知他当天我会穿深蓝色的纯色衬衫，发型是及肩的波波头。恩田发来邮件说自己是中等身材，是剪到耳朵上方的非常普通的发型，而且他说自己能找到我，所以让我不用担心。

　　离写第一封回信的夜晚，正好过去了一个月。

　　在来往几次的确认过程中，我好几次都想是不是放弃比较好，但是在人很多的涩谷，如果有什么事的话，马上就能叫人来帮忙，而且我多次告诉自己，在这样的都市里，和不认识的人见面、喝茶是很普通的事情，以让自己的心情振奋起来。

离约定的时间还剩十五分钟左右。由于从未尝到过的那种紧张感，我全身都绷紧了，无意识地咬紧了后槽牙，脸颊和太阳穴都感到疼痛。感觉一分钟长得让人难以置信，我甚至不知道该看哪里、该怎么坐着才好。我呼了口气，想让心情平静下来。没关系，没有什么会因为这件事而变糟。即使没有任何进展，也不会更糟。我这样对自己说了好几次。就算想举止自然，可总是很在意入口的方向，所以我看起了手机。我打开了邮箱的收件箱。在这二十几天里，虽然逢泽先生发了几次邮件和 LINE 来，但我只是发了几个表情，一直没有答复。游佐也发来了一条没什么大不了的 LINE，但我也只是回了表情给她。仙川小姐从那次以后就没有再联系了。电话和邮件都一次也没有。

“是山田小姐吗？”

我像被击中似的抬起头来，面前站着一个男人。

明明很清楚我在等的人是恩田，会叫我山田的只有恩田，会跟我打招呼的也只有恩田，但是不知道为什么我没有马上想到眼前的这个男人是恩田。那个男人身穿一看就条件反射地让人想起“刑警”这个词的藏青色条纹西装，不知是不是因为是跑来的，他后额头上出了很多汗。他的头发确实剪到了耳朵上方，可丝丝缕缕的刘海和鬓发贴在脸上，让人觉得是故意用发胶固定住的，若要说是普通的发型似乎有点勉强。与其说他是中等身材，倒不如说给人胖乎乎的印象，有一瞬间我觉得他可能是认错人了，但应该不可能，这个男人就是恩田。

他的双眼是清晰平行的双眼皮，在稍微低垂的眉头处有一个大得像快要掉下来的疣。肯定是过了很多年才变这么大的疣完全变色了，从隔着桌子的我的位置也能清楚地看到一个个密集又纵长的毛孔。那简直就像腐烂了变成灰色的草莓似的，我不由得移开了视线。他在有刺绣花纹的夹克下穿了写着“FILA”的有光泽的白色 T 恤，总觉得恩田为了强调这个图标，把夹克的衣襟稍微向左右敞开。然后他拉开椅子坐下，用西装袖口捂住额头上的汗，打招呼说："你好，我是恩田。"他声音低沉，给人含糊不清的感觉。

在店员来接受点菜之前，我们一句话也没说。虽然店里因为其他客人的对话而十分嘈杂，但我一句也没听进去。店员来了，我点了冰红茶，"这个"，恩田指着桌面菜单上的热咖啡说。

"关于捐赠的申请。"恩田突然进入主题，"那个，山田小姐用的是假名吧？"

"啊，是的。"我对意料之外的问题感到吃惊，略微提高了音量。

"是啊，个人信息嘛。没关系的。然后，您说您是自由职业者，经济上没问题的吧，是没有问题才给我回信的吧。还有，您是丝毫不沾烟酒的吧？"

"是的。"我都不知道自己是在回答什么，就这样点了点头。

"那么，我在邮件里也通知过您了，如果确定需要的话，前提是不得要求抚养费或经济支援。"说完这些，恩田把手放到嘴角，微眯起眼睛，就好像占卜师在看面相似的盯着我的脸看。"好。刚才的面试通过了。"

"诶？"

"到了我这个年纪，通过见面的感觉立马就能明白。"恩田说，"是的，我觉得不错。"

店员端来了我们各自的饮料。恩田拿起了一个冒着白色热气的漆黑咖啡杯，没有丝毫要凉一下的样子就大口喝了下去。

"捐献方式有好几种，这等后面再选。"恩田说，"首先请看看这个。"

恩田从口袋里拿出几张文件纸。

"疾病之类的证明就如邮件所附，没有问题。重要的是这个吧——请看这个，我的精液检查结果表。有最近五次的结果。我每次都在不同的地方检查。英文结果表，和这个日语的。看得懂吗？项目或者说内容是一样的，这里是精液的量，这里是精液两毫升对应的浓度，浓度哦。这是最重要的，英语的话就是这个了，total concentration，还有这里是运动率，这里是快速精子，是吧，是这样的。"

　　像是要叫我自己好好确认似的，恩田把文件纸递给了我，我接过来放在桌上看了起来。

　　"我现在开始说明，请看，先从浓度开始。那里写着一四三·一Ｍ的地方，换算一下的话是一亿四千三百一十万个，就是一毫升精液里的浓度的意思。"恩田瞪大眼睛说，"接下来是精子运动率。最近一次的结果是百分之八十八。上次是百分之八十九，再之前是百分之九十七点五，能看见吗？写在那里呢。山田小姐可能没法立刻明白，啊，能稍微理解一点吗？这样的数字的意义，啊，不明白吗？我觉得大致可以理解为类似精子的通讯录。还有这里写着的总运动精子数，我的话超过了两亿，然后请再看这里。正常形态率接近百分之七十，顺便说一下，世界卫生组织给出的这个平均值是百分之四十左右，我的话有百分之七十呢。综合上面这些就得出了所谓的精子运动性指数，这个简单来说，就是使人怀孕的能力。一般来说，普通男人基本上都是八十到一百五十左右。然后我的判定是……对，就是那里写在最下面的数字，请看一下，对，那里，三百九十二。还有一次竟然超过了四百。在那边的纸上写着呢。这样单纯计算的话，就是说和精子弱的男人相比，我的精子比他们的强五倍或者六倍。这从检查机构那里也得到了认证，我的水准高到不能再高。"

　　恩田把咖啡一饮而尽。然后像是催我发表感想似的，交替看着文件和我的脸。

　　"也就是说，"恩田眨着眼说，"没有比我的精子更优质的了。怀孕的可能性是最高的。"

　　"那个，"为了避免说出大阪话，我用纸巾捂住嘴，用标准语慎重地继续说道，"那个，到目前为止已经实际上让几个人真的怀上孕了吗？"

　　"人数不能公开说，但是年纪最大的四十五岁，最小的三十岁。两个人都是通过市售的注射器的模式。当然还有其他人。既有单身的人也有夫妇，最近增多的是女同性恋伴侣。分别都用了不同的方法。"

　　我沉默地注视着装着冰红茶的玻璃杯。这个男人说的是真话吗？这些是真的吗？这样交谈之后，真的有打算接受这个男人的精子，然后怀孕的女人吗？

这种事，我是不相信的。但是，更不可信的是，我竟然像这样和这个男人碰头并坐在一起，还这样听他讲话。但是这是现实。我是自己发送了邮件来碰头，就这样听着这个男人说了这些话。或许真的存在吧。也许真的存在没有退路，下定了决心，从这个男人那里接受精子怀了孕的女人。我没有抬头，只是抬眼看了看恩田。为了找到一丝能让人安心的要素，以及一件能让自己坐在这里这件事正当化的材料，我拼尽了全力。但是不行。哪里都没有这样的东西。似乎只有 FILA 的标志和他眉头巨大的疣在我的脑海里放大。我心跳渐渐剧烈起来。甚至没想起来喝冰红茶。

"作为志愿者开始捐赠当然是在成人了以后。"

不知道是不是因为我陷入了长时间的沉默，恩田开始说道。

"回想起来，这份使命感可能是在大概十岁的时候觉醒的。"

"十岁？"

"我初次射精是在小学四年级的时候。当然一开始只是吓了一跳，也搞不太清楚，但是过了一两年，我实在是对自己的精液着了迷。"恩田瞪大了眼睛，皮笑肉不笑地说，"学校里不是有实验室嘛，理科的。里面有很多显微镜。我呢，在上中学那一年想亲眼看看自己的精子是什么样的东西，放学后偷偷进去射了精，然后看了看。然后我很感动。它们在扭动着四处活动。那个画面真的是，无论看多久都看不够。然后我就跟父母说要他们买了显微镜。是很高级的那种呢。之后每天都专心致志地观察。

"哎呀，我的精子啊，真是厉害。这样说就成了自吹自擂。不过没办法，这也是事实。因为数值出来了。有数值的。据说没人见过这样的浓度和运动率，哎呀果然很特别啊，自己还有这样的长处啊，我深以为然。所以当时我已经有了意识，虽然自己还是个孩子，但精子的量和颜色都非比寻常。我基本的想法当然是帮助别人。不过说实话，是有种使命感吧。自己的这些出类拔萃的优质精子……说是自己的个性和遗传基因的话，意思

272

有点微妙的差别，应该说是精子的强劲吗……会有想让它们留下痕迹，或者说想源源不断地射出精子，让它们去旅行的心情吧。类似抓住卵子，清晰地留下爪痕，证明一下自己的强劲的感觉。哈哈。一想象我那强健的精子啊，在哪个子宫里'啪嗒'一下着床，我就会非常兴奋。倒不是说是自己的孩子或者遗传基因什么的，但是也会有那种非凡的成就感。

"不过，可能所有的男人都有这样的想法吧。比如说男人总归有去风俗店的时候吧。不是会叫小姐出台嘛。当然约定好是必须戴避孕套的，但是男人会有'做这种勾当赚钱，我要惩罚你'的心态，在从后面进入的体位，女孩子是不知道的，所以会发生男人在射精之前拿掉避孕套，全部射在里面的情况。怎么说呢，这算一种仪式吧。我问了总这么做的熟人，啊，只是认识的人而已，不是朋友，我问了他一下，他说虽然内射本身是最舒服的，但是除此之外还有成就感。他说对方没有注意到被内射了，这既有惩罚的感觉也有刺激感，棒极了。虽然心情我可以理解，但是这是不可以的。违反了道德啊。我不是那样的。别人要求后我才做，这是帮助别人。

"那么，刚才我不是说有几种方法吗？山田小姐在邮件里写着希望用市售的注射器对吧，嗯，大概会顺利的吧。嗯，我想一定会成功。您看上去比实际年龄年轻，也很健康。但是呢，老实说，也没有时间优哉游哉了吧。山田小姐自己也知道这一点，所以才给我发了邮件吧。这样一来，也是提高成功率会更好吧。那么，精子状态最好的就是在与人的体温相当的温度中。还有，女人高潮或者说有这种感觉的时候，阴道啊子宫口附近会充血膨胀，把精子紧紧地吸进去，内部会变成碱性。你看，精子不太适应酸性吧，啊，如果是我的精子应该能行，我想它们是不会输的，不会输的，哈哈，不过总而言之，排卵日一定要特别确认好……这部分山田小姐可能已经知道得很清楚了，我仔细做了一份资料和配套一览表打在了纸上，之后会交给你的……对了对了，所以如果山田小姐真的想要孩子的话，我还有一种排卵期受孕的方法要告诉你。我也想让你感受一下真正的强劲……虽然这和精子没有直接关系，不，可能也有，我的那个，阴茎也算是这个，值得夸耀吧，真的。无论形状还是大小，都很出色。嗯，说实话，也想用这个尝试呢。想给你看看最强状态吧。精液的量也想让你看一下，这样，能射出用手这样接的话会溢出来的精子，势头也是，弄不好肉眼也能看到精子的活动呢，哈哈，这不太可能是吧。但我的精子就是那么厉害。啊，如果你有兴趣的话还有视频可以看，那种汩汩流出的场面，那种资料你想看的话随时都可以找给你。

"话虽如此……还是会有抵触的吧。和素不相识的男人发生那种行为。我知道，因为目的是纯粹的怀孕嘛。那么，这种情况下，有一个方法是穿着衣服做。你知道吗？但是内裤要脱掉的。下半身是脱得精光的。我总觉得那样的话就跟裸体感觉没什么区别。我在想怎么样才能变成穿着衣服做。因此和几个人试了一下，最受好评的就是这种。这个……是我跟熟人说了让他做的，这个……从这边看的话，啊不行吗，因为现在装在袋子里所以很难明白，这是只有阴茎整个清楚地露出来，女性也同样只有性器官露出来的西装。是叫裤袜吧，穿上这个，有必要的话就在外面穿上平时的衣服、裙子什么的，类似这种感觉。比起注射器注入，还是原始方法的概率更高。无论是体温还是新鲜度。刚才我说了，使阴道内变成碱性很重要，也就是说让女性感到战栗，要是我的阴茎和精子的话，就完全可以做到。这一点也可以放心，很完美。当然，排卵日一定要算准，在那一天的两天前，会精确命中的。"

到达三轩茶屋是晚上九点半的时候。

走出店门来到了涩谷站入口，可怎么也下不了楼梯，所以我拖着身体走到了公交车站。很多人匆匆走来，飞快地通过。信号灯、广告牌、车灯、橱窗、街灯和电话的液晶屏，涩谷的夜晚到处都充满着无数强烈的光。我靠在护栏上排队，等公共汽车来。

公交车载着整齐地坐在深蓝色座椅上的安静的乘客们，像是剖开了夜晚的肚子一般笔直地前进着。所有的光线都仿佛溢出的血液和内脏一样，从左右两侧的窗外流逝。我抱着手臂，弯着脖子，像要躲起来似的把身体埋在座位的角落里。什么都无法思考。太疲惫了。我闭上眼睛，到达三轩茶屋之前一次也没睁开过。司机的播报、车辆的行驶声、远处的喇叭、门开关时把空气压碎的声音，我数着一个个声音，一动不动地蜷着身子。

我像被吐出来似的从巴士上下来，下车的地方也有无数的光。我想现在马上躺下。不是坐下，不是倚靠什么，也不是想睡觉，而是想马上躺下。我就想这样一步也不要动了。我没有信心走完回家的十五分钟路程。明明既没有受伤也没有发烧，我的身体却像打了什么特殊药物一样变得迟钝、沉重，眼睛周围热乎乎的，像是被润湿了一样地疼。手脚微微发麻。我觉得没力气步行回家。过了红绿灯我就朝最近的那个卡拉OK包厢走去。从外面就能一览无余的大厅，宛如被强烈的灯光照射着的雪山，散发出白色的巨大光亮，我像找到了救援光线的遇难者一样，将沉重的身体滑进去。

我被带去了位于一楼尽头的一个三叠大的小房间。我马上关了灯，把所有的音量都调到零，但是不知道显示屏的电源在哪里。放下包坐到硬沙发上的瞬间，传来了一阵剧烈的敲门声，一开门，店员端来了我在柜台上点的去冰乌龙茶。她说了一句"请慢用"后，就马上消失了。

我只喝了一口乌龙茶，就脱下运动鞋躺在沙发上。塑料坐垫上有一股类似烟、唾液和汗混合在一起的味道。隔壁房间里传来了混合着粗野的男声和回声的歌声。隐约还夹杂着别的音乐。我从胸口吐出一口气后闭上了眼睛。

我总觉得难以置信，自己刚才还在涩谷的咖啡馆和一个叫恩田的男人见面。但这是真的。恩田说完了自己想说的话，就追问我要怎么办。并不是强烈的追问，最多只是完全交给我自己选择的感觉。在那之后我一开始是怎么说的呢？我不记得了。可能什么都没说。说起来，我一句话都没能说。只要稍微张开嘴，厌恶感就会变成可怕的黑色液体，咕嘟咕嘟地溢出来，我不知道自己会变成什么样。我一边在脑子里反复倾吐着恶心、恶心，一边估摸着离席的时机。我露出了什么样的表情？我的脑海中浮现出了恩田满意地等待我的回答的脸。瞪大的双眼。疣。灰色的、膨胀的、丑

275

陋的疣。我觉得那是脏东西。我觉得这个男人就像那个脏东西。但是，我异常积极地和一个不认识的男人接触，想见面听听他的话的人是我。而且——而且还是为了说接不接受精子的事情。为了说有关怀孕的事情。这么一想，我毛骨悚然。恩田狰狞地笑着。我回答说我会好好考虑后再发邮件，恩田就用指甲抠着牙缝笑着这么说——不行的话就算了。然后他看着我的脸，像要重新坐回椅子上似的蠕动起了身体。恩田的双手放在桌子下面，所以看不见。我一开始不知道恩田在做什么。他以不自然的角度蜷曲着背，狰狞的笑容最终变成了认真的表情，从那眼神中我感受到了恐怖。恩田眼睛的焦点微妙地偏离了，我不知道他在看着我脸部的哪个位置。接着他又露出了冷笑，小声说，可以作为选项哦。也有没办法直接说出来的人。不找理由就行动不了的人。我也在做那种志愿者。然后，他不出声地用嘴形说下面、下面，示意胯裆处后，狰狞地笑了。我装作心平气和地不停眨眼，从钱包里拿出一千日元放在桌子上，起身朝出口慢慢走去。然后我打开门，一口气跑上楼梯，朝着和车站相反的方向全力奔跑。我走进映入眼帘的第一家药店的最里面，躲在货架后面一动不动。

　　隔壁的男客人还在继续唱歌。在激烈的演奏中传来稍有延迟的巨大声音。从别的房间也传来了女人的高亢声音。似熟非熟的歌曲流淌着，我还听见了笑声。好几年没来卡拉OK了吧。参加打工伙伴的送别会也已经想不起来是多久以前了。我心想年轻那会儿，还在大阪的时候，有时会和成濑一起去笑桥的卡拉OK厅。我记得我们很年轻，没地方好去，每次见面都会走很远的路走得脚底痛，有时也会把卡拉OK包厢当作自己的房间，一边喝热饮料、吃炸鸡块，说很多话。我们两个人都五音不全到可笑的地步，所以很少唱歌，不过成濑有时会带着害羞的表情唱给我听。他总是唱同一首歌，海滩男孩的《你不觉得很好吗?》。我们十八九岁的时候流行六十年代和七十年代的音乐，我们一起听了各种各样的专辑。成濑喜欢海滩男孩，虽然他唱得很努力，但是跟不上片假名标注的英语，整体调子都很高，大部分都跑调了，不过只有假声部分唱得还有点像样，因此两个人经常唱到一半就笑场了。成濑一脸羞涩和开玩笑的样子，笑着说这是布莱恩作的曲子，但基本上都是我的心情啊。我起身拿起点歌机，搜到《你不觉得很好吗?》后按下了发送按钮。

　　熟悉的前奏传来，响起"咚"的一声鼓声——仿佛遮盖在空无一人的房间里的布被一下子掀开，出现了令人怀念的家具、画和回忆似的，我感觉似乎一切都一齐复苏了。旋律还是空白的，但我隐约听到了背景里的几重合唱，歌词文字的颜色也变了。我用视线追逐着每一个词。

　　　　再大几岁的话就很赞
　　　　这样一切都无须等待
　　　　一起生活的话就很赞
　　　　在只有我们俩的世界里
　　　　那样该有多赞啊
　　　　道过晚安后依然在一起

　　　　醒来也变得很赞
　　　　早晨来临　属于两个人的崭新一天也开启
　　　　然后永远不分离　一直在一起
　　　　夜里也紧紧相拥着睡去

　　我目不转睛地看着歌词。然后心情变得无比悲伤。我喉咙震颤，不由得用手掌捂住了胸口。成濑和我现在都一如既往地活着，但是一想到那个时候的成濑和我都已经不复存在了，我的胸口就痛得难受。而且一想到已经找不到的成濑，还只是十几岁的成濑，在很久以前有这样的心境，我就心痛。对于这样平平无奇的我，对于无处可去的我，他曾抱着这样的想法。再大几岁的话。道过晚安后。该有多美好啊，多美好啊——自那以后已经过了很长很长时间，现在在东京，三轩茶屋——我是一个人。

　　我结完账走出去，有雨的气味。天空中布满了云，但不知道那是否是雨云。六月晚上的空气十分潮湿，有点温热，一走出店门我的脊背和脖子上就开始流汗。我把包重新背到肩上，像拖着依然感觉沉重的脚似的穿过了红绿灯。

　　看着这许多车，我想起了小时候坐在人行道旁一直眺望来往车辆的情景。我曾经想过，母亲为了我们这些孩子从早到晚一直工作而疲惫不堪，我是不是死了比较好。我想即使是省下一个人的钱，母亲也会相应轻松一点，所以我一直盯着车看，结果还是没死成。那个时候，如果我被车轧死了会怎么样呢？虽然可米外婆和母亲都会很悲伤，但是或许，不用工作得那么拼命，不用那么辛苦了，也可以为了自己而活着，可能也就不会得癌症了。会怎么样呢？会怎么样啊？事到如今，事到如今——我穿过红绿灯，走过胡萝卜塔旁边，慢步走在铺着砖块的广场上。

　　隔着玻璃窗能看见转角处的星巴克里有很多人。我和一对牵着手快乐地走着的母子擦肩而过。男孩戴着绿色的帽子，很努力呢，母亲说着像窥探他的脸似的笑了起来。超市灯光通明，有好几个人在进进出出。不知从哪里飘来了油炸食品的气味，我想起今天一天自己真的没有好好吃东西。只在早上喝了酸奶，一直很紧张，所以中午什么都不想吃。我脑海里浮现出恩田的疣。我想甩掉那个印象所以摇了摇头，但是越想忘记它就越是在眼睛里一点点膨胀、变大。我看见纵向张开的几个毛孔反复收缩着，脓一样的黄色脂肪从里面滴落下来。毛孔还在不断增加，它们如同黑色的小虫子一样蠢蠢欲动，为了寻找新的产卵场所而抖动着翅膀，观察着周围的情况。我停下脚步，用无力的指尖按压眼睑。我感觉到眼球在食指下面移动。我战战兢兢地往上挪动指尖，摸到了眉头附近。那里没有疣。什么都没有。我从心底里大大呼出了一口气，然后像要确认什么似的再次用力吸气，又花时间把身体里的气全部吐完。我抬起头，正好撞上对面走来的女人的视线。我凝视着那个女人。对方也停下来盯着我看。几秒钟的时间里，我们一动不动地盯着对方的脸。是善百合子。

　　微微打了个招呼后，善百合子从我旁边走过，朝车站走去。我回过头看了看她的背影。然后我就这样追了上去。我自己也不知道为什么要回到来的路上去追她。那几乎是条件反射的行为。我再次握紧了包的肩带，加快了脚步。

善百合子身穿黑色短袖连衣裙，脚穿一双平跟的黑色鞋子。她左肩背着黑色的包，纤细的脖子和从袖子里伸出来的手臂看上去都白得出奇。和在大厅见面时一样，她把黑色的头发在后面扎成一束，善百合子头也不回地笔直地走着。

我跟在她后面心想，为什么善百合子会在这种地方？但是马上就想起了逢泽先生告诉我，她住在从三轩茶屋车站步行十几分钟的地方。善百合子穿过世田谷通的红绿灯，穿过我待到刚才的卡拉 OK 店前，又穿过了二四六号线的红绿灯，走进了狭窄的街道。她拐了几个弯，来到了商店街。一群喝醉了酒的年轻人在便利店门口大声喊着。右手边不知道是不是有现场演出，打扮成摇滚风格的团体在堆着吉他和器材的货架周围用智能手机拍照、吵闹。但是善百合子好像完全看不到他们似的，毫不犹豫地从中间过去了。我的目光牢牢锁定她的后脑勺，在她身后十米左右的地方走着。

走出商店街，漫步走过宽敞的三岔路口后，忽然变得人烟稀少了。有一家很大的药妆店，只见正在准备关门的店员把挂着厕纸、纸巾、防晒霜等许多货品的移动架子收进店内。善百合子一直以同样的步速走着。那个背影看上去仿佛她正在深深地思考着什么，又好像什么也没在想。善百合子一点也没有往旁处看，笔直往前走。

路灯少了，进了住宅区。在平缓的下坡路上，善百合子突然像想起了什么似的停下了脚步。然后她慢慢回过头看向我这里。我也停下了脚步。虽然天黑得看不清她的表情，但从她稍稍倾斜上半身的样子就能看出，她现在才意识到我一直跟着她。她从十多米远的地方看着我。我也看着她。我以为善百合子会折返走过来，问我为什么要跟着她。但是她什么也没说又往前看去，和刚才一样走了起来。我也同样跟在后面走了起来。

稍微往前走一点，就能看见左手边有个公园。前面并排建造了并不太大的砖瓦建筑物，白色油漆剥落、到处锈迹斑斑的告示板上贴着几张传单。好像是街区里的小图书馆。公园十分宽敞，几棵高大的树木投下随处可见的夜晚的影子。肌肤感受到些许微温的风在吹拂，感觉树枝、树叶和影子就像生物一样缓缓地动着。在朦胧的灯光中浮现出没有人坐着的秋千。在地块的正中央附近有个小山丘似的堆土的地方，那里也长着一棵很高大的树。那棵不知名的黑色大树展开格外宽大的枝叶，看起来就像是贴在云朵低垂的夜空上的剪纸。善百合子走到道路拐角处后改变了方向，走进了公园。

虽然离刚才走过的嘈杂商业街只有几分钟的距离，但是周围却很安静。虽说是晚上没错，但还不是深夜，应该能听到更多的声音才对。然而，这里的树木的表皮、泥土、石头和无数的叶子却仿佛不留丝毫痕迹地吸收了它们，并就这样屏住了呼吸，出奇地没有任何声音。善百合子在公园里笔直往前走，走到里面的长椅边慢慢地坐下。我从稍远的地方凝视着善百合子。

"为什么跟着我？"

善百合子开口了。我咽了一口唾沫，然后点了几下头。但是这点头并不是有什么含义的回答，而是类似无法支撑住站着的姿势，脖子以上晃动了的感觉。善百合子的右半边脸处在朦胧的灯光中，另外半边处在灯光形成的蓝色影子中。善百合子的眼睑和薄唇都没有颜色，本应在脸颊上的雀斑一点也看不见了。小而尖的鼻子在脸的中央形成了浓重的阴影。我背上、腋下、腰上都在不停地冒着黏糊糊的汗。太阳穴突突地刺痛，嘴唇干燥。

"是逢泽的事情吗？"

善百合子问我。我条件反射地摇摇头。但是我不知道接下来该说什么才好。我为什么要跟着善百合子，这连我自己都无法说明。

"我知道，关于逢泽你有话跟我说吧。"善百合子带着意味不明的表情说道，"你和逢泽关系很好吧。"

我当着她的面暧昧地动了动脖子。

"因为，逢泽经常说起你。"善百合子小声地说。

"我自己也不知道为什么要跟着你。"我说，"不过我想我不是要跟你聊逢泽先生。"

"明明自己都不清楚，为什么会这么认为？"

"因为走在你身后的时候，我没有想起逢泽先生。"

善百合子沉默地注视了我一会儿，微微皱起了眉。

"哪里不舒服吗？"

"刚才，"我说，"我见了所谓的个人捐献者。精子的。"

善百合子盯着我的脸看。接着她呼出一口气，轻轻地左右摇头。

"没受伤吧？"

我沉默地点点头。善百合子就那样一直盯着我，过了一会儿把目光落在自己的膝头。然后她朝长椅的一端移动身体，微微动了动脸像是在说"请坐"。我紧紧捏着背包带，坐到了长椅的另一端。

"逢泽说过我的事情吗？"

沉默了片刻后，善百合子说。

"他说艰难时期得到了你的帮助。"我说。

善百合子微微叹了口气，微笑道："具体情况你听说了吗？那些，逢泽艰难时期的事情。"

我摇摇头。

"我没打算帮他，不过逢泽也只会这样说吧。因为那是逢泽跟我在一起的唯一理由。"善百合子说，"你听说过逢泽之前的恋人的事吗？"

我摇摇头。

"逢泽曾经发生过一次类似自杀未遂的事。"

善百合子十指交叉放在膝上，她盯着指尖说道。

"是在遇见我之前不久吧。不知道他是真的打算死，还是一时冲动，不过他往死里吃了很多莫名其妙的药，然后差点真的死了。因为他是医生，所以有渠道拿药，但是当然是非法弄到的药物，所以引起了一点骚动。他最终从医院辞职了。他好像连驾照都没拿到，那之后似乎也一直很痛苦。他本来就有脆弱的地方。"

"我听他说过曾经有个恋人。"我说。我奇怪地发出了沙哑的声音，就咳嗽了一声。善百合子微微点点头。

"都谈到结婚了，明明挺顺利的，但是有一天他突然不知道自己真正的父亲是谁了。然后他把那件事告诉了女朋友。大概觉得守不住这个秘密的吧。然后，一切全都化为泡影了。'我很迷茫，但是我觉得不应该和你结婚。'女朋友跟他这样说了。她说她仔细考虑了一下，不能生下一个不知道四分之一血脉是谁的孩子。当然对方的父母也出来了，说不能让女儿生下这种情况的人的孩子，不能有血脉不正常的外孙。逢泽好像很信任对方，所以很痛苦吧。从医大开始交往以来，好像一直在一起很多年了。"

我沉默地点点头。

"大概两年以后，他在报纸上读了我的报道后也来参加集会了。"善百合子说，"一开始真的是一副很痛苦的样子。虽然不怎么说自己的事情，但还是很热心地听了聚在一起的人们的各种事情。也许他觉得他找到了自己的归宿。"

说完，就像用只有自己知道的方法将眼前的空间划分开来似的，善百合子慢慢地重复着眨眼的动作。眼白偶尔闪着微弱的光。她抬起头看了我一眼。

"刚才我说逢泽和我在一起的理由只有一个，不过此外还有一点，有同情的成分。"

"同情?"我反问道。

"没错。"善百合子说，"逢泽在同情我。不光是不知道亲生父亲这一点，对发生在我身上的事，逢泽也很同情。我想你也已经看到过报道了。"

我沉默不语。

"但是，我什么都没有跟逢泽说过。"

善百合子仿佛微微扬起下巴似的抬起了头。

"我只说过，我被以为是父亲的男人强奸过。我没有说过像报纸和采访上写的遭受性虐待之外的事情了。光是听到这些，逢泽就受到了相当强烈的打击，看到这一幕后，我也没法再说更多了。我也没说不止发生过一两次。也没说习惯了以后，他还叫了几个别的男人来做同样的事情，也没说被威胁的事。也没说光是在家里，还让我坐上车，被带到没有人影的河堤上，从其他车上下来了许多男人。我也没有说，在那期间我看到的云的形状，在远处看起来显得很小，还看见和我差不多年纪的孩子们在玩的身影。"

我沉默地凝视着善百合子的侧脸。

"你为什么想生孩子？"

过了一会儿，善百合子说道。含着湿气的风从我们中间吹过。微温的空气抚过手臂，头发被吹拂到脸上。善百合子眯着眼睛看我。

"需要理由吗？"我像从嗓子眼聚集起声音似的说。

"也许不需要吧。"善百合子微笑道，"因为欲望，不需要理由。即使那是伤害别人的行为，欲望也是不需要理由的。杀掉人也好，生下人也好，也许不需要什么特别的理由。"

"我想通过的是非常不自然的方法，"我说，"这一点我明白。"

"怎么说是方法呢？"善百合子轻笑着说，"其实，不是什么大不了的问题。"

"什么意思？"

"通过什么样的方法生啦，血脉啦遗传基因啦，不知道父母是谁啦——这些，其实都不是问题。"

"为什么？很多人至今还在因为这些而痛苦。"我有些困惑地说，"……你也是，逢泽也是。"

"对于因为身世问题而知道将来有必要接受心理咨询和治疗的孩子，以及他们构建的家庭来说，我并不认为没有问题。"善百合子说，"但是呢——大家都是一样的。出生就是这么回事。只要没有意识到这点，谁都会在一生中一味地进行咨询和治疗吧。我问你的不是方法。为什么想生孩子——我问的是这个。没必要特意去遭这份罪啊。"

我沉默了。

"也许，"善百合子轻声说，"是因为相信诞育一个人是件了不起的事吧。"

"怎么说？"

"即使为方法的事感到苦恼，也没有想过自己内心真正想做的究竟是什么。"

我沉默地看着自己的膝头。

"如果你生了孩子，那个孩子从心底后悔被生出来的话，你到底打算怎么办？"

善百合子盯着膝头交叉着的指尖说道。

"我说这些事情的话，大家都会同情我的。会说真可怜啊，真惨啊。会说我不知道父亲是谁，受到了残酷的对待，活着真痛苦啊。那真的是一副看可怜人的表情，大家都很完美地同情我。然后说，不是你的错啊，从现在开始也不晚，因为人生可以重来无数次。善意的、温柔的人们偶尔也会含泪抱紧我。"善百合子说，"但是，我并没有觉得自己特别不幸，也没有觉得自己很可怜。因为发生在我身上的事情，和我被生下来这件事情相比，真的微不足道。"

我看着善百合子的脸。我想要正确理解她说的话，脑海中几次回味着那些句子。

"你一定在想，不知道我在说什么。"

善百合子用鼻子轻哼了一声。

"但是，我只是在思考非常单纯的事情。那就是为什么大家都能做到这样呢？为什么大家能够生下孩子呢？为什么这么暴力的事情，大家都能保持着笑容进行下去呢？为什么仅凭自己的想法，就把从来都没有想过要被生下来的存在拖入如此乱七八糟的境遇？我只是不明白这一点而已。"

说完，善百合子用右手手掌缓慢地摩挲着左手胳膊。从黑色连衣裙袖子里伸出来的胳膊十分白皙，有些地方出于照明光线的原因，看上去泛着青色。

"一旦被生下来了，就没法再回去了。"善百合子微微一笑说道。

"你会觉得我在说什么非常极端、非常主观的话吧。但不是那样的。我是在说非常现实的事。我在说现实的、明明白白的、确实存在的痛苦。

"但是，大家好像不这么认为。好像做梦都没想过自己会跟什么暴力的事情有关。我说，大家都很喜欢惊喜派对吧。某一天打开门，很多人已经等在门后，突然弄出一个惊喜。然后，你见都没见过的人们一边说着恭喜，一边满脸笑容地拍手。如果是派对还可以打开身后的门退回，但是没有可以回到出生之前的门啊。不过，我并没有恶意，因为大家都觉得谁都会为惊喜派对感到开心的。生命是美好的，活着是幸福的，世界是如此美丽——无论有多少痛苦，我们所生活的世界总体上是一个美好的地方。

"生孩子，"她小声地说，"是单方面的、暴力的事——我是这么认为的。"

"但是呢，即使有这种想法的人也都会继续这么说：'但是，人就是这样的。'不但认同，还将它合理化。人就是这样的生物。但是，这样的生物到底是什么样的呢？是什么样的生物呢？"善百合子无所依靠地微笑着。然后她用自言自语般的微小声音，再一次问我。

"你为什么那么想生孩子呢？"

"我不知道。"我下意识地回答道。这时，恩田笑着的脸从脑海中被撤去，我用指尖按了按眼脸。

"不知道。但是，就像你说的，可能我不知道自己真正想做什么，为什么要做这样的事情。但是，只是……"我无力地点点头，"我想只是——有一种想遇见的心情吧。"

"大家说的话都一样。"善百合子说，"不光是 AID 的父母，所有父母说的话都一样。因为宝宝很可爱。因为想养育孩子。因为想遇见自己的孩子。因为想让作为女人的身体物尽其用。因为想留下喜欢的人的遗传基因。除此之外，还有因为寂寞啦，因为想有人养老啦，什么理由都有。但是本质上都是一样的。

"我说，生孩子的人啊，真的都只考虑自己，不考虑生下来的孩子。这个世界上没有一个为孩子着想而生孩子的父母。我说，你不觉得很离谱吗？还有，大多数的父母都希望只有自己的孩子不要感到痛苦，能够避开任何不幸。但是，让自己的孩子绝对不会痛苦的唯一方法，不就是不要让那个孩子存在吗？不就是让他不要被生下来吗？"

"可是，"我想了想说，"这是——也有不生下来就无法明白的事。"

"那些事，到底是为了谁?"善百合子说，"那些'不生出来就不知道'的赌博，究竟是为了谁下的赌注?"

"赌注?"我喃喃自语似的问。

"大家都在下赌注。"善百合子说，"赌登场的孩子也会成为和自己一样的人，说不定会比自己更加幸运，更加幸福，觉得被生下来真是太好了。虽说人生既有好事也有痛苦的事，但其实大家都认为还是幸福更多一点，所以才会去赌。即使有一天大家都会死，但是他们真的没有怀疑过人生是有意义的，痛苦也是有意义的，那些有着无可替代的喜悦，就像自己是这样相信着的那样，自己的孩子也会这样相信的。他们根本没想过自己会输了这场赌博，并打心底里觉得只有自己没问题。大家都只相信自己想相信的事情。为了自己。而且更糟的是，当下赌注的时候，他们真的没有赌上他们自己的东西。"

善百合子用左手手掌裹住脸颊托着，就这样有一会儿保持不动。夜晚充满了既不是黑色也不是灰色，也没到深蓝的颜色，隐约感觉到风中雨水的气息渐浓。对面道路上只有一辆自行车在前行，但不知道是什么样的人在骑。淡黄色的灯晃晃悠悠地从右向左移动，不久就熄灭了。

"也有的孩子，"善百合子说，"出生后马上因痛苦而死去。没能看一眼自己所在的世界是个什么样的地方，也没能说出一句表达自己理解的话语，只是突然被生出来，只是作为感受痛苦的肉块而存在然后死去的孩子。逢泽跟你说过儿科病房的事吗?"

我摇摇头。

善百合子轻轻叹了口气后继续说了下去。

"想让孩子说出被生下来真好，想让孩子过上同样相信父母所相信的东西的人生——换句话说，就是为了不输掉父母自己自私的赌注，明明没有人拜托父母和医生们，他们却创造出生命。有时会切开小小的身体后再缝合，通过管子连接器械，让大量血液流动。然后很多孩子因为疼痛本身而死去。这样一来，大家都会同情父母。会说真可怜，没有比这更悲伤的了。父母也流着泪，想要克服那份悲伤，说即使这样也很高兴你能出生，谢谢你。他们是发自肺腑地说出这些的。但是，那句谢谢是什么意思？那是对谁说的？到底是为了谁，到底是为了什么，才让这样只有痛苦的生命出生到这个世界上的？难道是为了让他对父母说声谢谢？为了让他说医生的技术很厉害？到底有什么权利，让他们认为自己能做这种事？为什么要创造出只有痛苦的生命，也许会只有痛苦地死去的生命，在这样的地方连一秒也不想待的生命，也许每天只想着死这件事而活着的生命，是怎么能创造出这样的生命的呢？因为不知道？因为没想过会变成那样？难道是没想到自己会输掉这场赌博？因为人类是愚蠢的？我说，这到底是谁的赌注？赌上的到底是什么？"

我沉默不语。

"有人讲过这么一个故事。"过了一会儿，善百合子说道，"你一个人站在黎明前的森林的入口处。周围还是一片漆黑，你自己也不太清楚自己为什么会在那样的地方。尽管如此，你还是径直往前走，走进森林。走了一会儿就看见一座小房子。轻轻把门打开后，那个家里睡着十个孩子。"

我点点头。

"十个孩子睡得很香。那里既没有快乐也没有喜悦，当然也没有悲伤和痛苦。什么都没有，因为大家都在睡觉。然后，你可以选择把十个孩子全部叫醒，或者让所有人都继续睡。

如果你把所有人都叫醒的话，十个孩子中有九个会很高兴。谢谢你，谢谢你把我叫醒，我从心底里感谢你。但是剩下的那个孩子不是这样。你知道那个孩子从出生那一刻起到死亡的这段时间里，会被给予比死更痛的痛苦。你知道他会在那种痛苦中一直活到死。你不知道那会是哪个孩子。但是你知道十个人中的其中一个必定会变成那样。"

善百合子把放在膝上的手掌叠在一起，缓缓地眨了眨眼。

"生孩子就是，知道这些，再把孩子们叫醒。想要生孩子的人是能做到这一点的人。"善百合子说，"因为，他与你们没有关系。"

"没有关系？"

"因为你不在那个小房子里。所以才会发生吧。从出生那一刻到死都痛苦地活着的孩子无论是谁，都不是你。后悔被生下来的孩子，不是你。"

我沉默地不停眨着眼睛。

"爱啊，意义啊，人如果是为了相信自己想相信的事情，他人的痛苦根本不重要。"

善百合子用微不可闻的声音说。

"你们，想要做的是什么呢?"

感觉周围的空气比刚才更凝重了，附着在全身的汗似乎也增加了黏度。传来淡淡的胃液的气味。也许是因为我从早上开始什么固态食物都没吃，胃酸分泌得太多了。但只是胃部周围有轻微的摩擦，没有空腹感。一摸鼻子就发现指尖沾满了皮脂。量多得让食指肚都滑溜溜的。

"谁都……"善百合子小声说，"谁都不应该被叫起来。"

开始下雨了。不过是必须在光线下凝神细看才能看到的，真是一场薄雾般的雨。我们就这么坐在长椅的两端，久久不动。善百合子看上去像在思考着什么，又仿佛只是凝视着白色升腾而起的空无一物的地面。远方的某处雷声低鸣。

六月末七月初的时候，我发了高烧。

晚上体温上升到将近四十度，三十九度的高温持续了整整两天。到降为低烧又花了三天。出现这么明显的热度已经是很久以前的事了，久得都记不清了，最初体温开始上升的时候，我没有注意到自己发烧了。突然头裂开似的疼起来，肚子里面很疼，连椅子都坐不住了。手脚的关节隐隐刺痛，我觉得有点不对劲，测了一下，体温计显示出三十八度。

夏天洁白的光溢满了窗户，走出门一步，身处仿佛要把肺的内部都蒸熟的暑热中，我因突如其来的恶寒而颤抖着，去便利店买了宝矿力水特的粉末和果冻，然后去药店买了营养饮料。回到房间的时候，寒气变得愈发严重，我从壁橱里把冬天穿的睡衣和棉被拖了出来。

马不停蹄的一天在发烧中延长又缩短，然后还柔软地弯曲起来。发烧之后，我好几次都不知道过了多长时间，不知道自己处在哪个时间点。虽然也想过是不是去医院比较好，但最终我还是钻进被窝里等着退烧。我也没吃退烧药，因为我想起了以前在哪里读到过的一段话，说发烧是身体为了杀死细菌而出现的，所以即使吃药也只会轻松一点，没有意义。我在塑料瓶里加入了宝矿力水特粉末用水溶解，制作了大量饮料，每次醒来都会喝。我摇摇晃晃地去洗手间，换了好几次内衣和睡衣。然后又钻进被子里睡了好几觉。

烧一点点退了，我拿起放在枕边的手机。因为没有充电，所以电池余量变成了百分之十三。检查了一下邮箱，仅仅收到了几条广告和商品的邮件，没有收到游佐、仙川、卷子、绿子，当然也包括逢泽先生发来的信息。

虽然是理所当然的，不过我觉得在我发高烧之前和之后，世界一点都没有变。这是理所当然的。但是，即使没有什么变化，一想到这个世界上没有一个人知道我在这里发了将近一周高烧，我就觉得这是多么不可思议的事情啊。我用迷迷糊糊的头脑想了一会儿那个不可思议之处。但是没能想明白。然后渐渐涌起了奇妙的感觉。我这一周真的发烧了吗？头脑中突然浮现出这样的问题。当然我是发烧了，一直在这里睡觉。厨房里到处都是宝矿力水特的袋子，房间的角落里扔着揉成团的吸了汗变形的家居服。我想，去称一称体重的话肯定减少了几公斤，去照照镜子的话脸肯定也消瘦了。真的谁都不知道我发烧了。如果我说我发烧了，应该没有人会特意怀疑吧，大家都会这样认为吧。可是，没有任何人知道我在这里发着烧。

结果，一种奇妙的寂寥感袭来。我产生了类似在一个不见人影的陌生街角，被抛弃后一个人孤零零地站在那里的孩子的心情。橙色的黄昏混混沌沌的，一点点拉长的影子像在暗示什么似的迅速逼近了街角。在无法形容的不安中，我的脑海中浮现出了从那里看到的每户人家灰暗的屋顶的形状、墙壁暗淡的灰色以及什么也看不到的窗户的冰冷。我真的在那个街角站立过吗？还是只是想象而已呢？这些也已经分不清了。

烧得迷迷糊糊期间，善百合子好几次出现在我的脑子里。

在波浪般澎湃而来的记忆和情景的碎片缓缓闪现出光芒时，突然出现的善百合子穿着和那天晚上一样的黑色连衣裙，凝视着膝盖上交叉着的纤细手指。然后我和那天晚上一样什么也没能说出口。但是，这并不是因为有什么应该反驳的却无法很好地用语言表达，并非如此——而是因为我觉得我能明白善百合子在说什么。因为我觉得可能正如她所说，在我身体内很深处的部分，能够理解她的话语和她的所思所想。

　　我发着烧辗转反侧时不停地想，也许我应该把这些告诉善百合子。但是，该怎么说才好呢。她的肩膀单薄，纤细洁白的手臂很直，轻轻合在一起的膝盖骨就像孩子的一样小，看着她，我就觉得把自己的想法和感受说出口是一件极其错误的事情。我很理解你说的话，这样说就可以吗？但是这句话对她来说有什么意义呢？善百合子像孩子一样用小手托着腮，凝视着公园夜晚的黑暗。不，我想。不是那样的，不是那样的，并不是她的手像孩子一般小，而是善百合子真的是孩子。几个黑影身后被关上的门发出毫无感情的声音，以及被锁上的锁发出的冰冷声音，听在尚且是个孩子的善百合子耳里。车后座的窗外，在遥远的上空平静地流动着在不知不觉中彻底改变了形态的云，倒映在还是孩子的善百合子的眼中。

　　不知从哪里传来了孩子们的笑声，还看见他们很小很小的身影。喂，这里和那边真的是在同一个世界里吗？河岸上生长繁茂的草到底在想什么呢？在同一个地方长着，永远不动。我在想什么呢？看着看着，善百合子想起了曾经与母亲牵着手走过的原野。草发出似乎有些呛人的气味，眼睛用力凑近一片片闪闪发亮的叶子，喂，我和你有什么不同呢？善百合子对着不知名的花草呼气似的问道。你疼吗？我疼吗？喂，疼痛是什么呢？风和气味只是飘摇着，没有回答她的问题。然后降临的夜无比黑暗。通往森林的路更加黑暗。善百合子用小小的手轻轻握着我的手，不断向深处走去。不久就出现了一间小房子。善百合子把脸轻轻靠近窗户往里面窥视。她的表情因安心而舒缓，接着不出声地叫我。然后她把食指轻轻地贴在嘴唇上，温柔地摇摇头。孩子们在房子里睡觉。紧闭着柔软的眼睑，小小的胸腔依偎在一起，只是静静地睡着。再也不会有人痛苦了，她微笑着说。

无论是高兴、悲伤还是离别，这里都没有，她微笑着说。然后她轻轻地放开我的手，悄悄地打开小小的门，身体迅速溜了进去。她轻轻地躺到睡着的孩子们之间，然后慢慢地闭上眼睛。再也不痛了，再也没有人痛苦了，她伸直的双脚一点点变小，我目不转睛地看着这一幕。包裹着孩子们的睡眠膜随着每一次呼吸都会变厚，温暖湿润的阴影渐渐温柔地覆盖住孩子们的身体。再也没有人，再也没有人痛苦了，再也没有人——这时，突然传来了没有任何征兆的敲门声。有人在敲门。那敲门声保持一定的间隔，没有任何犹豫地一直强烈地响着。那声音在房子里飘荡，在森林里蔓延，在成千上万棵树木间穿梭，不一会儿就在整个森林里回响。就像在沉默和沉默之间不断地钉着柔软的钉子似的，那个人意志明确地持续敲着门。他敲的应该是小小房子的一扇小小的门，那声音——就像世界上唯一一个可以报时的钟一样，不停地响着，房子在摇晃，眼睑在震颤，停下来，我用发不出的声音喊叫，停下来，别敲了，不要叫醒他们——下一秒，我感觉到了胸口剧烈地上下起伏，我知道自己醒了。眨了眨眼，就看到了吊在天花板上的司空见惯的电灯灯罩。窗外天光正亮，但不知道那是一天中哪个时间的什么光。我注意到手机响了，条件反射地用手抓住的同时看见了逢泽润的名字。

"喂。"我呼出一口气说道。

"夏目小姐。"

从耳边的手机里传来了逢泽先生的声音。我听到逢泽先生叫我的声音。可我不知道，为什么逢泽先生在叫我的名字。头盖骨和脑部间的缝隙被黏糊糊的胶状物填充，然后感觉像是全身都暂时麻痹了。我缓慢地呼吸，眨了好几次眼睛。眼睛一转动，右眼深处就剧烈地疼痛。

"一直……"我说，"在发烧。"

"现在呢？"逢泽先生担心地问道。

"现在大概已经退了，睡着，那个，今天……现在几点？"

"把你吵醒了吗？不好意思。"逢泽先生说，"现在是早上。早上九点四十五分。睡吧，我挂了。"

我含糊不清地咕哝了一声。

"去医院了吗?"

"我自己去有点困难。"我说。虽然胸口还在剧烈地跳动着,但是和刚才相比,感觉手脚好像渐渐恢复了知觉。"我冲了宝矿力水特粉。"

然后,逢泽先生问了我有没有想吐之类的几个问题,但是那些内容基本没有过我的脑子。比起语言的意义,我感觉首先是逢泽先生的声音充斥着我的耳朵和脑子。我觉得很久没有听到这个声音了,这么一想头皮就渐渐发麻。最后见面的时候,新绿很漂亮。也就是说,那是春末,现在已经是夏天了,自那之后,无论是通过邮件还是 LINE,逢泽先生都多次联系过我,我却渐渐不回复了。

"我想已经没事了。因为一直睡着。"

"如果觉得有不对劲的地方,要去医院就诊。"逢泽先生说。接着沉默了一小会儿。"还是挂了比较好吧。"

"不。"我说,"必须要起来了,没关系的——烧也好像已经退了。"

"吃东西了吗?"

"发烧吃不下,不过接下来可能可以吃下点东西。"

"要是需要的话,我买点必需品送到车站,或者你告诉我家里地址,我给你挂门把手上。"说完逢泽先生立刻接下去道,"不过你也许不愿意,不用勉强,如果你有需要的话,我送到车站。"

"谢谢。"

"声音听上去好像有点精神了。"逢泽先生放心地说。

接着,我们自然而然就聊起了彼此最近的点点滴滴。从逢泽先生说的话来看,好像不知道两周前的晚上我和善百合子见过面。逢泽先生说他几乎不休息,尽可能地一直在工作,还跟我讲了深夜去看的一部电影的内容。善百合子的名字一次也没有出现,我也没有问。

然后他说把我的书反复读了好几遍。每次重读都会有自己的发现,有趣的部分也会增多。逢泽先生的说话方式传达出他真是这样想的,让人感受到沉静的热度般的东西。对于逢泽先生这样评价自己的小说,一开始我也下意识地感到高兴又不好意思，但是渐渐地，变成了像是在听和自己无关的某个人的工作似的寂寞而痛苦的心情。自己写小说，这些小说集结成了一本书，写小说基本上成了工作，还有想写小说的心情，仿佛这一切都已经结束了。总觉得是很久以前的事情了。

我说了和卷子因为一件小事吵架，但没有说理由。我解释说没什么大不了的，起了一点小摩擦，然后就挂了电话，从那以后近两个月没有联系了。

"你也很挂念姐姐吧。"

"我们几乎没有吵过架。"我说，"所以可能不太知道和好的方法以及吵架之后该怎么办。"

"我听夏目小姐说起姐姐时的感觉，看得出你们关系非常好。"逢泽先生微笑着说，"和外甥女呢，也没有联系吗？"

"我们不是一直很频繁地联系，偶尔发个 LINE，我没有因为这次的事特意跟她联络。"

"那她可能没有从你姐姐那里听说啊。"

"也许吧。"我说，"不过，八月底是绿子的生日，我说了那天要久违地回去一趟。说要三个人一起出去吃饭。绿子很期待，所以我很想回去。"

"绿子小姐什么时候生日？"逢泽先生问道。

"三十一号。"

"真的吗？我也是。"

"真的假的？"我惊讶地反问道，"八月三十一日？"

"嗯。每年暑假的最后一天。是嘛，跟你外甥女同一天啊——虽然出生年份差了很多。"

"真巧啊。"我笑了。

接下来，两个人自然而然地都不说话了，稍微沉默了一会儿。我说我想起来从超市回来的时候在邮局买了纪念邮票，已经有段时间了。虽然我既没有在收集邮票也没有写信的对象，但偶尔也会顺道去看看。我这么一说，逢泽先生用饶有兴趣的声音说道：

"你那一带有邮局吗？"

"嗯。不过很小，在自行车停车场的斜对面。"我说，"邮票很漂亮。下次，我也给逢泽先生寄几张。"

"是啊。"逢泽先生说，"最近一段时间都没有去三轩茶屋的计划，我去附近的邮局看看。"

"暂时不会来三轩茶屋这边？"

我有些犹豫该不该问，但还是问道："但是——善小姐的家在这里吧？"

"我们已经有一段时间没见面了。已经两个多月了。"

逢泽先生用感觉比刚才更小的声音说着。是吗，或者，为什么，我没能接上这些话，只能再次陷入沉默。

我心想会不会和我跟着她那次说的那些话有关系，但逢泽先生说跟她两个多月没见了。我和善百合子见面是在两周前。所以我直觉地认为那并不是直接的原因，但是总觉得心中有些阴郁。

"在集会上也没有见上面吗？"过了一会儿我问道。

"是的。"逢泽先生回答说，"我已经，不再去集会了。"

"有什么不见面的理由吗？比如吵架之类的。"

"夏目小姐和我最后一次见面，是在四月底左右。"

逢泽先生停顿了一会儿后，用十分平静的口吻说道。

"是个温暖的日子，就像夏天和春天的美好部分完美重叠在一起似的美丽的一天。明明已经去过好几次驹泽公园了，但是我的心情变得就像第一次来到了一直期待去的地方一样。附近的绿色和远处的绿色都很漂亮，仅仅是走路——手在动，脚在动，能呼吸，能看到各种各样的东西……那对我来说真的是非常美好的一天。

"但是，那之后突然变得很难和夏目小姐联系上了。一开始我想是你工作忙，觉得不可以打扰你，虽然这样想着，但是也发了几次 LINE 给你。也发了邮件。但是，果然依旧没有收到回信。"

我意味不明地回答了一声。

"或许我做了什么失礼的事，或者是做了什么多余的事，我把能想的都想遍了，但是找不到原因。不过即使没有具体的失败，我想也许是和我见面、聊天很麻烦或是很厌烦，可能你的心情发生了这样的变化……如果是这样的话，我就不能再联系你了，如果不是的话，我想夏目小姐会来联系我的吧，我就在想这些。

　　"正好那个时候，因为四月末的集会，有几个成员聚集在一起的机会。在那次谈话中，大家有了一点意见上的分歧。没什么大不了的，也没有具体的问题。是关于今后活动的宽泛话题。但是，那次谈话对我来说是个考虑很多事情的机会。至今为止我都没有深入思考过，但是在这一年左右的时间里总觉得有种违和的感觉，那次谈话和那些有所牵连似的东西，在我心中渐渐地联系在了一起。"

　　"集会的活动方针之类的吗?"

　　"不。"逢泽先生说，"完全是只有我一个人感觉到的事情，集会本身和往常一样什么都没变。非常简单，不会有任何改变。当然这个活动很有意义。对我们的情感很有意义。知道还有同样的人存在，能和他们相遇，我真的被拯救了，这是真的。"

　　我点点头。

　　"但是，我渐渐搞不明白了。"逢泽先生说，"因此，我觉得和活动保持距离，或者说稍微远离一下会比较好。集会上的都是好人。但是，我觉得稍微离开一会儿，在和任何当事人都没有关系的地方，一个人面对自己的问题或许也不错。倒不如说我想从根本上探究出自己所想的问题到底是什么。所以在四月最后一次参加完集会，我说了暂时都不会参加了。"

　　"对善小姐也?"

　　"是的。"逢泽先生说，"她只说了'既然是你决定了的，就这样吧'，其他什么也没说。但是我感到非常内疚。我并没有做什么坏事，觉得自己是有一定道理的。大家也都赞成，并没有什么问题。但是我却怎么也抹不去那种内疚般的感觉。而且，每次想到善的时候，我都觉得到那种罪恶感在不断扩大。最重要的是……"

逢泽先生在电话那头轻轻呼出一口气。

"不和她见面，不和她说话，并不痛苦。甚至——我发现自己某种程度上还松了口气。让我痛苦的是……"

说到这儿，逢泽先生又轻轻地呼了一口气。

"一直无法和夏目小姐见面——我是因为这个而感到痛苦。"

我把电话贴在耳朵上，沉默不语。

"也许我说了很失礼，或者是大错特错的话，"逢泽先生平静地说，"但是，这是——我这段时间，一直在思考的事情。"

我深深吸了一口气到胸口后屏住呼吸，闭上了眼睛。然后，花时间缓缓地吐出身体里的东西。

逢泽先生说的话，就像梦一样。就像做梦一样，我就像字面意思那样觉得。但是很快，就变成了无可奈何的悲伤心情。逢泽先生对我说的话在脑子里重复了好几次，我摇了摇头。然后我的心情变得更悲伤了。如果，我心想，如果我能在比现在更年轻、更早的以前遇到这个人的话就好了。

这么一想便心如刀割。如果能更早遇见的话。但是，那是什么时候呢？什么时候好呢？以前到底是什么时候呢？十年前吧？或许是在和成濑相遇之前？什么时候好呢？我不知道。但是我从心底里强烈地觉得，要是能在我变成这样之前和逢泽先生相遇就好了。但是那已经是无可挽回的事情了。

"驹泽公园很美呢。"我说，"四月二十三日。是很完美的一天呢。平和的、温暖的、好像能走着去任何地方的那样的一天。我……"

说到这儿，我胸中一紧，深深地吸了一口气。

"我——我想自从读了逢泽先生的那篇文章开始，我就喜欢上逢泽先生了。"

"文章？"逢泽先生小声问道。

"'身材高大，单眼皮，并且擅长长跑……有对此有线索的人吗'——逢泽先生寻找父亲时说的话。"

我深呼吸了一下。

"不知道为什么，我无法忘记。明明不可能理解逢泽先生的心情，明明和我没有关系，但我却忘不了。每当想起这句话，我都无法忘记那个人——寻找自己的一半时，只有这三个线索的那个人。我好几次都在脑海里想起面对着空无一人的无垠之处，站在那里的那个人的背影。我无法忘记还没见过面的逢泽先生。但是……"

说到这儿，我陷入了长时间的沉默。逢泽先生十分有耐心地等待着我的话。

"……我的这种心情，无法和任何事物联结起来。即使逢泽先生想和我见面，或者对我有那样的想法，即使对我说了那些就像梦一样的话，我也觉得无法把任何东西具象化。"

"具象化？"

"我觉得我没有和这些联结起来的资格。"我说，"普通的事情，我都做不到。"

我摇摇头。

"对我来说，做不到。"

我截断逢泽先生想要开口的话头，继续说道。

"孩子的事情也是——是的，想要孩子，想和孩子相遇，这些事情都是自己不可能做到的，也许我自己是清楚的。那样做很愚蠢，完全是判断错误，乱七八糟，那样做全都是徒劳的、自以为是的、错误的，也许我自己是清楚的。但是，我却像笨蛋一样兴奋、陶醉，以为自己也许也能做到，也许就不再是一个人了，也许自己也能遇到某些与众不同的存在。"

"夏目小姐。"

"但实际上，"我咬住嘴唇，"我明白这样的事从一开始就是不可能的，我明白自己是无法做到这些的，于是，为了完全放弃这一切——或许，我是为此去见了逢泽先生。"

"夏目小姐。"

"不会再……"我像从胸口深处挤出声音似的，"不会再见面了。"

挂断电话后将近一小时，我都呆呆地望着天花板上的污渍。夏日刺眼的光线在窗帘上翻腾，房间里一丝声音也没有。

我站起身来，感觉自己好像不在自己的身体里。或者，有一种置身于不是自己的某个人的身体中的感觉。我摇摇晃晃地去了浴室，洗了个热水澡。我把头发打湿，用手取了洗发水搓了一下，但是积攒了几天的汗水和脂肪的头发，无论搓几次都没有充分起泡。镜子里映出的自己的身体看起来好像缩水了一圈，腰间的肉变薄了，肋骨隐约浮现出来，感觉斑点和黑痣变得更浓了。

淋完浴出来，我花时间把头发吹干，花了很长时间。回到房间后，我靠着懒人沙发，又抬头看着天花板，只是不停地眨眼睛。然后我看了看房间里各种各样的东西。墙纸是白色的，有书架，右边有书桌，可以看到已经好几天没有碰过的电脑的黑色画面。揉成一团的被子周围有一个装着喝剩下的宝矿力水特的杯子、几张纸片和擦了汗的毛巾，脚下的脏衣服被团在一起。我把双手的手掌放在肚子上，一动不动地闭着眼睛。手掌下面的皮肤很冷，那里感觉不到热度。尽是些没着落的事情。我起身走到书桌前，坐到椅子上，把身体靠在椅背上一动不动。我把一直就那样放着的笔放回笔筒，打开了抽屉。里面有便签、银行存折和夹子。还有不知什么时候从绀野小姐那里得到的铃兰剪刀。我拿起收在那下面的大学笔记翻了翻。有一篇很久以前——真的是很久以前，喝醉了酒后手写的短文。我看了那篇文章一段时间，然后撕下书页，把它对折。然后再对折，再对折，折得小到不能再折叠了，然后放到了垃圾筒的底部。

16 夏之门

得知仙川小姐去世的消息是在八月三日。

游佐打来电话是在下午两点多的时候，我正在房间里看书。怎么回事？我说。为什么？我问。游佐说我也是刚刚听说的。不知道为什么我突然想起了"自杀"这个词，接着又想到了事故。在我问之前，游佐回答了我的疑惑。

"在医院里。我完全不知道。"

"生病了？"我知道自己的声音在微微发抖，"是生病了吗？"

"具体的情况之后我去问。"游佐说，"五月底检查的时候得知患了癌症，马上就住院了。"

"五月底，不就是我们在游佐家见面之后吗？"

"没错。"游佐用听起来不安的声音说道，"据说那个时候已经有转移了。"

"什么？哪里？"我摇摇头说，"也就是说仙川小姐也不知道？"

"好像是的——夏目小姐你等会儿，有电话进来，我给你打回去。"

电话挂断之后，我就那样直挺挺地站在房间的正中央。然后我盯着手里的手机屏幕，按下主页键，然后一直盯着屏幕看，直到变暗为止。我被必须给谁打个电话的情绪所驱使，但却没有一个可以打电话的人。

我把手机和钱包装进小手提包里，穿上凉鞋，就这么穿着睡衣出了门，漫无目的地在附近走着。不到一分钟，腋下就开始湿了，我感到汗水从背后流到了腰上。天空中布满了薄薄的云，也多少能感觉到一些阳光，尽管如此，夏天的热气还是像用湿手帕捂住脸似的粘满全身，我不停地流着黏糊糊的汗。

我中途走进便利店，在店里逛了一圈就出去了，又进了别的便利店，重复了好几次同样的事情。我一边好几次拿起手机确认游佐有没有来电一边走着，在自动贩卖机买了水，站在林荫树的树影下喝。然后我试着给仙川小姐打了电话。呼出音一次也没有响，马上就被转接到电话留言服务播放留言信息了。结果我就这样转悠了一个小时左右后，回到了房间。

游佐再次打来电话是在傍晚六点半。几乎在屏幕亮起来的同时，我就拿起了手机。

"不好意思，回晚了。"游佐说，"唉——各种各样的信息错综复杂，或者说清楚了解的人很少。"

我对着手机麦克风点点头。

"按顺序来讲的话——不过也不清楚顺序是怎么样的，仙川小姐去世是昨天半夜，最后发展成了多脏器功能不全，不过原因是癌症。五月底得知肺部有癌细胞后住院了，之后出院过一段时间，两周前好像又换了个医院再次住院了，情况似乎就是这样。"

"完全看不出迹象。"我摇摇头，"连休结束后见面的时候还很健康啊。怎么可能是癌症晚期呢？察觉不到吗？"

"得知患癌以后，她好像也只把详细情况告诉了公司里的一部分人，没有对任何外部的人说过。那是在什么时候啊，大概一个月前吧，我写了邮件给她，是跟病情毫无关联的事情。然后她很平常地给我回了信，至少我是完全没有察觉到，她也没有告诉我。"

"这两个月她一直休息没去公司吧。"

"应该是，然后刚才其他作家——仙川小姐负责的作家中，我有一个认识的，就联系他问了问情况，六月初吧，正好开始沟通校样的时候，仙川小姐联系他了。说在关键的时候真的很抱歉，但是想跟他商量能不能暂时换一个编辑来负责。还说没什么大不了的，但是因为老毛病哮喘恶化了，所以想去疗养。那个作家欣然答应了，说这样做比较好，好不容易有机会，叫她好好享受，仙川小姐也笑了，说盂兰盆节假期结束后会复工。但是，她说不想搞出太大动静，所以请对方保密。"

我把手掌盖在脸上，呼出一口气。

"仙川小姐一直在咳嗽。"游佐说，"我也有觉得她脸色不好的时候，好几次觉得在意，叫她去检查，虽然都是闲来说起，但这些话也说了好几次，她说有在定期去医院所以没关系的。还说脸色不好是因为贫血，也有好好在吃药，咳嗽是因为老毛病哮喘。又说只要工作少一点，好好休息就会好，但总是这样说却没注意。她说也有经常在去的医院，有在那里定期做详细的检查，所以不用担心。当她觉得身体异常去拍 X 光片的时候，已经是肺部能找到好几处雪花状部分的状态了。"

"她确实一直在咳嗽。"我小声说道，"仔细一想的话她经常咳嗽。她常说是因为哮喘和压力。"

"是啊。"游佐叹气道，"对了，后来发现转移到了脑部，因此出现了麻痹症状。"

哎，我说，然后就不知道怎么接下去了。我们陷入了一阵沉默，听着彼此轻微的呼吸声。游佐身后传来了小藏的声音，还听见了女人说话的声音。可能是游佐的母亲。

"刚才，我跟仙川小姐在公司里关系最好的同期入职的人也聊过了。"游佐说，"仙川小姐好像也对她隐瞒了得癌症的事。好像也没有跟她详细说住院的事情，只说明了是住院检查但没什么大不了的，因为哮喘和贫血很严重，所以要在家疗养。也告诉她不要对任何人说。请假之后她们好像有过几次联系，但七月中旬是最后一次，内容也很普通，没有什么不自然的。"

"葬礼呢?"我问道。

"亲属的意向好像是家族葬礼。"

"是不对外公开的意思?"

"嗯。我也和刚才告诉我消息的公司的人确认了一下，好像基本上就是没有直接从亲属那里收到讣告和葬礼通知的人就不能去呢。"

"这……"我问道，"不是仙川小姐的意向吧?"

"是啊。"游佐说，"全都很突然。医院正打算重新决定治疗方针，人就这么走了。病灶在头部也有转移，好像也转移到了其他地方，所以要进行放射线治疗，仙川小姐和她的家人都没想到会是这么突然的情况吧。"

"是嘛。"我说。

"夏目，你最后和仙川小姐说话是什么时候？有沟通工作吗？"

"最后是……"我抬起头叹气道，"在游佐家。那天，见面和说话都是最后一次。"

"我也是，好好见面也只有那一天。"

"游佐会去葬礼吗？"

"我觉得去不了。因为好像工作上比我跟仙川小姐还亲厚的人也去不了。"

我再次陷入了沉默。

"公司的人说，等再平息一点，可能会考虑开个告别会之类的——哎哟。"

"嗯。"

"这有点……"游佐吸了吸鼻子说，"难以置信啊。"

"嗯。"

"这也不是仙川小姐的风格啊。"

"嗯。"

"绝对没有写遗书之类的吧。因为没有预料到会死。"

"嗯。"

"明明自己读了无数别人写的东西，还评头论足的。"

"嗯。"

"自己却什么都没说就……"

"嗯。"

"突然就成这样了。"

"嗯。"

"她自己也无法相信吧。"

我想起了母亲和可米外婆。两个人虽然都知道自己患了癌症，但这到底是多严重、多紧迫的病，都没有得到很好的说明和治疗，就好像在理解自己到底变成了什么情况后立刻就死去了。在笑桥边缘的一个什么设备都没有的又小又旧的医院的大房间里，连着点滴，身体缩成一团，可米外婆和母亲都一下子就死去了。我想起了医院的青黑瓷砖外墙和从被掀开的床单处窥视到的两人变冷了的脚指尖。

"但是太快了啊。"游佐略微带着哭腔说道，"快到如果我在小说里用这样的段落来描写场面的话，编辑会指出情节发展得太快了。"

"嗯。"

"夏目。"游佐说，"来我家吗？来我这儿吧。"

"你那儿？"我问道。

"小藏也在。虽然我妈也在，不过你来嘛。一起吃饭吧。"游佐似乎在哭，"小藏也在。来吧。吃点什么吧，一起。"

"谢谢，游佐。"我用右手手掌托着腮说道。

"别说谢谢，坐出租车来吧。"

"嗯。"

"现在就来。"

"游佐，谢谢。"我说，"但是今天，我觉得还是待在家里比较好。"

挂断了游佐的电话，我呆呆地眺望了一会儿窗外后做了点简单的东西吃。吃了一半胃就不舒服了，我就去淋了个浴，把浴巾裹在头上就进了被窝。

离夜幕降临还有段时间。窗外的色调逐渐增添了蓝色，夏日的落日余晖充满了整个房间。这种蓝色到底是从哪里来的呢，我思考着这样的问题。

一闭上眼睛，仙川小姐的脸就浮现出来。每一张仙川小姐的脸都在我的脑海里笑着。我心想为什么啊？我们，那样笑过啊？讨论工作的时候。面对面聊小说的时候。虽然仙川小姐给我的印象是认真的表情居多，但是现在脑海中浮现的不知为何却是笑容满面的仙川小姐。

走在圣诞彩灯很惊艳的表参道上的时候，我想起仙川小姐说好漂亮啊，然后对我嫣然一笑的样子。我当时心想原来人可以笑得这么甜。然后在她烫过头发后也见过面。我说很适合她，虽然她有点害羞，但还是很开心地笑着。是嘛，我们真的经常笑啊，我看着渐渐蓝得深沉的窗外想着这样的事。

仙川小姐死了，以及和游佐刚才说的话全部都是真的，都是现实，我知道我必须要思考这件事，但是大脑却无法很好地运转。脖子以上产生悲伤和痛苦的感情的部分停工了，感觉自己只剩下身体了。然后那具身体很痛。并不是被谁殴打或撞到了，只是在安全的地方像普通人一样横躺在被子上，尽管如此，身体还是很痛。仿佛装在肋骨下的内脏器官因淤血而持续发青发黑地淤肿着，不断从内侧顶到肌肉、脂肪和皮肤，想就这样冲破而出。

我在深蓝的夜影中拿起手机，想重读一下至今为止和仙川小姐互发的邮件。然后我无声地大吃了一惊。明明有很多沟通的记忆，但是仙川小姐发来的邮件中可阅读的只有七封。

每一封邮件的内容都很简洁，只有几行。但是，确实没错。仔细想想，准确来说我并不是和仙川小姐一起工作的，只是在工作还没有成形的阶段，进行着一些若有似无的沟通而已。虽然至今为止见过很多次面，聊了很多，但是却没有留下任何痕迹。然后我发现自己连一张仙川小姐的照片都没有。不仅如此，她写的字长什么样——虽然看过她寄来的邮包和快递上写的文字，但是那些没有保留下来，我连笔迹的印象都想不起来了。我和仙川小姐见了那么多次面，聊了那么多，她是我为数不多的——真的可以说是为数不多的称得上是朋友的重要的人，我却对她一无所知。什么都没有留下，也已经什么都无法确认了。

沿着楼梯——仙川小姐沿着绿之丘站的楼梯追赶我，然后在站台上寻找我。那个身影成了我见到的最后的仙川小姐。看着她东张西望地找我，我们的目光只对上一秒，我便低下头把脸藏了起来。那之后，为什么我没有联系她呢？明明她说的是对的，而我却是错的。如果那时候我没有逃开，开诚布公地和她把话说清楚呢？那天还没那么晚，也许还能再走一站路，道歉说情绪激动了对不起，或是又喝多了之类的。如果那个时候能好好告别的话，住院之后她或许也会联系我。也许还能听到她对我说些什么。一想到这里，我的心就一下子痛了起来。但是我不知道，也许仙川小姐并不想和我联系，也许她并不想对我说任何重要的事情，也许我这个人，怎么样都无所谓。只有我把她当成朋友或者是重要的人，对于仙川小姐来说我是个无所谓的存在。也许是众多工作对象中没什么特别的一个人。

深夜，她曾经突然打来电话，和我一起到地下的酒吧喝酒。仙川小姐喝醉了，还很冷的二月的夜里，我就那样湿着头发，店里很暗，烛光轻轻摇动，我们聊了很多。然后在同样昏暗的洗手台前，仙川小姐抱紧了我。我在不知不觉中伤害了仙川小姐吗？仙川小姐希望我做什么吗？有什么想对我说的吗？还是说，那是完全没有意义的行为呢？其实是在生我的气吗？对我总是写不出小说这件事——对了，小说，我心想。我最终没能完成小说，没能交给仙川小姐，让她读一读。也许她其实没有什么期待，也许她对我并没有超出编辑工作之外的感情。但是，无论是真心还是假意，只有仙川小姐对我的小说给予那种鼓励和等待。只有她一个人。近三年前的一天，在像这样炎热的夏日里，仙川小姐来见我了。明明有三年的时间。明明，有三年的时间。我什么都没能报答仙川小姐，没能问她的任何想法，她就不在了。

到了晚上，我也一直在被窝里想这件事。后悔、怀念、寂寞涌上心头，然后后悔又席卷而来。完全没有睡意。我手脚无力，头脑中依旧模糊不清，但随着时间流逝，眼睛却越来越清亮。感觉像是连接眼球和大脑的血管和神经产生了光晕而膨胀开来。好几次站在厕所里时，突然觉得门外好像有人的动静。我心里想着，如果把门打开，也许仙川小姐就在外面。我也确实打开门看了，但是仙川小姐并不在。

突然我觉得厨房那边又有动静，就起来去看看。脑子里乱成一团，宛如大脑反复放电般的感觉一直持续着。如果说看见事物的基础是脑内物质和刺激的种类的话，我觉得现在的我能看到什么都不足为奇。似乎即使看到了平时看不到的东西、现实中不存在的东西，也完全没问题。但是在这种时候，我从来也没有看到过什么。虽然在可米外婆和母亲去世后的一段时间里，有几次我在半夜睡不着的时候感觉到了动静，环顾过房间，打开过门，但是从来没有见过可米外婆和母亲的身影。没错，自从她们俩去世后，我就再也没见过这两个人了。没有见过面。这么一想就觉得这件事大错特错，非常不合理。只不过是因为死亡，从那以后我就二十多年再也没有见到过可米外婆和母亲，也没有和她们说过话。我突然想大声呼喊，只不过是死亡！我靠着冰箱，一直盯着房间的角落，可是一个晃动的影子也没有，一点声音也没有。

逢泽先生，我心想，他现在在做什么呢？晚上在诊所值班吗？我想起他几时跟我说过，半夜被叫去出诊，到了之后病人几乎都死了。仅仅是因为死亡就不能见面或者消失之类的，你不觉得很奇怪吗？我想问逢泽先生。我想对逢泽先生说，虽然我不知道仙川小姐是怎么看我的，但是对我来说是一个重要的人突然去世了。重要的人——不，我心想。我真的觉得仙川小姐很重要吗？这么一想，我害怕起来。我真的觉得她很重要吗？真的吗？觉得一个人很重要，究竟是怎么样的呢？我不知道，不知道，我想问逢泽先生，这到底是怎么样的。

我心想如果逢泽先生现在就在附近的话该有多好。只是这样想想仿佛眼泪就要流出来了。可那是徒劳的感情。那已经是即便存在于我心中也没有用的感情了，只不过是自己的感伤罢了。因为在电话里说再也不见的是我，那之后逢泽先生也没再和我联系过，不仅如此，在七月中旬，有一次我还在车站前看到了逢泽先生和善百合子在一起。透过星巴克的玻璃看见了他们俩的身影，我像逃跑一样离开了那里。虽然逢泽先生对我说想见我，见不到我很痛苦，但那是一时的迷惘或者冲动，他肯定会重新认识到，应该和他在一起的人是善百合子。虽然逢泽先生还活着，虽然还活着，如果再也见不到他的话，如果再也看不到他的身影的话，他又怎么能算是活着呢？

突然间，我涌起了一个疑问：我真的不能和逢泽先生做爱吗？我感觉心跳加快，脸也发烫。我真的就这样不能做爱了吗？我突然思潮起伏。

事情过去那么多年，不能做爱说不定只是我的臆想，或许现在的我已经改变了——有这种可能性吗？我站在漆黑的厨房里，思考了一下这件事。我把中裤拉到大腿附近露出内裤，试着把手伸进内裤里。然后我用指尖摸了摸性器官。有柔软的肉的触感，有裂缝，指尖用力的话好像会更深入。有褶皱，有小小的隆起。但是仅此而已。即使用中指或食指按压、揉捏或轻抚，那里也没有一丝动静。虽然感觉到性器官周围热气般的朦胧潮湿气息，不知是因为气温还是汗水的缘故，但无论哪一个都没有让心情发生任何变化。

我就以那样的姿势思考着关于性的事情。但是，越想越不明白自己在思考什么。通常来讲，能性交与不能性交是什么意思？从肉体上来说，我是成年女性，有普通的性器官，所以物理上应该是有可能的。那么，办得到吗？不，我想。我感觉我的性器官，我刚才抚摸确认过的性器官，好像不是用在那种事情上的。我身体的这个部分，不是用于那样的事的。我很明确这一点。性器官的话，我从小就有。即使大小和形状不同，小时候的我也有性器官，这件事本身一直没有变。如果是孩子就可以理所当然不用的东西，为什么现在的我不使用它就有问题呢？只是我的一部分没有改变而已，为什么它就那么奇怪呢？

为什么这里要这样重叠着呢？为什么，觉得一个人很重要的心情和身体的这个部分，必须要如此密切地联系在一起呢？明明只是想和逢泽先生见面聊聊重要的事情，只是想在他身边说很多话，为什么我必须要考虑做爱的事情呢？又不是逢泽先生要求我做什么，为什么我会随性地在想这些呢？而且，在仙川小姐去世后不久的晚上，我为什么在想这样的事呢？

不是很好吗——善百合子对我说。不是很好嘛。已经不痛了嘛。而你——至少你没有做任何不可挽回的事情。你的一部分还是孩子，那不是非常好吗？孩子的身体。本应不使用的、柔软的、完全未决定的部分。只是存在于那里的，柔软的部分而已。善百合子。孩提时代的善百合子。在尚小的鼻子和脸颊上，星云轻微地呼吸着。我紧紧闭上眼，在黑暗中摇了摇头。

"喂，小夏，好久没联系了。"

时隔很久听到的绿子的声音十分明快，我不由得眯起了眼睛。

"好热啊——你在听吗，小夏？"

"不好意思，我听着呢。"我道歉道，"大阪很热吧？"

"热得不得了，光是吸气就快热干了。大家都热得快着火了。"

"真的，我这里感觉也一样。你怎么样？一直在打零工？"

"是啊。"绿子说，"但是我们店已经不行了。"

"为什么啊？"

"有黄鼠狼。"绿子发出厌烦的声音，"黄鼠狼。"

"你们店是说你上班的饭店吧，饭店里进了黄鼠狼？"我问道。

"不是进了——已经不知道从哪里开始说起了……说起来，全都很奇怪，所有人都疯了。一般来讲，我们店所在的建筑物本身是房龄三十年以上的破旧大楼，我们在一楼，这倒也没什么。入夏以后出现了问题，电力系统、自来水系统之类的都不行了，总之很大的工程要进场，整栋大楼都要开始进行相当大的工程了。"

"是嘛。"

"然后呢，具体不是很清楚，但是我们大楼的二楼好像开了一家按摩、占卜和咨询三合一的，类似心灵沙龙的店。因为加入了自我启发，可以叫心灵启发吧。既然在同一栋大楼，所以当然应该知道要施工。事先也打过招呼了，从何月何日起会因为这样那样的理由造成吵闹，请多担待，这样的通知也发过了。然后就发出噪声了。工程嘛当然会有噪音的。但是工程开始以后，楼上的人就说：'怎么回事啊——是事故吗？'然后跑下楼梯，大吵着来问我。我说'通知过了要施工'之后，他当时只是发着牢骚回去了，但是到了第二天又会从头重复做一遍同样的事情。一开始，我觉得这个人是为了惹人厌才故意这么做的，可他好像是认真的。电影里不是有嘛，因为马上就会失忆，所以在墙壁和纸上写很多东西的家伙——没错，就是《记忆碎片》。小夏知道吗？你看过吗？"

我回答说没看过。

"真的是'现实版一日记忆碎片'啊。脑子真是奇怪。"

"然后呢，黄鼠狼呢？"

"对对。"绿子说，"然后呢，有一天天花板突然塌了下来，从那里掉下来一只黄鼠狼。"

"掉到店里了？"

"因为是客人在的时候掉下来的，所以引起了不明所以的大骚乱。虽然并不是高级饭店，只是像普通西餐厅一样的地方，但是突然从上面掉下来一只黄鼠狼的话，还是会吓一跳的吧？"

"那是会的。"我点点头。

"是吧。我们这儿靠近运河，而且大楼也很脏，也不知道是不是施工开始后，大吃一惊的黄鼠狼一家也开始大迁移，在晚上偶尔也会看到它们在路上迅速跑过，虽然不合常理，但是持续发生了好几次。第一次掉下来的天花板暂时堵住了，它们就在地板上乱跑，或是从别的天花板钻洞掉下来。"

"不过黄鼠狼们也是拼了命了啊。在厨房掉进锅里的话就变成汤了。"

"那还是掉到味道好的店里去吧。"绿子说，"然后，我们店长说，这太奇怪了，不管大楼有多老旧多脏，就算运河在旁边，这也绝对太奇怪了。接着又说把黄鼠狼送进来的绝对是楼上的心灵沙龙。然后就去楼上抱怨了。心灵沙龙马上就否认了——这倒也是，怎么把黄鼠狼送进来啊？抓捕起来也很难，这么做能给谁带来好处啊？"

"没有好处啊。"

"对吧，然后店长的脑子也不正常了，说这绝对是心灵沙龙干的。硬把我们留下来开会，把我们留下来，展开了一场壮观的阴谋论。说楼上的心灵沙龙和哪里哪里的宗教团体有关联，一开始的'记忆碎片'骚乱也全部是有预谋的，可能安装了窃听器，一边说着这些有的没的，一边比划着手势……脑子完全不正常了吧。结果楼上楼下变成了战争的状态。尽管如此，黄鼠狼还是不断掉下来。客人也越来越少了。我想调解，就跟店长说干脆把店的名字改成'黄鼠狼高级餐厅'怎么样。然后他回答我说：'为什么要我们改名字啊，店名这样的东西应该楼上先改才对啊。'你知道他怎么说吗？他说之后黄鼠狼再掉下来的话，抓到以后就从楼下塞回楼上去，一只不剩全都塞回去，好像还说要进行这样的练习……小夏，这岂不是真正的捏手背游戏吗？"

"绿子，你抖了个好包袱呀。"我笑了，"但是成灾了啊，黄鼠狼感觉挺可爱的，但不能出现在饮食店里啊。"

"哎。"绿子叹了口气说，"算了——话说小夏……"

"嗯。"

"马上就是我的生日了。你会按约定回来的吧？"绿子咳嗽了一声后说。

"嗯，我自己是这么打算的。"我说。

"和我妈吵架还没和好吧？"

"不算吵架吧，嗯——阿卷说什么了吗？过得还好吗？"我试着问道。

"跟我说了，过得还行吧。她说你们一直都没说话，打电话也不知道说什么好。她很在意。"

"嗯。"

"事情我也听说了，我妈很吃惊，一直在说这个。"

"是嘛。"

"话说回来。"绿子笑着说，"以前，我还小的时候，和妈妈一起去过小夏那里。两个人去的。是在夏天，像现在这么热的时候。"

"嗯，阿卷夜里一直没回来。"

"那个时候，我妈说什么要在胸部填不填充脂肪的，闹出了很大动静，然后这回轮到小夏了啊。真是的，我求求你们了！"绿子开玩笑似的说。

"真的呢。被你一说确实是这样啊。"我抱歉道。

"总之，还剩下一周，你一定要坐新干线来哦。大家很难见上面，我们约好了哦。我等着你。"

"嗯。"

"几号来？按计划好的三十一日来，住我家对吧？"

"嗯。"

"那你知道到大阪的时间了就给我打电话。我去笑桥接你。然后三个人出去吃个晚饭。"

挂了电话后，我去厨房站着喝了冷水。然后回到房间，走到窗户附近，拉开一直闭着的窗帘，把脸凑近，看了看外面的风景。沿着隔壁公寓的外墙种植的树木的绿色微微摇动，绿色深处，可以看见夏日的青空。如果积雨云也有样本册的话，像印在册子开头部分的样本似的积雨云滚滚涌起，我呆呆地盯着那团云看了好一会儿。云朵染上了许多的颜色。有白色的部分，有沾上了灰色和浅蓝色的阴影，整体来说还是雪白的。

仙川小姐去世已经二十天了。她去世几天后，游佐打电话告诉我葬礼好像顺利结束了。仙川小姐的公司只有一名董事和一名直属上司，还有一个之前也提到过的和仙川小姐关系最好的同期入职的女编辑参加了，好像一个作家也没去。

"仙川小姐，"游佐说，"据说没有瘦很多，遗容非常美丽。"

"嗯。"

"这次出于亲属的强烈意向而举行了家族葬礼，但是好像还是有很多作家或者是认识的人不知道该怎么表达自己的心情——这也难怪啊，连我都没有什么实感。所以，有人提出来说到了九月开个告别会比较好。比如在初秋的时候。"

"嗯。"

"经常有人说，葬礼和告别会是为了活着的人举办的。"

"嗯。"

"为什么我心里不太想去呢？"游佐小声地说，"我不明白。"

我低垂视线，看着眼前的道路。

只见一位老婆婆从坡度和缓的柏油马路对面，倚靠着似的推着手推车走过来。她戴着白色的遮阳帽，穿着同样是白色的开襟衬衫和浅驼色的裤子。八月的午后没有任何遮挡阳光的东西，宛如闪光灯瞬间亮起似的白光被拉长，绿色的叶子、柏油路、路面上的"停车"文字、电线杆、老婆婆和手推车，甚至就连它们的影子看起来也像是那强烈的光芒曝光出的一张照片中的风景。这是第几次过夏天了啊，我恍惚地想。虽然这个答案就跟自己的年龄是一样的，用不着思考，但是不知为什么，总觉得和这个数字不同的另一个正确的数字存在于世界上的某个地方，我一边想着这些，一边呆呆地凝视着夏日的白光。

八月的最后一天，东京的天气是阴天，斑斑驳驳的厚实云层布满天空，但从几处缝隙中可以窥见蔚蓝的天空，光从那里倾注下来。我早上六点起床，准备了两天的内衣、袜子和洗漱用品，从壁橱里取出几年没用过的旧背包，把它们塞了进去。二十多年前买的背包可能是因为有时在太阳底下晒干，所以已经很旧了，但还可以用很久。我做了简单的早餐，花了很长时间慢慢地吃完，喝掉冰麦茶后歇了一口气，然后走出了家门。

我知道要坐新干线的话，从三轩茶屋先到涩谷，然后坐山手线去品川又快又方便，但是我想去东京站。之所以这么想，理由是从东京站上车的话，就一定能坐到始发电车的自由席，以及到现在为止我没有从品川站往返过大阪。平时我几乎不坐电车，过着只是往返于公寓和车站前的超市的生活，再加上从以前开始就一直是路痴的原因，所以去不太熟悉的大车站总觉得心里很不安。

夏天早晨的空气很舒服。沿着熟悉的街道笔直向前，走在灰色的柏油路上去车站，可只是因为路上几乎没有人，心情就变得好像把洗干净又叠出了印子的手帕悄悄放进口袋里一样。我想起了小学那时的暑假做广播体操的早上。看起来很困的小区里的孩子们和平时稍微有点不同的脸。粘在从沙滩凉鞋里露出来的脚趾上的粗糙沙子。鸽子不知在哪里"咕咕"的叫着，公园角落里的排水管在蓝色的影子里阴冷而潮湿。然后到了下午，我们玩了水。充分吸水后变黑了的泥土的气味，从排水管中飞溅出的水花闪闪发亮，我可以不厌其烦地一直注视着这些。我也看见过在阳台上晾洗衣服的看起来很小很小的可米外婆。她没有注意到我在看她，拼命把手举起又落下地晒着衣服和内衣，我从远处偷偷地看着，心情既开心又有点害羞，然后不知道为什么——我渐渐感到不安，担心有一天她会不会永远都离我这般远。

到达东京站是八点。好几年没来的东京站已经挤满了乘客，和最后来这里的时候相比，什么都没变。就好像把一块布的右端和左端捏住，轻轻将两头相接般，时间一下子就回转到过去了。不知哪儿来的人潮满溢般地涌来，像要把我推倒似的通过，而且源源不断地涌过来。如果要说和以前稍微有点不同的话，就是看到了很多外国游客，他们皮肤通红，穿着背心、短裤、沙滩凉鞋，打扮得像要去露营，还背着一个大得仿佛身体稍微失去一点平衡就要往后倒去的背包。我听着一不集中精神就听不清楚的广播声，还有各种各样的铃声响起。

我买了到新大阪站的新干线自由席票，找到了最早一班的"希望号"，排在站台上几个人的队伍后面，等着车门打开。坐到窗边的座位上后过了一会儿，车身便悄无声息地开始滑动。

新干线在住宅、商业设施和高楼林立的街道中一路向西行驶了四十分钟左右，路过了几条大河。窗外的风景渐渐被田地和空地占据，列车好几次穿过了隧道。我看见了山，看见了各种造型的房子一座座排列着，没有人影的阡陌小路延伸到很远的地方，轻型卡车慢慢地移动着。塑料大棚的黑色屋顶反射着夏日的阳光，不知从哪里升起了白烟。我一边漫不经心地眺望着这样的景色，一边想着那条路、那片田野的尽头，还有那条河岸——自己从来没有在那里下车，看过从那儿能看见的景色呢。我恍惚觉得，人类的身体太渺小了，而时间也是有限的，世界上绝大多数的土地都是自己一辈子不会踏上的土地。

一到新大阪站，仿佛聚成一团的湿气就扑面而来，我不由得笑了起来。我心想就是这样的，大阪的夏天，就是这样的，从站台的楼梯上走下来，在忙碌交错的人们之间穿行而过。大阪这个地方虽然从到达的那个瞬间开始就充满了大阪的氛围，但制造出这种氛围的到底是什么呢？我一边思考着这些，一边朝着换乘的站台走去。如果侧耳倾听人们的对话就会听到大阪话，即使不想听也会感受到大阪吧，但是我已经很多年没回大阪了，我直觉感受到的大阪味，是和语言无关的东西。是无意识间映入眼帘的人们的动作让我感受到的吗？或者是目光、视线、走路方式这些细微的部分有大阪人的特征呢？还是说跟微妙的发型的不同和服装的品味有关系呢？或者说这些一点一点混在一起酝酿而成的才是原因呢？我不动声色地观察着人们的动作，倾听着旁人们的对话坐上了电车，眺望着窗外的街道。但是，电车摇晃了起来，每次发出哐啷哐啷的声音，身体就会渐渐感到沉重，我并无深意地叹了好几次气。

我既没有回到大阪的感觉，也没有怀念的心情，总觉得我像是没被邀请却来了谁家的派对，或是因什么误会而来的客人一样，体会到了类似尴尬和淡淡的后悔般的情绪。我看了看表，十一点二十分。虽然我跟绿子说过今天会按照约定来大阪，但是没有告诉她确切时间。"你要傍晚七点左右到，我从打工的地方去笑桥接你，然后从那里出发去吃饭。"要赶上和绿子约定的时间话，下午出门也足够了，其实在和绿子、卷子我们三个人见面之前，我想先去见卷子，为前段时间的事好好道歉，然后和好。卷子的公寓在从笑桥坐巴士二十分钟左右的地方，到了笑桥后我买了卷子喜欢的蓬莱的猪肉包，下了决心，想心情明快地给卷子打电话。我想着接下来两个人提早出门，如果能给绿子买点什么小礼物就好了。

但是，从新大阪站转车到大阪站，然后再换乘到笑桥站的时候，那种明快的心情完全销声匿迹了。我中途好几次停下脚步，毫无理由地回头，回过神来发现自己在笑桥站前的广场上，紧紧地系着背包的肩带直直地站在那里。气温随着太阳的升起而不断上升，汗湿了的 T 恤贴在胸前和后背上，每呼吸一次又从那里冒出了新的汗水。

五到十分钟里我一动不动，汗流浃背地一直站在广场的正中央。虽然必须给卷子打电话，但是在那之前必须要买猪肉包，这样做就可以了，但是和想着卷子以及猪肉包的心情不同的另一种情绪不知为何开始下沉，被这种情绪揽住了肩膀的我，难以拂拭自己也往下沉落的感觉。笑桥有很多人。不知道从哪里来要到哪里去的人，等候着的人，骑着自行车大声打电话的人。我在这里上班的时候，车站两头有不少流浪者，肯定有人在乞讨、躺着或是喊些莫名其妙的话，但现在好像到处都没有那些身影了。

　　车站的对面可以看到咖啡店熟悉的招牌。用旧时流行的字体写着"玫瑰"，围绕这两个字的灯饰即使白天也一明一灭地闪烁着。虽然我没进过那家店，但经常和成濑约好在那家店前碰头。然后我突然想起了阿九，一位兼职碰瓷的吉他手，最后因为被撞的位置不好而真的死了的阿九。我记得阿卷最后一次见到阿九是在"玫瑰"门前，阿九一个人到底在做什么呢？是在等谁吗？还是想到该去哪里好、怎么办才好就无法行动，一直呆立呢？就像现在的我一样。

　　我朝着小店密集的昏暗小巷走去，往里走几米就几乎没有人了，因为建筑物之间的距离很近，和车站前相比感觉更昏暗了几分。我和几个匆匆穿过巷子的行人擦肩而过。母亲和卷子半夜经常吃的那家站着吃的乌冬面店倒闭了，变成了手机店。旁边原先的拉面店变成了连锁的小餐厅，在隔壁的书店里——我在进店前稍微有一点时间就会经常来看书脊的书店拉下了灰色的卷帘门，屋檐下一个年轻男子坐在地上抽烟，把手机贴在耳朵上不停大声说着话。之前回来的时候，我是从车站直接坐巴士去卷子家，因此最后在这一带步行已经是快二十年前的事了。原本应该在那里的药店也倒闭了，褪色的含漱液旗帜斜垂着。这样往前走，就来到了小小的十字路口，这一带很热闹，风俗店、弹珠店、店内布局细长的烤肉店、建得密密麻麻的杂居大楼里应该有无数的酒馆。当然也有现在是白天的原因吧，只有招牌和广告闪烁着空虚的光，人的数量比我上班的时候少得多，整个区域都静悄悄的。我在盛夏的笑桥不停地走着。抬头一看，只见电线杆倾斜，四面八方交错的电线胡乱地刻在小小的青空中。接着我去了我们上班的小酒馆所在的杂居大楼。但是，大楼被改装得面目全非，只剩下电梯了，入口处挂着写有"新一代男性放松！DVD试映，完全单间，一楼接待"的巨大黄色招牌。

我绕了一圈，往车站的方向走去。

右手边有几座大楼，其中还有可米外婆和母亲住过，然后在那里去世的医院。我清楚地记得写着"××医院"的招牌上的文字。那时候便利店刚开，我还告诉在床上睡着打点滴的母亲里面卖什么东西。一直开朗而刚强的母亲用尽是淤青的干瘦手臂摩挲着我和卷子的手，微笑着说："太累了，回去睡吧。"然后我和卷子走夜路回家，母亲却在那期间独自死去了。我心想，母亲也好可米外婆也好，她们活着的时候一次也没有离开过笑桥，就死在了那儿。我又重新想了想，不，母亲好像离开过这里。从在笑桥医院生了卷子到我七岁为止，母亲一直生活在一个港口城市。可米外婆为了没有钱的我们坐了无数次电车来到了那个城市，父亲在的时候她就在车站前，父亲不在的时候她就来家里，给我们吃了很多东西。一大早，母亲就为了给可米外婆打电话去了公共电话亭，我知道她要来就高兴得跳起来，提前好几个小时坐在车站的检票口前，等着她的身影出现。可米外婆一来我就跑过去抱住她，闻着可米外婆和她衣服的气味。

我用手机查了以前住的港口城市的车站，确认了从笑桥怎么走。虽然要换乘两次，但显示总共二十八分钟就能到。我摇摇头。虽然我知道不远，我知道那是事实，但小时候，哭着追着可米外婆的小时候——感觉离得那么远的可米外婆的家，是我活下去的唯一理由的可米外婆的家，是个不到三十分钟就能到的地方。

到了港口城市的车站，一出站台就闻到了潮水的气味，我深深吸了一口气。那一晚以后，我是第一次回到这个城市。和母亲还有卷子三个人半夜乘着出租车逃走的夜晚，已经过去三十多年了。

车站的内部装修几乎都变了，但是出了检票口后通道就马上左右分开的构造还是和以前一样。虽然没有那么多，但还是有相当数量的人在上下车，说着好热啊好热啊高兴地走下楼梯。我们住着的时候，这里是除了港口以外什么都没有的城市。我记得只有一年一度帆船到来的夏天，才会热闹非凡。我们不住在这儿十几年后，这里建成了一个很大的水族馆，成了热门话题。小时候什么都没有。灰色的巨大仓库接连排开，是一个只有拍岸的惊涛和潮湿气息的城市。"以后这些全部都会不见，将来会造更好的。"我记得父亲喝了啤酒涨红了脸说的话。我还记得我小声问："将来会是多久以后？"他开心地笑着说："就在十年、二十年后的将来啊。"站在车站楼梯的转角平台望着港口，类似水族馆的建筑的巨大屋顶接收了夏日的白光而刺眼地反着光，旁边有一个巨大的摩天轮。即使住在可米外婆家里也会突然想起这个一直生活到七岁，然后突然不得不逃离的城镇和家。但是这样一来，总是会产生悲伤、痛苦的心情。感觉街上和家里各种各样的东西——瘦弱的野狗、碎裂的啤酒瓶、吐在路上的口香糖、变色的被子、堆积着的盛盖浇饭的大碗、远处传来的怒吼，仿佛从某处在凝视着我。有时，凝视着我的也有我自己。配合星期二课程表整理好的书包放在枕边，我仿佛现在也在那个房间的被子里，好像一直在等待着什么。在不知道发生了什么的情况下，在谁都没有注意到的情况下被抛弃，在那里动弹不得，我有过这样的心情。

在城市里最大的，每次穿过都会紧张得不由屏住呼吸的道路上排列着出租车，很多人朝着水族馆走去。走到街对面的转角处，看到了乌冬面店的招牌。用和以前一样的店名在营业，这里是同年级的同学家经营的乌冬面店。我偷偷看了一下里面，可能因为是中午，有很多客人，很热闹。除了乌冬面店，街上完全变了样，都是以水族馆的客人为目标顾客的特产店。话虽如此，我已经想不起来以前有什么店，排列着什么样的建筑物。往前走一点就有便利店。我买了两个饭团和冷水，擦着汗沿着马路笔直往前走。

一看表，下午一点了。我抬头一看，升至顶点的太阳熠熠生辉，眯起眼睛，周围隐约可见彩虹色的光环。额头上的发际线和太阳穴上渗出汗珠，仿佛能听见强烈的阳光灼烧头发和皮肤的嗞嗞声。

再往前走，来到了一个眼熟的转角处。有一块写着"大波斯菊"的小招牌。大波斯菊。我像被吸引了似的靠近那块招牌。那里是母亲白天打过零工的食堂。可米外婆好几次带我在母亲工作的时候去吃过套餐。一看到我和可米外婆，母亲就露出了令人信赖的笑容，穿着红色围裙在柜台里麻利地忙活来忙活去，一被叫到名字就很有精神地回答，看着擦拭盘子、端菜的母亲，我的心中满是感动。你妈妈干劲十足呢，看着笑着看我的可米外婆的脸，我点了好几下头。

我打开"大波斯菊"的门，想象着说以前母亲曾承蒙关照过。很久以前，已经是三十多年前的事情了，我的母亲在这里工作。看到母亲拼命工作的样子，心里充满了感激，明明很好吃，但是总觉得要哭出来，不能好好吃汉堡，一边糊弄一边拼命吃，但是非常好吃，我在这里和祖母一起看着母亲工作，我想象着对店里的人这样说。但是，当然不能那样做。我喝了瓶里的水，凝视了一会儿"大波斯菊"的大门后，走到林荫道树荫下的长椅上坐下，花时间慢慢吃掉了饭团。

吃完后，我也一直坐在长椅上，望着笔直延伸到水族馆的大街上来来往往的人们的身影。我擦着汗，眺望着完全变了样的城市和丝毫没有变化的街道融合在一起的部分，心想几十年前，母亲是抱着什么样的心情来到这里的呢？第一次看到这个城市的时候，母亲是什么样的心情呢？对潮水的气息作何感受呢？对于新的生活、家人之类的，是否满怀过期待和梦想呢？我心想，仔细想来，我没有好好问过母亲她成为母亲之前的事情。

我心想，和父母还有卷子四个人住的家变成什么样了呢？如果我们住的那栋大楼还在的话，应该在那家乌冬面店的拐角处向右拐，从大路往西走经过几条巷子那一带。我们住在那儿的时候，大楼旁边有一家烤肉店，对面有一家阿姨一个人干活的大阪烧店，那边还砌了一个小池塘，养了很多大金鱼，在黑暗的绿藻缝隙里游来游去。在对面的拐角处有一家老式的蔬菜店，把放了钱的竹篓从天花板上用橡皮筋吊起，现在想起来，老板经常让母亲赊账买东西，但是我去了也没露出一副讨厌的表情，总是很温柔地陪着我玩。从那里往右走，有一家理发店，店主自豪地说，以前在这里工作的理发师成了特摄电影的替身演员，上过几次电视。而我总是坐在进大楼一楼的居酒屋旁边的通道上等着母亲回来。

我心想，去看看吧。

但是，我立刻又改变了想法，那样做到底有什么意义，我在心中长舒一口气。我心想我不是为了做这种事才来大阪的，自己在这种地方做什么呢？我用手指将皮肤上淌下来的汗抹掉，望着人们来来往往，目不转睛地盯着人们走过。我想起了有光泽的茶色瓷砖外壁。使用了好几种茶色，小小的四角形瓷砖每一个都膨胀成了糖果色。沿着居酒屋入口旁边的过道径直走有部楼梯。过道总是昏暗的，亚光的银色邮筒紧紧安在墙壁上。现在怎么样了呢？我那时还是个小孩子，等于没有什么属于自己的东西，但我丢下了那时的一切，此后再也没有回来过。而现在，我真的不敢相信，那栋楼就在离自己现在坐着的这张长椅数分钟的地方。去看看吧。大楼还在吗？周围变成什么样了呢？但是就算大楼还在，我又到底该做什么才好呢？事到如今看到那种东西，到底该想些什么才好呢？我到底为什么左思右想着这些呢？随便看一眼以前住的地方本也没什么大不了的，为什么会有这样的心情呢？但是，我很害怕。虽然不知道在害怕什么，但是一想到眼中将会看到我们住过的家，不知为何就觉得好像缩回了脚步。

我又去便利店买了新的水，花了很长时间，慢慢地一口一口把它喝掉。然后我又坐到长椅上，呆呆地看着眼前的风景。一看表，已经两点半了。也许就这样回笑桥去给卷子打电话比较好。而且必须要告诉绿子，我已经到大阪了。也许那样比较好。但是我没能从长凳上站起来。没能离开这个地方。一家人从我眼前走过。两个长得很相像似乎是姐妹的女孩子，背上晃荡着淡蓝色的帆布包，追着走在前面的妈妈。一个追上了母亲，另一个也跑过去抱住了母亲的腰，三个人抱作一团笑着走了。我一直盯着她们，直到她们的身影看不见为止，然后用手掌揉脸似的擦去了汗水。我站起来左右摇晃了一下背包让身体适应，之后在乌冬面店的转角处右转，朝着我们住过的大楼所在的方向走去。

从大街往里走一条街，水族馆里没有一个客人在走，周围很安静。盛夏的阳光一下子倾泻在所有的东西上，火辣辣地给没有人影的道路和建筑物加着热。这是我认识的路。左右两边的店铺和住家一一映入了眼帘。有些门面像是改建过的，几乎都是我没见过的建筑物。右手边有一块巴掌大小杂草丛生的空地，这里之前确实是投币式洗衣房，下雨天我经常坐在里面的长椅上。在洗好的衣服逐渐烘干的气味中，我一直望着豆大的雨点落在灰色的道路上再溅起来。

原本是蔬菜店的地方变成了别人的家。那是一座外墙是泛蓝的灰色的小房子，简直像是折纸折出来的一样均匀整齐，不知道是旧是新。左手边可以看到不锈钢制的玄关大门。磨砂玻璃窗上没有挂窗帘，感觉不知道有没有人住。右侧的咖啡店好像还是以前的样子，但是百叶窗似乎已经关了很长一段时间了。我慢慢地走着。没有和任何人擦肩而过，真的什么声音都没有。好像太阳的光和热完全吸收了原本应该在那里的声音和人影一样。右边有一个一辆车都没有停的投币式停车场。那里确实——虽然现在也不知道那里是什么地方，但是有一户一直开着门，有人不停出入的人家，养着一只大型杂种狗。名叫小千的那只大而温和的母狗总是在水泥地那儿躺着，我很喜欢小千，经常去摸它。我还看到过小千生小狗的现场。我看见被白膜包裹着的几只濡湿的小狗，像光润的内脏似的从小千体内出来。小千用舌头仔细地舔着生下来的小狗，闭着眼睛的小狗们一边发出哼哼唧唧的叫声，一边拼命翕动着鼻子，紧紧吸着小千的乳房。狗床上的气味，下垂的舌头的形状。乌黑的眼睛周围。我突然停住脚步，抬起头来——是我们住过的大楼。

我抬着头，凝视了一会儿大楼。

我慢慢地反复眨眼，一直盯着大楼看。糖果色的瓷砖还是老样子，一楼的店面不知道换了几家，我没见过的褪了色的绿色屋檐上涂满了油漆，透出无法辨别的文字。各处浮出锈迹，整扇被白色霉斑覆盖了的卷帘门关闭着。这是一座非常小的楼。好像只有比两辆自行车排开还窄的宽度，真是一座小小的楼。面对着大楼的右边有个像缝隙一样的入口。那是通往我们家的楼梯的通道入口。我合上了嘴唇。我以前就觉得它很小，但没想到会是这么小。入口的宽度不到一米。那是一个不侧身就无法通过的小小的入口。那个入口和填步道高低差的混凝土连接部分，以及我经常坐的地方的混凝土，是同一种灰色。我清楚地记得穿着工作服的人来将混凝土浇在小水沟里的那天。他们对我说没干之前不能碰，等没人了以后我看着它慢慢凝固，对任何人都保密，屏住呼吸，悄悄地把手指按了上去。我走近蹲下一看，发现有按压的痕迹。那里有一个小小的，眼看马上就要消失似的洼陷。我时常将手指贴在那个洼坑里，靠在贴了糖果色瓷砖的柱子上，我总是在这里等着母亲。

我轻轻呼了一口气，试着往里走了一步。

通道又冷又暗，有一股淡淡的霉味。大楼里好像已经没有人住了。似乎已经有很长一段时间，大楼只是在等待被拆除，它静静地伫立着。生锈的信箱从阴暗中浮现出来，再往里可以看到楼梯。是一部小楼梯。每走一步，回忆就像毛边翘起般苏醒。

我微微喘息着，走上了楼。在这只要一个大人走上去就满满当当的楼梯上，我曾被可米外婆背着上去，也和卷子在这里玩过，更曾追着母亲，笑着跑上去。难得大家一起出门的时候，还曾看到过把手放在口袋里下楼的小小的父亲的背影。

三楼有一扇贴着木纹布的门，是一扇非常小的门，那是我很熟悉的门。我凝视着那令人怀念的木纹，然后把手搭在门把手上试着慢慢转动。门上了锁。我再一次试着转动门把手。果然上着锁。

我擦去额头上滴下来的汗，揉揉眼睛，握住了把手，我握紧门把手一个劲儿地前后推拉，打不开。我又敲了敲。但门只是发出了干涩的声音吱吱作响。我更用力地敲门。像被催促、被追赶似的，我不停地敲打着门。我想，如果这扇门打开的话，也许还能再一次看见。也许还能再一次看见，背着书包的我走上楼，然后也许门会从里面打开，穿着红色围裙的妈妈会说欢迎回来。现在如果这扇门打开的话，也许能看见那件白色的运动衫、那个玩偶、书包、欢笑、睡觉、大家围着的小被炉、柱子上刻着的身高线、碗橱里的塑料红杯子，现在打开紧闭的窗户，也许还能再一次看见，再一次遇见。不会发生的，我知道这样的事情不会再发生了，即便如此我还是继续敲门，一直敲打着我们生活过的家，这间屋子的小小的门。父亲，我心想。父亲还记得吗？我敲着门想。父亲，某一天消失在某个地方的父亲，父亲在某个地方还记得吗？和我们一起生活过的事情，还有我们，他有想起来过吗？

我颓然坐在楼梯上，呼出胸口的气。地板上有裂缝，到处都黑黢黢的，角落里还牢牢地沾了泥巴。大楼里阴森森的，楼梯的小转角平台堆满了各种各样的东西。吸水后变了形的纸板箱、变色了的水桶里的脏拖把、硬邦邦的定型了的抹布、不知道里面装了什么的黑色塑料袋。每样东西上都沾满了灰尘，从平台处的小窗户射进来的光把一角照得十分白亮。

这时，音乐突然响了起来。一瞬间我不知道发生了什么，像被击中似的站起来，不由得按住了喉头。是电话。手机在响。于是我想起了还没给绿子打电话。我把背包从肩上放下来，拉开拉链接起电话。电话是逢泽先生打来的。

"喂。"逢泽先生的声音传来，"喂——我是逢泽。"

"嗯。"自己回答的声音微妙地有些沙哑，我咽了一口口水。

"夏目小姐。"

逢泽先生用很紧张似的声音叫了我的名字。

"吓了我一跳。"我直率地说，"逢泽先生，我，吓了一大跳。"

"抱歉，吓到你了。"逢泽先生道歉道，"但是我也很吃惊。我没有自信你会不会接电话。"

"突然响起来了。"

"夏目小姐。"

"嗯。"

"你声音感觉有点——感冒了吗？"

"没有。"我长出一口气后说，"吓了一跳，声音就有点哑了。"

"抱歉，吓到你了。"

"没事，大致已经冷静下来了。"

"现在，稍微在电话里说会儿话可以吗？"

"嗯。"我回答了，可心一直怦怦直跳，为了不被发现，我反复深呼吸了好几次。我知道电话那头的逢泽先生也微微呼了口气。

"因为夏目小姐说不会再见面了。"

逢泽先生说到这儿又呼出了一口气，轻轻地咳嗽了一声。

"我自己，花了很长时间，思考了一下，如果真的不能再和夏目小姐见面说话的话——倒不如说夏目小姐已经在电话里说过了，该说是我自说自话，或者说是我不干脆。"

我为了表示自己在听而发出了声音。

"可我无论如何也想和你见面谈谈。"逢泽先生说，"我这样想着——打了电话。"

说到这里，我们陷入了一阵沉默。自己坐在已经是三十多年前的家的楼梯上，在那里听着逢泽先生的声音，而且自己的声音在昏暗而令人怀念的台阶下低沉响起，这一切都令人觉得很不可思议。总觉得像在某个人的梦里似的，有一种奇妙的浮游感。我把电话按在耳朵上，反复眨了好几下眼睛。

"今天，"我说，"是逢泽先生的生日啊。"

"你记得?"

"当然了。我记得的。"

"和你外甥女同一天生日真是太好了。"

"不只是这样而已。"我微笑道。

"夏目小姐。"

"嗯。"

"过得好吗?"

"我?"

"是的。"

"这两个月。"我说，"我的生活没有任何变化，但是，又觉得发生了很多事情。"

然后我们又陷入了沉默。

"我啊，现在，在以前的家。"我用明快的声音说道。

"以前的家?"

"嗯。春天我们经常见面的时候，我跟逢泽先生说起过的。某天夜晚从那里逃出来的地方，总感觉，想来看一眼。"

"那个，港口城市的?"

"嗯。"我笑了，"结果呢，小得让人吃惊。难以置信。现在我也坐在那个家或者说是那栋楼里的楼梯上，真的是，全部都很小。真的过了三十年，已经没有人了。虽然那是理所当然的。"

"一个人坐在楼梯上吗?"

"嗯。楼梯也很窄。全都很老旧，不行了，但是又全部都一样。已经没人住了，变成了废墟。"

"夏目小姐。"

"嗯。"

"这两个月我一直在思考，要怎么做才能让夏目小姐见我。"逢泽先生说，"最后一次见面时我听说三十一日夏目小姐在大阪，所以……"

我点点头。

"如果我去大阪见你，然后你又接了我的电话的话，十分钟也好二十分钟也好，我想也许你会见我的。"逢泽先生继续说道，"三十一日，夏目小姐在大阪的吧，除了这一点外，我已经一无所知了。"

"莫非……"我说，"逢泽先生在大阪?"

"只要三十分钟。"逢泽先生说，"能给我这点时间吗?"

挂断电话后，又重回刚才的寂静。我坐在楼梯上，紧紧握着背包肩带下面的部分。然后我慢慢地站起来，再一次盯着我们家的门。我凝视着剥落了的印刷木纹，凝视着变了色的茶色门牌板上的三〇一这个数字。我用手掌按住粗糙的墙壁，然后再一次让整扇门映入眼帘。接着我深深地吸了一口气。

我一级一级地走下楼梯，走到过道上。我笔直地站着，看着出口的方向。我抬起头笔直朝前看。宽不到一米的小门上，洋溢着外面夏日的阳光。我睁开眼睛，一眨不眨，一直看着那道光，直到眼泪渗出。

17　与其忘记

从港口吹来的风就像看不见的波浪般隆起，在皮肤上留下了潮水的气息。

逢泽先生五十分钟后来到了车站。我站在和小时候等可米外婆时同样的地方，在检票口看到逢泽先生的身影的时候——我总觉得有种头晕般站不住的感觉。逢泽先生一看到我就轻轻地打了个招呼，出了检票口他又点了点头。我也点了点头。这是时隔四个月再次和逢泽先生见面。逢泽先生穿着长袖白衬衫和浅驼色裤子。

我们不知从哪个方向下了楼梯，顺着大街上的人潮走了起来。我和逢泽先生都有一段时间没有说话。我走在左边，逢泽先生走在右边。我一直只看着脚下走路，突然抬起头来的时候，我们四目相对。我反射性地移开了视线，然后又把目光投向脚下。

"这么突然，真的很抱歉。"逢泽先生小声说，"果然——你是迫于无奈，或者生气了吧。"

"没有。"我摇摇头，"总觉得非常超现实。没有实感，或者说一想到和逢泽先生在这里一起走着，觉得很不可思议。"

"是啊。"逢泽先生抱歉地点点头，"真的很抱歉，夏目小姐明明有自己的事情。"

"我刚才联系过了，大家七点在约好的地方集合，所以没问题的。"我说，"不过逢泽先生，如果我没来大阪的话，你打算怎么办呢？"

"这个嘛——"逢泽先生为难地说，"再坐新干线回东京。"

"也只能这样了。"我笑了。逢泽先生也跟着微微一笑。

"逢泽先生，有大海的气息吧。"我示意水族馆的方向说道，"那边是海港，很近的。走路十分钟都用不了。那座建筑物是水族馆，意外地有名呢，还很大。你看，连摩天轮都有。"

"我听说过。好像是有珍稀的鱼还是什么的。夏目小姐呢，没去过吗?"

"嗯。我已经大概三十年没来过这里了。"

"有变化吗?"

"到处都变了，没变的只有些小细节。道路的感觉没变。店铺好像也有几家还开着。"我说，"你看，那边有家乌冬面店吧。那是和我同年级的男生家开的乌冬面店，店名是一样的，所以也许是店主的儿子继承下来在经营呢。不过，现在想起来觉得有点难为情。"

"为什么?"

"我们家那时真的很穷，有时候连当天吃的东西都没有。"我笑了，"还有，连去超市的钱都没有，蔬菜店已经赊了很多账，这个月没办法再拜托别人了，连当作救命稻草的外婆也来不了的时候，妈妈就会去打电话。我们家也没有电话，所以去公用电话打。然后，就会在那家乌冬面店点两份素乌冬面。叫外卖。然后乌冬面店的人送来乌冬面的时候，我就会出去说'妈妈现在不在'。"

逢泽先生颇感兴趣地点点头。

"我说:'妈妈不在，也没把钱给我，等她回来了我告诉她。'"

"然后呢?"

"'啊，但是她刚才打电话来了啊。'乌冬面店老板一边歪着头一边说很为难啊，但还是把乌冬面放下了。"我说，"我妈妈说，饮食店只要送外卖过来，就不会再带回去了。面条坨了，也不能端给其他客人，所以热的东西肯定会留在这里的。虽然有点狡猾，但妈妈还是说了不好意思，到发工资的时候会去把钱还上的。妈妈从屋顶上看到乌冬面店老板回去后就下来了，让我们吃得饱饱的。但是那家乌冬面店是我同学家的，所以一想到这点就有点不好意思呢。虽然当时不太懂。不过那个孩子很温柔，不知道他是知道还是不知道，反正什么都不说，和我总是很要好。"

"你妈妈，很了不起啊。"逢泽先生看似很佩服地说。

"嗯。"我笑了，"就算是电啊煤气啊水啊停了，她也掌握了开阀门的方法，所以日子一直这么忍过来了。"

"你妈妈真厉害啊。"

"是吧，现在想起来还真是。"我笑了。

"你在这里住到几岁？"

"七岁。到小学一年级暑假之前。"

"学校也在这附近？"

"学校——嗯，那边那条马路再往里走两条街，我想是在笔直往前走的地方。"我说，"入学式的时候，在大门那里请谁帮我拍过照片的。照片已经一张都没有了。"

"我想看看。"逢泽先生说，"夏目小姐上过的学校。"

于是我们混在去水族馆的人群里向小学的方向走去。我们走过几乎所有卷帘门都关着的小商店街，我回忆起那里曾是学校指定的文具店，收银台旁边总躺着一只白色的老猫。我说虽然那块地方现在什么都没有，还长满了杂草，但以前有一家总是人满为患的章鱼烧店，那家店的招牌是福星小子的画，还是章鱼烧店的阿姨自己画的福星小子，我当年好几次看到她在眼前一遍遍流畅地画着，还想过其实这个人是《福星小子》的作者吧。那旁边有家进过小偷的床上用品店，当时闹得沸沸扬扬，大家都跑来围观，那时是我第一次看到有人用银色粉末一样的东西取指纹。当时的搜查官在柱子上撒粉的动作，现在我也时常想起。逢泽先生一边对我说的话——点头，一边望着我示意的建筑物和已经变成空地的部分。穿过商店街，过了马路就看到了一所小学。

"逢泽先生，这里就是学校。"我说，"虽然我只上过几个月。"

"但是小时候的几个月，感觉特别长。"逢泽先生望着校门说道。

"我家很穷，为此受了不少欺负。"我说，"不过，也有跟我要好的孩子。那个孩子家里也很穷。虽然常常被大家戏弄，但我们俩总是在一起。"

"嗯。"

"所以，我突然不见了，那个孩子会大吃一惊的吧。我有想过，她是怎么看待我什么都没说就消失了这件事的呢？"

逢泽先生点点头。

"现在有邮件啊 LINE 啊之类各种各样的联络方法，小时候那会儿，很难的。因为我们是连夜逃走，所以连想寄信给她都说不出口。"

"嗯。"

"她要是过得好就好了，我经常这么想。"

逢泽先生同意地点点头，然后拿出手帕擦了汗水。明明热气和湿气都很厉害，在闷热的酷暑中，逢泽先生的头发还是一如既往地笔直，然后以平稳的走向朝后固定着。我们穿过马路走到校门前，望着校舍大厅对面亮着灯的操场看了一会儿。然后又漫无目的地走了起来。我们和从大路上过来的人群会合到一起，朝着大海的方向走去。人数一点点增加，转过拐角就看到了水族馆。它比想象的要大很多，我不由得眯起了眼睛。

"从前，这里一眼望过去看得到的地方全都是仓库。"我叹了口气，"那些真的，变成这样了啊。"

"很大啊。"

我们走上宽阔的楼梯，进入馆内。汗水一下子变凉了，我们都呼了口气。

"冷气开得真足啊。"我忍不住说，"啊，现在已经不说冷气了，叫空调。"

"确实是。"逢泽先生笑出了声，"但是我还是喜欢说冷气。"

虽然馆内说不上拥挤，但还是有很多一家人、情侣和各种各样的人，十分热闹。有咖啡店，有纪念品店，孩子们在店铺间看起来很开心地到处跑。我们在咖啡店买了冰咖啡，坐在大厅的长椅上，看着来往的人们。几个年轻男女指着馆内的大型示意图开心地谈论着。有装饰得很精致的特别展的指南，有企鹅脸部挖空的摄影用纸板，两个一起来的年轻女孩子交替拍着照片。在集章台边聚集着几个小学生，每当发出"啪嗒啪嗒"用力盖章的声音他们就会响起欢呼声。在纪念品店的入口处，海星、海马、乌龟和比目鱼形状的氢气球轻飘飘地摇晃着，一位像是祖母的女性握着一个小女孩的手，说明着每个气球各自的不同。

"逢泽先生会来水族馆吗？"我问道。

"不，几乎没来过。"逢泽先生说，"虽然我觉得挺不错的，但找不到什么机会来。不过要说季节的话——水族馆到底是什么时候来的呢？果然是要像今天这么热的天吗？冬天的水族馆，我觉得也挺不错的。"

"我想看看冬天的企鹅。"我说，"果然很有活力啊。我也只来过数得出来的几次——话说现在我们也只是在大厅里，并不算来了。"

然后我们一边喝着冰咖啡，一边看着从眼前经过的人和跑来跑去的孩子们。逢泽先生和我都沉默着。逢泽先生看上去似乎在想些什么，又像只是目不转睛地注视着从眼前经过的各种各样的东西。过了一会儿，逢泽先生说话了。

"关于善小姐的事……"

我看着逢泽先生的脸。

"善小姐的事，也许这在夏目小姐看来可能是没有意义的事情。"逢泽先生微微点头，看着我的眼睛说道，"我和善小姐分手了。"

说完后，逢泽先生的目光落到双手拿着的冰咖啡上，轻轻点了点头。

"是在之前那次，和夏目小姐打电话后。大概将近两个月前吧。我跟她见面聊了会儿。我把自己现在正在思考的事情、这几个月间思考的事情、不见面后感到安心的事情，全部——尽可能诚实地说出来了。然后，还告诉了善小姐我有了比她更想见的人。"

"然后呢，善小姐怎么说？"我问出口之后，就张着嘴看着逢泽先生的脸。

"她说，你想怎么做就怎么做。虽说像她的风格，可是——那个人是谁、你打算怎么做之类详细的事情，她一概没打算问。"

"然后呢？"

"然后，"逢泽先生小声地叹了口气说道，"就只是这样而已。我沉默之后，她说这样的事情不需要深刻思考。还说她知道我们早晚会分手，所以还是早点分手好。"

逢泽先生说完后就陷入了沉默，我也沉默了。我们就这样并排坐在长椅上，什么也没说。冰咖啡容器上的水滴弄湿了手掌。全身出的汗静静地冷下来，感觉到皮肤表面轻微地起了鸡皮疙瘩。逢泽先生身体稍微向前倾，用胳膊肘支撑膝盖，凝视着手里拿着的冰咖啡的盖子，一动不动。挂在大厅墙上装饰着很多海洋生物的时钟指向下午五点。馆内播放着听不太清楚的广播，一群拿着礼品袋的女孩子笑着走了过去。我们不约而同地站起来，慢慢地走了出去。

远处传来汽笛的声音，仿佛划破了积留在空中的热气的厚膜。在温热的海风底下，开始隐约夹杂进来夏日黄昏的气息。感觉万物的影子稍微变淡了一些，远处的光却看起来稍微浓了一点。薄暮时分。我们彼此一句话也没说，毫无目的地往前走。

刚才以为还稍微有点距离的摩天轮，现在看起来已经离得很近了。我停下脚步抬起头，凝视着摩天轮。只见白色和绿色的座舱以黄昏的天空为背景，缓缓升起。逢泽先生也站在我旁边，注视着向天空移动的座舱。

"从上面看下来……"我喃喃低语，"这里不知道是什么景象。"

"有夏目小姐的城市和大海。"逢泽先生平静地说。

"我觉得能看见天空。"

在摩天轮的乘坐入口只有几组客人排队，人很稀疏。我看向逢泽先生，他像是用眼神问我要不要坐。仰起下巴抬头看到的摩天轮很大，大到几乎看不到全貌，最上面的座舱看上去真的几乎就像一个点。一想到那个高度和距离，身体就有一种轻飘飘的感觉，我不由得握紧了背包的肩带。逢泽先生再一次看着我的眼睛问我。我微微点头后，逢泽先生就去买了票，然后递给我一张。

我们排在乘坐入口的队伍的最后，等着轮到我们。随着引导左右两排分开的两个工作人员的声音，情侣和几个人的团体接二连三地乘上了座舱。轮到我们了。猫起腰的逢泽先生先把身体钻了进去，我踩了好几次后抓住了舱门旁边的把手，把身体挤进了门里。

速度缓慢得让人一瞬间不知道摩天轮是不是在动，座舱一点也不晃，缓缓地往上升。我们面对面坐着，从窗户向外望。不知道是不是特殊的塑料材质，仔细一看，窗户表面有无数细小的白色伤痕，因此看上去像是有层薄雾。座舱就像是向上推开夏日的薄暮一般，没有发出任何声音就升起来了。水族馆屋顶的高度开始在视野里一点点下降，它旁边公园的树木和附近的各种建筑物渐渐变小了。大海映入了眼帘。既不是灰色也不是铅色的深色大海被好几条直线切割开来，静静地波涛起伏。几艘船在海面上留下了仿佛用手指描画出的微小的白色痕迹，慢慢地移动着。逢泽先生眯着眼睛注视着远方。

"小时候，"我说，"我不知道大海和港口的海的区别。"

"区别？"

"嗯。我知道，在自己住的地方旁边就是大海。有潮水的气息，而且波涛汹涌，我知道这是大海。可是，这和我心里认为的真正的大海完全不同。"

"真正的大海？"

"是的。"我说，"大海的话，照片和故事里经常会出现吧。那里面的大海很蓝，很漂亮，太阳也闪闪发光，有白色的沙滩，就算不白也有沙子，海浪会拍打过来。想把脚浸泡进去就能浸，想触摸就能触摸。无论是海浪，还是大海。我觉得那样的才是真正的大海。"

逢泽先生点点头。

"但是，就在我身边的大海不是那样的。既不蓝，也摸不着，又黑又深，深得好像掉下去就回不来了。我小时候一直在想，这片海和那片海到底有什么不同。"

"现在明白了吗？"

"老实说，"我笑了，"可能还不太明白。"

座舱不断缓缓上升。随着高度的提升，大海的颜色和大小也发生了变化，地平线就像一条若隐若现的线一样闪闪发光。只见黑色的鸟从布满彩霞的某个天空的高点笔直地飞过去。远处工厂的烟囱袅袅升起白烟。

"能看见许多东西呢。"逢泽先生说，"从前，我跟爸爸一起坐过好几次摩天轮。"

"和你爸爸？"

"是的。妈妈不太喜欢那样的东西，每次去游乐园都是爸爸和我两个人。爸爸也不怎么适应游乐园，但是经常带我去。游乐设施只有我一个人去坐，他在出口等我。从上面看下去，爸爸渐渐变小，虽然我心里变得没底，但只要他跟我挥挥手，我就会有点不好意思，又有点开心。"逢泽先生微微笑道，"但是，爸爸好像只喜欢摩天轮，在游乐园玩了一天，最后一定是两个人坐了摩天轮再回家。我们坐了各种游乐园里的各种摩天轮，看了各种各样的风景。"

逢泽先生用中指搓了搓眼尾处。

"夏目小姐，你知道'旅行者'吗？"

"'旅行者'？"我问道，"是美国航空航天局的那个吗？"

"没错。"逢泽先生点点头。

"'旅行者'。这是大约四十年前在夏天发射的宇宙探测器。有一号和二号，最初是二号，稍晚一点一号才起飞。年纪几乎和我们一样吧。大小跟一头牛差不多，现在大概在距离地球两百亿公里左右的地方飞行。"

"两百亿公里……"我自言自语。

"这种距离，我一时都反应不过来到底有多远。不久前我在什么地方读到的报道里举例子说，两百亿公里就是，乘坐时速三百公里的新干线行驶了七千六百年，从打电话说'喂'到听到'你好'的回答大约需要一天半的距离。"

"好远啊。"

"是的。因为我爸爸喜欢'旅行者'们吧，每次坐摩天轮肯定都会说这些。"

我点点头。

"'旅行者'从它至今为止去过的各个地方拍摄各种各样的东西，发来了数据。比如很多卫星、土星环，最有名的那张木星的土黄色巨大漩涡的照片，大家可能都看过吧。还成功在太阳系中拍到了离太阳最远的海王星。然后花了三十五年时间，飞出了太阳系。这有点厉害呢。它是人类制作的、离地球最远的东西。它原本的主要任务或者说作用早就结束了，但是'旅行者'和地球保持着通信，现在也一直在持续飞行着。"

"四十年，一直……"

"是的。"逢泽先生说，"在什么都没有的一片漆黑的宇宙中，朝着射手座的方向飞行。就我们的感觉来说，一下子反应不过来星星和星星之间的距离有多遥远，比如说现在正在飞行的'旅行者'和下一颗恒星——也就是说，和某颗星擦肩而过好像是在四万年后。虽然说是擦肩而过，但两者之间好像也有两光年的距离呢。"

"四万年后……"

"很厉害吧。"逢泽先生微笑道，"然后呢，我说还不想回去，就这样在摩天轮里闹别扭，还有我和朋友吵架、被妈妈骂哭了之后，爸爸会过来，坐在我旁边说，难过的时候想想'旅行者'。说'旅行者'一直独自在漆黑的、没有光的地方不停地飞行。还说这既不是虚构的故事也不是假设的事，现在这个瞬间，在你所在的这个世界的某个地方，现实地存在这样的空间，'旅行者'现在还在那里飞行着。"

我点了点头。

"要想起来很难呢。"逢泽先生笑了，"但是，我总觉得我能理解爸爸所说的话。爸爸经常告诉我，活着会有各种各样麻烦的事情，但是呢，一百年一眨眼就过去了，不仅是一个人的人生，人类的历史和宇宙相比也是一瞬间都称不上。一想到我们在这其中哭泣、欢笑，就能振作起来吧。他还说但这并不是终有一天自己也会死的意思，别说自己了，就连太阳也会燃烧殆尽，地球和人类也一定会消失无踪的。但是也许在那之后，'旅行者'也会在宇宙的尽头持续飞行。"

我点点头。

"'旅行者'上堆满了刻有地球文明的金唱片。"

"金唱片?"我问道。

"是的。海浪的声音、风的声音、雷和鸟的叫声等等,地球上各种各样的声音都被录了下来。还有,五十多种语言的问候。还有,各个国家的音乐。还有,人是怎样被生下来的,有着怎样的身体,又是怎样长大的。认识什么样的颜色,吃什么样的食物,珍惜什么样的东西,是怎样生活到现在的。沙漠、海、山、动物、乐器……构建了怎样的文明和科学,人们在怎样的地方,是怎样生活着的,这些都完完全全地刻进了一张唱片里。为了播放这张唱片的针也一起带着了。"

我的脑海里浮现出一张金色的唱片。

"也许在遥远的未来,宇宙尽头的某个人会找到'旅行者'。然后可能会解读那张唱片。那个时候,地球和人类都已经消失得无影无踪,是一切消失殆尽之后了,但是人类所度过的日子,也许仅有回忆可以传承下去。听了爸爸的这些话,觉得总有一天会消失的自己生活在有一天同样会消失的这个地方,这件事非常不可思议。明明现在就这样活着,却产生了已经存在于某人的回忆中的那种奇妙的感觉。"

逢泽先生微笑道。

"爸爸常说:'阿润,人真是不可思议啊,明明知道会全部消失,却还是哭着笑着,生着气,制造各种各样的东西,又破坏掉:这样想的话可能很没意思——但是阿润,把这些东西也囊括在内地活着,是很了不起的啊。'他还说所以不要闷闷不乐,打起精神来。被爸爸这么一说,还是孩子的我心里就会想,也许就是这样的吧。"

我点点头。

"然后,我一边想着在空空如也的漆黑宇宙空间里,载着类似我们的记忆的东西,接下来几万年里都将持续飞行的'旅行者',和爸爸一起走回家了。"

说到这里,逢泽先生微微一笑,又把目光投向了窗外。我们乘坐的座舱不知什么时候越过了最高的地方,仿佛要在夏日的黄昏里留下谁都看不见的印记似的，缓缓下降。天空中好几种蓝色如带子般横向拉长，我们保持着沉默，眺望着在窗外展开的港口景色。

"一想到夏目小姐，我就会想起那时候的心情。"逢泽先生说。

"很多次。"

我沉默着点点头。

"见到夏目小姐后，我发现了一件事。"逢泽先生说，"虽然我直到现在都在寻找自己真正的父亲，觉得一定要见到他，一定要知道自己的一半是来自哪里的。"

"嗯。"

"我想自己之所以会这样，是因为那是无法实现的。"

"嗯。"

"当然，这不是谎话，但是其实……"

"嗯。"

"我一直在想的，一直在后悔的是没能对爸爸说——对养育我的父亲说，我的父亲是你。"

我看着逢泽先生的脸。

"在爸爸还活着的时候知道真相，然后，即便如此我也想对爸爸说，我的父亲是你——我想这样对爸爸说。"

逢泽先生说完这些，就背对着我把脸转向了窗外。刚才还薄薄地挂着的云被风吹走了，柔和的玫瑰色光亮，宛如渗透在湿布上的墨水般扩散开来。那光亮也照进了我们乘坐的座舱里，微微颤抖着勾勒出逢泽先生头发的轮廓。我坐到逢泽先生旁边，轻轻地把手放到他肩上。虽然他的背很大，肩膀很宽，但是第一次碰触到逢泽先生的我的手，手心下的逢泽是个还是小孩子的逢泽先生——我仿佛是在触碰那个孩子的肩膀。座舱发出"咔嗒咔嗒"的微小声响，慢慢地向地面靠近。我们透过一扇窗户，凝视着仿佛在平静地不断呼吸着的光彩熠熠的大海和城镇。

仿佛被夕阳的余晖推着后背似的，我们穿过座舱的门来到了升降台上。深吸一口气，夏天的黄昏气息充满了肺部。吹过潮水的风轻拂着肌肤，就像悄悄剪开夜晚的序幕一样，我们朝着车站走去。

过了大路的红绿灯，看着右手边乌冬面店的灯光，我们混在不知从哪里来又准备回去的人群中。看到车站的楼梯时，逢泽先生用很小却笔直传到我这里的声音说，如果，夏目小姐现在还在考虑孩子的事情的话，能生下我的孩子吗？我们没有停下脚步继续走着，就这样慢慢地上了楼梯。逢泽先生再一次用平静的声音说，夏目小姐如果现在还想要孩子的话，还想和孩子相遇的话，就让我和孩子……我听着几乎要让身体摇晃的巨大心跳声，一步一步地，走上了楼梯。穿过检票口，我们坐上了进站的电车。我们俩都沉默着，注视着窗外流逝的夕阳。

"小夏，欢迎回来——"

我穿过门帘走进店里，在热闹的店铺正中间的桌子边，看到了卷子和绿子的身影。绿子弯着腰，举起手来像在说"这里这里"，一脸笑容地叫着我的名字。

"我看见了啦——"我难为情地这样说着，坐到了座位上。卷子轻轻地咬着嘴唇，一脸不知道是在笑还是在为难，又或者是快要哭了的表情，挺直着背坐着。我来了之后她点了好几次头，然后微微一笑。最后，我们是在笑桥的大阪烧店碰头，卷子已经喝了半杯生啤，绿子喝了大麦茶。烤魔芋和炒豆芽在铁板上发出噼里啪啦的声音，店里弥漫着令人怀念的甜辣酱汁的气味。我点的啤酒来了，卷子高兴地大声说生日快乐，我们再一次干杯。发出了令人心动的"哐当"声。

"二十一岁了啊，真不敢相信。"说着卷子眯起了眼睛，盯着绿子的脸看。"你啊，长这么大了啊。"

"还很年轻啊。"我也笑道，"好好享受啊。"

"包在我身上。"绿子也莞尔一笑。

然后卷子说，最近店里来了一个新女孩，这挺好的，但那个女孩子却做了个一眼就能看出来的整形手术。一开始当然谁都不提及，可以说卷子和其他女招待都有意识地避开这一点，但是不一会儿女孩自己开始说这个话题双眼皮在哪里做的，多少钱做的，植入下巴的玻尿酸在哪里做的，鼻

336

子是这个这个这样做的，简直就像在谈论化妆品一样，那种爽快的性格非常有魅力。

"是个有趣的孩子呢。脸也感觉像祭祀时候的神轿一样闪闪发光。最近大家都是这样呢。好像也没有什么隐瞒。"

"是啊。不过，在脸上花了那么多钱的孩子为什么会来妈妈待的那种小酒馆呢？"绿子一边吃魔芋一边说，"像那种年龄层更年轻、华丽、时薪高的地方好像有很多吧。"

"她好像以前在时薪更高的地方工作过，但是因为定额指标啦规则啦，所以很累。人际关系也很紧张。这一点我们店很宽松，冬天穿针织衫也可以，她高兴地说能坚持做下去。她白天也要工作。在一家美甲沙龙。"卷子吃着豆芽说，"然后，前几天简单给我做了一下。你看，不错吧？"

看着高兴地露出涂着漂亮的珍珠粉的指甲让我看的卷子，我们也笑了。接着，绿子聊了现在正在读的克里普克，顺势也聊到了春山。两个人的关系似乎发展得很顺利，绿子给我看了最近去爬山的照片。我说出了没想到你们比较喜欢户外活动的感想后，绿子说春山的兴趣是写俳句，有时她会陪他去行吟，对此我惊讶地摇了摇头。照片上的两个人笑容满面，年轻，而且被明亮的光围着。我带着眩晕般的心情凝视着照片中两个人的身影。大阪烧和炒面端上来了，我们就分别夹到各自的盘子里，一边重复说着好烫、好吃，一边忘我地吃着。

"对了绿子，黄鼠狼怎么样了？"

"那个嘛……"绿子说，"突然不见了。"

"诶，自然而然地？"

"嗯，某一天突然就不见了。"

"是不是谁撒了药之类的？"我问道。

"不是，看起来并没有。"

"闹出了挺大动静的，应该做了什么吧？"卷子歪着脖子说道。

"好像，心灵启发的那些人也突然老实了。"绿子一边嘴里嚼着东西说，"简直就像什么都没发生过一样平静下来了。然后，不知道什么时候施工也结束了。"

"没事吧？不会有人死在二楼了吧？"我笑了。

"有可能吧。说起来，可能是黄鼠狼一家搬完家了。"

绿子把大眼睛睁得更大了，笑着说这里的大阪烧真好吃。

我们走出店门，就坐公共汽车回到了卷子和绿子住的公寓。

已经好几年没来的两个人的公寓在温暖的夏夜里朦胧地浮现出来，一看到那孤零零的样子，我就感到有些寂寞和怀念，胸口微微作痛。我们走上发出咯吱咯吱声响的铁制楼梯，进了屋子，看看电视聊聊天，度过了时光。

我们依次洗了澡，在并排铺开的两条被褥上，按照卷子、绿子、我的顺序躺下，关了灯也继续聊天。有时会笑得身体直哆嗦，绿子说脑子会出问题的，别说了吧，就起来了，然后又躺下，我们聊了很长时间。大家的话一点点变少，不久就听到了绿子入睡后的呼吸声。卷子笑了，说我们也该睡了。那时眼睛也完全适应了黑暗，彩色收纳箱和挂在墙上的绿子的 T恤、书架的轮廓浮现在各种各样浓郁的蓝色中。我们互相道了晚安，过了一会儿，我试着和她搭话：

"阿卷。"

"嗯？"过了一会儿，传来了回答。

"阿卷，对不起。"

我小声地道歉。在夜晚的蓝色中，我看见卷子把身体转了过来。

"我才应该说对不起。"卷子也道歉道，"什么都不好好听你说，跟我说那些，就说明你已经仔细考虑过了，我却什么都不知道，真是个笨蛋啊。"

"没那回事，我也说了不该说的话。实在没脸见你。"

"夏子啊。"卷子说，"我是你姐姐。"

我沉默着，眨了眨眼。

"不管什么时候，我都是你姐姐。没问题的。我们一起努力。只要是夏子决定的事情，不管是什么，都绝对没问题的。"

"阿卷。"

"睡觉吧。"

"嗯。"

看着浮现在黑暗房间里的窗户的影子，我应该会想起不断复苏的风景和我们说过的每一句话，但不知什么时候我却睡着了。那是仿佛被柔软的黏土轻轻压出形状的睡眠。一夜无梦直到天亮。

九月中旬，我给善百合子发了邮件。我按照第一次见面时给我的名片上印着的邮箱地址发去了邮件，为这样突然联系她道了歉，然后写下了能不能和我见面聊聊。善百合子四天后回信了。我们约定下个周六下午两点，在三轩茶屋商店街深处的小咖啡馆碰头。

善百合子提前五分钟来了，看上去比三个月前见面的时候瘦了一点。不知道是我先发现了站在门口的善百合子还是她先找到了我，不过她穿着和上次见面时一样的没有装饰的黑色连衣裙，没有环顾店内，而是朝着这边慢慢从过道上走了过来。她拉开椅子坐下，像是点头似的低了低头。我也低了低头。

店员拿来了水和菜单，我说我要冰红茶后，善百合子也点了一样的。店内以适度的音量播放着钢琴奏鸣曲，这肯定是谁都听过的有名的曲子，我却想不起来那是谁的曲子。我们两个都保持着沉默，盯着放在桌子上的杯子。

"真不好意思，突然找你。"我说。隔了一会儿后，善百合子摇了摇头。我们座位的斜后方有一扇窗户，阳光直射进来，尽管店内灯光明亮，可善百合子的脸却显得有些苍白。在这阴影中，呈椭圆形扩散的星云的雾霭仿佛渐渐失去了色彩，冷却了。善百合子看起来十分疲惫。她注视着贴在杯子上的指尖保持着沉默，仿佛在等我开口说话。

"我不知道要从哪里开始说起。"我坦率地说，"或者，善小姐是不是有话要对我说，我也不知道。"

善百合子稍稍抬了抬眼。

"但是，我想和善小姐见面聊一聊。"

"是关于……"善百合子小声问道，"逢泽的事情吗？"

"是的。"我说，"不过，正确来讲，是我自己的事情。"

店员来了，在我们面前放下冰茶后，笑着问可以把菜单撤下去吗。我点了点头表示可以，然后他用明快的声音说了声谢谢就走了。

"我一直在想，六月的晚上善小姐在公园里说的话。"我说，"在和善小姐谈论之前，我，我一直在想，我想要孩子，想和孩子相遇，这些想法到底是从哪里来的，这到底是一种什么样的心情。没有对象，也不能和别人发生这种行为的自己，是否有这样的资格呢？我一直在想这些。"

"不能发生这种行为是指……"善百合子眯起眼睛，小声地问我。

"我做不到。不会有那种情绪，而且无论如何没办法那样运用自己的身体。"

我说了过去只和一个人有过性经验，然后因为这个原因分手了，从那以后再也没有和谁有过性行为。

"我得知了第三方捐献精子的事，心想难道这样的自己也能生孩子，也能和孩子见面？"

善百合子沉默地盯着我的脸。

"但是，从在那个公园和善小姐见面之后，我就觉得我所想的可能是非常表层的事情。我不知道自己期望的到底是什么。更根本的是……善小姐所说的话在我心中不断放大，我开始觉得自己是不是正打算做可怕的、无法挽回的事情，是不是在期待着呢？因为，真的是这样。在这个世界上没有一个人是在自己同意的情况下出生的，正如善小姐所说的那样。"

我摇摇头，呼出一口胸腔里的气。

"也许我想做的事真的很任性、很过分。"

善百合子像抱住身体似的双手轻轻抱肘，反复眨着眼睛。

"但是，我之所以会这么想……"我说，"是因为对我说这些的，是善小姐。"

"因为是我？"善百合子用沙哑的声音说道。

"对。"我像从喉咙深处竭力挤出声音般说道，"因为是善小姐。"

善百合子慢慢地把脸转向入口方向，然后停顿了一会儿。只见她下颚骨头的线条清晰地浮现出来，纤细的脖子上布有青色的血管。我想起了黑暗茂密的森林。被睡眠膜严实地包裹住的孩子们，他们柔软的肚子轻微地上下浮动，在呼吸吐纳之间，我看见了同样蜷着身体的善百合子的身影。我脑海里浮现出仿佛用胳膊抱着膝盖，闭着双眼，只是静静地重复着呼吸，温柔的善百合子的小小的身躯。

"我要做的事情，也许是不可挽回的事情。我也不知道会变成什么样。这样的事情，可能从一开始就是完全错误的。但是，我呢……"

我知道自己的声音在微微颤抖。我轻轻喘息，看着善百合子。

"比起遗忘，我宁愿选择错误的事。"

我和善百合子都保持着沉默，凝视着桌子上各自的杯子。坐在善百合子身后的白发男性客人站了起来，身体倚靠着拐杖，慢慢地朝出口走去。

你要跟逢泽生孩子吧，过了一会儿，善百合子小声说道。我点点头。

"逢泽他……"

善百合子用指尖轻轻按在眼睑上，用有气无力的声音说道。

"为自己的出生感到庆幸。"

我沉默地注视着善百合子。

"我跟你，跟逢泽，都不一样。"

我点点头。

"也许只是我太软弱而已。"善百合子脸上浮现出无所依靠的笑容，然后小声说，"如果肯定自己的出生，我就一天都活不下去了。"

我紧紧地闭上了眼睛。紧闭眼睛的力度强到可以听得见声音。稍微放松一点的话，盘旋在喉咙的东西就像要溢出来似的。我紧闭着嘴唇，缓慢地重复着呼吸。我们沉默了很久。

"我看了你写的小说。"

过了一会儿，善百合子说。

"死了很多人啊。"

"是的。"

"即便如此也要一直活下去。"

"是的。"

"不知道是活着还是死了，但是要活下去。"

"是的。"

"你为什么哭了？"

善百合子微笑着说着，眯起了眼睛，犹豫着是要哭出来还是笑出来，然后她露出决定不哭的表情，凝视着我。用另外一种方法，我心想。不是用我知道的话语，不是用我能伸展出去的手臂，而是用其他的、另外的方法，用别的什么方法——我想抱紧她。我想把那单薄的肩膀和小小的身躯，想把善百合子紧紧抱住。我想拥抱她。但是我用手掌擦着不停滴下来的眼泪，只能点头。

"真奇怪啊。"

"嗯。"

"真奇怪啊。"

"我前几天去了仙川小姐的墓地。"

游佐用吸管搅拌冰咖啡，冰块发出"咣啷啷"的声音融化了。

时隔两个月再次见面的游佐被太阳晒得厉害，雪白的无袖连衣裙看上去比原本的白色更显明亮。她剪短了的头发上戴着一顶带有黑色蝴蝶结的小草帽。

"去墓地也是出于无奈啊。"游佐抿起嘴唇，"不过嘛，也不能老去她老家打扰。我啊，把坟墓当成笑话，现在也是这样想的——又冷又贵，和死去的人一点关系也没有，但是吧，活着的人不知道去哪里好的时候，有个能顺便去一下的地方，我觉得还是不错的。"

"嗯。"我点点头。

"我问了她父母仙川家的墓地地点，然后去了八王子，位于从那里再往北走一点的地方，我去了之后才发现这墓地不得了。"游佐说，"是普通墓地的五六倍左右。"

"墓碑吗?"

"怎么可能。"游佐眯起眼睛,"当然墓碑本身也不是普通的墓碑,而是横长的,说起来更像是纪念碑一样的感觉,但是占地有那么大。不是夸张,相当于学生宿舍的那种面积。"

"有一次仙川小姐对我说起小时候的事。"

"真的?"游佐用嘴贴着吸管,抬起视线说,"我没听说过啊。"

"小时候她有过一段住院的时期,说是有几个家庭教师教她学习。因为一个人待着的时间很长,所以自然而然就开始看书了。"

"她很喜欢书啊。"游佐说。

"因为是编辑啊。"我笑了。

"但是,不喜欢书的编辑要多少有多少哦。"游佐也笑了,"在这一点上,仙川小姐真的是很喜欢书啊。真的很喜欢。"

店员给我端来了冷花草茶。一边说让您久等了,一边用戴了好几枚戒指的手把发票放在桌子的一端,脸上浮现出愉快的笑容,走进了店的深处。

从我们坐的窗边的座位上,可以看见走过三轩茶屋街上的人们的身影。撑着太阳伞遛着小狗散步的人,戴着同款大黑框眼镜的两个女学生,牵着身穿幼儿园制服的孩子的手的母亲,在即将结束的七月的晨光中,以各自的速度走着。盛夏上午十点半的阳光直直地倾泻在做着开店准备的花店里那些装满了不知道名字的花的水桶上,以及写着菜单的面包店的小招牌上,并在脚下投射出清晰的影子。

"已经两年了啊。"

游佐看着窗外说道:"以为会不习惯,但是不知怎么的又打算习惯,果然人不在了这件事,让人有些……"

我们一边喝着各自的饮料,又朝着窗外看了一会儿。

"怎么样,有动吗?"

游佐想要探头越过桌子,凑近了看我的肚子似的说道。

"经常动。"我也低头看着自己的肚子说，"说是动，或者应该说是踢，突然子宫口被狠狠踢一脚，呼吸像要停止了一样。"

"有的呢，这种情况。"游佐蹙起眉，很开心似的笑了，"在这样那样的情况里，离预产期已经不到一个月了，很快的。"

"真的。"我说，"说是一个月，其实离预产期还剩两周了。"

"购物是按照前几天最后发的清单来的，所以基本上不会有遗漏，还有就是，虽然是夏天，但是擦屁股用的纸巾还是能泡在热水里的那种比较好。"

"棉柔巾另外卖的那种对吧。"

"对对，有盖子的那种。"游佐说，"用热水才有擦干净了的感觉。最后婴儿床怎么样了？"

"我本想把两床被子铺在一起，但是查了很多，好像还是床比较容易照顾宝宝。有个能花五千日元租半年的地方，我打算就租那个。"

"嗯。"

"贴身衣也准备好了，洗澡的东西、尿不湿也准备好了。"我打开手机的记事本确认了一下，"我还买了奶瓶和大号的奶嘴。奶粉到时候再买。"

"婴儿车之类的，不过还早呢，没关系。"

"嗯，大件的东西好像可以去买二手的。"

"你姐姐决定什么时候来？"游佐问。

"说是比预产期提前一周来，之后就和我外甥女轮流来帮忙。"

"哦，太好了。"游佐笑着说，"我也会尽力帮忙的，不过生完孩子后的一小段时间里，有紧急情况的时候还是马上有人帮忙比较好。"

"嗯。"我点点头。

"不过，到底是男是女啊？"游佐转动着脖子说，"最近不是很少有不问性别的吗？我怀小藏的时候，两个月左右就不停问医生到底是男是女，医生应该被我搞得很烦。"

"那也太早了。"我笑了。

"不过，顺利生产比什么都强。首先这是最重要的。对了，名字也定了吗?"游佐问,"还没有?"

"嗯,还没决定呢。我也不想马马虎虎地决定。"

"名字之类的——话说回来,你到底什么时候生,预产期是什么时候,这些事情告诉他了吗?"游佐把脸凑近一点问,"就是那个,孩子的爸爸。"

"嗯。"我点点头,"虽然没谈名字的事情,但是得知怀孕的时候就说了预产期。他住在栃木,这几个月基本没见面,但是LINE之类的,偶尔会联系。"

"他回老家了吗?"

"嗯。因为他妈妈一个人生活,身体不太好,所以他要在家乡工作。"

"不过,很近的。"游佐点了点头。

"之前也说过了,基本上是我一个人生、一个人养的状况。"

"嗯。"

"孩子想和爸爸见面的话,就能见面的感觉。"我说,"我们聊过,如果孩子想见爸爸的话,我就尽量让孩子去。他想见孩子的时候,我也尽量满足吧。虽然我还不知道会变成什么样的关系,但总之现在就按照这样发展下去。"

"不是挺好的吗?"游佐微笑着说。

游佐喝完冰咖啡后大大地伸了个懒腰,摘下草帽,像画圈似的不停挠着头。然后她突然伸出晒得很厉害的手臂说,你马上就会变成这样了,你知道我现在去游泳池去得有多频繁吗?打零工当救生员的孩子稍微鼓动我一下我就去了,说着她很开心地笑了。

我们付完账出了店门,朝着车站走去。游佐说接下来约了人要去涩谷,所以我就送她到了检票口。

"对了,你和大楠先生怎么样?工作进展顺利吗?"

"嗯,感觉很好。"

"太好了。"游佐放心了似的说。

"前几天终于把校样还给我了,我们沟通得非常好。"

"他是个很好的编辑。"游佐点点头说,"因为他喜欢你的小说。"

"真的吗？"我说，"你能介绍给我真是太好了。"

"不是我介绍的哦。他问我你的联系方式，然后我只是告诉了他而已。读了你的小说后，他说想跟你合作。"游佐说，"会顺利的。所有一切。"

"嗯。"

"所有一切，我都很期待。"

接着，游佐边说"对了对了"，边往手里拿着的纸袋里看，对里面的东西一一进行了说明。其中有生小藏时用过的骨盆带、几套可以将胸前部分掀开喂奶的睡衣，还有好几件可爱的新生儿的小衣服。明天再给你发LINE，回去路上小心点，说完游佐就挥了挥手。我一直盯着游佐的背影，直到她转过拐角看不见为止。

决定和逢泽先生生孩子是在二〇一七年的年末，我们约定了几件事。话虽如此，但因为我和逢泽先生对对方几乎毫无所求，所以与其说是约定，不如说是类似共享各自的想法的感觉。我告诉逢泽先生的只有，基本上我会独自生下、养育孩子。见面的次数和时间要看情况商量后再决定，我们约定了即使各自地不见面生活，孩子想见父亲的时候也要让他见。还有，我告诉他生产和育儿所花的钱全部由我来出，我想在可能的范围内自己一个人生活下去。关于金钱，逢泽先生也考虑了很多，给了我几个提案，但还是尊重了我的想法。

在二〇一八年二月末，我们装作是事实婚姻的夫妇去了治疗不孕的专科诊所。我们不需要类似证明我们是否是事实婚姻的证明，只要各自出示户籍誊本，明确各自和任何人都没有婚姻关系，那就没问题了。我告诉医生，我希望有孩子，所以试了半年左右的时机受孕法①，但是怎么也怀不上。

医生根据我的生理周期设定了检查日，用B超进行检查后，确认了确实有排卵。接着逢泽先生也接受了检查，结果发现精子也没有什么问题。虽然这件事情本身是好的，但是如果精子没有问题，排卵也很好的话，我

---

① 预测出排卵的起始日期，然后在排卵当天和前一天有目的地进行同房的方法。

以为会被劝说再用普通的方法看看情况，所以心里七上八下的。但是医生和我的预想相反，说明了我是高龄产妇以及每个月只有一次机会，如果已经试了半年的话，建议也可以更进一步进行人工授精。八个月后——通过第五次人工授精，我怀孕了。

目送游佐离开后，我在胡萝卜塔的地下超市买了小菜回家。按照预计，离生产还有两周时间的肚子已经膨胀到不能再大了的程度，但是据游佐说，临到最后一周，肚子似乎还会大一圈。我抚摸着胃下面突出隆起的地方，一边撑着阳伞，一边尽可能选择荫翳的地方，慢慢地在回公寓的路上走了很长时间。

走进屋里打开空调，刚从冰箱里拿出麦茶，手机就响了。是绿子打来的。最近卷子和绿子跟我联络得很频繁，她们担心我的身体状况、有没有缺的东西、有没有什么困难等各种事情。"已经是二十多年前的事了所以细节我都忘了。"，卷子以一如既往的开场白说了起来，边说边想起来这些那些后，一定会在最后强调——阵痛痛到无法想象，不过每个人有差异，这一点只有经历过才会明白，所以不要太担心啦，这样极力强调完后就结束对话。从四月开始读研的绿子会和卷子轮流到我这里来，帮忙到学校开学为止。她似乎对在不熟悉的东京待两周以上，而且是和新生儿一起生活这件事感到有点紧张，但也能感受到她情绪高涨。

"小夏，怎么样？"绿子用明快的声音问道。

"谢谢，和昨天差不多。"

"真的吗？"

"肚子不疼吗？"

"不疼。"我笑了，"动得很厉害，是头吧，在宫口的位置吧，从里面往那里用力地撞。那会儿疼得要断气，其他的就没那么痛。不过半夜经常脚抽筋。"

"哎。"绿子发出低沉的声音，"抽筋是小腿肚痉挛吧，肚子那么大要怎么缓解啊？"

"不会缓解的，所以抽筋抽到最后，只能等着不知道什么时候突然再抽一次。"

"哇，那太难受了啊。"绿子发出了更为低沉的声音，"漏尿怎么样了？"

"那个阶段好像已经过去了。"我说，"蛋白和尿酸值都没问题，昨天的检查说我有点水肿，仅此而已。医生也没说什么，相当顺利。"

"相当顺利，真好。"绿子像是高兴地笑了，我也笑了。

"——对了，这个，肚子里有婴儿是什么感觉啊？"

"总觉得有点不可思议。"我坦率地说，"我没有孕吐对吧，所以真正感觉到他在里面是等到肚子隆起了以后。刚开始也是一种持续长胖的感觉吧。当然身体会越来越重，也会有各种各样的变化。"

"嗯。"

"总觉得，自己的身体……"

"嗯。"

"渐渐变得迟钝、缓慢，好像自己在一个巨大、厚实的玩偶服装里，以前也有觉得很憋屈，或者说很疲惫的时候，现在那种疲惫感已经没有了，感觉很平和。"

"是嘛。"绿子感叹地说。

"有时候洗澡的时候会照镜子看肚子，也会有恢复清醒想着这真的会出来吗，我生得出来吗的瞬间。"

"嗯。"

"但是，我已经不能再考虑更多了。感觉脑神经线全都散了。就是在热水里散开的挂面的感觉。"

"嗯。"

"我啊，一直觉得不可思议。"我说，"比如人到了八十五啊九十岁的时候，一般来说大多心里有数，再过五年或十年自己就会死。知道在不久的将来，自己真的就会死。明年此时也许自己就不在了吧。到了那个年纪，大家对死亡会有什么样的感受呢？我真的无法想象。总有一天，但是，也不是将来——再过不久自己就会死，大家对此会有什么样的感受呢？"

"嗯。"

"会害怕或者无法保持冷静吗？大家看上去都在安稳地生活，但是心里又是怎么想的呢？"

"嗯。"

"不过，说起来我也有可能因为生孩子死掉吧。当然现在已经不像以前了，心里总觉得都没问题的，但是毕竟要出很多血，也不知道会发生什么。可以说是到现在为止最接近死亡的状态了吧。"

"嗯。"

"不过呢，这些啊，我一点也没放心上。就算想会变成什么样啦死啦什么的这些今后的事情，也只会像被软绵绵的棉被包裹着一样，所以我已经什么都不想了。"

绿子发出了赞叹般的声音。

"太厉害了，什么都不去想。不过啊，如果人类真的到了有可能会死的时候，我觉得脑内软绵绵的物质可能会马上分泌出来。八十五岁、九十岁的老爷爷老奶奶们也可能每天都会有这样的感觉。所以，这种思想会被软绵绵的物质围起来，然后消失不见。"

"小夏不会死的。"绿子说，"但是，小夏说的这些，我觉得我都明白。"

"很不可思议吧。"我笑了。

"已经没什么可怕的了。"

七月的最后一周结束了，进入了八月。我半夜里醒了好几次，早上即使醒来，也觉得脑子里好像被一团朦胧的雾霭遮着，白天就躺在床上迷迷糊糊地闭着眼睛度过。盛夏的太阳把窗帘照得雪白发光，在地毯上形成了聚光处。我就靠在懒人沙发上伸出手臂，在热意中张开手掌又握紧。即使开着空调，温度好像也在不断上升，我的腋下和背上都大汗淋漓。仿佛每眨一下眼，夏天就在眼睛里膨胀变大。

这时，我感觉到了和至今为止偶尔感觉到的不一样的针刺般的东西，我条件反射地用双手按住肚子下面。像是有什么东西迅速地通过似的，那种针刺感很快就消失了，但过了一会儿，又有一种从里面升起来的感觉袭来。然后那种感觉在反复了几次后变成了明显的疼痛。离预产期还有一周。虽然我觉得有点早，但是从周数上来说已经到了什么时候出生都不奇怪的时期了。这么一想，汗水一下子涌了出来，心脏狂跳了起来。尽管至今为止，我听了医生说的、游佐说的，以及卷子虽然几乎忘记了具体细节，但我也听了她说的经验，还通过妊娠和分娩相关的实用书和网站用心做了功课，但是我却完全不知道怎么样是要生了。

过了一会儿疼痛退去，我慢慢地站起来走到厨房，倒了杯麦茶一口气喝掉了。刚才那一瞬间，喉咙干渴得仿佛脸颊内侧紧紧地粘住了似的。间隔，我想到了这两个字。当出现了和平时不一样的疼痛时，我想起了哪里写着要先测量一下疼痛的间隔时间。为了能马上站起来，我没有坐在懒人沙发上而是坐到了椅子上，一直盯着时钟。指针正好指着三点。疼痛又来了。测了一下，知道了疼痛每隔二十分钟就出现一次。明明一想接下来必须要做什么心里就很着急，但是不知为何，眼窝和脑门中的缝隙都像塞了棉花进去一样，一切都让人感觉不真实。

我一边承受着数次袭来的疼痛，一边给卷子和绿子发去了"阵痛可能已经开始了，之后再说"的LINE消息，给游佐也发了LINE。我确认了钱包和母子手册在事先准备好的住院用的波士顿包和手提包里，然后给医院打了电话。声音明快的护士接起电话，大概地听了我的说明后，回答说也许可以再看看情况，不过来医院也没关系。我说因为要一个人行动，如果再疼的话就动不了了，所以现在就去医院，然后挂断了电话。

到医院的时候间隔变得更短了，疼痛也更加强烈了。寄存了行李后我就直接被带到了分娩室，宫口已经开到了五厘米，也有一点破水。几个护士经验丰富地操作着，为了准确地测量阵痛的强度和间隔，在像山坡一样隆起的腹部装上了测量垫，把我的中指塞进了心跳测量仪。夏目小姐，感觉好像快生了，你还好吗？从一开始就对我很亲切的年长女性护士带着和往常一样的笑容问我。我痛得说不出话来，朝着她点了好几次头后，她大大地向左右咧开嘴角莞尔一笑，紧紧抓住了我的肩膀。过了几个小时，疼痛的间隔变成了十五分钟、十分钟，每次都会增强的疼痛让我眼前一片漆黑。然后又仿佛恢复了清醒，眼前才云消雾散，空白的几分钟来临，在这期间我睁大了眼睛，像是在汇集什么似的反复深呼吸。只是感到肚子深处的下一次波涛鼓胀起来，膝盖就忍不住发抖了。

波涛每次袭来都会变得更大更强，在蜂拥而至的厚重感中，我已经不知道哪边是上面、哪边是下面了。我睁开眼，心想必须要确认光在哪里、太阳在哪里，以及自己在多深的地方，但越挣扎越痛彻心肺的疼痛就愈发强烈了。不知从哪里传来了在说着什么的女性的声音，波涛退去的一瞬间，我睁开眼睛看了看时钟，指针指着十点不到。那是一种不可思议的感觉。已经过去了这么久的绝望，和才只过去了这么点时间的绝望贴合在一起，尽管如此，肚子底下却仿佛涌起了笑声，这是我从未尝到过的感觉。活动手脚的时候，我抓着杯子喝水，发出声音，护士们鼓励我的明快声音时远时近。

过了下午两点，疼痛就变得不间断地袭来，我好几次大声喊叫。我想，这应该是一个人类体内所能产生的疼痛的极限，而现在的疼痛，已经超越极限了吧。然后，我心想当这种疼痛超过了我一己的范围时，我会不会死掉？不对，我不知道，也许疼痛已经超过了，是身体，还是世界，到底哪里在痛，我就连这点也已经不知道了。这时，响起了仿佛疼痛的膜撕裂的声音，那个护士的脸像突然浮现出来似的映入了我的眼帘。我像被击打了一般睁开眼睛，肚子里的那个东西在哪里？意识不清的状态下，仅仅是向只能称之为世界中心的部分注入了所有的力量。我在心中用无法化为语言的声音喊叫着，把收集到的所有力量都使了出来。然后下一个瞬间——仿佛意识从身体里轻飘飘地脱离出去似的，眼前一片空白，接着全身变成了温热的液体，就这样泄漏到了世界上，我被这种感觉包围了。

雪白的光充满了脑袋和身体，然后看见在那里——慢慢地蔓延开来的东西。那是在遥远的几万年、几亿年前的地方无声地呼吸着的星云。在黑暗中，所有的颜色卷起旋涡，烟雾缭绕，星星闪烁着，在那里静静地呼吸。我睁开眼睛，看见了它。那雾霭，那浓淡——在涌上来的眼泪中静静地反复呼吸着，我眼睛一眨不眨地注视着那光芒。我伸出手想要触摸那道光，我伸直手臂想要触摸它。这时，我听到了哭声。我像被击打了一般睁开眼睛，看到了剧烈起伏的胸部。我仰躺着，一边被护士擦着汗，一边不断呼吸。我的心脏全力往全身输送着氧气。眨眼之间，传来了婴儿的哭声。有个声音说四点五十分。婴儿的哭声响彻四周。

过了一会儿，婴儿被送到了我的胸前。身体小得难以置信的婴儿来到了我的胸口处。肩膀、手臂、手指、脸颊都是红色的并且收缩着，所有的一切都充血发红，婴儿一直大声地不停哭泣。有个声音说三千二百克，是个很有精神的女孩。虽然我的双眼中不断流出泪水，但我不知道那是什么泪水。一种算上我所知道的全部感情也还不够的、无法命名的东西从心底涌出来，又让我流下了眼泪。我看到了婴儿的脸。我低头收紧下巴，看到了婴儿的全部。

这个婴儿，是第一个与我相遇的人。在回忆中、想象中、任何地方都没有的，不像任何人的，那是我第一个遇见的人。婴儿使尽全力大声哭泣。你在哪里？你来这里了吗？我用不成声的声音呼唤着，凝视着在我胸口上一直哭泣的婴儿。

主要参考文献

《通过 AID 出生——通过精子捐献出生的孩子的心声》（由非配偶者人工授精出生者的自助团体·长冲晓子编著 万书房 2014 年）

《精子捐献——不知道父亲的孩子》（歌代幸子 新潮社 2012 年）

《生殖技术——不孕治疗和再生医学为社会带来什么》（柘植安云 美铃书房 2012 年）

《生殖医疗的冲击》（石原理 讲谈社现代新书 2016 年）

《不出生更好——存在的意义》（大卫·贝纳塔 寿寿泽书店 2017 年）

《"没出生就好了"的意思——对于生命的哲学的构筑（5）》（森冈正博 大阪府立大学纪要 8 2013 年 3 月）

《宇宙最孤独的人造物，"旅行者"的秘密——想去 NASA 而不是 JAXA 的理由，幼年时代的英雄》（小野雅裕 东洋经济 ONLINE）

https：//toyokeizai. net/articles/-/39248

《学问的鸡尾酒"反出生主义"正确吗》

https：//www. enjoy-scholarship. com/antinatalism/

NHK《特写现代＋》2014 年 2 月 27 日播出《彻底追踪 精子捐献网站》

https：//www. nhk. or. jp/gendai/articles/3469/1. html

Original Japanese Title：Natsumonogatari
Original Japanese publisher：Bungeishunju，Ltd.
©Mieko Kawakami 2019

图字：09－2021－787 号

图书在版编目（CIP）数据

夏物语 /（日）川上未映子著；高一君译. —上海：
上海译文出版社，2023.10
ISBN 978－7－5327－9370－9

Ⅰ.①夏… Ⅱ.①川… ②高… Ⅲ.①长篇小说－日
本－现代 Ⅳ.①I313.45

中国国家版本馆 CIP 数据核字（2023）第 181054 号

夏物语　　　　　　[日] 川上未映子　著　　　　出版统筹　赵武平
　　　　　　　　　　　　　　　　　　　　　　　　责任编辑　董申琪
夏物語　　　　　　高一君　译　　　　　　　　　装帧设计　尚燕平

上海译文出版社有限公司出版、发行
网址：www. yiwen. com. cn
201101　上海市闵行区号景路 159 弄 B 座
常熟市文化印刷有限公司印刷

开本 890×1240　1/32　印张 11.25　插页 2　字数 248,000
2023 年 10 月第 1 版　2023 年 10 月第 1 次印刷

ISBN 978－7－5327－9370－9/I・5847
定价：58.00 元